LES PIÈGES DE L'AMOUR

Barbara Taylor Bradford

LES PIÈGES DE L'AMOUR

Roman

Traduit de l'anglais (Etats-Unis)
par Martine Céleste Desoille

PRESSES
DE LA CITÉ

Titre original : *Playing the Game*

© Barbara Taylor Bradford, 2010
© Presses de la Cité, un département de place des éditeurs, 2011 pour la traduction française
ISBN 978-2-258-08164-2

A Bob, avec tout mon amour

Sommaire

Prologue

Londres, mars 2007

Assise à son bureau, Annette Remmington contemplait la reproduction qui trônait sur la crédence sous les feux d'un spot lumineux.

Sa merveille. Son trésor. Son Rembrandt. Enfin plus vraiment depuis qu'un mandant anonyme enchérissant par téléphone l'avait emporté pour le prix astronomique de vingt millions de livres sterling. Une somme jamais égalée pour une toile du maître hollandais.

Qu'aurait-il éprouvé, s'il avait assisté aux enchères, en voyant le prix de son œuvre grimper, jusqu'à atteindre des sommets vertigineux ? Une fois la toile achevée, en 1657, Rembrandt s'était retiré du monde. Il avait cessé d'être à la mode. Cette pensée la fit sourire, Rembrandt était tout sauf ringard.

Et la toile avait changé de mains. Elle ornait désormais les murs d'un inconnu. De toute façon, elle n'en avait jamais été la propriétaire, tout au plus la gardienne provisoire. Et celle qui lui avait redonné vie – en la faisant nettoyer et restaurer. Et en chantant ses louanges aux quatre coins du monde. C'est du moins comme cela qu'elle voyait les choses. Car certains esprits chagrins affirmaient qu'elle l'avait tuée à force de battage publicitaire.

Tuée ? Non. Elle l'avait plutôt ressuscitée. La peinture n'avait pas été exposée depuis près de cinquante ans. Elle dormait dans la collection poussiéreuse d'un homme qui avait sans doute cessé de l'apprécier. Et c'était elle qui l'avait remise à l'honneur et vendue pour un prix faramineux alors même que le marché de l'art était à la baisse.

Elle se leva et s'approcha de la photo. Le portrait était si vivant qu'Annette avait l'impression que, si elle touchait la

11

main de la femme, ses doigts se poseraient sur de la chair et non sur de la toile. C'était ça, le génie de Rembrandt.

A en croire sa sœur Laurie, Rembrandt avait changé sa vie. Et c'était vrai : du jour au lendemain, Annette était devenue une star du marché de l'art.

La vente du Rembrandt avait eu un tel retentissement que même son mari en était resté sans voix.

Marius était un marchand d'art reconnu et respecté, mais c'était elle que Christopher Delaware était venu chercher, s'étant souvenu d'une conversation qu'Annette et lui avaient eue lors d'une soirée, un an plus tôt. Ils avaient abordé ses domaines de prédilection – l'impressionnisme et le postim-pressionnisme et, à l'extrême opposé, les maîtres anciens. Il l'avait écoutée comme un élève attentif.

Et puis, un beau jour, il s'était présenté à son bureau pour lui demander conseil. Il lui avait dit que son vieil oncle, un célibataire décédé depuis peu, lui avait légué sa fortune et sa collection de tableaux, parmi lesquels se trouvait un Rem-brandt. Accepterait-elle de le prendre comme client ? Elle avait accepté... et était entrée dans la légende. Les enchères avaient eu lieu quelques jours plus tôt et le monde de l'art avait retenu son souffle quand le commissaire priseur avait abattu son marteau, adjugeant la toile à vingt millions de livres. La salle était abasourdie. Elle aussi.

En apprenant que Christopher Delaware lui avait rendu visite à Bond Street, sa sœur l'avait qualifiée de « bénie des dieux ».

Annette sourit. Son dieu à elle ou, plus exactement, son « guide », c'était Marius. D'aucuns auraient dit son maître.

Annette ouvrit le dossier posé sur son bureau et passa en revue le plan de table du dîner. Ce soir, son mari fêtait ses soixante ans et elle avait tenu à ce que tout soit réglé à la per-fection. Il lui avait fallu des semaines pour décider qui elle allait asseoir avec qui et à quelle table. Marius lui avait appris à ne jamais rien laisser au hasard et elle avait retenu ses leçons. Ils avaient loué les salons de l'hôtel Dorchester dans Park Lane pour l'occasion, et tout ce que le monde comptait de célébrités, que ce soit dans le domaine des arts, de la jet-set ou du show-biz, avait été invité.

Après le succès remporté par la vente du Rembrandt, Marius avait insisté pour faire de cette soirée « une double célébration ». Ce qui ne changeait rien à l'organisation du dîner, si ce n'est qu'il allait se lever et porter un toast en son honneur en clamant haut et fort que sa femme était un génie.

Il y avait quelque chose de miraculeux dans ce brusque passage de l'anonymat relatif à la gloire, et elle en avait été la première surprise. Mais Marius avait pris la chose comme allant de soi et déclaré, à l'issue de la vente :

« Je savais qu'un jour tu finirais par nous étonner tous. »

Le téléphone sonna. Elle tendit la main pour décrocher le combiné rouge.

— Allô ?

— Annette, c'est Malcolm. Tu as une minute ?

— Bien sûr. Comment vas-tu ?

— A merveille. Je voulais juste te lire le petit compliment que j'ai préparé pour l'anniversaire de Marius. J'aimerais bien avoir ton avis.

— Si tu veux, mais je doute de pouvoir t'être d'un grand secours. Après tout, tu es le protégé de Marius et le propriétaire de la galerie Remmington. Tu le connais mieux que personne.

— A part toi, rit Malcolm Stevens, avant d'enchaîner : Alors j'y vais.

Il commença à lire ce qu'il avait écrit sur l'homme qu'il admirait, pour ne pas dire vénérait. Il avait limité les louanges au minimum, sachant que les effusions lyriques risquaient de mettre Marius mal à l'aise ; en revanche il avait inclus quelques anecdotes et mots d'esprit qui firent beaucoup rire Annette.

Lorsqu'il eut fini, il déclara :

— Je crois que je vais m'arrêter là, sauf s'il me vient une idée de dernière minute.

— Ton petit laïus est fantastique, Malcolm ! Marius va adorer. Tu connais son sens de l'humour.

— Si tu penses que ça tient la route, je range mon papier dans ma poche et n'y touche plus jusqu'à ce soir. Au fait, une dernière chose, ajouta Malcolm en se raclant la gorge. J'ai reçu un drôle de coup de fil, hier, de la part d'un détective privé. Le type est à la recherche d'une certaine Hilda Crump qui aurait travaillé à la galerie Remmington il y a une vingtaine d'années. Il m'a demandé si j'avais son adresse. Il semblerait qu'un client veuille entrer en contact avec elle. Hilda Crump, ça te dit quelque chose ?

— Non, répondit Annette, dont les doigts s'étaient crispés autour du combiné.

— Pourtant, si j'ai bonne mémoire, c'est bien toi qui travaillais pour Marius... quand il a ouvert la galerie Remmington ?

— C'est exact. Mais je ne connais personne du nom de Hilda Crump. De toute façon, Marius a certainement laissé tous les fichiers qui se trouvaient dans l'ordinateur quand il t'a vendu la galerie il y a dix ans.

— Oui, et Hilda Crump n'apparaît nulle part. Mais le type était tellement... insistant, que j'ai préféré te poser la question.

— Désolée, Malcolm. Je ne peux rien pour toi.

— Tant pis. Merci d'avoir pris le temps de m'écouter et à ce soir. Je suis sûr qu'on va passer une soirée sensationnelle.

— J'y compte bien, Malcolm, dit-elle avant de raccrocher.

L'espace d'un instant, Annette Remmington resta pétrifiée, le combiné rouge à la main et les sourcils froncés. Qui donc cherchait Hilda ? Et pour quelle raison ? Si elle n'en avait pas la moindre idée, il y avait une chose dont elle était certaine : jamais elle ne trahirait Hilda. Des années auparavant, elle lui avait fait le serment de ne jamais révéler où elle se cachait, et elle tiendrait parole.

Se renversant dans son fauteuil, elle ferma les yeux et songea à tous les événements horribles qui avaient marqué sa jeunesse et qu'elle avait enfouis au fond d'elle-même pour pouvoir les oublier. Un frisson d'angoisse la parcourut. Elle avait tant de secrets, tant de choses à cacher.

PREMIÈRE PARTIE

Une femme remarquable

*Le refus d'évoluer se paie très cher, c'est une
loi de l'existence d'une indéniable justice malgré
son extrême cruauté.*

Norman Mailer, *Le Parc aux cerfs*

1

Debout devant le miroir en pied du dressing, Annette Remmington se regardait sans se voir. Elle n'était pas concentrée sur son reflet mais sur le nœud d'angoisse qui s'était formé au creux de son estomac et ne l'avait pas quittée depuis son retour.

Soudain prise de vertige, elle tendit la main pour prendre appui sur la coiffeuse. Elle s'obligea à respirer à fond pour dissiper la sensation d'étourdissement. S'étant ressaisie, elle se contempla (sérieusement cette fois) et fut satisfaite de l'image que la glace lui renvoyait.

L'allusion à Hilda Crump, quelques heures plus tôt, l'avait bouleversée et elle n'avait cessé de repenser au coup de fil de Malcolm. Pourtant cette sale histoire avec Hilda appartenait au passé. Leurs chemins s'étaient séparés depuis longtemps et Hilda avait complètement disparu de sa vie.

Je dois la bannir de mes pensées. Il ne faut pas que ces vieilles histoires empoisonnent ma vie. Tout ce qui importe désormais, c'est le présent et l'avenir. Je vais donc reléguer Hilda aux oubliettes. De toute façon, elle ne peut plus me nuire. Personne ne peut plus me nuire. Et j'ai mieux à faire qu'à ressasser un passé qu'il m'est impossible de changer.

Ma vie est entrée dans une nouvelle phase avec le succès de la vente aux enchères. J'ai tiré le gros lot et je compte bien ne pas en rester là. Christopher Delaware n'a plus de Rembrandt mais il a quelques très belles toiles que je pourrais certainement vendre à prix d'or. A condition que Marius, qui veut toujours tout contrôler, me laisse carte blanche. Bah, je trouverai bien un moyen de le persuader. Le tout, c'est de savoir le prendre.

J'aimerais organiser ma prochaine vente à New York. J'ai de bons clients là-bas.

— Tu es prête, chérie ?

Elle se retourna.

— Oui, répondit-elle aussitôt, se forçant à sourire à son mari qui venait d'entrer.

Elle consulta subrepticement la petite pendule posée sur la coiffeuse. 17 h 30. Il était d'une ponctualité parfaite, comme toujours.

— Tu n'as pas l'air dans ton assiette, constata-t-il en la détaillant du regard.

— Mais si, répondit-elle un peu trop vite, comme sur la défensive.

— Non, Annette, répliqua-t-il d'une voix ferme. La preuve, il te manque une boucle d'oreille.

Désarçonnée, elle se tourna vers le miroir et... bon sang ! Il avait raison. Où était donc passée sa deuxième boucle d'oreille ? C'est alors qu'elle l'aperçut sur la coiffeuse. Elle s'en empara et la mit aussitôt.

— Je suis allée chercher mon alliance sur la table de nuit, et je l'ai complètement oubliée. Un moment de distraction.

Il la regardait avec une telle insistance qu'elle sentit qu'elle perdait ses moyens. Flûte, songea-t-elle, maintenant je vais l'avoir sur le dos pendant toute la soirée. Puis, se ressaisissant, elle lui adressa son plus charmant sourire.

— Tu es beau comme un dieu, ce soir, Marius, dans ton nouveau smoking.

S'approchant de lui, elle se hissa sur la pointe des pieds et déposa un baiser sur sa joue.

— Joyeux anniversaire, mon ange. J'espère que tu vas passer un bon moment.

Il se détendit et lui rendit son sourire.

— Je suis sûr que tout va bien se passer, dit-il d'un ton soudain plus léger. Et n'oublions pas que c'est ta fête à toi aussi. Nous allons célébrer ton exploit.

Ses yeux noirs brillaient d'enthousiasme.

Annette rit.

L'attirant à lui d'un geste possessif, il l'enlaça.

— Je t'aime infiniment, tu le sais, ma chérie, dit-il en la relâchant pour mieux la regarder, avant d'ajouter : Tu es ravissante.

18

— Merci, mais il m'est arrivé d'être plus à mon avantage, murmura-t-elle.

Il esquissa un sourire et l'entraîna dans le couloir en se demandant pourquoi elle avait toujours tant de mal à accepter ses compliments.

— Nous ferions bien d'y aller, dit-il. Il ne manquerait plus que nous arrivions après nos invités.

— Ouah ! s'exclama Malcolm Stevens, à la fois surpris et admiratif, en voyant Annette au bras de Marius dans la salle de réception du Dorchester. Tu es absolument superbe !

Et il était sincère.

Flattée et amusée par sa réaction, Annette le remercia puis se pencha pour déposer un baiser sur sa joue.

Lorsqu'elle se recula, le regard de Malcolm s'attarda une fois de plus sur sa robe bustier bleu métallique et son étole de satin doublée de soie vermillon. Cette touche inattendue de rouge brillant assortie à ses deux énormes pendants d'oreilles en rubis contrastait divinement avec le bleu de sa robe.

Annette Remmington était l'élégance personnifiée. Ses cheveux blonds relevés en chignon dégageaient son visage. Il lui sembla que ses yeux étaient encore plus bleus qu'à l'ordinaire.

Saisissant la main tendue de Marius, Malcolm déclara :

— Et toi, tu n'es pas mal non plus ! Vous êtes tellement beaux tous les deux que vous allez faire de l'ombre à vos invités.

Marius ricana.

— Attends de voir débarquer tout le gratin du show-biz et tu comprendras ce que « glamour » veut dire. En tout cas, merci du compliment, Malcolm. Et sois le bienvenu parmi nous.

Se tournant vers sa femme, Marius la semonça gentiment :

— Quand je te disais que tu étais ravissante. Maintenant que tu as vu la réaction de Malcolm, tu me crois ?

— Je t'ai cru, protesta-t-elle en glissant son bras sous le sien. Tu as toujours raison.

Malcolm s'éclaircit la voix.

— C'est un honneur d'être des vôtres, dit-il. Et maintenant, je vais vous laisser rejoindre vos autres invités. A tout à l'heure.

Marius tourna aussitôt les talons et alla accueillir un groupe de convives.

Malcolm traversa le hall, prit au passage une coupe de champagne sur le plateau d'un serveur et se fondit dans la foule. Après avoir échangé quelques mots avec des connaissances, il alla se poster à côté d'un pilier pour contempler le spectacle qui s'offrait à lui.

Et quel spectacle ! Il repéra deux jolies actrices américaines sur leur trente et un et couvertes de diamants, un romancier à succès récemment anobli, un politicien sulfureux et son épouse à l'opulente poitrine, une duchesse dont chacun connaissait le goût pour les jeunes amants. Il reconnut également quelques amis et relations de longue date, ainsi que plusieurs autres marchands d'art.

Toute la jet-set avait répondu présent. Et pour cause. Quand Marius recevait, il faisait bien les choses.

En réalité, c'était la soirée d'Annette qui, sachant qu'elle n'avait pas le droit à l'erreur, avait consacré beaucoup de temps et d'efforts à fêter dignement le soixantième anniversaire de son mari.

Le regard de Malcolm dériva à l'autre bout du salon et se fixa sur Marius. Grand, mince, tiré à quatre épingles, il portait un smoking à la coupe impeccable, sans doute confectionné par son tailleur préféré de Savile Row. Il avait une mine superbe, légèrement hâlée, car Marius saisissait la moindre occasion d'aller prendre le soleil, mais c'était sa chevelure que lui enviait Malcolm, celle-là même qui lui avait valu dans la profession le surnom de « renard argenté ».

Malcolm avait vingt-sept ans quand il avait commencé à travailler pour Marius. Il était tout feu tout flamme à l'idée d'entrer dans l'équipe de la galerie Remmington de St James Street, et plus tard, lorsque Marius avait mis la galerie en vente, Malcolm avait emprunté à son père l'argent nécessaire pour la racheter. C'était il y a dix ans, et depuis lors il avait su non seulement lui garder sa réputation, mais la faire prospérer grâce à la conquête de nouveaux clients.

De son côté, désireux de mener une vie plus calme, Marius s'était installé en tant qu'expert et marchand d'œuvres d'art dans le quartier de Mayfair où il n'offrait ses services qu'à une poignée de clients richissimes.

Marius Remmington n'avait pas que des amis dans la profession. Les mauvaises langues disaient qu'il était arrogant, capricieux, arriviste et quelque peu manipulateur. Mais Malcolm savait que c'était pure médisance.

Depuis toujours, les Remmington étaient la cible des ragots. Et ce pour la bonne raison qu'ils occupaient le devant de la scène. Talentueux, socialement reconnus, ambitieux et prospères, ils formaient un couple d'autant plus dérangeant qu'il était admirable.

Et puis, il y avait la différence d'âge. Marius avait soixante ans et Annette trente-neuf... Mais elle allait fêter ses quarante ans en juin, et leurs vingt ans d'écart surprenaient moins que lorsqu'il l'avait connue. Elle avait dix-huit ans alors et lui trente-huit, ce qui lui avait valu une réputation de débauché, de pervers, et pire encore.

Un mystère planait sur les origines d'Annette. Personne ne savait vraiment d'où elle venait. Sauf, naturellement, les membres du gang de Marius, qui se targuaient d'être dans le secret des dieux. Son « gang » était un groupe de jeunes gens qui le suivaient partout et qu'il appelait ses protégés. Ce qu'ils étaient, du reste. Personnages talentueux, chacun d'eux avait travaillé ou travaillait encore pour Marius. Loyaux, dévoués, ils le suivaient partout et lui obéissaient au doigt et à l'œil. Malcolm avait l'impression qu'avec Marius il se passait toujours quelque chose de nouveau. Des gens célèbres, personnalités en vue ou qui faisaient la une des journaux, gravitaient sans cesse autour de lui. Ils contribuaient pour une bonne part à son succès, son charisme, sa sociabilité, son charme. Marius avait le chic pour attirer les gens importants dans son orbite.

Malcolm, l'un des préférés de Marius, avait eu droit dès le départ à un traitement de faveur : le « gang » lui avait raconté l'histoire d'Annette.

Originaire d'une ville du Nord, elle était venue à Londres pour étudier les beaux-arts. Elle n'était pas assez douée pour pouvoir accéder à la célébrité. Elle était belle, mais sa beauté était gâchée par son manque d'assurance. Blonde aux yeux bleus, mince comme un fil, elle était plutôt ordinaire malgré une intelligence étonnante, à en croire le « gang ».

En tout cas, plus maintenant, songea Malcolm en portant son regard sur l'élégante créature qui se tenait non loin de là. Peut-être pas la plus belle femme du monde, très attirante à tout le moins, d'une classe folle, et depuis peu la nouvelle star du monde des arts. La vente de la toile de Rembrandt l'avait propulsée aux premières loges et avait donné à sa carrière de marchande d'art un fameux coup d'accélérateur...

— Qu'est-ce que tu fais là tout seul ? lança une voix familière qui poussa Malcolm à se retourner.

— J'admire le spectacle en sirotant un fond de champagne, répondit-il avec un grand sourire. Et toi, David, comment ça va ? Meg est ici ?

Son vieil ami, David Oldfield, fit non de la tête.

— Elle est à New York pour affaires. Je suis célibataire ce soir.

Plongeant une main dans sa poche, il en retira une petite enveloppe et regarda à l'intérieur.

— Je suis à la table dix. Et toi ?

— Moi aussi. Quelque chose me dit que c'est également la table de Marius. On essaie de faire une percée jusqu'au bar ? Je prendrais bien une vodka.

— Bonne idée, approuva David, et ensemble ils se frayèrent un chemin dans la foule.

Une fois leur verre de Grey Goose à la main, ils s'installèrent dans un coin tranquille. Ils trinquèrent puis David demanda :

— Est-il exact que Christopher Delaware a hérité de son oncle une superbe collection de toiles de maîtres ? Et qu'Annette va nous le représenter ?

— Je n'ai pas entendu parler de toiles exceptionnelles, mais je sais qu'il fait partie des clients d'Annette, répondit Malcolm d'un ton détaché. Tiens, voici justement Johnny Davenport. Il est sûrement au courant. Allons lui parler.

« Malcolm ! Malcolm ! »

La voix d'une femme criant son nom lui parvint par-dessus le brouhaha. Tournant la tête, il repéra aussitôt sa vieille amie Margaret Mellor, l'éditrice du meilleur magazine d'art européen, appelé *ART* tout simplement. Elle lui fit signe d'approcher.

Saisissant David par le bras, il lui dit :

— Si tu veux bien m'excuser, Margaret Mellor veut me voir. Je te laisse aller retrouver Johnny et je vous rejoins dans un instant.

— Pas de problème, acquiesça David en commençant à s'éloigner tandis que Malcolm prenait la direction opposée.

— C'est à peine si je t'ai entendue m'appeler, dit Malcolm en souriant à Margaret.

— Il y a un monde fou. Je quitte à l'instant Annette qui trouve la salle à manger superbe. Si on y jetait un coup d'œil avant que les invités s'y soient installés ?

— Dans ce cas, mieux vaut ne pas traîner, sans quoi nous allons nous retrouver coincés ici. J'ai comme l'impression que la salle s'est brusquement remplie de collègues et d'amis, sans compter les photographes.

— Ne m'en parle pas. Il y a des journalistes absolument partout !

Malcolm soupira.

— C'est Marius tout craché. Il faut toujours qu'il convoque la presse. Plus les médias sont nombreux et plus il est content.

— Il n'a de cesse de leur donner des verges pour se faire fouetter, railla-t-elle.

Malcolm rit, puis lui passa un bras autour des épaules et la guida à travers la cohue. Derrière eux, les flashes des photographes commençaient à crépiter et la foule enflait à vue d'œil. Combien de gens avaient-ils invités ? Le monde entier, apparemment. Heureusement qu'Annette avait tout organisé dans les moindres détails.

Pour finir, Malcolm poussa la porte de la salle à manger. Aussitôt, un majordome s'interposa.

— Désolé, vous ne pouvez pas entrer. Mme Remmington a donné des ordres stricts. Nous ne pouvons laisser entrer personne avant une demi-heure.

Le ton était courtois mais catégorique.

— Nous sommes au courant, merci. En fait, c'est Mme Remmington qui nous envoie. Je suis Margaret Mellor du magazine *ART*, et monsieur est un collègue et ami de Mme Remmington.

Le serveur inclina poliment la tête mais ne bougea pas d'un pouce, manifestement décidé à appliquer les consignes à la lettre.

— Mon photographe en chef Josh Brady est venu prendre des photos il y a quelques minutes pour le magazine. Vous êtes bien Frank Lancel, n'est-ce pas ? Mme Remmington m'a dit de m'adresser directement à vous.

Des paroles aimables, un beau sourire, et le tour était joué.

— Oui, c'est moi, répondit le serveur, déjà sous le charme. Et j'ai effectivement aidé M. Brady lorsqu'il est venu prendre ses photos. Entrez, je vous prie, et admirez la salle pendant que je garde la porte. Ordre de Mme Remmington.

Il avait l'air comique.

— Elle m'a prévenue, en effet, déclara Margaret.

Prenant Malcolm par la main, elle l'entraîna jusqu'au pied de l'estrade dressée pour l'orchestre à l'autre bout de la piste de danse. De là, on avait une meilleure vue d'ensemble.

Tous deux restèrent bouche bée devant le décor imaginé par Annette : la pièce était un océan de vert très clair tirant légèrement sur le gris, comme on en trouve fréquemment dans les châteaux français. De la soie vert pâle habillait les murs, les tables et les chaises.

Mais la touche la plus extraordinaire, c'étaient les centaines d'orchidées vertes à cœur rose, disposées sur des consoles vénitiennes, devant des miroirs qui donnaient l'impression qu'elles étaient deux fois plus nombreuses. D'autres fleurs de la même couleur trônaient gracieusement au centre des tables dans des vases en cristal entourés d'une myriade de photophores, flanqués de hauts chandeliers de cristal supportant des bougies blanches, dont la douce lumière faisait miroiter le cristal et l'argenterie.

Malcolm et Margaret s'attardèrent encore quelques minutes, puis Margaret dit lentement :

— C'est absolument féerique. Annette a créé un jardin ni plus ni moins... un véritable jardin d'orchidées.

— C'est vrai, s'exclama Malcolm. Et je crois que nous n'allons pas être les seuls à être bluffés.

2

Marius exultait.

Annette le percevait à son expression détendue et rayonnante. Il était assis en bout de table, exactement face à elle, de sorte qu'ils pouvaient communiquer.

Leur soirée allait faire date. Elle en était sûre. Dès l'ouverture, au moment des cocktails, l'ambiance était à la fête. Tandis qu'un trio jouait en sourdine dans un coin du salon, le vin et le champagne coulaient à flots, accompagnés de délicieux canapés qu'un essaim de serveurs s'affairaient à faire circuler parmi les invités.

A présent, dans la salle de bal, elle sentait se déployer une formidable énergie. Les couples se levaient pour se trémousser sur des airs à la mode et partout autour d'elle ce n'était que visages radieux, éclats de rire et conversations animées. Tout le monde avait l'air de beaucoup s'amuser.

Marius accrocha son regard puis se leva et vint à elle. L'instant d'après, il l'escortait jusqu'à la piste de danse.

La prenant dans ses bras, il posa ses yeux noirs pleins d'amour sur elle.

— C'est une soirée fabuleuse, murmura-t-il. Les gens s'amusent comme des fous. Et toi ?

Ils avaient commencé de tourner autour de la piste. Elle inclina la tête de côté et lui lança un regard malicieux.

— Tu m'as toujours dit qu'une maîtresse de maison qui s'amusait à sa propre soirée manquait à tous ses devoirs.

Il éclata de rire.

— *Touché*, madame Remmington. En l'occurrence, je parlais de réceptions données chez elle. Pas dans un palace. Alors ?

— Eh bien, oui, figure-toi. J'avoue que j'étais dans mes petits souliers quand on a ouvert les portes de la salle à manger. Mais quand j'ai vu que les invités avaient l'air contents et qu'ils trouvaient facilement leur place, ça m'a rassurée. Il est vrai qu'ils étaient de bonne humeur après les cocktails.

— C'est vrai. Je n'en ai pas vu un seul faire la grimace. En revanche, j'en ai vu plus d'un ouvrir des yeux ébahis en découvrant ton jardin d'orchidées. Tu t'es surpassée, ma chérie. Ce décor est grandiose.

— Je suis contente qu'il te plaise, dit-elle en se serrant contre lui, tandis qu'il l'entraînait vers le milieu de la piste.

C'était un bon danseur, facile à suivre, et elle prenait du plaisir à valser avec lui. Au bout d'un moment, elle se rendit compte qu'ils étaient le point de mire. Elle sourit intérieurement, fière de Marius, fière d'être sa femme, et aussi, il fallait bien l'avouer, fière d'elle-même et de sa vente record. Le Rembrandt avait changé sa vie.

Elle dansa sans interruption pendant une demi-heure. Et lorsqu'elle alla se rasseoir, Malcolm s'approcha pour l'inviter à danser, puis ce fut au tour de David Oldfield, suivi de Johnny Davenport, tous des amis de longue date et qui faisaient partie du « gang ». La danse s'achevait presque lorsque Christopher Delaware tapota l'épaule de Johnny pour prendre sa place. Elle en fut surprise, Christopher lui ayant fait l'impression d'un garçon plutôt timide et effacé.

Ils tourbillonnèrent en silence pendant quelques instants, puis il prit la parole :

— Le décor est somptueux. Ça me rappelle *Le Songe d'une nuit d'été*... Sans doute à cause de l'atmosphère irréelle créée par ce vert-gris et les orchidées... une forêt d'orchidées... c'est véritablement magique, unique. Oh, et puis les grands miroirs doubles pivotants. Comment cette idée vous est-elle venue ?

— Je me suis inspirée de la galerie des glaces de Versailles, et au fait, merci pour le compliment. Mais dites-moi, si nous sommes dans *Le Songe d'une nuit d'été*, comment se fait-il que je ne voie nulle part Oberon et Titania, le roi et la reine des fées ? Ni Puck et Bottom ?

Il rit.

— Ils sont certainement cachés quelque part. Quoi qu'il en soit, Lysander, Hermia et Demetrius sont ici et...

Il s'interrompit brusquement.

Déconcertée, Annette fronça les sourcils puis détourna les yeux. Bien qu'elle ne fût pas absolument certaine de ce qu'il voulait dire, elle avait sa petite idée sur la question.

Gêné, Christopher s'empressa de changer de sujet.

— Vous venez toujours dans le Kent samedi prochain, pour faire votre sélection en prévision des prochaines enchères ?

— Naturellement, sinon je vous aurais averti. A propos, je crois que la vente se tiendra à New York. Il y a là-bas de nombreux collectionneurs amoureux des impressionnistes... sans parler des musées. Le Metropolitan, notamment.

— Je ne suis jamais allé à New York ! s'écria-t-il avec enthousiasme. J'espère que vous voudrez bien me servir de guide lorsque nous serons là-bas. Quand avez-vous l'intention de... ? De tenir la vente, je veux dire ? Quand partirons-nous ?

— Cela dépend en partie de vous, Christopher. Dans un premier temps, il faut que vous me disiez quelles toiles vous désirez vendre et que nous décidions si elles ont besoin d'être nettoyées, restaurées ou encadrées. Par ailleurs, je vais me procurer l'agenda culturel de la ville de New York... pour voir quels sont les ventes d'art et vernissages prévus. Je veux que ces enchères soient un succès total. Encore plus retentissant que la vente du Rembrandt.

— Oh, mais c'est fantastique.

Après une courte pause, Malcolm demanda :

— Est-ce que Marius sera du voyage ?

Elle le dévisagea une fois de plus sans rien dire, puis déclara d'un ton neutre :

— Je n'en sais rien. Il a son propre cabinet d'expertise, comme vous le savez. Lui et moi sommes indépendants. Il n'est toutefois pas impossible qu'il décide de se rendre à New York pour son travail. Pourquoi cette question ?

— Juste comme ça, marmonna Christopher, en la serrant d'un peu plus près.

Elle n'en fut pas vraiment surprise, car cela faisait un moment qu'elle le soupçonnait d'en pincer pour elle. Ce qui ne la dérangeait pas dans la mesure où elle ne le voyait que rarement et savait comment le manœuvrer. C'était un tout jeune homme, de vingt-trois ans à peine. Amusée, elle reprit :

— Il va falloir que nous accordions nos violons. Et tant mieux si Marius décide de venir à New York avec nous. Il est toujours de bon conseil.

— Oui, je comprends.

Il avait l'air embarrassé. Par quoi ? Le ton de sa voix peut-être ?

A présent, c'était à son tour de changer de sujet.

— A quelle heure m'attendez-vous samedi ?

— Celle qui vous convient, Annette. 10 heures ? 11 heures ? J'avais espéré que nous déjeunerions ensemble.

— C'est une excellente idée. D'autant que nous n'aurons pas trop de la journée pour travailler. Nous avons du pain sur la planche, vous savez.

Son visage s'éclaira instantanément.

— C'est parfait, dit-il en la regardant dans les yeux. Je vous promets de faire tout mon possible pour vous simplifier la vie.

Elle lui sourit, mais s'abstint de tout commentaire.

Annette venait de regagner sa place quand Marius accrocha son regard avant de jeter un coup d'œil au podium.

Elle comprit d'emblée sa mimique. D'ici quelques minutes, il monterait sur l'estrade pour la féliciter. Et quand il aurait fini, elle le remercierait puis inviterait Malcolm à les rejoindre et à prononcer son compliment d'anniversaire.

Après quoi, l'orchestre entonnerait *Happy Birthday to You* tandis que l'énorme gâteau d'anniversaire ferait son entrée sur un chariot. Marius procéderait ensuite au découpage de la pièce montée. Tout avait été soigneusement réglé hier.

Mais à sa grande surprise, sans attendre la fin de la dernière danse, Marius se leva et se dirigea vers les musiciens. En un clin d'œil, Malcolm s'approcha d'elle en compagnie de David Oldfield et tous trois emboîtèrent le pas à Marius.

Il y eut un roulement de tambour, invitant les danseurs à regagner leurs places, puis un deuxième lorsque David monta sur le podium et s'empara du micro.

— Bonsoir à tous, et merci d'être là. Rassurez-vous, nous n'allons pas passer des heures en discours. Ce ne serait pas du goût de nos hôtes.

Il y eut une salve d'applaudissements quand Marius rejoignit David.

— Tout d'abord, un grand merci à tous, déclara-t-il. Je suis heureux et fier de vous voir aussi nombreux à mon soixantième anniversaire... Cependant, il faut que vous sachiez que cette fête n'est pas uniquement la mienne, c'est également

28

celle de mon épouse, qui mérite d'être applaudie... pour avoir organisé l'une des plus grandes ventes aux enchères de tous les temps. Sa vente du Rembrandt est extraordinaire, et elle aussi, est extraordinaire. A tous égards... c'est une artiste peintre de talent, une experte en œuvres d'art hors pair et une remarquable femme d'affaires, qui m'a épaulé pendant de nombreuses années quand j'étais à la tête de la galerie Remmington. Bref, en un mot comme en cent, c'est une femme unique.

Marius fit une pause, regarda Annette.

— Viens me rejoindre, ma chérie.

Elle s'exécuta. Lui passant un bras autour des épaules, il reprit :

— Félicitations, Annette, te voilà désormais au faîte de la gloire. Je suppose que je devrais dire que tu fais désormais partie de mes concurrents. Mais pourquoi pas ? J'aime ça, et je t'aime.

Un serveur s'était approché avec deux coupes de champagne.

— A votre santé, madame Remmington.

Il y eut un tonnerre d'applaudissements. Annette embrassa son mari et resta immobile la coupe à la main, souriante, savourant chaque seconde de son triomphe. Puis, sans crier gare, la petite boule d'angoisse refit son apparition au creux de son estomac. Elle continua de sourire et de remercier la foule des convives, remercia une fois encore Marius pour son gentil compliment puis, le prenant par la main, l'entraîna sur le côté du podium pour laisser la parole à Malcolm. Tour à tour brillant et profond, sérieux et insolent, quelques secondes lui suffirent pour mettre le public dans sa poche. Tandis qu'il brossait un portrait plein d'esprit de son mentor, un homme qu'il admirait et aimait sincèrement, le public riait à gorge déployée, conquis par son humour. Applaudissements, sifflets et quolibets, fusaient de toutes parts comme l'avait espéré le jeune homme.

Enfin un serveur entra en poussant un chariot sur lequel trônait un énorme gâteau d'anniversaire couronné de soixante bougies.

S'approchant du chariot, Marius balaya lentement la salle du regard puis souffla les bougies et plongea un long couteau bien aiguisé dans la pièce montée.

Au même instant, l'orchestre se mit à jouer et toute la salle entonna *Happy Birthday*, en levant son verre.

Annette chantait avec les autres quand elle sentit soudain sa gorge se serrer. Le nom d'Hilda Crump venait à nouveau de s'immiscer dans ses pensées : un nom associé à de sombres souvenirs de jeunesse. Elle frissonna en songeant qu'on n'échappait pas à son passé. Quoi qu'on fasse, il revenait tôt ou tard vous hanter.

3

Le vendredi matin, Annette rendit visite à sa sœur. Elles passaient généralement une partie du samedi ensemble, mais ce week-end, elle avait prévu de se rendre dans le Kent, chez Christopher Delaware, pour choisir les tableaux de la prochaine enchère.

Laurie l'attendait, impatiente et joyeuse comme à l'ordinaire. Elle l'accueillait toujours à bras ouverts. *Laurie*. La beauté de la famille, avec ses yeux verts et ses cheveux roux flamboyants. Laurie qui rêvait de devenir actrice dans son enfance.

Elles prirent place devant la cheminée, dans le boudoir de Laurie. Son appartement de Chesham Place se trouvait à deux pas de la maison des Remmington à Eaton Square. Cette proximité les rassurait l'une et l'autre. Annette savait qu'en cas d'urgence ou de force majeure, elle pouvait se rendre chez sa sœur à pied en quelques minutes.

Presque aussitôt, Annette lui parla du coup de fil que Malcolm Stevens avait reçu en début de semaine.

Laurie l'écouta jusqu'au bout, ses yeux intelligents changeant à peine d'expression dans son visage impassible.

Quand elle eut terminé, il y eut un court silence. Laurie réfléchissait, passant mentalement chaque détail en revue, puis elle déclara :

— Il ne faut pas te mettre martel en tête.

— C'est plus fort que moi. Ça m'a donné un tel choc d'entendre prononcer son nom. Je me demande bien qui peut être à la recherche de Hilda Crump.

— C'est vrai. *Qui ?* Et *pourquoi ?* Il n'empêche que tu n'as pas de raison de t'en inquiéter. Hilda a disparu de la circula-

31

tion il y a des années. Jamais personne ne la retrouvera, sauf si tu manques à ta parole. Ce qui est exclu, n'est-ce pas ?

— Bien sûr.

— De toute façon, nous ne saurons jamais qui la recherche, sauf si le détective en informe Malcolm et que ce dernier nous en parle. De toute façon, quelle importance ? Si nous ne disons rien, Hilda restera introuvable.

— C'est vrai, mais nous étions tout de même très impliquées, toi et moi. Songe à tout ce que nous savons.

— Nous sommes les seules au courant, et cela remonte à plus de vingt ans, Annette. Crois-moi, ça ne vaut pas la peine de s'en faire.

Annette se renversa dans son fauteuil et regarda sa jeune sœur.

— Si tu le penses vraiment, d'accord.

— Mais oui, voyons. Arrête de te tracasser, sans quoi, c'est moi qui vais me faire du souci pour toi, insista Laurie en riant. A présent, raconte-moi ta soirée. Tu as été plutôt laconique au téléphone. Je veux tous les détails.

— Quel dommage que tu ne sois pas venue, Laurie ! Tu te serais beaucoup amusée. Je ne comprends toujours pas ton refus. Marius non plus. Il était très déçu, tu sais.

— Dans… dans ce fauteuil roulant ? Allons, ne sois pas ridicule. J'aurais été un *fardeau*.

— Ne dis pas cela ! Nous espérions vraiment que tu finirais par te laisser convaincre.

— Je suis désolée. Ne te fâche pas. Je sais que tu es sincère. Mais nous ne voyons pas toujours les choses de la même façon, toi et moi. Je n'avais pas envie d'être un boulet. Et puis, je ne voulais pas que tu retrouves harcelée de questions. Pense à tous les gens qui t'auraient demandé pourquoi j'étais dans un fauteuil roulant. Non, je te l'ai déjà dit, tu n'as pas besoin d'une infirme accrochée à tes basques.

— Arrête, s'exclama Annette en haussant le ton. Je t'interdis de dire des choses pareilles !

— C'est la vérité. Je suis infirme depuis cet accident de voiture qui m'a rendue paraplégique.

— Tu as perdu l'usage de tes jambes, mais tu as survécu contrairement aux autres. Et tu es toujours une femme ravissante. Intelligente, charmante, et tu n'es un boulet ni pour moi ni pour Marius. D'ailleurs, tu as souvent participé à des soirées avec nous et nos amis...

— Parce que c'étaient des amis intimes, la coupa Laurie.

— Et il n'y a jamais eu le moindre problème, conclut Annette.

— C'est vrai. Sauf que là c'était différent. Avec quelque deux cents invités sur les bras, je savais que la soirée allait être éprouvante pour toi.

— Je t'aurais installée à ma table, ou à celle de Marius, en compagnie de nos amis proches, Malcolm, David, Johnny Davenport. Et tout se serait passé à merveille.

Laurie sourit.

— Je sais. Arrête, s'il te plaît. J'ai préféré ne pas venir, dit Laurie, l'air las. Ça m'aurait demandé un trop gros effort.

— Tu es sûre que tout va bien ? Tu n'es pas malade au moins ?

— Pas du tout, je vais très bien. Mais essaie de comprendre que j'aurais été mal à l'aise en présence de tous ces inconnus.

Elle adressa un sourire plein de tendresse à sa sœur. Si Laurie n'était pas venue à la soirée, c'est parce qu'elle ne voulait pas gâcher son plaisir. Elle craignait que sa présence ne lui rappelle des souvenirs douloureux. Or, voilà qu'un nom avait ressurgi du passé, et avec lui tout un cortège de fantômes. Inspirant profondément, Laurie demanda :

— S'il te plaît, raconte-moi la soirée. Je veux tout savoir dans les moindres détails.

Il n'y avait guère de monde dans les rues, songea Annette tandis qu'elle marchait aux côtés du fauteuil motorisé de Laurie. Il faisait un temps de mars, humide et venteux, qui ne donnait pas vraiment envie de sortir de chez soi.

Elles avançaient à bonne allure en direction de l'appartement d'Annette au coin d'Eaton Square, car elles avaient hâte de se mettre au chaud. Annette leva la tête et fut surprise de constater combien la couleur du ciel avait changé en l'espace d'une heure. Il était devenu plus bleu et lumineux.

— Nous voilà sous un ciel à la Renoir à présent, s'exclama-t-elle. Il était pâle, presque gris, tout à l'heure, quand je suis venue chez toi.

— C'est vrai, dit Laurie. Il utilisait exactement la même nuance pour peindre le ciel, les plans d'eau et souvent aussi les robes de ses magnifiques modèles féminins.

Tournant la tête vers Annette, elle ajouta en souriant :

— Il n'y a que toi pour parler d'un ciel à la Renoir.

— C'est mon impressionniste préféré.

— Le mien aussi. Même si Rembrandt fait également partie de mes favoris depuis qu'il t'a porté chance ! Sais-tu si Christopher Delaware en a d'autres en réserve chez lui ?

— Si seulement, s'esclaffa Annette.

— Qui sait s'il ne va pas débusquer un deuxième trésor caché, médita Laurie. Son oncle faisait partie de ces collectionneurs excentriques qui achètent des toiles pour les garder cachées parce qu'ils veulent être les seuls à pouvoir les contempler.

— Ça arrive quelquefois. Enfin, j'imagine que Christopher a passé toute la maison au peigne fin.

Laurie frissonna soudain. Voyant qu'elle remontait le col de son manteau et resserrait son écharpe autour de son cou, Annette lui demanda, pleine de sollicitude :

— Tu n'as pas froid au moins ?

— Non, pas trop. Et puis ça me fait du bien de sortir un peu. Merci de m'accorder du temps.

— Ça me fait plaisir de passer la journée avec toi, c'est un des rares luxes que je m'accorde sans hésiter.

Sa sœur lui sourit, puis laissa son regard errer autour d'Eaton Square.

— Je trouve que la place a un air triste aujourd'hui. Je la préfère mille fois en été quand il y a des feuilles aux arbres et qu'on vient pique-niquer, soupira Laurie. J'ai hâte de voir revenir le printemps. L'hiver m'a paru si long et morne cette année.

— Nous allons bientôt partir au soleil. Au printemps, lui rappela Annette d'une voix pleine de tendresse.

Laurie était sa seule parente. Ou presque. Elles avaient un frère, Anthony, mais il avait complètement disparu de leur vie depuis la mort de leurs parents. Qui savait où il se trouvait ? Heureusement, j'ai Laurie, songea Annette. Elle est tellement affectueuse et généreuse. Sans oublier son courage et sa prévenance envers les autres. Il n'y a pas une once d'égoïsme en

34

elle. Elle a beau être petite et frêle, elle est solide comme un roc.

De plus, Laurie était une auxiliaire hors pair, indispensable à son cabinet d'expertise. C'était à elle qu'elle confiait le soin de mener des recherches quand cela s'avérait nécessaire.

— Nous y voilà, dit Annette en s'arrêtant devant une porte vert sombre.

Faisant pivoter le fauteuil roulant, elle gravit les deux marches du perron à reculons en le hissant sur le seuil, puis elle pressa la sonnette correspondant à Remmington.

— C'est nous, annonça-t-elle quand la voix désincarnée de Marius résonna dans l'interphone.

Il y eut un bourdonnement suivi d'un cliquetis, Annette poussa la porte tandis que Laurie reprenait le contrôle de son fauteuil électrique. Une fois dans le hall, elles se dirigèrent vers l'ascenseur. Quelques secondes plus tard, elles trouvèrent Marius qui les attendait, tout sourire, devant la porte grande ouverte de l'appartement.

— Bonjour, trésor, lança-t-il à Laurie en se baissant gentiment pour l'embrasser sur la joue. Entrez vite vous installer au coin du feu. Vous avez l'air frigorifiées.

— Marius, quel plaisir de te voir, dit Laurie en ôtant ses gants et son foulard.

Annette l'aida à s'extraire de son manteau qu'elle accrocha à la patère.

— Nous allons dans le salon, chérie, dit Marius.

— Bonne idée. Je vous rejoins dans une minute.

Laurie adorait cette grande et belle pièce parfaitement proportionnée avec sa cheminée de marbre blanc et ses hautes fenêtres qui donnaient sur Eaton Square. La couleur dominante était le jaune dans diverses nuances, rehaussé de touches bleues et blanches. Un feu pétillant et clair ronflait dans l'âtre, un parfum floral embaumait l'air. Il y avait des vases pleins de fleurs un peu partout, mais Laurie savait qu'Annette utilisait des bougies parfumées Ken Turner pour obtenir la fragrance désirée.

Lorsqu'elle fut installée confortablement à côté du feu, Marius s'approcha de la desserte et sortit une bouteille de Dom Pérignon d'un seau à champagne en argent. Tandis qu'il faisait sauter le bouchon, il dit à Laurie :

— Tu es une coquine de ne pas être venue à ma fête d'anniversaire. J'ai été très déçu.

Avant même qu'elle puisse lui répondre, Annette entra avec une assiette de canapés.

— Marius, ne la gronde pas. Je m'en suis chargée.

— Je m'en serais douté, commenta-t-il en riant de bon cœur. Et maintenant, qui veut un verre de champ ?

— Moi ! s'exclama Laurie qui commençait à reprendre des couleurs à la chaleur du feu.

Elle était ravie de se trouver en compagnie d'Annette qu'elle adorait et de Marius qu'elle aimait beaucoup et qui s'était toujours montré très prévenant avec elle.

— Moi aussi, dit Annette en prenant place sur le canapé.

Pendant que Marius servait le champagne, elle lui demanda :

— A quelle heure est ton avion ?

Il répondit sans cesser de remplir les verres.

— J'ai eu un coup de chance inespéré. Jimmy Musgrave m'a proposé de m'emmener dans son jet privé.

— Jimmy Musgrave ? Qui est-ce ? fit Annette, haussant un sourcil. Je le connais ?

— Non, tu ne l'as encore jamais rencontré. C'est un nouveau client de Los Angeles que m'a présenté une de mes relations de Hollywood. Figure-toi qu'il m'a appelé pour m'annoncer qu'il ne pourrait pas me voir avant la semaine prochaine, parce qu'il devait se rendre aujourd'hui même à Barcelone. « Incroyable, je vais justement moi aussi à Barcelone », lui ai-je dit. Du coup, il m'a proposé de m'emmener dans son jet. Et pour répondre à ta question, je dois être à l'aéroport à cinq heures.

— Quelle coïncidence, dit Annette en prenant la flûte de champagne qu'il lui tendait. Il devrait faire beau ce week-end à Barcelone. Tu vas pouvoir te dorer un peu au soleil.

S'approchant de Laurie, il lui donna son verre, puis s'installa dans un fauteuil à côté d'elle.

— J'en doute, murmura-t-il en s'adressant à Annette. Je vais devoir passer presque tout mon temps au musée Picasso et arpenter les salles une par une pour me rafraîchir la mémoire.

— Au fait, comment avance ton livre ? s'enquit Laurie, car Marius était en train d'écrire une biographie du peintre.

— Plutôt mieux que prévu. Curieusement, j'ai abattu plus de travail au cours des six derniers mois que pendant toute l'année précédente. Je crois que Picasso commence enfin à prendre vie sous ma plume. A propos, mesdames, j'ai décidé de vous dédicacer le livre à toutes les deux – mes muses.

— A ton nouveau livre, Marius ! s'écria Laurie en levant son verre. Et merci pour la dédicace.

— Tu es adorable, chéri, dit Annette. Merci, merci mille fois.

Il y eut un petit silence. Parfaitement détendus et heureux d'être tous trois réunis autour du feu en cette froide journée d'hiver, ils prirent un moment pour déguster leur champagne.

Marius fut le premier à rompre le silence.

— Tu as toujours l'intention de te rendre dans le Kent demain, pour jeter un œil aux toiles de Christopher ? demanda-t-il à sa femme.

— Oui, il faut que nous fassions une sélection. Je dois commencer à préparer ma prochaine vente aux enchères.

Marius lui décocha un regard pénétrant.

— Tu ne m'as jamais précisé en quoi consistait la collection de son oncle. Allons, vends la mèche, chérie. Ce sont des chefs-d'œuvre ou des croûtes ?

— Je ne joue pas les cachottières si c'est ce que tu insinues, répliqua Annette avant d'ajouter avec un froncement de sourcils : Il y a deux impressionnistes ainsi qu'une sculpture importante. Quant aux toiles, il s'agit d'un Cassatt et d'un Degas. Mais tout cela, je te l'ai déjà dit.

Percevant une touche d'irritation dans sa voix, Marius enchaîna, conciliant :

— En fin de compte, je m'en souviens. Ne m'as-tu pas aussi parlé d'un Giacometti parmi les sculptures ?

— Si, et je crois savoir que c'est une pièce de valeur. Oh, et puis il y a un Cézanne. J'admire beaucoup son travail, comme tu le sais. Mais pour une raison que je ne m'explique pas, la toile est très sale et devra être nettoyée. Je n'arrive pas à m'imaginer quelle sorte de personnage était l'oncle de Christopher. Un homme peu soigneux, apparemment, tout au moins en ce qui concerne sa collection de tableaux. Comment peut-on négliger un Rembrandt ou un Cézanne ? Sa collection n'était même pas référencée. Et Christopher n'a pas l'air d'en savoir plus que moi. Il n'était pas vraiment proche de son oncle, il le connaissait à peine. Il lui a laissé sa collection parce qu'il n'avait pas d'autre héritier.

— Et tout le reste, murmura Laurie. Je l'ai lu dans les journaux. Il semblerait qu'un événement douloureux soit survenu dans sa vie et qu'à partir de là il ait vécu en reclus et en excentrique – je veux parler de son oncle.

Marius eut l'air songeur.

— Je crois que c'est une histoire de fiançailles rompues ou de divorce, dit-il lentement. Enfin, une histoire tragique avec une femme, si j'ai bonne mémoire. Nous avons dû lire les mêmes articles de journaux, Laurie.

Il se tourna vers sa femme :

— Tu ne sais rien de l'histoire de la famille ?

— Pas grand-chose. Christopher ne m'a rien confié. C'est un garçon plutôt timide et sur la réserve.

— Ah bon ? En tout cas, ça ne l'a pas empêché de te dévorer des yeux toute la soirée. Tu l'attires beaucoup, Annette, s'esclaffa Marius.

Son rire sonnait un peu creux.

— Qu'est-ce que tu racontes ? Te rends-tu compte qu'il n'a que vingt-trois ans ?

— L'âge n'a rien à voir là-dedans. Tu lui plais, c'est évident. Allons, reconnais-le.

— Balivernes ! rétorqua Annette.

Elle pressentait que si elle entrait dans son jeu, Marius en profiterait pour l'asticoter, comme ça lui arrivait parfois. Une autre façon de la contrôler.

Laurie se taisait, observant la scène sans oser intervenir. Elle connaissait la possessivité et la jalousie de Marius, qui ne quittait pas Annette des yeux, l'air furibond dès qu'un autre homme lui témoignait de l'intérêt. Chaque fois qu'elle avait essayé d'aborder le sujet avec sa sœur, celle-ci l'avait éconduite avec véhémence. Le comportement de Marius n'en avait pas moins quelque chose de pathologique.

Celui-ci se leva, prit la bouteille de champagne et remplit à nouveau les coupes. Soudain, il se figea, la main sur la bouteille, laissant son regard aller et venir entre sa femme et sa belle-sœur.

— Ecoutez, les filles, dit-il au bout d'un moment. Je viens d'avoir une idée. Vous devriez aller toutes les deux dans le Kent, demain, dans l'immense baraque que Christopher a héritée de son oncle. Tu ne penses pas qu'une petite sortie te ferait du bien, Laurie ? Et toi, Annette, ça te permettrait de profiter de la compagnie de ta sœur. Quand Paddy m'emmènera à l'aéroport, tout à l'heure, je lui en toucherai un mot. Je suis sûr qu'il se fera un plaisir de vous conduire là-bas et de vous ramener. Eh bien, qu'en dites-vous ?

Laurie, pétrifiée, n'ouvrit pas la bouche.

Annette regarda sa sœur en souriant, puis susurra de sa voix la plus douce :

— Marius vient d'avoir une idée géniale, Laurie. Je serais ravie que tu viennes avec moi. Je regrette de ne pas y avoir pensé.

— Je ne sais pas si c'est une bonne idée, s'empressa de répondre Laurie. Je n'ai pas envie d'être dans tes pattes alors que tu vas là-bas pour travailler. (Elle se mordit la lèvre.) Je serai un boulet, et rien d'autre.

— Absolument pas. Nous nous tiendrons compagnie pendant tout le trajet. Accepte, je t'en prie.

Annette se renversa sur le dossier du canapé. En réalité, elle trouvait la suggestion de Marius excellente, car cela lui avait serré le cœur d'annuler leur rendez-vous habituel du samedi. A malin, malin et demi, songea-t-elle en riant intérieurement. Tu croyais me piéger, mais je suis ta femme depuis presque vingt et un ans et je te connais comme si je t'avais tricoté.

— Si tu y tiens absolument, je viendrai, dit doucement Laurie tandis qu'un sourire s'esquissait sur sa jolie bouche généreuse. Pour moi, ce sera un vrai plaisir...

— Dans ce cas, l'affaire est conclue ! déclara Marius.

A cet instant, la gouvernante parut sur le seuil. Jetant un coup d'œil par-dessus son épaule, il s'écria :

— Ah, vous tombez bien, Elaine. Nous passons à table ?

— En effet, monsieur. Je vous prie de venir. Le soufflé au fromage ne peut pas attendre.

— On me mène à la baguette dans cette maison, marmonna-t-il entre ses dents.

Et moi aussi, pensa Annette avec une pointe d'irritation.

4

Knowle Court se trouvait à proximité d'Aldington, dans le Kent. On y accédait par une longue allée gravillonnée bordée de majestueux peupliers, qui donnait chaque fois à Annette l'impression d'entrer dans un jardin à la française.

Comme si elle avait lu dans ses pensées, Laurie s'écria :

— Aurions-nous traversé la Manche sans nous en rendre compte ? On se croirait dans un château de la Loire avec tous ces grands arbres plantés comme des sentinelles.

— C'est vrai, sauf que nous sommes toujours au pays du houblon, pas très loin de la maison de l'écrivain Noël Coward. Malheureusement, Knowle Court n'a pas du tout le charme du domaine élisabéthain de Goldenhurst.

— Dommage. Alors, de quoi a hérité Christopher, au juste ?

— D'une grosse bâtisse en pierre, surmontée de tourelles et entourée de douves, qui tient davantage du château fort que du manoir. Ce genre de baraque ne me plaît pas vraiment. Je suis venue ici plusieurs fois l'an passé et même quand le soleil brille, on se sent... intimidée. Ah, tiens, la voici !

Annette se pencha vers le chauffeur :

— Paddy, il y a une allée circulaire un peu plus haut. M. Delaware m'a indiqué que vous deviez vous garer à côté du pont-levis qui mène à l'entrée principale.

— A vos ordres, madame Remmington.

— Il m'a aussi dit que vous pouviez vous installer dans le petit salon pour lire ou regarder la télévision en attendant que la gouvernante vous apporte votre déjeuner.

— Merci, madame Remmington. Mais je crois que je vais plutôt faire un petit tour avant de casser la croûte. M. Remmington m'a dit que vous alliez être prise toute la journée.

40

— En effet. J'espère que nous pourrons nous libérer à 17 heures au plus tard. En tout cas, faites comme il vous plaira.

Quelques instants plus tard, Paddy arrêta la voiture.

— Vous voici arrivées, Mesdames, annonça-t-il en coupant le moteur.

Il descendit de voiture et, contournant le véhicule, s'approcha de la fenêtre :

— Je vais sortir votre fauteuil roulant, mademoiselle Laurie. J'en ai pour une seconde.

Au même instant, une lourde porte cloutée s'ouvrit et Christopher parut sur le pont-levis en compagnie de son ami James Pollard. Avant qu'Annette ait pu faire un geste, il s'élança pour lui ouvrir la portière.

— Bienvenue au domaine, l'accueillit-il avec un grand sourire. (Il se pencha pour saluer sa sœur, restée à l'intérieur.) Bonjour, Laurie. Vous connaissez mon ami Jim, je crois ? Je lui demandé de venir passer le week-end. Il vous tiendra compagnie pendant qu'Annette et moi travaillerons. Vous vous souvenez de lui ? Il était à la vente.

— Bien sûr.

Sur ce, Laurie se tourna vers le chauffeur. La soulevant de la banquette aussi délicatement que s'il avait porté un bébé, Paddy la déposa dans son fauteuil roulant. Il avait beaucoup de tendresse pour cette jeune fille adorable et ravissante qui ne se plaignait jamais.

— Merci, Paddy, lui dit Laurie.

Le chauffeur était un grand gaillard d'Irlandais aux yeux noirs comme l'obsidienne et aux cheveux bruns sans doute hérités des marins espagnols échoués sur les côtes irlandaises lors de la défaite de l'Invincible Armada.

— Quelle drôle de bicoque, vous ne trouvez pas, mademoiselle Laurie ? lança-t-il tandis qu'ils franchissaient le pont-levis, elle dans sa chaise roulante, lui marchant à ses côtés.

Il avait proféré sa remarque d'un ton si comique qu'elle ne put s'empêcher de rire.

Lorsqu'elle leva les yeux vers l'imposante bâtisse, toutefois, elle fut parcourue d'un frisson involontaire. Annette était en dessous de la vérité. La maison était plus qu'intimidante. Elle était *oppressante*. Elle fut en proie à un étrange pressentiment qui lui donna envie de rentrer dans sa coquille.

41

Quelques instants plus tard, Jim Pollard s'approchait pour la saluer :

— Quel plaisir de vous revoir, Laurie. Quand Chris m'a demandé de venir passer le week-end ici et qu'il m'a annoncé que vous veniez déjeuner, j'ai sauté de joie. Je sens que nous allons nous amuser comme des fous, comme lorsque nous étions à la vente aux enchères. Je crois que je n'ai jamais autant ri que ce jour-là.

— Moi non plus, dit-elle, se rendant soudain compte qu'elle était ravie de le revoir.

Elle aurait détesté devoir attendre Annette seule, en rongeant son frein dans cette maison sinistre, froide et sombre.

Christopher leur fit les honneurs de la maison. Il insista pour montrer à Paddy où se trouvait le petit salon, puis le présenta à Mme Joules, sa gouvernante, juste au moment où elle sortait de l'office. Aussitôt, celle-ci prit le chauffeur sous son aile. Christopher demanda alors à Jim d'escorter Laurie jusqu'au salon bleu, puis, offrant son bras à Annette, il l'emmena par un long corridor jusqu'à une salle voûtée, et de là jusqu'à la bibliothèque.

Elle se souvenait parfaitement de cette pièce aux proportions gigantesques, lambrissée de chêne clair, avec une immense cheminée à un bout et de hautes fenêtres à meneaux à l'autre. Tous les autres murs étaient couverts de livres et seules deux scènes équestres de George Stubbs absolument superbes étaient accrochées de part et d'autre de la cheminée. Annette était quasiment certaine qu'elles avaient été peintes aux alentours de 1769. Leur composition rigoureuse, la robe chatoyante des chevaux, l'élégance de leur posture, la beauté du paysage typiquement anglais qui servait de toile de fond, tout la ravissait. Ces toiles étaient incomparables. Et en excellent état. Sir Alec Delaware, l'oncle de Christopher, avait apparemment pris grand soin de ces deux merveilles. Elle s'en félicita. Si Christopher décidait de les vendre, elle pourrait en tirer un prix fabuleux.

— Vous avez inspecté ces deux scènes équestres avec soin, la dernière fois que vous êtes venue, lui fit remarquer Christopher en venant se poster à ses côtés. Vous disiez qu'elles valaient de l'or.

— C'est exact. Les œuvres de George Stubbs sont très recherchées. Il y a longtemps que je n'en ai pas vu sur le marché. Si vous décidez de les vendre, elles devraient vous rapporter une somme coquette ; sans atteindre le prix du Rembrandt, naturellement.

— Je veux les garder. Je les trouve très belles et tout à fait dans leur élément. Je ne les imagine pas ailleurs qu'ici. Elles rehaussent magnifiquement cette pièce.

— Votre oncle les a certainement achetées spécialement pour garnir sa bibliothèque.

— Non, Annette, vous vous trompez. Ma mère m'a dit qu'il les avait héritées de mon grand-père, Percy Delaware, qui les avait lui-même héritées de son père. Elles sont dans la famille depuis des générations.

— Et la maison, depuis combien de temps appartient-elle à votre famille, Christopher ?

— Des siècles. Depuis les Stuart, dans les années 1660, et elle ne peut être cédée. Elle doit obligatoirement être léguée à un descendant direct.

— Votre famille est donc d'ascendance noble ?

— Non. Mon oncle a été fait chevalier pour services rendus à l'industrie britannique, mais son titre s'est éteint avec lui. C'est de là que lui venait son argent. De l'industrie. C'était un homme d'affaires.

— Oui, je suis au courant. J'ai fait quelques recherches à son sujet.

Il sourit légèrement, puis s'approcha de la table basse.

— Une tasse de café avant que nous ne nous mettions au travail ?

— Volontiers, répondit Annette, s'asseyant sur le canapé en cuir.

Cependant, il n'était pas question de prolonger la pause indûment. Une longue journée de travail les attendait.

Christopher, qui était allé se poster dos à la cheminée pour boire son café, l'informa :

— J'ai fouillé la maison de fond en comble, tout passé au peigne fin et j'ai trouvé deux ou trois choses qui devraient vous intéresser.

— Ah, ah ! dit-elle en relevant promptement la tête. Quoi donc ?

— Un journal intime appartenant à mon oncle, rangé dans une vieille sacoche. Figurez-vous qu'en le feuilletant, j'ai découvert que son père avait acheté le Rembrandt dans les années 1930. La facture n'est donc pas conforme puisqu'elle est au nom de sa mère.

— C'est intéressant, en effet, mais sans conséquence. L'important, c'est que le tableau ait été acquis par votre famille à cette période. Serait-il possible de voir le journal en question ?

— Bien sûr.

Christopher s'approcha du bureau et en revint avec un carnet noir qu'il tendit à Annette.

En piteux état, écorné et passablement usé, il avait de toute évidence beaucoup servi. Haussant un sourcil, elle demanda :

— Que contient-il ? Un catalogue ? Ce serait formidable !

— Non, hélas. Une liste d'œuvres et des références.

Elle le feuilleta, jetant de rapides coups d'œil à l'écriture en pattes de mouche, puis renonça : les petits caractères étaient trop difficiles à déchiffrer.

— Vous savez où sont les passages intéressants, montrez-les-moi, je vous prie. Ça ira beaucoup plus vite que si je les cherche à l'aveuglette.

Il lui prit le carnet des mains et tourna les pages jusqu'à celle qu'il voulait.

— Laissez-moi vous lire ceci... *Dans tes bras, un bonheur apaisé, silencieux comme une rue la nuit* ; et *les pensées de toi étaient des feuilles vertes dans une chambre plongée dans la pénombre, des nuages sombres dans un ciel sans lune.*

Il s'arrêta, puis murmura :

— C'est beau, n'est-ce pas ?

— Oui, très beau. C'est tiré du poème *Retrospect*, de Rupert Brooke. Sauf qu'il n'y est pas question de peinture.

— En fait, si. Sous ces quelques vers, il a écrit... *Oh, mon pauvre Cézanne. Perdu à jamais. Ma merveilleuse chambre sombre. Ruinée. Effacée. Maudite suie.* Serait-ce de la suie qui recouvre le Cézanne, Annette ?

— Très probablement, dit-elle en se redressant. J'ai cru que c'était la crasse accumulée au fil des ans, mais cela doit être de la suie. Espérons que nous réussirons à la nettoyer...

Elle s'interrompit et un voile d'inquiétude assombrit ses yeux bleus.

44

— Nous pouvons aller y jeter un coup d'œil, proposa-t-il. Je l'ai remisée dans un salon dont j'ai ôté tous les meubles pour en faire mon entrepôt.

— Quand avez-vous trouvé le carnet, Chris ?

— Il y a une semaine ou deux. Pourquoi ?

Il aurait dû l'en avertir aussitôt. L'art n'avait donc pas d'importance pour lui ?

S'éclaircissant la voix, elle répondit :

— Je me posais la question, simplement. Allons voir le Cézanne, et n'oubliez pas de l'apporter quand vous viendrez à Londres la semaine prochaine. Je vous appellerai lundi pour vous donner l'adresse du restaurateur d'art à qui le confier. J'espère qu'il sera disponible. C'est le meilleur que je connaisse. Son nom est Carlton Fraser.

— Je le ferai, mais...

— Oui ?

— Ai-je dit quelque chose qui vous a déplu ?

— Non, pourquoi cette question ?

— Parce que vous faites une drôle de tête.

— Vraiment ? J'étais en train de penser à votre oncle, et à la façon dont il décrivait le Cézanne, ou plus exactement, la façon dont il le voyait... Vous savez que c'était un peintre qui affectionnait le vert sombre ?

— Mon oncle était un type intéressant. Il a écrit autre chose aussi.

Christopher recommença à feuilleter le carnet.

— Ecoutez ça : *Ma pauvre petite fille, partie loin de moi. La belle enfant qui a cessé d'être belle. Je dois l'enterrer....* Rien de plus, mais je l'ai trouvée.

— Oh, mon Dieu ! Vous avez trouvé une enfant morte ?

Elle posa une main devant sa bouche et frissonna, abasourdie.

— Non, non. Il ne s'agit pas d'une enfant en chair et en os, mais d'une statue à l'aspect pas franchement reluisant. Voulez-vous la voir ?

— Sur-le-champ.

Elle se leva, livide.

— Je suis désolé de vous avoir effrayée, s'excusa-t-il en lui effleurant le bras.

Ce n'est pas de ta faute, songea-t-elle. Mais quelque chose dans cette maison me glace le sang.

Inspirant profondément, elle reprit :

— Tout va bien, ne vous inquiétez pas. J'ai juste eu un choc. A la façon dont vous m'avez présenté les choses... j'ai cru qu'il s'agissait d'un cadavre.

Annette suivit Christopher à travers l'immense vestibule au plafond voûté, au parquet ciré, éclairé par un lustre monumental. Elle regarda autour d'elle en frissonnant. Il y avait quelque chose de terrifiant dans cette maison. Comment se faisait-il qu'elle ne l'ait pas remarqué l'année dernière ? C'était l'été bien sûr et il faisait beau et chaud. Quoi qu'il en soit, en cette froide journée de mars, elle avait un aspect sinistre.

Elle se félicita d'avoir mis son ensemble pantalon de lainage gris et son pull en cachemire et d'avoir conseillé à Laurie d'en faire autant. Bien qu'il y eût le chauffage central à Knowle Court et du feu dans toutes les cheminées ou presque, l'humidité semblait se loger partout.

Tandis qu'ils se dirigeaient vers la pièce qui lui servait d'entrepôt, elle lui demanda :

— Comment avez-vous trouvé la statue ?

— J'ai découvert une quantité de caisses et de malles au grenier, et décidé de les fouiller une par une. Par chance, mon oncle avait griffonné *ma belle enfant,* sur l'une des caisses. Et quand je l'ai ouverte, j'ai vu la sculpture.

— Vous avez eu de la chance, en effet. Elle est dans la même salle que le Cézanne ?

Il hocha la tête.

— J'ai réuni plusieurs œuvres d'art dans cette salle, me souvenant que vous vouliez mettre plus d'une pièce en vente.

— Vous avez bien fait.

— Nous y voilà, dit Christopher en ouvrant la porte et l'invitant à entrer. Si vous voulez d'abord voir le Cézanne, il se trouve sur le chevalet, là-bas.

Elle se dirigea aussitôt vers la toile, craignant que ses appréhensions ne soient confirmées quant aux dégâts provoqués par la suie.

Christopher, qui l'avait devancée, ôta d'un geste le drap qui recouvrait le chevalet et guetta sa réaction.

Au premier regard, Annette remarqua que le tableau avait foncé par endroits depuis le mois d'août dernier. Certes, il y avait du soleil ce jour-là. Etait-ce le manque de lumière ? En principe la suie ne coulait pas et ne s'étalait pas. Elle laissait des résidus poisseux dus à la combustion du charbon et qui ne devaient pas être faciles à nettoyer.

Oh, mon Dieu, songea-t-elle en se demandant si Carlton parviendrait à lui rendre vie. En tout cas, si quelqu'un en était capable, c'était lui.

— Vous semblez soucieuse, constata Christopher soudain nerveux.

— C'est vrai, reconnut Annette. Mais Carlton Fraser est un génie, et il est trop tôt pour s'avouer vaincus. Peut-être est-ce la merveilleuse palette vert sombre si chère à Cézanne qui donne l'impression que la toile est plus endommagée qu'elle ne l'est réellement. Bon, où est la statue ?

— La voici, dit Christopher en traînant sur le parquet un grand carton dont il ouvrit les deux rabats.

A peine eut-elle regardé à l'intérieur qu'Annette sursauta. Elle recula, le souffle coupé, avant de s'agenouiller pour écarter davantage les rabats afin d'avoir une meilleure vue d'ensemble. Elle scruta longuement la sculpture au fond de la caisse en se demandant si ses yeux n'étaient pas en train de la trahir. Puis elle sentit une vague d'excitation monter peu à peu en elle. Avançant la main, elle toucha timidement la statue puis ferma les yeux.

Au bout d'un moment, elle leva la tête vers Christopher.

— Avez-vous la moindre idée de ce que c'est ?

— Non, pas la moindre.

— Vous l'avez sortie de sa boîte, n'est-ce pas ?

— Oui, mais comme elle ne m'a guère impressionné, je l'ai remise dans son carton.

— Voulez-vous bien la prendre pour que je puisse la regarder de plus près, Chris ?

— Bien sûr. Où voulez-vous que je la pose ?

— Là-bas, sur la table ronde, à côté de la fenêtre.

Dire qu'elle aurait pu la voir il y a deux semaines déjà, si seulement il avait eu la présence d'esprit de lui téléphoner. Elle commençait sérieusement à douter de son jugement.

Annette se mit à tourner autour de la statue posée sur la table pour l'inspecter sous tous les angles. Son cœur battait à se rompre. C'est à peine si elle parvenait à contenir son euphorie. Elle était en train de vivre un moment d'extase

comme lorsqu'elle avait sous les yeux une toile impressionniste, en particulier un Renoir.

— Elle a l'air tellement esquintée, ça ne peut pas être un
objet de valeur. Pourquoi vous intéresse-t-elle à ce point ?
s'enquit Christopher.

L'irritation d'Annette était telle qu'elle se tut, incapable de
lui répondre ou même de le regarder.

Au bout d'un moment, ayant recouvré son calme, elle
l'informa :

— La dernière fois que j'ai vu une pièce comme celle-ci
dans une salle des ventes, elle a été adjugée à onze millions de
dollars. Et c'était il y a dix ans.

5

— Si je ne m'abuse, il s'agit de *La Petite Danseuse* de Degas.

Annette se retourna vers Christopher et constata qu'il avait l'air estomaqué. Il est vrai que la découverte d'une œuvre d'art qui se chiffrait en millions de dollars avait quelque chose de renversant.

— Un Degas ! Et moi qui croyais qu'il s'agissait d'un bibelot sans intérêt. Comment se fait-il que mon oncle Alec l'ait remisé au grenier dans un vieux carton ? A cause de son aspect peu reluisant ?

— Je n'en ai pas la moindre idée. Ce qui est sûr en revanche, c'est qu'il ne me viendrait pas à l'idée de mettre cette petite danseuse de bronze au rebut. Tout le contraire même. Le fait que le tutu soit endommagé, usé et sale est sans importance. Je pense qu'elle fait partie d'une série non numérotée de vingt-cinq fontes réalisées dans les années 1920.

— Vous dites qu'elle a été adjugée onze millions de dollars il y a dix ans. Cela signifie que mon oncle était l'acheteur ?

— Non, non. Vous ne m'avez pas comprise. Il s'agissait d'une statue semblable à celle-ci, une autre petite danseuse de Degas, vendue en 1997 par Sotheby's à New York.

— Comment est-il possible qu'une simple copie vaille autant d'argent ?

— Ce n'est pas une copie au sens où vous l'entendez. Voyons si j'arrive à vous expliquer. Une série posthume de fontes a été réalisée à partir du moulage en cire original à la fonderie Hébrard – vraisemblablement par Albino Palazzolo, l'un des plus grands fondeurs de tous les temps, sous la direction du sculpteur Albert Bartholomé, un ami intime de

Degas. Il y a de fortes chances pour que cette statuette fasse partie de la série réalisée dans les années 1920. Laurie est une spécialiste de Degas, et je fais fréquemment appel à elle quand j'ai un doute. Accepteriez-vous de la lui montrer, Christopher ?

— Bien sûr, répondit-il. Je file la chercher.

Restée seule, Annette poursuivit son inspection de la statuette. Elle aurait mis sa main à couper qu'il s'agissait d'un Degas. Encore une pêche miraculeuse, comme le Rembrandt.

S'approchant de la petite danseuse, elle lui toucha doucement la tête puis laissa courir ses doigts sur le vieux tutu déchiré. Elle était tellement émue que les larmes lui montèrent aux yeux. La petite danseuse faisait depuis toujours partie de ses œuvres favorites et elle allait fréquemment admirer celle qui était exposée au musée d'Orsay quand elle se rendait à Paris.

Qui eût cru qu'un jour j'aurais, fût-ce brièvement, pareil trésor sous ma garde ? Ses pensées se tournèrent soudain vers Alec Delaware. Elle ne comprenait pas – et personne ne comprendrait sans doute jamais – pourquoi il avait remisé la statue au grenier. Et d'ailleurs quand l'avait-il achetée et où ? Il me faut le certificat de provenance. Oh, mon Dieu ! Son cœur se serra brusquement. Le classement n'était apparemment pas le fort d'Alec Delaware et Christopher ne savait pas grand-chose des affaires de son oncle. Parmi les quelques classeurs de rangement retrouvés, seule une poignée de papiers avait trait à sa collection d'œuvres d'art.

Au même instant Laurie entra dans son fauteuil roulant, Jim Pollard dans son sillage. Son visage s'illumina quand elle vit la danseuse sur la table.

— Oh, Annette ! Quelle merveille ! C'est la petite danseuse de Degas. Il faut que je la touche.

Tout en parlant, Laurie s'était approchée. Elle s'immobilisa devant la sculpture et la caressa. Puis elle s'adressa à Christopher :

— Vous êtes le plus chanceux des hommes ! Voilà un chef-d'œuvre que plus d'un collectionneur rêverait de posséder.

— Es-tu certaine qu'il s'agit de la pièce à laquelle nous pensons, toi et moi ? demanda Annette.

— Absolument, répondit Laurie sans hésiter.

— J'ai besoin du certificat de provenance, d'une preuve de propriété, dit Annette, l'air soudain grave. Etes-vous en possession d'un tel papier, Christopher ?

— Je ne crois pas.

— Y avait-il autre chose avec la statue ? ajouta-t-elle en désignant le carton. Une enveloppe peut-être ?

— Non. Mon oncle avait bourré le carton de papier journal et de papier absorbant roulé en boule pour protéger la statue.

— Et que sont devenus ces papiers ? lança Annette, priant le ciel qu'il ne les ait pas jetés.

— J'ai tout mis dans un sac plastique que j'ai laissé au grenier. Vous pensez que... le certificat de provenance pourrait se trouver parmi eux, c'est cela ?

— Oui.

— Je vais les chercher, dit Christopher, qui disparut aussitôt.

Jim Pollard s'adressa alors à Annette :

— J'ai un peu connu sir Alec. Ce n'est pas Christopher, mais mon père qui nous a présentés. Il était en affaires avec sir Alec. Apparemment, c'était un excentrique, du style professeur Nimbus. Et pourtant c'était un homme d'affaires brillant, très habile. Personnellement, je doute qu'il ait laissé quoi que ce soit au hasard, car c'était un collectionneur avisé, comme vous pouvez en juger par les œuvres qui constituent son patrimoine.

— Croyez-vous qu'il puisse y avoir, quelque part dans cette maison, un classeur renfermant la documentation relative à sa collection ?

— Oui. Caché. Voyez-vous, sir Alec a beaucoup changé après la mort de sa fiancée... il est devenu bizarre et taciturne. Du jour au lendemain, il s'est retiré du monde.

— Quand est-ce arrivé ?

— Il y a environ quinze ans. Il a été traumatisé.

— Que voulez-vous dire ? demanda Laurie, intriguée.

— Vous n'êtes pas au courant ? Elle s'est suicidée.

Les deux femmes secouèrent la tête.

— Comment a-t-elle... ? Annette ne termina pas sa phrase.

— Elle s'est pendue, dans leur chambre à coucher, murmura Jim. Quelques jours avant leur mariage. Dans sa robe de mariée, balbutia-t-il après avoir hésité.

— Quelle horreur ! s'exclama Laurie.

Annette resta un moment sans voix.

— Ça a dû être un choc terrible, finit-elle par dire.

— Mon père pense que ce suicide a conduit sir Alec à la folie. Et je suis du même avis, précisa Jim. Il n'a pas supporté la mort de Clarissa.

— C'était son nom ? demanda Laurie.

— Oui, Clarissa Normandy. Elle était peintre.

— En effet, je connais son œuvre, fit observer Annette en se remémorant une exposition qu'elle avait vue une vingtaine d'années plus tôt.

Christopher revint avec le sac plastique. Aussitôt, Jim et lui commencèrent à trier les papiers qui se trouvaient à l'intérieur.

— Euréka ! s'écria Jim quelques instants plus tard, en agitant une enveloppe chiffonnée.

Il s'approcha d'Annette, un grand sourire aux lèvres.

— C'est bien le certificat de provenance ! s'exclama-t-elle, soulagée. C'est un coup de chance que nous ayons retrouvé cette enveloppe.

Le « petit » salon était de loin la pièce la plus chaleureuse et accueillante de la demeure. De forme octogonale, elle était pourvue d'un plafond à caissons et d'une cheminée en chêne sculpté dans laquelle crépitait un bon feu. Trois fenêtres cintrées donnaient sur le parc à l'arrière de Knowle Court.

— Nous vous avons placée ici, dit Christopher à Laurie en lui indiquant l'endroit ménagé pour son fauteuil autour de la table.

Tandis qu'elle regardait autour d'elle, charmée par la douce lumière diffusée par les lampes coiffées d'abat-jour de soie rose, elle fut frappée de constater qu'aucune toile n'ornait les murs.

L'art ne présentait-il donc d'autre intérêt que pécuniaire pour sir Alec ? songea-t-elle, surprise. Etait-ce la raison de l'irritation d'Annette tout à l'heure ?

Jim tira une chaise pour Annette puis prit place entre elle et Laurie autour de la table ronde. Les regardant l'une et l'autre, il déclara :

— Mme Joules est une excellente cuisinière. Préparez-vous à un festin.

Au même instant, la porte s'ouvrit et Mme Joules entra avec un plateau couvert de bols fumants, une jeune domestique à sa suite. Après avoir déposé le plateau sur la desserte, elles commencèrent à faire le service.

— J'espère que vous allez aimer ma spécialité, dit la cuisinière. La soupe aux pois et à la noix de coco.

Annette fut agréablement surprise par le goût de la soupe rehaussée d'une pointe de menthe et de noix de coco.

Tandis que les deux jeunes hommes se lançaient dans une discussion sur les chevaux, elle se mit à penser aux œuvres d'art que recélait la vieille demeure. Christopher avait promis de lui en montrer cinq autres après le déjeuner, qu'il voulait mettre en vente.

C'était un garçon adorable, quoiqu'un peu timide et sur son quant-à-soi, même s'il s'était montré un peu plus ouvert et chaleureux qu'à l'ordinaire aujourd'hui. Il l'avait toutefois un peu déçue, à cause de sa désinvolture. Il ne semblait pas sensible à la beauté de la danseuse de bronze, ni au fait qu'elle soit l'œuvre d'un maître comme Degas. Il ne s'intéressait qu'à sa valeur marchande.

Annette laissa échapper un petit soupir. Dès le début, il lui avait dit qu'il n'entendait rien à l'art. Et plus tard, il lui avait confié qu'il s'en remettait entièrement à Jim Pollard quand il s'agissait de prendre des décisions concernant la collection. Sans doute était-ce là la vraie raison de la présence de Jim à Knowle Court, plus que le fait de devoir tenir compagnie à Laurie comme il le prétendait. Aucune importance dès lors que Laurie et lui s'appréciaient. De plus, il avait de réelles connaissances en histoire de l'art et lui avait semblé tout aussi contrarié qu'elle par l'attitude inconséquente de Christopher.

Ne voulant pas paraître impolie, Annette prit part à la conversation, qui portait à présent sur une nouvelle pièce de théâtre qui se donnait dans le West End. Malgré tous ses efforts, elle ne put s'empêcher de penser à Hilda Crump.

A supposer que quelqu'un découvre ce qui s'était passé durant sa jeunesse, sa vie entière serait fichue. Celle de Laurie aussi par la même occasion, car qui s'occuperait de sa sœur si on la jetait en prison ?

Après la soupe, on leur servit un carré d'agneau aux petits légumes. Enfin, Mme Joules apporta le dessert : une tarte aux pêches.

Soulagée que le déjeuner soit enfin terminé, Annette alla droit au but une fois qu'ils furent installés dans la bibliothèque pour prendre le café.

Sortant une carte de son sac à main, elle lança à Christopher :

— Je sais que vous voulez vendre le Giacometti, mais qu'en est-il de la petite danseuse ? Voulez-vous la garder ou la mettre en vente ?

— Je veux la vendre, de même que la toile de Degas représentant des chevaux... Je voudrais également me séparer du Mary Cassatt, *La Mère et l'enfant,* et du Cézanne, s'il y a moyen de le restaurer.

— Espérons que Carlton pourra faire des miracles, répondit-elle sans trop s'avancer. Bien. Cela fait trois peintures et deux sculptures.

Annette se pencha pour lui tendre sa carte.

— Comme vous pouvez le voir, je m'attendais à cette décision de votre part. Sauf le Degas, naturellement, étant donné que j'en ignorais l'existence.

— Votre intuition était la bonne, constata Christopher, un immense sourire aux lèvres.

— Je suis bien contente que nous ayons emporté la statue, se réjouit Laurie. Elle est en sécurité ici. A ton avis, Carlton Fraser acceptera de venir y jeter un coup d'œil ?

— Bien sûr, répondit Annette en se renversant confortablement sur le canapé du salon jaune. Ne serait-ce que par curiosité. Qui n'aurait envie d'admirer en vrai l'une des sculptures les plus célèbres de Degas ?

Elle se pencha légèrement pour inspecter le tutu de la danseuse.

— Le tulle est très sale et usé, remarqua-t-elle avec une grimace. Enfin, cela fait partie de son charme, non ?

— Tu ne songes pas sérieusement à demander à Carlton de le restaurer ? reprit Laurie soudain tendue.

Annette secoua la tête.

— Non, évidemment. D'une part, le tutu risque de se désintégrer et d'autre part son aspect usé lui confère de la valeur.

— La petite danseuse est l'unique sculpture que Degas ait jamais exposée, si tu te souviens bien. Il l'a présentée lors du salon des impressionnistes qui s'est tenu en 1886 à Paris. Cette statue-ci n'est pas l'original mais l'une de celles qui ont été réalisées dans les années 1920.

— Oui, il y a presque cent ans, c'est incroyable ! s'exclama Annette.

Laurie changea de sujet :

— Christopher Delaware est tombé dans ton estime, n'est-ce pas ?

— Non, tu te trompes, Laurie. C'est un garçon que j'apprécie. Mais je reconnais qu'hier à Knowle Court, j'étais un peu exaspérée par son attitude. Il n'a pas l'air de se rendre compte qu'il est à la tête d'une collection fabuleuse. Il est prêt à la vendre tout entière du moment que ça lui rapporte.

— C'est vrai, dit Laurie en éclatant de rire. Nous n'avons pas à nous en plaindre, cependant, puisque c'est toi qui organiseras les enchères. Non seulement tu vas empocher une belle somme, mais tu vas booster ta carrière. As-tu une idée de la date à laquelle se tiendra la vente ?

— Pas encore. Il faut d'abord que Carlton me donne son avis sur la restauration du Cézanne.

— Oh là là, Annette, ce sera un travail de très longue haleine, non ?

— Si. Voilà pourquoi je mettrai peut-être le Cézanne en réserve et commencerai par vendre les deux sculptures et les deux autres toiles.

Annette se leva et ajouta une bûche dans le feu, avant de reprendre :

— Pour en revenir à Chris, je n'ai rien contre lui, mais tu oublies que je ne le connais pour ainsi dire pas. Quoi qu'il en soit, je n'ai pas le droit de le juger. Contrairement à nous, il n'a pas été initié à l'art dès sa plus tendre enfance. Il a hérité de la collection de son oncle et peut en disposer comme il l'entend. Et je suis bien contente qu'il ait fait appel à moi.

— Tu as raison, sauf qu'il est tellement… *désinvolte*. Même Jim Pollard est de cet avis… Au fait, il est très intelligent.

— J'aime beaucoup Jim, dit Annette en revenant s'asseoir. Tu n'as pas faim ? Veux-tu que je prépare quelque chose ?

— Plus tard, peut-être, je ne crois pas que…

Elle n'acheva pas sa phrase. Sa bouche se tordit comme pour réprimer un éclat de rire.

— Quoi ? Qu'y a-t-il de si drôle ? demanda Annette en haussant les sourcils.

— Chris en pince sérieusement pour toi, cela saute aux yeux. Marius avait raison.

— Ne sois pas bête ! s'exclama Annette. Marius et toi avez beaucoup trop d'imagination. Et...

La sonnerie du téléphone l'interrompit et elle se leva pour aller répondre. C'était Malcolm Stevens qui les invitait à dîner ce soir.

6

Le dimanche soir, Annette cherchait en vain à trouver le sommeil quand un souvenir lointain refit soudainement surface, avec une clarté et une précision telles... qu'elle se sentit happée par le passé, transportée dans la grande maison sombre et terrifiante où vivaient deux jolies petites filles, innocentes, qui n'avaient d'autre compagnie ou réconfort qu'elles-mêmes.

Une voix d'enfant chantait... légère et cristalline... apaisante. Elle tendit l'oreille, éprouvant le besoin de se rapprocher de la petite fille aux boucles blondes...

« *Je m'appelle Marie-Antoinette, et je suis reine de France.*

Venez, venez, entrez dans la danse.

Je suis reine de France. Ensemble nous valserons et valserons tous en rond. Voyez comme je suis belle, la plus belle des demoiselles. Je m'appelle Marie-Antoinette et je suis reine de France. »

Les fillettes se tenaient par la main et dansaient en riant et en frappant gaiement du pied le plancher de bois nu.

Une autre voix, légère et douce, répondit à la première.

« *Je suis Joséphine, impératrice de France. Venez, venez, entrez dans la danse. Napoléon est mon époux, un brave et fier soldat, voyez-vous. Nous danserons jusqu'au matin, venez vous joindre à la danse. Je suis Joséphine, et je règne sur la belle France.* »

Il y eut un bruit de pas précipité dans l'escalier, puis une voix affectueuse les appela : « Les filles, venez, allons jouer dehors. » Et leur grande cousine, si douce et dévouée, qui prenait soin d'elles et les protégeait apparut. Toutes trois sortirent dans le beau soleil d'été et se mirent à courir dans la campagne, parmi les fleurs des champs qui ondoyaient dans la brise. Leurs longs cheveux flottaient au vent tandis qu'elles couraient en se tenant par la main dans l'après-midi doré...

Le souvenir s'évanouit aussi brutalement qu'il avait surgi. Annette se leva et se rendit à la salle de bains. Lorsqu'elle alluma la lumière, elle vit son visage inondé de larmes. Une terrible nostalgie s'empara d'elle. La grande fille, mince comme un fil, qui les aimait et qu'elles aimaient de tout leur cœur lui manquait terriblement. Réussirait-elle jamais à combler ce vide ? Elle s'aspergea la figure d'eau froide, puis retourna se coucher. Elle se débattit un moment avec les pensées confuses et tristes qui l'assaillaient avant de sombrer dans un sommeil sans rêves.

Marius avait beau l'avoir appelée deux fois au cours du week-end, Annette ne lui avait pas fait part de son extraordinaire découverte de Knowle Court. Si forte que fût son envie, elle avait tenu bon. Car elle voulait lui faire la surprise et voir sa tête lorsqu'il découvrirait la sculpture posée sur la table du salon de leur appartement d'Eaton Square.

Le lundi matin, assise à son bureau de Bond Street, elle s'occupa d'organiser sa prochaine vente aux enchères qui aurait lieu à New York. Sans doute avait-elle placé la barre très haut, le jeu n'en valait-il pas la chandelle ?

Elle savait par expérience que le Cézanne ne serait jamais prêt à temps, d'autant que seul un grand restaurateur d'art de la trempe de Carlton Fraser était capable de le nettoyer. Malheureusement, Fraser était en déplacement à l'étranger quand elle avait voulu lui confier la restauration du Rembrandt, mais cette fois, elle espérait qu'il pourrait se charger du Cézanne.

Etant d'une nature expéditive et pragmatique quand il s'agissait de prendre une décision, Annette décrocha son téléphone et appela Carlton Fraser dans son atelier de Hampstead. Elle laissa sonner longtemps sans que le répondeur se mette en marche. Au moment où elle s'apprêtait à raccrocher, elle entendit un lointain :

— Allô ?

— Carlton, c'est Annette Remmington. Comment allez-vous ?

— Annette, très chère ! s'exclama-t-il d'une voix aussitôt chaleureuse. Ravi d'avoir de vos nouvelles. Pour moi tout va bien. Désolé de n'avoir pu être là pour votre tour de force. Vous avez fait des étincelles à ce qu'il paraît. Je n'ai pas pu venir parce que j'étais à Rome, comme vous le saviez.

— Une commande du Vatican, je parie.

— En effet, on ne peut rien vous cacher.

Il rit.

— Félicitations, Carlton. Ecoutez, j'ai un travail à vous proposer. Une toile à nettoyer et à restaurer. J'espère que vous aurez un peu de temps à me consacrer. Voyez-vous, je pense que vous êtes le seul capable de la remettre en état.

— Merci pour le compliment. Je peux simplement vous assurer que je ferai de mon mieux et que je suis disponible. La commande du Vatican n'est pas prévue avant l'automne ; je passerai un mois à Rome pour rénover des fresques. De quel tableau s'agit-il ?

— Un Cézanne. Je suis à peu près certaine qu'il est couvert de suie et que quelqu'un a déjà essayé de le nettoyer, en tout cas de le dépoussiérer.

— Oh, Bon Dieu, non ! jura Carlton.

— Si, malheureusement, répondit Annette, alarmée.

La réaction de Carlton ne faisait que confirmer ses doutes. Ce tableau était un véritable casse-tête qui exigerait un travail de fourmi.

Après un silence, Carlton marmonna.

— Cela risque de prendre des mois. Je ne connais rien de pire que la suie.

— Je sais. N'y a-t-il pas moyen que vous le preniez dès maintenant ? Vous avez d'autres engagements ?

— Je travaille sur un Maître ancien que j'ai presque fini de restaurer. Je pourrais commencer le vôtre ce week-end si cela vous convient.

— Si cela me convient ? C'est fantastique ! Quel soulagement. Franchement, je ne vois personne d'autre qui puisse s'en charger. Le propriétaire vous l'apportera demain, si vous êtes d'accord ?

— Pas de problème. Marguerite est toujours à la maison. Qui est le propriétaire ?

— Christopher Delaware, le client du Rembrandt. Son oncle lui a laissé une collection impressionnante. Quelques très belles toiles et deux sculptures exceptionnelles. Un Giacometti et un bronze de Degas. *La Petite Danseuse.*

— Le veinard ! Son oncle était sir Alec Delaware, c'est bien cela ?

— Absolument. Vous le connaissiez ?

— Non, mais je crois me souvenir qu'il était fiancé avec une artiste dont j'ai fait la connaissance il y a très, très longtemps. Quand elle était étudiante au Royal College of Art… attendez voir… comment s'appelait-elle déjà ? Ah, oui, ça me revient. Clarissa Normandy. J'ai toujours trouvé qu'il y avait quelque chose de bizarre dans ces fiançailles. Ou était-ce un mariage ?

— Non.

Annette s'éclaircit la voix, puis se jeta à l'eau :

— Elle s'est suicidée. Quelques jours seulement avant leur mariage. Elle portait sa robe de mariée. Vous imaginez l'horreur ?

— Mon Dieu ! J'en ai entendu parler. En réalité, Annette, quelque chose clochait dans leur relation, une sorte de scandale. Malheureusement, là tout de suite, ça ne me revient pas. L'âge, je suppose.

— Je n'ai entendu parler que du suicide.

— Hmm. Toujours est-il qu'il y avait autre chose. Un truc pas net comme dirait ma chère épouse. Une affaire de tableaux volés… ou disparus. Et je crois bien que c'est Marguerite qui m'en avait touché un mot à l'époque, laissant entendre que Clarissa était entourée d'un parfum de scandale.

— Vous voulez dire qu'elle a mis fin à ses jours pour éviter qu'un scandale n'éclate ?

— Disons plutôt pour échapper au scandale.

— Je vois. Je ne l'ai pas connue, et de toute façon ça n'a plus d'importance. Il n'empêche que suis dévorée de curiosité et que j'aimerais en savoir davantage, si Marguerite pouvait éclairer ma lanterne.

— Moi aussi, j'aimerais bien en savoir plus. D'après mes souvenirs, Clarissa était un personnage sulfureux qui avait tendance à s'attirer des ennuis.

Annette resta quelques instants immobile après avoir raccroché, songeant à Clarissa Normandy. Elle avait entendu parler d'elle quelques années plus tôt… en tant que peintre de talent. C'était une jeune artiste qui promettait de faire une belle carrière et qui n'avait jamais vraiment percé. Annette se rappelait maintenant avoir eu vent d'un scandale. De quel type ? Comme elle fouillait dans sa mémoire, un vague souvenir remonta à la vitesse de l'éclair, puis disparut. C'est alors qu'elle s'aperçut qu'elle avait oublié de demander à Carlton de passer voir la petite danseuse.

Soupirant, elle se dirigea vers la reproduction du Rembrandt et l'ôta de la console.

Ce soir, elle prendrait une photo du bronze de Degas et la ferait agrandir pour pouvoir la mettre à sa place.

Une grande campagne médiatique, murmura-t-elle et ses yeux s'illuminèrent. Elle assurerait la promotion de *La Petite Danseuse*, et dans quelques jours le monde entier serait au courant de l'existence de la sculpture de Degas.

Elle consulta sa montre. Il n'était que 10 heures : trop tôt pour appeler la succursale de New York. Elle attendrait un peu pour leur annoncer ses projets.

Une campagne plus vaste et encore mieux ciblée que celle du Rembrandt, tel était son objectif. Et elle était sûre d'y parvenir. A la pensée que la vente se tiendrait à New York, elle sentit monter en elle une poussée d'adrénaline. Outre le bronze, il y avait une toile de Degas, une sculpture de Giacometti et la toile de la mère et l'enfant de Mary Cassatt. Bien qu'elle fût très belle, Annette avait compris dès le début que Christopher voudrait la mettre en vente. Pour la bonne raison qu'il était insensible à la peinture de Mary Cassatt et ne semblait guère accorder d'importance au fait qu'elle était une des artistes les plus importantes de l'école impressionniste. Tout à la fois amie, rivale et bienfaitrice de Degas, elle avait adhéré au mouvement dès le début des années 1880.

Une heure plus tard, Annette se leva et alla chercher la reproduction du Rembrandt pour la ranger dans le grand placard qui lui servait de remise. Elle referma la porte et jeta un regard satisfait autour d'elle. Elle aimait son bureau, immense, aux murs crème, avec ses deux grandes baies vitrées et sa moquette bleu nuit. Les seules pièces de mobilier étaient son secrétaire, un bureau à tiroirs, avec deux fauteuils disposés de part et d'autre et la crédence adossée au mur qui faisait face au bureau.

Elle sourit en songeant à la tête de ses clients quand ils entraient et demandaient où étaient les œuvres d'art.

« J'attends, répondait-elle invariablement, les œuvres d'art que vous allez vendre. Ou acheter. »

On frappa à la porte. C'était son assistante, Esther Oliver.

61

— Vous m'aviez demandé ceci, dit-elle en lui présentant un classeur. Des demandes d'interviews de la presse écrite.

Elle sourit de toutes ses dents en se laissant tomber dans le fauteuil face à celui d'Annette.

— Vous aurez du pain sur la planche si vous répondez à toutes.

— Marius m'a dit qu'il étudierait la question à son retour de Barcelone. Je ne crois pas qu'il en choisira plus de deux. Je ne peux pas passer mon temps à accorder des interviews.

— Certains grands noms du journalisme voudraient vous rencontrer, dit Esther.

— C'est Marius qui décidera, murmura Annette.

Comme toujours, songea Esther avant d'ajouter :

— En attendant, vous avez rendez-vous avec Mme Clarke-Collingwood. Vous n'avez pas oublié au moins ? A propos de ses deux Landseers.

— Oh, la barbe, ça m'était complètement sorti de la tête ! s'exclama Annette en jetant un coup d'œil à sa montre. Tout va bien, elle ne sera pas là avant une demi-heure. La prochaine vente occupe toutes mes pensées.

— Il y a de quoi. Ça va faire du ramdam dans les médias. Où pensez-vous la tenir ? Chez Sotheby's ou Christie's ?

— Chez Sotheby's, à New York.

Esther resta sans voix.

— C'est formidable ! dit-elle au bout d'un moment, se demandant comment le tout-puissant Marius Remmington réagirait en apprenant la nouvelle.

7

Le bronze de Degas se trouvait exactement là où elle l'avait laissé ce matin... au milieu de la table basse, dans le séjour de leur appartement d'Eaton Square.

Annette alla chercher ses appareils photo, puis, ayant placé deux projecteurs de part et d'autre de la statue, commença à la photographier avec divers objectifs sous différents angles. Deux heures plus tard, elle était en possession d'un nombre suffisant d'excellents clichés parmi lesquels elle choisirait le meilleur pour l'agrandir.

Annette laissa cependant tout en place, au cas où elle déciderait de refaire une série de clichés le lendemain matin, à la lumière du jour, puis elle se rendit à la cuisine. Elaine avait préparé un hachis parmentier qu'elle avait mis dans le frigo. Quelques minutes au four auraient suffi pour le réchauffer, mais elle n'avait pas faim. Elle se servit un verre d'eau pétillante qu'elle emporta avec elle dans son petit bureau, puis s'installa confortablement sur le canapé et appela sa sœur.

— C'est moi, ma chérie, dit-elle quand Laurie décrocha.

— Salut ! Comment s'est passée ta journée ?

— A merveille, répondit Annette avant d'expliquer : J'ai appelé mon agence de New York. Penelope et Bryan ont eu l'air emballés.

— Ce n'est pas étonnant. Tu débordes littéralement d'enthousiasme, ce doit être communicatif.

Annette rit.

— Je l'espère. Quoi qu'il en soit, l'idée d'une vente à New York leur a plu. Ils ont fait tout un tas de suggestions, établi un listing de clients potentiels, proposé plusieurs dates, et même émis quelques idées de présentation pour les cartons d'invitation.

— Quand la vente doit-elle avoir lieu ?

— En septembre, après le week-end de Labor Day, naturellement. Nous avons évoqué le dix-huit septembre. Ou le lendemain, qui tombe un mercredi. Mais avant d'avancer une date définitive, ils doivent s'assurer que Sotheby's n'a rien de prévu ce jour-là.

— Et quelles sont leurs idées pour les cartons d'invitation ? demanda Laurie dont la curiosité était à son comble, car elle avait elle-même planché sur la question et imaginé plusieurs modèles d'affiches pour la vente aux enchères.

— Pour être tout à fait franche, ils n'ont rien proposé de précis. J'avoue avoir été surprise qu'ils aient pu avancer des idées alors qu'ils venaient d'apprendre qu'il allait y avoir une vente. Toujours est-il que je n'ai pas voulu les décourager.

— De mon côté, j'ai creusé le sujet, déclara Laurie. Mais une seule idée me plaît.

— De quoi s'agit-il ? s'enquit Annette, avec intérêt.

Elle savait que sa sœur était une passionnée de Degas et qu'elle connaissait la vie et l'œuvre de Mary Cassatt sur le bout des ongles. Si quelqu'un pouvait imaginer une affiche réunissant ces deux peintres, c'était Laurie.

— Eh bien, parle. Qu'est-ce que tu attends ?

— Je me suis replongée dans mes recherches sur Degas, histoire de me rafraîchir la mémoire, ainsi que sur Mary Cassatt. Comme tu le sais, ils étaient très liés, sans être amants pour autant. Ils se querellaient souvent. Degas avait un caractère impossible et une exécrable propension à essayer de rabaisser les autres artistes. Elle lui tenait tête. Il faut dire qu'elle avait été à bonne école avec son père, un véritable tyran. De plus, c'était une femme extraordinairement indépendante. Bref, pour en venir à l'essentiel, tu as deux œuvres de Degas, la magnifique toile avec les chevaux de course et le bronze, mais seulement une toile de Cassatt. Et c'est vraiment dommage, car nous aurions pu imaginer un thème autour de la dualité, Degas et Cassatt en tant qu'amis, rivaux et admirateurs de l'œuvre de l'autre. Ou maître et élève, étant donné que Cassatt a beaucoup appris de lui.

— J'ai moi aussi pensé à établir un lien entre eux, mais tu as raison, pour cela il nous faudrait un autre Cassatt. Dans ce cas, qu'en est-il du Giacometti ? C'est un moderniste, et la sculpture que nous avons a été exécutée dans les années 1960.

— Je comprends que tu ne veuilles pas la réserver pour une autre vente, à une date ultérieure, même si ce serait, à mon sens, la meilleure solution.

— Oh, dit Annette, puis elle se tut, songeuse.

Laurie attendit un petit moment.

— Annette ? Tu es là ? Je ne t'ai pas contrariée au moins ?

— Un peu, si. Le problème, c'est que la décision ne m'appartient pas. Je dois consulter Christopher Delaware.

— C'est vrai, concéda Laurie. Mais je pense qu'il suivra tes conseils. Après tout, c'est pour cela qu'il a fait appel à toi.

Comme Annette ne répondait rien, Laurie ajouta, d'une voix feutrée :

— Ecoute, que tu le veuilles ou non, ce type en pince pour toi. Il va tout faire pour t'être agréable. Il n'a pas besoin de cet argent. Il vient d'empocher les vingt millions de livres sterling du Rembrandt. Rien ne l'oblige à vendre le Giacometti maintenant.

— Oui, tu as raison.

— Alors, tu reconnais qu'il est amoureux ?

Annette soupira.

— Amoureux est un peu excessif. De toute façon, je n'ai pas mordu à l'hameçon. Je suis restée très distante avec lui. Et j'ai l'impression que ses ardeurs se sont calmées. Je sais comment prendre l'air indifférente sans pour autant blesser l'amour-propre de qui que ce soit.

— Je sais. Mais qu'en est-il de Marius ?

— Laurie ! Arrête, je t'en prie, protesta Annette à la fois contrariée et stupéfaite par la remarque de sa sœur. Marius me taquinait l'autre jour, tu devrais être la première à le savoir ! Je ne nie pas que Christopher me dévorait des yeux pendant la soirée, mais il est très jeune, et entre-temps je lui ai remis les idées en place.

— Si tu le dis, murmura Laurie, avant de reprendre : Pourquoi ne choisis-tu pas une autre toile impressionniste dans sa collection ? J'ai remarqué un Morisot. Peut-être acceptera-t-il de le vendre ?

— Sauf que Berthe Morisot était une émule de Manet et plus tard de Renoir, pas de Degas.

— Je sais, mais Mary Cassatt et elle étaient amies et elles avaient l'habitude de peindre ensemble. Sans oublier qu'elles étaient les deux femmes peintres les plus influentes du mouvement impressionniste des années 1880.

— Bon sang, tu as raison ! Pourquoi n'y ai-je pas pensé ?

Les idées se bousculaient dans la tête d'Annette.

— Ce serait parfait, n'est-ce pas ? Si on pouvait faire le lien entre tous les trois et non pas seulement entre Degas et Cassatt. Je vais appeler Christopher demain.

— Il sera d'accord, affirma Laurie, sûre d'elle.

Et pour cause. Samedi dernier, à Knowle Court, James Pollard lui avait mis la puce à l'oreille par inadvertance en déclarant que Christopher Delaware comptait se séparer de toute la collection que lui avait laissée son oncle. Pour la bonne et simple raison que l'art ne l'intéressait pas. Simplement, il devait y aller doucement, s'il ne voulait pas se faire ratiboiser par le fisc. Inspirant profondément, Laurie répéta ces propos à Annette, ainsi que divers autres commentaires.

— Très intéressant, conclut Annette.

Le sommeil n'était pas au rendez-vous. Chaque fois qu'Annette commençait à s'assoupir, quelque chose la tirait du sommeil en sursaut. Le tic-tac de la pendule, le clapotis de la pluie contre la vitre, le frémissement des rideaux dans la brise. Elle se tourna de côté et ferma les yeux pour essayer de visualiser la toile de Morisot qu'elle avait vue à Knowle Court. Il s'agissait de l'une des premières œuvres de l'artiste et pas l'une des meilleures. Quoi qu'il en soit, Morisot était en vogue depuis quelques années. La toile de Knowle Court était un portrait de femme à sa toilette. Annette l'avait appréciée au premier coup d'œil, et l'idée de Laurie de la présenter en même temps que celle de Cassatt méritait réflexion. Demain, sans faute, elle téléphonerait à Christopher pour lui demander s'il acceptait de la mettre en vente.

Repoussant couvertures et draps, Annette se leva et se rendit dans la cuisine. Après s'être servi un verre de lait, elle gagna son petit bureau, au bout du couloir. Une fois à sa table de travail, elle se mit à prendre des notes. Pour la taquiner, Marius l'appelait bourreau de travail, et il n'avait pas tort. C'était plus fort qu'elle. C'était sa nature. Femme organisée et pleine d'énergie, elle aimait passionnément son métier et ne voyait pas le temps passer quand elle était assise derrière son bureau.

Après avoir griffonné pendant une demi-heure, ses pensées se tournèrent vers sa jeune sœur Laurie qui avait à présent trente-six ans.

Un effroyable accident de voiture avait brutalement mis fin à son rêve de devenir actrice. Encouragée par Marius et Annette, elle avait fait des études d'histoire de l'art, en se spécialisant dans l'œuvre des impressionnistes, et plus particulièrement Degas et Cassatt. Laurie travaillait pour eux depuis plusieurs années déjà, en qualité de documentaliste, et elle s'en sortait à merveille. Lorsque Marius avait accepté qu'Annette monte sa propre agence – Annette Remmington Fine Art –, elle avait nommé Laurie directrice adjointe et avait fait d'elle sa légataire universelle afin d'assurer son avenir et de la mettre à l'abri du besoin.

C'était une chance que Laurie fût, elle aussi, passionnée d'art et qu'elle puisse exercer un métier qui lui plaisait et qui lui permettait de bien gagner sa vie. Annette était fière de sa petite sœur, qui s'était battue avec courage et détermination. Je vais l'emmener avec moi à New York, songea-t-elle soudain. Je vais l'emmener à la vente aux enchères. Nous irons en bateau, ça nous changera de l'avion et ce sera un peu comme de prendre des vacances. Elles se déplaçaient en Europe, dans un jet privé, mais Annette n'était pas certaine que Marius accepterait qu'elles s'en servent pour se rendre aux Etats-Unis. Sept heures et demie de vol, c'était beaucoup pour sa sœur. Non, une croisière transatlantique lui ferait le plus grand bien. Cette décision lui mit le cœur en joie, et c'est le sourire aux lèvres qu'Annette retourna se coucher, certaine cette fois que le sommeil allait venir. Ce ne fut pas le cas... le passé ressurgit, sous la forme d'un souvenir enfoui dans les tréfonds obscurs de sa mémoire. Les voix des deux petites filles résonnaient dans sa tête, encore et encore...

« Mon nom est Marie-Antoinette et je suis reine de France. Entrez dans la danse. » Une autre petite voix flûtée lui répondait : « Je suis Joséphine, impératrice de France, et voici mon époux, le grand Napoléon. Entrez dans la danse... »

Leurs voix se perdaient dans les profondeurs de la grande maison, devenue soudain silencieuse et menaçante... la nuit était tombée et les fillettes apeurées étaient blotties dans leurs lits.

« Il revient », murmura Joséphine d'une voix tremblante. Il est derrière la porte.

« Ne bouge pas, chuchota Marie-Antoinette. Cache-toi sous les couvertures et ne fais pas de bruit. »

Il entra à pas de loup et vint s'agenouiller à côté du lit de Marie-Antoinette. Sa main se faufila sous les couvertures, caressa ses jambes, puis souleva sa chemise de nuit. Elle sentit ses doigts qui s'enfonçaient entre ses cuisses, de plus en plus fort et de plus en plus profondément, lui arrachant un cri de douleur. Il plaqua sa bouche sur la sienne pour la museler. Il sentait la bière aigre. Elle détourna la tête, tremblante de la tête aux pieds.

« S'il vous plaît, non, non », l'implora-t-elle.

Mais il ne l'écoutait pas. Ses doigts continuaient de la labourer. Elle cria à nouveau. Il posa sa tête sur l'oreiller à côté de la sienne et glapit méchamment : « Encore un bruit et je la tue, tu m'entends ? »

Terrifiée, elle inspira profondément, et le supplia :

« Non, s'il vous plaît. Ne lui faites pas de mal. »

Pour toute réponse, il arracha les couvertures et défit son pantalon. Il revint à l'assaut, mais il était trop soûl et s'affala sur elle comme un poids mort, en soufflant comme un bœuf. Elle essaya de le repousser, de se dégager de la masse de son corps. En vain.

Soudain, la porte s'ouvrit à la volée et la lumière du couloir inonda la chambre. Alison entra comme une furie et, se jetant sur son frère, le tira du lit de Marie-Antoinette et le traîna hors de la chambre. Au début, il ne réagit pas. Il était aussi mou qu'un chiffon. Puis, il reprit vie et la repoussa violemment. Mais leur cousine était grande, forte et sobre. Elle riposta. C'est alors que Marie-Antoinette aperçut son grand-père dans le couloir qui criait : « Gregory ! » Alison et son frère se battaient, en haut des marches. Tout arriva très vite. Marie-Antoinette mit une main sur sa bouche, réprimant un cri quand elle les vit rouler tous deux dans l'escalier. Ils atterrirent dans le vestibule. Ni l'un ni l'autre ne bougeait.

Des cris retentirent. C'était son grand-père et Grégory. Mais Alison n'avait toujours pas repris connaissance. Marie-Antoinette retourna auprès de Joséphine. Elle se blottit contre elle dans le lit et l'entoura de ses bras pour la protéger. La petite fille de six ans pleurait à gros sanglots. Elle caressa ses cheveux roux dorés en la serrant contre elle et lui promettant de toujours veiller sur elle.

Après cela, on décida de les éloigner de cette maison dangereuse… elles retournèrent vivre avec leur mère, et ce fut encore pire…

La scène était si prégnante qu'Annette avait inondé son oreiller de larmes. Les souvenirs de cette nuit tragique l'obsédèrent pendant des jours.

— Figure-toi qu'il m'est venu une super idée. Je vais t'emmener avec moi à New York en septembre. Nous prendrons le *Queen Elizabeth* et tu pourras assister aux enchères. Ce sera formidable. Tu es d'accord, n'est-ce pas ?

Laurie n'en croyait pas ses oreilles. Annette l'invitait à l'accompagner à New York pour la vente !

— Evidemment ! J'ai tellement envie de découvrir New York avec toi.

— Tope là, ma chérie.

— C'est merveilleux ! Tu n'as pas idée comme je suis contente !

Après un instant d'hésitation, Laurie enchaîna :

— Et Marius ? Tu crois qu'il sera d'accord ?

— Cela ne le concerne en rien, répliqua Annette sur un ton presque cassant. De toute façon, il sera ravi. J'en suis sûre. Tu sais qu'il aime que tu t'impliques dans nos plans. D'autant qu'il sera sans doute du voyage.

— C'est génial. Vivement septembre ! s'écria Laurie aux anges, avant de raccrocher.

Elle nageait dans le bonheur. Lentement, elle s'obligea à redescendre sur terre et à se concentrer sur son ordinateur. Peine perdue, son esprit s'envolait, l'emportant très loin de son travail. De guerre lasse, elle recula son fauteuil roulant et, sortant de son bureau, elle se dirigea vers la cuisine. Angie, son auxiliaire de vie, était en train de discuter avec Mme Groome, la femme de ménage qui venait chaque jour pour nettoyer et préparer les repas.

Toutes deux s'interrompirent en voyant Laurie à l'entrée de l'office. Elle avait les joues roses et une immense joie illuminait son visage.

— Annette va m'emmener avec elle à New York en septembre ! annonça-t-elle. Pour sa prochaine vente aux enchères.

— C'est formidable ! s'exclama Angie.

Surprise mais contente, Mme Groome déclara :

— C'est une chance que vous puissiez aller là-bas avec votre sœur qui vous aime tant. C'est un ange.

— C'est vrai, il n'y en a pas deux comme elle dans le monde entier, reconnut Laurie. Et maintenant que je vous ai annoncé la bonne nouvelle, je file me remettre au boulot.

Les deux femmes lui sourirent.

Au bout de quelques minutes, elle parvint à retrouver son calme et à se replonger dans le papier qu'elle était en train d'écrire pour Malcolm Stevens au sujet de Manet. Au cours des six derniers mois, elle avait effectué un nombre important de recherches pour lui. Malcolm était un homme charmant et ils s'entendaient à merveille. Laurie savait qu'il était un pilier de l'entreprise familiale et un fervent admirateur de sa sœur pour laquelle il était aux petits soins.

Laurie se sentit brusquement parcourue d'un frisson glacial. Elle venait de repenser au coup de fil qu'il avait passé à Annette pour l'informer que quelqu'un cherchait Hilda Crump. Annette avait été prise de panique. Et pour cause. Elle n'avait aucune envie que quiconque aille fourrer son nez dans leur passé. Laurie songea que sa sœur avait toujours joué un rôle central dans sa vie. Elle avait été sa mère, sa protectrice, sa bienfaitrice, son ange gardien. En particulier depuis son accident de voiture. Sa sœur lui avait prodigué soins et affection. Elle l'avait aidée à faire carrière dans le monde des arts. Elle lui avait donné un métier qu'elle aimait passionnément. Un nouveau frisson lui parcourut la nuque. « Je veux que tu fasses carrière dans les arts. » Cette phrase, prononcée jadis par sa tante Sylvia, résonnait fréquemment dans sa tête. « Et je t'aiderai à y arriver », ne manquait-elle pas d'ajouter.

Sylvia était la sœur aînée de leur mère, celle qui les avait recueillies après qu'elles avaient quitté la grande maison silencieuse et sombre et laissé à jamais derrière elles la petite ville de Ilkley. On les avait d'abord expédiées à Londres, chez leur mère qui vivait avec un acteur du nom de Timothy Findas dans un appartement délabré du quartier d'Islington.

Findas, un raté, un acteur sans talent, buvait et se droguait. Leur mère ne valait guère mieux. Actrice également, elle avait galéré après la mort de son mari. La vie avec le couple qu'elle formait avec Findas s'était révélée un cauchemar. Il battait leur mère et les battait aussi, surtout Annette. Il n'y avait jamais assez à manger, et aucune communication possible entre elles et leur mère qui passait sa vie à se défoncer ou à faire le trottoir. Pour finir, Annette avait pris le taureau par les cornes.

Après avoir exhumé les quelques bijoux que leur mère gardait cachés sous une latte de plancher dans leur chambre à coucher, elle avait pris Laurie par la main et elles s'étaient réfugiées chez leur tante Sylvia à Twickenham. Celle-ci, une veuve, affectueuse et généreuse, les avait aussitôt prises sous son aile.

Dieu merci, Annette a veillé sur moi et tante Sylvia nous a accueillies à bras ouverts sans y réfléchir à deux fois. Grâce à elle, Annette a pu faire les beaux-arts. Laurie déglutit pour refouler les larmes qui lui montaient aux yeux.

Jamais elles n'étaient retournées à Ilkley, chez leur grand-père, cet homme sans autorité, qui était mort seul dans sa maison silencieuse et sinistre.

Laurie sursauta soudain en repensant à Knowle Court. A présent, elle comprenait pourquoi elle avait immédiatement pris la demeure en aversion. Elle lui rappelait Craggs End, celle où vivaient leurs grands-parents et où leur mère les avait laissées après la mort de leur père.

Du point de vue architectural, elles n'avaient rien en commun – Craggs End n'était pas du tout un château. Il y régnait pourtant la même atmosphère glaciale et oppressante.

Chassant au loin les souvenirs de la sinistre demeure du nord de l'Angleterre, Laurie se replongea dans la contemplation des œuvres de Manet, l'un des fondateurs du mouvement impressionniste, jusqu'à se perdre complètement dans son génie et l'immense beauté de son art.

8

Une expression de stupeur mêlée de ravissement se peignit sur les traits de Marius lorsqu'il vit *La Petite Danseuse* posée sur la table du salon. Annette avait bien fait d'attendre. Pour une fois, elle avait réussi à le surprendre.

— Où diable as-tu déniché cette petite merveille ? demanda-t-il abasourdi.

Un sourire énigmatique aux lèvres, elle se posta de l'autre côté de la table en verre.

— Devine. Tu as droit à trois réponses.

Il réfléchit un moment, puis hasarda :

— De la collection privée de sir Alec Delaware ?

— Tu es vraiment très fort ! Comment as-tu deviné ?

— Tu sais que j'ai toujours une oreille à la traîne, or je n'ai pas entendu la moindre rumeur concernant une danseuse de Degas. Et comme Christopher Delaware t'a choisie pour le représenter, j'en ai déduit que ça ne pouvait être que lui. Comment se fait-il qu'il ne t'ait rien dit avant ?

— Parce qu'il ignorait qu'elle était en sa possession. C'est en vidant son grenier qu'il est tombé dessus par hasard, il y a quelques semaines. Et il n'a même pas été impressionné. En fait, c'est quand nous sommes allées déjeuner à Knowle Court, samedi dernier, qu'il m'a révélé son existence. Et encore, sans grande conviction, persuadé qu'il était qu'il s'agissait d'un vieux truc poussiéreux et sans grande valeur.

— Le crétin. Enfin, il faut de tout pour faire un monde, comme disait ma mère.

Marius contourna la table pour prendre Annette dans ses bras. L'espace d'un instant, il la scruta de ses yeux noirs, le visage empreint d'adoration.

— Tu es ravissante ce soir, murmura-t-il. Absolument resplendissante.

— Tu n'es pas mal non plus, dit-elle en plongeant ses yeux dans les siens.

A Barcelone, il avait pris le soleil, et le halo argenté de sa chevelure faisait ressortir son bronzage.

— Tu as l'air très en forme. Tu n'aurais pas un peu minci ?

— Si. A force d'arpenter de long en large les immenses salles du musée Picasso et de monter et descendre les escaliers.

Il relâcha légèrement ses épaules avant d'ajouter, sur le ton de la confidence :

— Cela dit, je ne regrette pas d'y être allé. Non seulement cela m'a permis de renouer avec les œuvres de jeunesse de Picasso, mais j'ai pris plaisir à découvrir la ville où il a vécu et où ses parents sont restés quand il est parti s'installer à Paris. J'ai pu m'imprégner de l'atmosphère qui règne là-bas. Ç'a été un voyage vraiment enrichissant et indispensable pour le livre que je suis en train d'écrire.

— Alors ça y est, tu es lancé ?

Marius acquiesça.

— Parle-moi plutôt de ton extraordinaire découverte chez Christopher.

— Je n'ai pas grand-chose d'autre à ajouter. Si ce n'est que lorsque je lui ai demandé s'il était en possession du certificat de provenance, il m'a répondu par la négative. Heureusement, nous l'avons retrouvé dans le carton où le bronze avait été entreposé.

— Heureusement, en effet. Même si l'authenticité de la pièce ne fait aucun doute. Elle est bien trop célèbre. J'imagine que Laurie l'a expertisée ?

— Oui, il s'agit bien d'un Degas.

— Tu comptes le mettre bientôt sur le marché ? demanda-t-il, sa curiosité soudain piquée.

Faisant oui de la tête, Annette s'approcha de la desserte sur laquelle reposait la bouteille de champagne qu'elle avait ouverte quelques instants plus tôt, et remplit deux coupes.

— Félicitations, mon trésor ! dit Marius en choquant son verre avec le sien.

Elle lui sourit avec amour.

— A ta santé, Marius – toi qui m'as tout appris.

Il eut un petit rire gêné.

— Pas tout, mais *presque*.

Il s'assit sur le canapé et se plongea dans la contemplation de la sculpture.

— Quel étonnant parcours que celui de cette petite danseuse... Espérons que son futur propriétaire saura la choyer comme elle le mérite.

Il marqua une pause avant de demander :

— As-tu fixé une date pour la vente ?

— Je vais tout t'expliquer pendant le dîner. J'ai retenu une table chez Mark's. Je sais que tu préfères les endroits plus animés, mais, au moins, on peut y parler sans être dérangés par le bruit ou la musique.

— Mark's est un bon choix. Au fait, j'ai jeté un coup d'œil au dossier de presse qui était sur mon bureau. A en juger par le nombre de journalistes qui veulent t'interviewer, tu es devenue une célébrité, ma chère.

Il lui décocha un sourire radieux et plein de fierté.

— Pas moins de cent cinquante. Une vraie star d'Hollywood !

Il rit gentiment.

— J'en connais plus d'une qui serait flattée à ma place, mais pas moi. La vérité, c'est que j'ai peur que cela empiète sur mon temps de travail alors que je suis très occupée. Et puis je n'ai pas spécialement envie de parler de moi. Je n'ai rien d'intéressant à raconter.

— Allons, allons, Annette. Ne te dévalorise pas ! Tu es bourrée de talent et capable de tenir une conversation avec n'importe qui.

— A condition de ne parler que d'art.

— Balivernes. Tu peux discourir sur n'importe quoi. Littérature, théâtre, musique, politique. Il y a déjà bien assez de gens mal intentionnés comme ça sans que tu te charges de te dénigrer.

— Je n'ai pas envie de parler de moi dans la presse, Marius. Vraiment. Ça me fait peur.

Se penchant vers elle, il plongea son regard magnétique dans le sien et prit un air sévère :

— Tu n'as aucune raison d'avoir peur. Le passé est le passé, Annette, et personne ne cherchera à y fourrer son nez. Ce qui compte, c'est la femme que tu es devenue.

Elle lui rendit son regard, ne demandant qu'à se fier à son jugement, comme toujours. Mais elle ne pouvait s'empêcher de penser à Hilda Crump. Marius ignorait tout du coup de fil de Malcolm Stevens. Il ne savait pas que le nom d'Hilda avait refait surface après toutes ces années. Devait-elle lui en parler ? Non. C'était sans importance. Sans importance.

— J'ai bien envie de tout refuser, déclara-t-elle. Il y a déjà eu bien assez de battage médiatique au moment de la vente du Rembrandt. Je ne vois pas ce que cela nous apporterait de plus.

— Une interview lambda, je te l'accorde. En revanche, si c'est pour un grand quotidien, ce sera sûrement bénéfique. Ce n'est pas comme si la vente du Rembrandt avait été ta dernière. Tu en as une nouvelle en vue et pas des moindres. *La Petite Danseuse* est une formidable découverte. Dès l'instant où tu vends, ma chérie, tu as tout intérêt à ce qu'on parle de toi – comme n'importe quel marchand d'art de renom. Voilà ce que nous allons faire. Demain matin, nous procéderons à une première sélection de journalistes. Après quoi, je vais mener une petite enquête pour tâcher de savoir ce qu'ils ont dans le ventre. Qu'en dis-tu ?

— D'accord, acquiesça-t-elle, non sans une certaine réticence.

Changeant de sujet, Marius demanda :

— Au fait, tu as envoyé le Cézanne chez Carlton Fraser. Qu'en pense-t-il ?

— Il est très ennuyé. Il n'est pas certain d'arriver à enlever la suie à certains endroits du tableau.

Elle marqua une pause, puis reprit, contrariée :

— Il a dit quelque chose qui...

Elle s'interrompit, secoua la tête.

— Quoi donc ? s'enquit Marius. Allons, parle, Annette.

— Eh bien, même s'il est vrai que la suie en suspension dans l'air d'une pièce où il y a une cheminée peut noircir un tableau, Carlton pense qu'en l'occurrence il s'agirait plutôt d'un acte de vandalisme. Il a l'impression qu'on aurait délibérément abîmé certaines parties du tableau.

— Grand Dieu ! s'exclama Marius. Qui pourrait avoir une idée aussi barbare ? C'est un crime ! Comment peut-on vouloir détruire une toile du grand Cézanne ou de n'importe quel autre peintre du reste ?

Marius avait l'air furieux et peiné.

Annette partageait son indignation. L'idée que quelqu'un détruise volontairement une œuvre d'art la révoltait tout autant que lui. Désireuse de l'apaiser, elle dit :

— Je ne suis pas convaincue que Carlton ait raison. Quand j'ai vu la toile, il m'a semblé que quelqu'un avait essayé d'en nettoyer un côté et avait fait un gâchis pas possible. Par ignorance.

— Celui qui a fait ça est le dernier des imbéciles, décréta Marius, hors de lui. On devrait le fusiller !

9

En temps normal, Marius préférait les lieux animés, mais après la semaine agitée qu'il venait de passer à Barcelone, il n'était pas mécontent qu'Annette leur ait réservé une table au calme, chez Mark's.

Ils montèrent directement au bar, décoré par Mark Birley, le fondateur du club, dans un esprit de manoir anglais. Ils s'installèrent à côté de la cheminée dans laquelle crépitait un bon feu de bois et commandèrent du champagne qu'ils sirotèrent, confortablement installés dans un canapé.

— Rien de tel qu'une bonne flambée pour se détendre, fit remarquer Marius.

— Pour en revenir au Cézanne, enchaîna Annette, en admettant que Carlton réussisse à le nettoyer et le restaurer, il subsiste un problème. Je n'ai pas de certificat de provenance.

Marius plissa les yeux, la moue dubitative.

— Cela dépasse l'entendement qu'un homme d'affaires comme Alec Delaware, qui a réussi à amasser une fortune colossale, ait négligé de protéger sa collection d'art.

Il secoua la tête, incrédule, puis ramenant son regard perçant sur sa femme, demanda à voix basse :

— Qu'en est-il du certificat de provenance de la danseuse ? Il est valable ?

— Absolument. Il provient de la fonderie Hébrard qui a vendu le bronze à un marchand d'art français, qui l'a cédé à son tour à un riche collectionneur parisien. Il est ensuite passé par les mains de marchands d'art, collectionneurs privés de New York et Beverly Hills – avant d'être acheté par Alec Delaware à New York en 1989. Je précise qu'il ne s'agit pas du bronze vendu par Sotheby's en 1997. Le certificat d'authenticité est à la maison, tu pourras y jeter un coup d'œil en rentrant. La provenance ne fait aucun doute.

— Sais-tu si le bronze présente une marque d'identification quelconque ?

— Oui. D'après Laurie qui l'a examiné avec soin, il est marqué d'un « G ». Les bronzes coulés dans les années 1920 ont tous été marqués d'une lettre allant de « A » à « T ». Ceux-là étaient destinés à la vente au public. Les autres, réservés à la famille Degas et à Hébrard, portaient une marque différente.

— Laurie et toi formez un tandem redoutable, dit-il avec un grand sourire. Et le reste de la collection Delaware ?

— Nous avons retrouvé tous les certificats de provenance, Dieu merci.

— A part *La Petite Danseuse*, qu'as-tu l'intention de mettre en vente ?

— Une toile de Degas représentant une scène au champ de course. Un portrait de mère et enfant par Mary Cassatt, et un Morisot, une femme à sa toilette. Laurie pense qu'il y a là-dedans de quoi faire un thème : trois peintres impressionnistes qui entretenaient des liens d'amitié.

Marius se renversa dans le canapé, songeur.

— Pourquoi ne pas demander à Laurie d'essayer d'établir la provenance du Cézanne ? C'est un travail ardu, mais elle a la patience et l'opiniâtreté qu'il faut pour retracer le cheminement de l'œuvre à partir de documents d'époque, catalogues, archives, certificats de vente, si tant est qu'ils existent.

— Il faut le lui demander. Peut-être aura-t-elle envie de relever le défi, répondit Annette, d'un ton dubitatif.

En fait, elle n'était pas certaine que le jeu en vaille la chandelle, Carlton Fraser s'étant montré très réservé quant aux possibilités de restaurer la toile. Cependant, sachant que Marius avait la tête près du bonnet et s'emportait à la moindre contrariété, elle s'était gardée d'insister sur ce point. De même qu'elle n'avait pas mentionné le coup de fil de Malcolm Stevens au sujet d'Hilda Crump.

La salle à manger du club était l'une des préférées d'Annette, en raison des nombreuses toiles accrochées aux murs. Toutes étaient des portraits de chiens du XIXe et début du XXe siècle. Elles avaient été magnifiquement encadrées et agencées par Mark Birley en personne, des années auparavant.

Marius et elle prirent place à la meilleure table. Assis côte à côte sur la banquette, ils admiraient les toiles. A la fois belles et charmantes, drôles et émouvantes, elles ne manquaient jamais de les faire sourire.

— Parfait, s'exclama Marius, en jetant un coup d'œil au menu. Il y a des saucisses à la purée. Un plat dont je me régalais quand j'étais gosse. De quoi as-tu envie, Annette ?

— Je vais m'en tenir à la terrine de crevettes, comme d'habitude. C'est la meilleure de Londres, et ensuite, je crois que je me laisserai tenter par une sole grillée.

— Il va te pousser des nageoires, ma chérie ! la taquina-t-il. Un bon Pouilly-Fuissé, ça te va ?

— Tout à fait. Et tu as choisi quoi, comme entrée ?

— La même que toi.

Lorsque le maître d'hôtel eut pris la commande, Annette posa sa main sur le bras de Marius et lui dit, d'un ton faussement détaché :

— La perspective de ces interviews m'ennuie beaucoup. Ce ne serait pas possible de refuser, tout simplement ?

Prenant sa main dans la sienne, Marius la regarda au fond des yeux, et répondit d'une voix grave :

— Non, Annette. Et ce pour plusieurs raisons sur lesquelles je vais revenir dans un instant. D'abord, je tiens à te faire remarquer que j'en donne chaque fois que j'en ai l'occasion. La presse ne s'intéresse qu'à l'art. Combien coûte telle toile ? Combien espéré-je en tirer ? A qui appartenait-elle avant ? Les journalistes savent que le commerce de l'art peut rapporter énormément d'argent et ils sont insatiables. L'argent, la provenance, la concurrence. De nos jours, l'art est synonyme de pouvoir et de richesse. Et voilà que tu découvres *La Petite Danseuse* de Degas. Ta nouvelle pièce maîtresse. Il est vital de délier les langues, et quel meilleur moyen pour cela que de donner une interview ?

Un soupir échappa à Annette, qui murmura, hésitante :

— Tu n'imagines pas comme l'idée de devoir en accorder ne serait-ce qu'une seule m'est insupportable.

— Je sais. Mais écoute-moi : il faut que tu en donnes au moins une. Le marché de l'art est une véritable jungle. Il existe une concurrence acharnée et tout le monde veut sa part du gâteau. Or, du jour au lendemain, tu te retrouves propulsée au sommet. Notamment parce que Christopher Delaware, se souvenant de ta gentillesse à son égard lors d'un dîner, t'a apporté le Rembrandt. C'est un coup de chance comme il ne s'en présente pas tous les jours, chérie ! Quoi qu'il t'en coûte, tu dois te maintenir au sommet. Tu ne peux pas tourner le dos à la presse. Comment espères-tu réussir des ventes spectaculaires si tu n'assures pas ta propre promotion ?

Il s'interrompit pour goûter le vin que le sommelier avait versé dans son verre, hocha la tête.

— Frais et gouleyant à souhait. C'est parfait, merci.

Puis congédiant l'homme d'un sourire poli, il se tourna à nouveau vers sa femme.

— Le succès d'Annette Remmington Fine Art provient de ton choix d'ouvrir un cabinet d'expertise-conseil plutôt qu'une galerie d'art. Tu n'as qu'un petit bureau et peu de personnel, ce qui te permet de maîtriser les charges et les frais généraux. Tu dois néanmoins continuer à faire des ventes exceptionnelles. Or, la publicité est indispensable si tu veux attirer des clients richissimes. Des magnats de l'industrie, des juristes, des banquiers, des milliardaires qui ont les moyens de s'offrir des toiles et des sculptures réalisées par les plus grands artistes de tous les temps. N'oublie pas que l'art, de nos jours, est le symbole par excellence de la réussite.

Annette sirotait son vin en silence. Elle se sentait tendue.

La voix de Marius se fit soudain plus ferme quand il reprit :

— Tu dois viser toujours plus haut ! Pertinence. Détermination. Dynamisme. Ambition. Flair. Connaissance des arts. Autant de qualités à cultiver. Et n'oublie pas que je ne serai pas toujours là pour veiller sur toi. Je me fais vieux. Je veux que tu restes au sommet, une étoile du marché de l'art. Ce dont tu es parfaitement capable. Le tout est de mener habilement ta barque.

— D'accord, reconnut-elle, sachant qu'il avait raison. Je vais le faire. A une condition.

— Laquelle ? demanda-t-il, intrigué.

— Que tu arrêtes de me répéter que tu es plus vieux que moi et que tu ne pourras pas toujours veiller sur moi.

— C'est pourtant la vérité, non ? Ne vous ai-je pas toujours protégées, Laurie et toi ?

— Si, et je t'en suis infiniment reconnaissante. Je sais que tu ne veux que mon bien, dit-elle avec un rire forcé. C'est moi qui deviens parano dès qu'on évoque le passé.

— *Absolument*. Le monde se fiche pas mal de savoir ce que tu as fait quand tu avais dix-huit ans.

Si seulement c'était vrai, songea-t-elle. Mais Marius oublie que la justice ne voit pas les choses ainsi. Elle se contenta de sourire. Elle devait tenir sa langue et garder la tête froide. Elle commença à manger la terrine de crevettes que le garçon avait placée devant elle. Elle laissa s'écouler quelques secondes, puis déclara d'un ton dégagé :

— J'aimerais mieux accorder une interview à un hebdomadaire. A toi de choisir lequel.

— A la bonne heure ! se réjouit-il, prenant une longue gorgée de vin, content qu'elle se soit laissé convaincre.

Il croyait savoir ce qui était mieux pour elle, tout en se rendant compte qu'elle éprouvait le besoin de se rebiffer.

Ils attaquèrent le dîner, abordant divers sujets de conversation. Quand ils eurent terminé le plat de résistance, Marius déclara de but en blanc :

— A propos, tu ne m'as pas précisé la date de la vente. Tu en as arrêté une ?

— Oh, oui, naturellement ! J'ai déjà tout organisé, dit-elle, avec une certaine excitation. Je compte l'organiser en septembre, à New York. Notre bureau de New York m'a envoyé une liste de clients potentiels ainsi que diverses suggestions de présentation. Et Laurie est en train de chercher activement un thème…

Elle s'arrêta brusquement en voyant la mine à la fois surprise et contrariée de son mari. Se figeant, elle attendit l'explosion.

— New York ! souffla-t-il non sans véhémence. Pourquoi pas ici, à Londres ? Et pourquoi avoir entamé les préparatifs alors que je n'étais pas au courant.

Elle inspira et répondit le plus calmement possible.

— Parce que j'ai l'habitude de prendre seule ce genre de décisions. Pour le Rembrandt, j'ai choisi Londres en me fiant à mon instinct. Je me suis également laissé guider par mon instinct pour *La Petite Danseuse* de Degas et les toiles impressionnistes. Et Sotheby's New York me semble être le lieu idéal.

— Ce n'est pas mon avis ! Il vaudrait mieux t'adresser à Sotheby's Londres.

Marius faisait un effort visible pour ne pas s'emporter et parler d'une voix mesurée. Elle savait qu'il ne voulait pas se quereller avec elle, dans un lieu public, d'autant moins qu'il s'était absenté pendant une semaine. Elle ignorait ce qu'il faisait lors de ses déplacements, et ne lui avait jamais posé la question. Mais il en revenait toujours métamorphosé, plus attentionné, plus doux, moins tyrannique.

N'empêche qu'il chercherait à la manipuler lorsqu'ils seraient seuls, comme toujours. Il fallait qu'il lui impose ses vues. Elle songea à lui faire part de son intention d'emmener Laurie avec elle à New York, puis renonça. A quoi bon ? Cela risquait de l'irriter encore plus. Pour des raisons qu'il ne lui dévoilerait pas, il tenait à ce que la vente ait lieu à Londres. Son avis ne comptait pas. Comme à l'ordinaire.

Annette se recroquevilla, déçue, contrariée et peinée. Si Marius lui avait accordé une certaine indépendance en lui permettant d'ouvrir son propre cabinet d'expertise-conseil, c'était néanmoins lui le patron. Il restait aux commandes. Ne cherche pas à lui tenir tête, s'admonesta-t-elle. Laisse couler. Un silence prolongé et embarrassé s'installa entre eux. Ce fut Marius qui le rompit :

— Quel dessert te ferait envie, ma chérie ?

— Aucun, merci. Je prendrai juste une camomille.

— Tu n'as plus faim ? s'enquit-il en lui prenant la main. Je croyais que tu aimais les puddings de la maison.

— Pas ce soir, Marius. J'ai assez mangé.

— Ne sois pas en colère, chérie. Je ne veux que ton bien. Tu as des choses importantes à faire, à Londres. Tu y vis, tu y as ton cabinet, c'est là que tu as bâti ta carrière. Et organisé ta première grande vente aux enchères, connu ton plus grand succès. Je ne suis pas certain que ça marcherait aussi fort à New York. Ou même à Paris.

— Si tu le dis. Tu sais de quoi tu parles. Londres, Paris, New York, les capitales mondiales de l'art. Et bien, nous choisissons Londres une fois de plus. Tu m'as convaincue, Marius.

Soulagé, il se détendit et se cala sur la banquette. Il n'avait pas envie de se chamailler avec elle et le faisait rarement, car elle finissait presque toujours par céder. Ces derniers temps, toutefois, elle lâchait moins facilement prise. Cela le déroutait.

Car il était impératif qu'ils marchent main dans la main. Dieu merci, elle était revenue à la raison.

— Je te promets que cette vente-ci sera phénoménale, encore plus que celle du Rembrandt, lui dit-il doucement.

— Et plus grande que si elle s'était tenue à New York. C'est cela ?

— Oui. Londres est un bien meilleur choix.

— Très bien. Je vais annuler mes plans et me recentrer sur Londres.

Il la trouvait particulièrement en beauté ce soir. Elle portait un tailleur en soie bleu pervenche avec des boucles d'oreilles en aigue-marine qui faisaient ressortir la couleur de ses yeux. Ses cheveux blonds coupés avec soin brillaient à la lueur des bougies. Elle avait l'air d'une femme accomplie et élégante.

Tout à coup, il la revit à dix-huit ans, frêle comme un chaton famélique, quand elle s'était présentée à la galerie Remmington alors située dans Cork Street pour solliciter un emploi.

Elle avait une apparence soignée et de bonnes manières, et il s'était laissé attendrir. Il s'en était félicité ! Elle était intelligente, la plus douée des étudiants de l'Académie royale des arts. Elle avait un sens des couleurs, de la perspective et de la composition tout à fait extraordinaire et il avait été impressionné par les toiles qu'elle avait réalisées et lui avait montrées avec fierté. Malgré tout, il avait perçu qu'elle n'avait pas l'étoffe d'une grande artiste, même si certaines de ses œuvres étaient très réussies.

Il l'avait prise sous son aile, lui offrant un poste de réceptionniste à la galerie. Au bout de peu de temps, il avait été sensible à sa beauté : pommettes saillantes, traits ciselés, et d'immenses yeux pétillants d'intelligence. Flairant en elle un fort potentiel, il avait entrepris de la former, de lui donner un style propre. Puis un beau jour, elle l'avait planté là. Et il s'était rendu compte à quel point il tenait à elle. A sa grande surprise, il avait découvert qu'il était amoureux de la petite fille frêle qu'un autre venait de lui ravir. *Provisoirement.*

Elle était revenue en courant sitôt que les ennuis avaient pointé le bout de leur nez. Affolée et tremblante à l'idée que la police puisse l'attraper. Et il avait fait la seule chose qui pouvait la rassurer. Il l'avait épousée. Quelques jours seulement après son dix-neuvième anniversaire. Au mois de juin, il y avait vingt et un ans.

Patiemment, avec amour et adresse, il avait créé la femme qu'il avait entrevue en elle et qu'elle était devenue. Créé de toutes pièces. Les mauvaises langues disaient qu'il l'avait vampirisée, une calomnie. Il l'aimait sincèrement, et ce depuis le premier jour où il l'avait rencontrée.

A l'époque, son meilleur ami l'avait traité de vieux beau et lui avait ri au nez. Et peut-être n'avait-il pas tout à fait tort, car il avait trente-huit ans et elle à peine dix-huit.

— Marius, mon trésor, quelque chose ne va pas ? demanda Annette en lui effleurant la main.

Il s'obligea à sortir de sa rêverie.

— Si, si, tout va bien. J'étais perdu dans mes pensées.

Il s'éclaircit la voix et prit une gorgée de vin.

— A quoi pensais-tu ?

— A la première fois où je t'ai vue et où je t'ai trouvée si belle.

Annette le regarda, fronça les sourcils et secoua la tête.

— J'étais un véritable épouvantail, tu veux dire. A moitié folle, la peau sur les os.

— Ne dis pas cela... tu étais très belle et tu l'es encore.

10

Tandis qu'elle sirotait son café, à la table du petit déjeuner, Annette observait Marius et le trouvait particulièrement rayonnant.

Douché et rasé de près, son épaisse chevelure argentée soigneusement peignée en arrière, il respirait le bien-être et la bonne santé. Sa chemise en vichy bleu et blanc et son pantalon gris lui donnaient un air juvénile que rehaussaient son teint hâlé et l'absence de rides de son visage. Il ne faisait vraiment pas son âge.

Affectueux et d'humeur communicative, il lui parla de son livre sur Picasso entre deux bouchées de toast à la marmelade.

Elle n'était pas dupe, cependant. Il était de bonne humeur parce qu'il avait eu le dernier mot hier soir. Chaque fois qu'il réussissait à la persuader de faire ce qu'il avait décidé, Marius devenait doux comme un agneau. Et, naturellement, elle avait achevé de dissiper ses inquiétudes en cédant à ses avances une fois dans la chambre à coucher. Comme toujours, même si les ébats amoureux n'étaient pas essentiels pour Annette. Elle aurait très bien pu s'en passer.

Marius s'était révélé un amant passionné et tendre dès leur première fois, quand elle avait dix-huit ans. Et il n'avait pas changé depuis. Il savait comment satisfaire une femme et elle avait appris à accepter ses avances de bonne grâce. Il n'aurait pas pu supporter le moindre rejet de sa part, que ce soit au lit ou ailleurs. De toute façon, il exerçait presque toujours sur elle un charme irrésistible.

— Ça n'a pas l'air d'aller, ma chérie ? lança-t-il, remarquant qu'elle était perdue dans ses pensées.

— Oh, mais si, répondit-elle en se redressant sur sa chaise. Désolée.

— Tu fais la tête de quelqu'un qui porte tous les malheurs du monde sur ses épaules, ajouta-t-il en braquant sur elle un regard pénétrant. Je parie que tu te fais du souci pour la sculpture de Giacometti ?

Ce n'était pas le cas, mais elle saisit la perche au vol.

— Oui, c'est vrai. J'hésite à l'incorporer à la prochaine vente aux enchères ou attendre. Je ne suis pas certaine qu'elle s'intègre au thème que Laurie et moi avons imaginé… autour des trois peintres impressionnistes.

— Je ne pense pas que cela ait la moindre importante, dit Marius l'air soudain absorbé. Les œuvres de Giacometti se vendent à prix d'or ces temps-ci, pourquoi attendre ? On pourrait peut-être changer le thème ou bien l'élargir. Ou même s'en passer purement et simplement.

— Au fond, tu n'as pas tort. Christopher a plusieurs toiles de peintres modernes, mais il ne veut pas les mettre en vente pour le moment. Sans quoi nous aurions pu imaginer un deuxième thème.

— De quels peintres s'agit-il ?

— Ben Nicholson et Lowry.

— Chapeau bas à sir Alec. C'était un fin collectionneur, même si le catalogage n'était pas son fort. Pourquoi Christopher ne veut-il pas les mettre en vente ? Il te l'a dit ?

— Il veut y aller doucement à cause du fisc. Comme tu le sais, son oncle lui a légué la totalité de sa fortune, si bien qu'il a dû payer des droits de succession colossaux.

Voyant ses prunelles sombres s'enflammer brusquement, elle ajouta :

— Et si tu t'imagines que je peux le faire changer d'avis, tu te trompes lourdement.

Marius, qui n'était pas idiot et qui connaissait bien sa femme, déclara :

— Je te crois sur parole. C'est pourquoi je te conseille de commencer la vente avec les sculptures de Degas et Giacometti – que tu pourrais présenter comme deux grands maîtres de la sculpture du XIXe et du XXe siècle – et d'enchaîner avec les toiles rattachées au thème impressionniste. Mais ne garde pas le Giacometti sous le boisseau. C'est le moment de le vendre, pendant que la demande est forte.

— Eh, bien, il y en a là-dedans ! Merci, Marius. Tu viens de résoudre mon problème.

— Je m'en réjouis. Que dirais-tu de régler le deuxième ? Ensemble ?

— Tu veux que nous passions en revue les demandes d'interviews, c'est ça ?

— Oui, dit-il en repoussant sa chaise. Allons y jeter un coup d'œil dans mon bureau. Ça ne devrait pas prendre bien longtemps.

Il avait fallu plusieurs heures à Marius pour choisir le journaliste qui lui semblait le plus apte à interviewer et à brosser un portrait flatteur de sa femme. Afin de sonder le bonhomme et d'en savoir un peu plus sur sa façon de travailler, il avait appelé Malcolm Stevens.

D'après ce dernier, un véritable bureau d'information ambulant, Chalmers était un brillant jeune reporter qui s'était rapidement imposé parmi les grands noms de la presse britannique. Il avait écrit deux très bons essais sur la Seconde Guerre mondiale qui lui avaient valu le respect de toute la profession. Chalmers était maintenant journaliste au *Sunday Times* où il brossait des portraits de gens célèbres.

Il avait la réputation d'être un type agréable, qui ne cherchait pas à sauter à la gorge de l'interviewé, et capable d'écrire des papiers captivants sans avoir besoin de recourir aux coups bas ou aux invectives, expliqua Malcolm, avant de conclure : « Il a un talent fou. »

Après lui avoir rapporté les propos de Malcolm, Marius fit part à Annette de sa décision, en ayant soin d'ajouter : « Si cela te convient, ma chérie », même si en réalité, il n'avait cure de son avis.

Elle avait acquiescé ; comme toujours, Marius faisait la loi.

Tandis qu'elle traversait Eaton Square pour se rendre chez sa sœur à Chesham Place, Annette fut soudain en colère. Elle monta dans sa gorge comme de la bile. Pourquoi était-elle aussi pusillanime ? Pourquoi disait-elle amen à tout ce que Marius cherchait à lui imposer ? Hier soir, elle l'avait laissé la manipuler. Il l'avait convaincue de ne pas aller à New York. Ce matin, elle était restée coite pendant que Marius parlait à

Malcolm, et, une fois de plus, elle avait obtempéré quand il avait porté son choix sur Jack Chalmers.

Elle se comportait en idiote. Elle s'était battue courageusement sur plusieurs fronts au cours des vingt dernières années, mais dès qu'il s'agissait de s'affirmer et d'imposer ses vues, elle était incapable de proférer ne serait-ce qu'un murmure de protestation.

Oh, et puis zut, soupira-t-elle, tentant de chasser ces pensées négatives. Qui se souciait de Jack Chalmers ! Robin des bois lui-même viendrait pour m'interviewer que ça n'y changerait rien. Une interview est toujours un sale moment à passer. Elle avait hâte que tout soit fini pour pouvoir se consacrer à des choses plus importantes. Pour l'heure, son principal souci était Laurie, et la déception que sa sœur éprouverait en apprenant que le voyage à New York était annulé. Annette avait horreur de ne pas tenir les promesses qu'elle lui faisait, même si cela n'arrivait que très rarement. Depuis l'accident de voiture qui avait brisé la vie de Laurie, Annette se donnait beaucoup de mal pour lui apporter un peu de joie et de réconfort et mettre un peu de piment dans sa vie.

Rien qu'à voir ma tête, elle comprendra ce qui m'amène, pensa Annette quand Angie, l'auxiliaire de vie de Laurie, lui ouvrit la porte. Tout en se débarrassant de son manteau, elle se composa un visage souriant, puis entra dans le salon en s'écriant :

— Me voilà ! Désolée d'être en retard.

— Ce n'est pas grave, dit Laurie en lui rendant son sourire. J'étais au téléphone avec Malcolm de toute façon – nous avions pas mal de choses à régler. Je viens de terminer un travail de recherche pour lui et il m'a invitée à dîner ce soir pour fêter ça.

— Super. Il est toujours très attentionné avec toi, murmura Annette en se penchant vers sa sœur pour l'embrasser. Où veux-tu que je t'emmène déjeuner ?

Laurie secoua la tête.

— Nous restons ici. Mme Groome est en train de préparer le repas, ça ne t'ennuie pas, j'espère ?

— Pas du tout, assura Annette. Ecoute, avant que nous ne nous lancions dans nos bavardages habituels, j'ai quelque chose à te dire.

Laurie fronça les sourcils.

— Tu m'as l'air bien sérieuse d'un seul coup. Qu'est-ce qui ne va pas ?

— Rien, enfin, pas au sens où tu l'entends. Si ce n'est que notre croisière transatlantique sur le *Queen Elizabeth* tombe à l'eau. Je suis désolée de te décevoir, mais Marius pense que nous devrions organiser la vente ici, à Londres, et non pas à New York.

Laurie se rembrunit un instant, puis un sourire éclaira son visage :

— Ce n'est pas grave. Malcolm avait envie de nous accompagner, on pourrait y aller tous les trois, après la vente ?

— Ah bon ? lança Annette, stupéfaite. J'ignorais que vous étiez aussi... proches.

— Oh, si. Nous sommes de très bons amis. Il vient souvent dîner à la maison et il m'emmène au restaurant.

Annette, abasourdie, se tut un moment avant de déclarer :

— Quoi qu'il en soit, il fait partie des gens que j'apprécie et je suis sûre qu'il s'occupe bien de toi quand vous sortez ensemble.

Laurie éclata de rire.

— Ça, je m'en charge. En tout cas, nous avons des tas de choses en commun.

Annette resta un long moment silencieuse, les yeux rivés sur les flammes qui dansaient dans la cheminée. Elle n'était pas certaine que Marius aurait approuvé cette amitié entre Laurie et Malcolm. Mais ce qui était sûr, c'est qu'elle ne permettrait jamais à Marius de s'immiscer dans la vie privée de sa sœur. Comme si elle avait lu dans ses pensées, Laurie reprit :

— Je sais que tu es fâchée contre Marius. Tu as beau t'efforcer de ne pas le montrer, je le devine, Annette. Tu es contrariée parce qu'il cherche constamment à te dominer et à te manipuler. A ton avis, pourquoi pense-t-il qu'il vaut mieux tenir les enchères à Londres ?

— Parce que c'est ici que j'ai organisé ma première grande vente, avec le Rembrandt. C'est à Londres que j'ai connu le succès. Il veut que je recommence... que je fasse encore mieux.

— Voyons, ça aurait pu marcher aussi bien à New York, voire mieux, non ?

— Oui. A moins qu'il ne sache quelque chose que j'ignore.

— Enfin, je suppose que ça n'a pas vraiment d'importance, murmura Laurie. Quand on met sur le marché une sculpture de Degas, a fortiori s'il s'agit de *La Petite Danseuse*, on fait forcément un tabac où que se tienne la vente.

— Tu as raison, acquiesça Annette, impressionnée par la perspicacité de sa sœur.

Marius avait sûrement conscience, lui aussi, que la vente aurait remporté le même succès si elle s'était tenue à New York, du fait de la réputation et de la qualité des œuvres présentées. Mais pour une raison qui lui échappait, il avait insisté pour que les enchères aient lieu à Londres.

Laurie fit légèrement pivoter son fauteuil vers Annette.

— Ecoute, l'ascendant que Marius cherche à exercer sur toi depuis des années est insupportable, c'est vrai. Il n'empêche que tu as réussi beaucoup de choses uniquement grâce à ton intelligence. Et n'oublie pas qu'il a toujours veillé sur nous.

— Oui, et moi, j'ai joué le jeu. Je lui suis restée fidèle.

Il y eut une pause, puis Laurie ajouta :

— Que serions-nous devenues sans lui ?

— Je n'en sais rien, répondit Annette, songeant qu'elle aurait pu se retrouver derrière les barreaux et Laurie à la merci du bon vouloir de leur tante.

Deux perspectives qui n'avaient rien de réjouissant, il fallait bien l'admettre. Inspirant profondément, elle poursuivit d'un ton enjoué.

— L'important, c'est que la vente soit un succès. Peu importe qu'elle se tienne à Londres ou à New York. A présent, parlons d'autre chose. Toi qui es une lectrice assidue de la presse… le nom de Jack Chalmers te dit-il quelque chose ?

— Chalmers ! Il est sensationnel. Il écrit admirablement, avec style et pertinence. Je lis tous les portraits qu'il signe chaque semaine pour le *Sunday Times*. Oh, mon Dieu, ne me dis pas qu'il va t'interviewer ?

— Si… c'est lui que Marius a choisi.

— Dans ce cas, attends-toi à ce qu'il brosse de toi un portrait épatant, affirma Laurie, un grand sourire aux lèvres. Marius ne pouvait mieux choisir.

DEUXIÈME PARTIE

Un brillant journaliste

Il n'y a pas de dieu plus grand que la vérité.
Mahatma Gandhi (1939)

11

Où qu'il se trouve, que ce soit à la ville ou à la campagne, à la montagne ou à la mer, dans un bar ou un restaurant, Jack Chalmers aimait se sentir chez lui. Il s'entourait de gens de confiance. Par-dessus tout, il avait besoin d'être proche des éditeurs et rédacteurs en chef avec qui il travaillait. Des collègues qui le comprenaient et qui soient capables de transformer la poussière en or. Toutes ces choses, qu'il en était venu à considérer comme allant de soi, même si ce n'était qu'une illusion, l'aidaient à être à l'aise et détendu, tout en lui procurant un maximum de plaisir.

Cette dernière semaine du mois de mars revêtait un caractère tout particulier pour Jack, qui se trouvait à Beaulieu-sur-Mer, dans sa magnifique villa surplombant la Méditerranée.

La villa Saint-Honoré était sa résidence principale. Elle était remplie d'une collection d'objets familiers indispensables à son bien-être : sa bonne vieille machine à écrire IBM Personal Wheelwriter 2, sur laquelle il rédigeait ses livres ; son ordinateur qui lui servait à faire ses recherches et écrire ses papiers ou ses articles de fond ; ses milliers de livres ; son abondante collection de photos encadrées : instantanés d'enfance et de jeunesse, portraits de sa mère, de son père et de son frère, et de tous les autres membres de sa famille.

Sur des étagères en bois ciré s'alignaient ses carnets et souvenirs de voyage voisinant pêle-mêle avec les innombrables prix et récompenses qu'il avait reçus pour ses travaux. Enfin, dans un coin près de la fenêtre, un énorme globe terrestre qu'il passait son temps à étudier et à faire tourner sur son axe quand il était enfant.

Il y avait également une profusion de commodes, armoires et penderies remplies de vêtements sobres, hors de prix, et d'un fatras de vieux trench-coats usés jusqu'à la corde qu'il ne parvenait pas à jeter.

Debout devant l'une des armoires de son immense bureau du premier étage, il était en train d'inspecter sa garde-robe. Il choisit une veste de lin beige qu'il enfila par-dessus son pull bleu marine à col en V et son jean, puis dégringola l'escalier et se dirigea vers la cuisine.

Passant la tête par l'entrebâillement, il lança :

— Bonjour, Hortense !

La cuisinière tourna la tête et lui répondit, un large sourire aux lèvres :

— Bonjour, monsieur Jacques.

— Je sors faire un tour, mais je serai de retour pour le déjeuner. Où est Amaury ?

— Il est parti à Nice, acheter les journaux et les magazines dont vous avez besoin. Vous vouliez lui parler, monsieur ? demanda-t-elle dans un anglais presque parfait.

— Non, non, Hortense. C'est sans importance. A plus tard.

Il sortit de la maison et longea l'allée en humant l'air. Un parfum de mimosa et de gazon fraîchement coupé emplit ses narines.

Cette saison dans le sud de la France était l'une de ses préférées, surtout après avoir passé un mois à faire des interviews à Beverly Hills et New York. Il n'était rentré que depuis quatre jours, mais déjà il se sentait reposé et prêt à attaquer le dernier chapitre de son troisième livre. Il avait promis à l'éditeur de le lui remettre la semaine prochaine et comptait bien être dans les temps. Il mettait un point d'honneur à ne jamais dépasser une date limite.

Il commença à longer le boulevard du Maréchal-Leclerc. Au-dessus de sa tête le ciel était d'un bleu intense, ponctué çà et là de fins nuages blancs qui laissaient filtrer la pâle lumière du soleil matinal. C'était un jour lumineux, et malgré la brise qui soufflait de la mer, il y avait comme une promesse de chaleur.

Jack se dirigeait vers la Réserve, un hôtel qu'il considérait comme l'un des plus charmants au monde et où il était descendu la première fois à l'âge de cinq ans, avec sa mère. L'été 1982. Il y avait vingt-cinq ans déjà ! Ayant vécu dans cette ville pour ainsi dire depuis toujours par intermittence, il s'y sentait comme un poisson dans l'eau.

Il attendit quelques minutes que le trafic ralentisse, puis à la première ouverture, traversa le boulevard au pas de course et franchit les grilles de l'hôtel. Il fit une courte pause, puis s'engagea dans l'allée qui menait à la porte d'entrée.

L'instant d'après, il pénétrait dans le hall où il fut chaleureusement accueilli par le concierge. Il longea ensuite le bar jusqu'à la salle à manger puis sortit sur la terrasse qui surplombait la mer.

Elle était déserte, il avait l'embarras du choix, aussi s'installat-il à une petite table surmontée d'un parasol à côté de la balustrade. Otant ses lunettes de soleil, il mit sa main en visière pour scruter l'horizon de ses yeux gris clair. La mer était aussi calme et lisse qu'un étang ce matin. Soudain, son téléphone portable sonna. Plongeant sa main dans sa poche, il le prit et l'approcha de son oreille.

— Jack à l'appareil.

— Salut, c'est Kyle. Tu vas bien ?

— Salut, frérot. Oui, merci. Devine où je suis ?

— A Beaulieu ?

— Tout juste. Et devine où je suis en train de petit-déjeuner.

Le rire amusé de Kyle résonna dans l'appareil.

— A la Réserve ? Sacré veinard, tu ne te refuses rien.

— C'est chargé de souvenirs, tu es bien placé pour le savoir. D'ailleurs, toi aussi, tu as tes lieux fétiches. Bon, qu'est-ce qui t'amène ?

— J'ai rendu visite au notaire de papa hier. Toute la paperasse est en ordre et on va pouvoir mettre la maison en vente. Sauf si tu préfères la garder et racheter ma part.

— Ni toi ni moi n'avons envie d'une grosse baraque à Hampstead, Kyle. On n'arrête pas de bouger. Si j'ai bonne mémoire, tu réalises un film à Hollywood dans quelques mois. Alors tenons-nous-en à ce que nous avions décidé et vendons-la.

— D'accord. Au fait, je vais effectivement diriger un film dans quelques mois, mais pas à Hollywood.

— Ah, non ? Où alors ?

— En Jordanie.

— En Jordanie ! Bon sang. Tu te rends compte que c'est à deux pas de l'Irak et de l'Afghanistan, des pays en guerre ?

— Je croyais que la zone était sûre ? s'écria Kyle, soudain inquiet.

— Elle l'est, à condition de ne pas t'aventurer là où je n'irais pas moi-même. Tu m'entends, frérot ?

— T'inquiète. Tu comptes rester longtemps à Beaulieu ?

— Deux semaines. Je dois mettre la dernière main à mes interviews et il me reste un chapitre à finir pour *Dunkerque*, mon nouveau bouquin. J'ai promis à l'éditeur de lui rendre le manuscrit la semaine prochaine.

— Tu as du pain sur la planche. A propos, j'ai remarqué que tu avais écrit *Dunkerque* à la française sur le projet de jaquette que tu m'as envoyé. Pourquoi ?

— Je ne sais pas au juste, si ce n'est que je préfère cette orthographe. En plus, tout le monde comprendra de quoi il s'agit, même les lecteurs qui ne parlent pas français. L'éditeur est d'accord. Il trouve que ça fait chic.

— Ce n'est pas faux. Bon, quand est-ce qu'on se voit ?

— J'ai l'intention d'aller à Londres pour remettre le manuscrit en mains propres à l'éditeur. J'en profiterai pour passer prendre deux ou trois bricoles à l'appartement et pour voir mon agent. Je te tiens au courant. En attendant, je vais m'immerger dans le boulot pendant toute la semaine prochaine.

— Tu ne changeras jamais. Toujours mille fers au feu ! Ça t'excite.

— Ça, j'ai ma dose d'adrénaline, convint Jack en riant.

— Comment va Lucy ?

— Je suppose qu'elle va bien. Pour être tout à fait franc, je ne l'ai pas encore vue depuis mon retour. Nous nous sommes parlé au téléphone et elle avait l'air en forme. J'irai lui faire un brin de causette demain.

— Curieuse façon de présenter les choses, remarqua Kyle avant de se reprendre aussitôt : Pardon. Ça n'est pas mes oignons. A plus, Jacquot.

— A plus.

Comme il rangeait son téléphone, Jack remarqua qu'un pichet de jus d'orange et un grand verre étaient apparus sur la table comme par enchantement. Apercevant un serveur qu'il connaissait, il lui fit signe d'approcher :

— Comme d'habitude.

Quelques instants plus tard, l'homme revenait avec le traditionnel *café au lait* accompagné de croissants, de beurre, et de confiture d'abricot.

Tandis qu'il sirotait son jus d'orange, Jack se rappela la dernière remarque de Kyle à propos de Lucy Jameson. Son frère avait raison, il avait employé une drôle de formule. Quelle place occupait-elle dans sa vie ? Qu'éprouvait-il pour elle ? Il n'en savait rien.

Jack s'aperçut qu'on s'agitait autour de lui. Le serveur remplissait une tasse de café au lait, ôtant prestement le verre et le pichet de jus d'orange, tandis que Pierre, le chef de rang, pilotait un groupe de clients qui cherchaient une table. Après les avoir installés, Pierre s'approcha à grands pas de Jack pour le saluer.

— *Bonjour* et bienvenue, monsieur Chalmers, dit-il avec le sourire. C'est un plaisir de vous revoir.

— Bonjour, Pierre, comment allez-vous ? Pas trop débordé ?

— Nous avons affiché complet pendant le week-end. Mais c'est toujours plus calme en semaine. Bientôt, ce sera Pâques et les touristes afflueront. Comme d'habitude. Puis-je vous apporter autre chose ? Des œufs ? Des fruits ?

— Non, merci. C'est parfait comme ça.

Après l'avoir salué poliment, le chef serveur s'esquiva, laissant Jack savourer tranquillement son petit déjeuner face à la baie magnifique. Son répit fut de courte durée. Lucy avait recommencé à s'immiscer dans ses pensées. Etait-ce un problème ? Oui, car là, tout de suite, ça l'ennuyait. Demain peut-être. Il rit intérieurement en songeant à la célèbre maxime de Margaret Mitchell[1], *Demain est un autre jour*. En fin de compte, il pensa à la vieille maison de Hampstead où Kyle et lui avaient grandi.

Elle était grande, indiscutablement. Une maison idéale pour une famille nombreuse ou une famille en devenir. Ils n'auraient aucun mal à la vendre.

Une foule de réminiscences nimbées de nostalgie l'envahirent soudain : les pique-niques sous le grand pommier, les balançoires qui les emportaient haut vers le ciel, les duels à coups d'épées en bois, les capitons de caoutchouc qui protégeaient leur poitrine quand ils jouaient aux soldats, les fabu-

---

1. Auteur du roman *Autant en emporte le vent*. (*N.d.T.*)

leuses garden-parties que donnaient leurs parents... les acteurs, producteurs, écrivains, journalistes, célébrités de toute sorte se pressant autour de son père qui était agent artistique.

Kyle avait deux ans de plus que lui. Ils étaient devenus très proches quand sa mère avait épousé le père de Kyle. Les liens qui les unissaient étaient inébranlables. Kyle était son grand frère. Son protecteur. Aujourd'hui, il avait l'impression que les rôles s'étaient inversés. L'idée que Kyle puisse aller en Jordanie l'épouvantait. C'était un pays sûr, gouverné par un roi intelligent, pro-occidental, mais une grande partie du Moyen-Orient était en guerre. Or Kyle était un esprit curieux, intrépide et sans méfiance, qui avait l'habitude d'explorer les régions où il partait en tournage. Il va falloir que je le prenne entre quatre yeux avant son départ, que je lui explique clairement à quels dangers il s'expose et que je lui fasse promettre de ne pas partir en vadrouille dans les pays voisins une fois son tournage terminé.

Il se rendit soudain compte qu'il n'avait pas demandé à Kyle quelle sorte de film il allait tourner alors que Kyle, lui, montrait toujours de l'intérêt pour ses activités. Il sortit son téléphone et composa son numéro.

— Au fait, Kyle, nous n'avons pas parlé de ton film, dit-il quand son frère répondit.

— C'est l'histoire d'une femme écrivain, Lesley Blanch.

— L'auteur de *Vers les rives sauvages de l'amour*, interrompit Jack. Elle a été la femme de Romain Gary.

— Exact. J'aurais dû me douter que tu la connaissais. Bref, c'est l'histoire de leur mariage. On tournera surtout en Jordanie, ensuite pas très loin de chez toi, puis à Paris. J'espère que tu seras sur la Côte d'Azur quand je serai à Nice.

— Moi aussi, dit Jack. Tu pourrais venir passer quelques jours ici.

Puis, n'étant pas certain que le moment était bien choisi pour mettre son frère en garde contre les dangers du Moyen-Orient, il renonça et conclut :

— On se reparle plus tard.

Jack franchit les grilles de la villa Saint-Honoré et remonta l'allée. Sur la pelouse, les arroseurs rotatifs avaient été branchés, et Amaury, sur la terrasse, se penchait sur une grande jardinière en terre cuite vernissée.

— *Bonjour !* lança-t-il.

Le vieux jardinier releva la tête et vint à sa rencontre.

— J'ai trouvé les journaux, monsieur Jacques. Ils sont dans votre bureau.

— Merci. Je viens d'avoir mon frère au téléphone. Il va venir passer quelques jours avec nous d'ici un mois ou deux. Quand il sera en tournage à Nice.

— *Ah, très bien.*

Le visage bruni par le soleil d'Amaury se fendit d'un grand sourire.

— Hortense me rappelait justement l'autre jour que ça va faire vingt ans qu'on se connaît. C'est fou ce que le temps passe ! ajouta-t-il.

— C'est vrai, dit Jack. J'avais tout juste dix ans et mon frère douze la première fois que nos parents ont loué cette villa à Mme Arnaud. Nous sommes tous tombés sous le charme et sommes revenus chaque année après cela. J'ai eu beaucoup de chance que Mme Arnaud m'ait donné la possibilité de racheter la maison avant sa mort, il y a cinq ans.

— Oui, monsieur Jacques. Avant de mourir, Mme Arnaud m'a dit qu'elle voulait que ce soit vous qui repreniez la villa. Elle savait que vous l'aimiez.

Jack passa affectueusement un bras autour des épaules du vieil homme.

— Mme Arnaud avait raison. J'aime énormément cette maison. La villa Saint-Honoré est mon seul foyer.

Ils parlèrent de l'entretien du jardin pendant quelques minutes, puis Jack entra dans la maison, signala à Hortense qu'il était de retour, et monta s'enfermer dans son bureau.

La gouvernante avait allumé les deux ventilateurs de plafond et fermé les persiennes. La pièce était fraîche et ombragée. Il s'installa à sa table de travail, savourant le calme qui régnait autour de lui. Ce lieu était véritablement idéal pour travailler. Et tout cela, il le devait à Colette Arnaud.

Il avait connu quelques revers dans son existence, mais dans l'ensemble il s'estimait chanceux. Veuve sans enfants, Colette les avait tous pris en affection, lui particulièrement. Durant les mois d'été, quand ses parents louaient la villa, elle s'installait dans la petite maison d'amis, cachée par une haute haie de peupliers, à l'autre bout du jardin. Bien qu'elle demeurât dans la propriété, jamais elle ne les dérangeait. En revanche, Jack passait la saluer chaque jour. Elle avait toujours de merveilleuses histoires à raconter et ils étaient devenus les meilleurs amis du monde.

Jusqu'au jour où Amaury l'avait appelé à Londres pour lui annoncer que la chère vieille dame s'était éteinte paisiblement, à l'âge de quatre-vingt-sept ans, pendant son sommeil. Jack avait eu un tel choc en apprenant la nouvelle qu'il n'avait pas vraiment prêté attention à ce que lui avait dit le jardinier concernant la villa.

Le notaire de Mme Arnaud lui avait écrit une semaine plus tard, pour l'informer des dernières volontés de Colette. Celle-ci, sachant qu'il y était très attaché, voulait qu'il ait la possibilité de racheter la villa à un prix raisonnable. Au cas où il déclinerait son offre, la maison serait mise en vente au prix du marché, c'est-à-dire à un prix beaucoup plus élevé. Le fruit de la vente irait à son unique héritière, une nièce qui vivait à Paris, possédait une maison à Deauville et n'avait que faire de la villa de Beaulieu.

Naturellement, Jack était tout disposé à racheter la maison. Mais où trouver l'argent ? Ses économies ne représentaient que la moitié de la somme demandée. Heureusement, ses parents lui avaient gentiment proposé de lui prêter le reste. Par chance, ses livres et ses articles s'étaient si bien vendus qu'il avait pu les rembourser en deux ans.

Dans son testament, Mme Arnaud avait posé des conditions au rachat par Jack de la villa Saint-Honoré à un prix « ridiculement bas » selon les termes du notaire. Ainsi, il devait s'engager à y séjourner une partie de l'année, ne pourrait pas la revendre avant dix ans même s'il avait le droit de la louer ; et au cas où il la revendrait et réaliserait une plus-value, il devrait la partager en deux avec sa nièce, Florence Chaillot. Jack avait accepté sans se faire prier et Florence et lui avaient signé un contrat.

Jack ne regrettait pas le moins du monde d'avoir acheté la villa dont il avait fait sa résidence principale. C'était le lieu idéal pour travailler. Il avait gardé un petit pied-à-terre à Londres, qu'il occupait quand il exerçait son métier de journaliste. Mais il savait que sa maison était ici et le resterait jusqu'à la fin de ses jours.

Se levant de son bureau, il suspendit sa veste en lin dans l'armoire. Il était en train d'entrebâiller les persiennes quand son téléphone sonna. Il s'approcha du bureau pour décrocher.

— Jack Chalmers.

— Salut, Jack ! Tu as décroché le gros lot, annonça son agent Tommy Redding.

— Comment ?

— L'interview.

— Quelle interview ? demanda-t-il en se laissant tomber dans son fauteuil pivotant.

— Ne me dis pas que tu as déjà oublié ? Tu étais prêt à tout pour décrocher cette interview.

— Avec qui ?

— Jack, tu te paies ma tête ?

— Non, Tommy, simplement j'ai du boulot jusqu'au cou. Désolé, je ne vois pas de qui tu veux parler.

— De la femme qui a vendu le Rembrandt, Annette Remmington.

— Ah, oui, ça me revient maintenant ! Je l'avais complètement oubliée. Je suis toujours d'accord. De quoi s'agit-il exactement ?

— Le *Sunday Times* veut un face à face. Un portrait comme tu as l'habitude d'en faire pour eux. Je sais que tu avais d'autres idées en tête, mais ils ont refusé. En revanche, le *New York Times* voudrait une interview plus longue pour son supplément du dimanche. Qu'en penses-tu ?

— Je suis partant, mais qu'en disent les types du *Sunday Times* ?

— Etant donné que le *New York Times* n'a pas l'intention de publier l'interview avant quatre mois, ils n'ont pas soulevé d'objections. Ils savent qu'ils auront la primeur et que ton article aura été oublié quand les Américains publieront le leur.

— Tu as froissé mon amour-propre, Tommy. Personne n'oublie mes articles, grommela Jack en feignant l'indignation.

Tommy s'esclaffa.

— Bon, alors. C'est oui ou c'est non ?

— C'est oui.

— Parfait. Tu as de quoi noter ?

12

— Autrement dit, je vais devoir interviewer une femme qui n'a pas envie qu'on l'interviewe, c'est bien ça ? voulut savoir Jack, se renversant dans son fauteuil et posant les pieds sur son bureau.

Il se mit à rire devant l'absurdité de la situation.

Tommy l'imita, puis expliqua :

— D'après son mari, c'est une grande timide qui a horreur de parler d'elle-même et qui n'a jamais donné d'interviews de sa vie.

— Voilà qui n'est pas banal. La plupart des gens qui se retrouvent subitement sous les feux des projecteurs sont généralement intarissables quand il s'agit d'aborder le sujet qui les passionne le plus, c'est-à-dire eux-mêmes. Ça va être comme de lui arracher une dent, maugréa-t-il. Elle va me faire tourner en bourrique, et au final je n'obtiendrai jamais de quoi faire un bon papier.

— Pas de fausse modestie, Jack. Tu es un bel homme, bourré de charisme et capable de séduire n'importe qui. Je te parie qu'elle tombera sous le charme et déballera tout en un rien de temps.

— Ça m'étonnerait.

— Si, si, tu verras. Sers-toi de ta brillante cervelle et tu t'en tireras haut la main. D'après son mari, Marius Remmington, elle est très intelligente et très calée en histoire de l'art. Il m'a assuré que l'interview se déroulerait bien, malgré sa tendance à se sous-estimer.

— Ce qui signifie qu'elle a probablement un ego gros comme la tour Eiffel !

— Je crois qu'il était sincère. C'est Marius qui t'a choisi pour l'interview – parmi plus de cent candidats !

Jack resta silencieux. Il réfléchissait.

— C'est d'accord, dit-il au bout d'un moment. Je vais l'interviewer. Quand est-elle disponible ?

— Tu peux remercier ta bonne étoile, Jack. Figure-toi qu'elle ne peut pas se libérer avant Pâques. Le 11 avril pour être précis. C'est-à-dire dans deux semaines. Ce qui te laisse le temps de peaufiner tes trois interviews américaines et d'écrire le dernier chapitre de *Dunkerque*.

— Ben voyons ! Et pendant que tu y es, embauche donc une équipe de bonnes fées et expédie-les dare-dare pour qu'elles m'aident à faire les trois huit pendant les dix jours à venir.

— Très drôle, ricana Tommy. Sérieusement, si tu t'organises bien, tu arriveras à tout boucler à temps. J'ai remarqué que tu travaillais mieux quand tu étais sous pression.

Jack grommela.

— Ça, c'est ta rengaine. Bon… j'ai déjà préparé un premier jet pour chacune des trois interviews, si bien que de ce côté-là j'ai pris de l'avance.

Il marqua une pause, avant d'ajouter :

— Annette Remmington a dû beaucoup m'intriguer, il y a deux semaines, pour que je sollicite une interview alors que j'avais déjà du boulot par-dessus la tête.

— Absolument, Jack. Tu m'as téléphoné exprès de New York pour me demander de te représenter. Si bien que j'ai appelé son bureau et envoyé une demande par courriel. Et on a décroché la timbale ! Bon sang, quel agent merveilleux je fais !

Le rire de Jack explosa dans le téléphone.

— C'est vrai, Tommy, tu es le meilleur, et je n'ai pas envie de passer pour un ingrat. Sache que tu as ma reconnaissance éternelle. Tu es sans conteste le meilleur. Si j'ai eu l'air de rechigner, c'est que je déteste que ceux que j'interviewe soient mal à l'aise.

— Ce ne sera pas le cas. Annette Remmington a beau être timide, son mari m'a certifié qu'elle était convaincue de l'importance de t'accorder une interview. Apparemment, elle est en train de préparer une deuxième vente aux enchères de la même envergure que celle du Rembrandt. En d'autres termes, elle coopérera parce qu'elle a besoin de se faire de la publicité.

Otant ses pieds du bureau, Jack se redressa :

— Et quelle sera la pièce maîtresse de cette prochaine vente ? Il te l'a dit ?

— Non, bien sûr que non. Tu n'auras qu'à lui soutirer l'info.

— Ce sera sûrement plus difficile que tu l'imagines. Elle a sans doute l'intention de ne la révéler qu'à la dernière minute, à l'occasion d'une conférence de presse.

— Tente le coup. Ça pourrait faire un très beau scoop.

— Probablement. Marius Remmington t'a-t-il dit où et quand devait avoir lieu l'interview ?

— Ici. Dans le bureau de sa femme, à 10 heures. Je vais t'envoyer son adresse e-mail et diverses autres infos.

— Parfait. Tu peux confirmer. Sinon, il faudrait que je voie deux ou trois autres choses avec toi.

— Je t'écoute.

Après avoir raccroché, Jack relut ses interviews américaines. Ses ébauches étaient meilleures que ce qu'il pensait et n'exigeraient pas beaucoup plus de travail.

A une heure, il descendit et sortit sur la terrasse où Hortense était en train de mettre la table. A son approche, elle leva les yeux et lui adressa un grand sourire. La gouvernante, qui le connaissait depuis qu'il était haut comme trois pommes, l'avait pris en affection et aimait le gâter.

— Je vous ai préparé une salade niçoise, dit-elle en se hâtant vers la cuisine.

Son téléphone portable sonna à nouveau.

— Jack Chalmers.

— Salut, Jack ! C'est Lucy.

— Salut, répondit-il en s'asseyant. J'allais t'appeler, tu m'as devancé.

— Je croyais que tu m'avais oubliée, lui reprocha-t-elle. Il y a deux heures que j'attends ton coup de fil.

— Désolé, j'ai passé un temps fou au téléphone avec mon agent, expliqua-t-il. Nous avions un tas de choses à mettre au point.

Pourquoi s'excusait-il alors qu'ils étaient convenus de se voir demain ? Il ne lui avait pas promis de l'appeler aujourd'hui.

— A quelle heure as-tu prévu de passer demain ?

— A 19 heures, ça te va ?

— Je préférerais 19 h 30. J'ai beaucoup de travail à rattraper.

— Si tu veux. Tu n'as pas l'air dans ton assiette. Je te dérange peut-être ?

— Non, mais je suis en train d'écrire le dernier chapitre de mon livre et je ne pense qu'à ça, improvisa-t-il. Je peux te rappeler plus tard, Luce ?

— Oui, bien sûr, répondit-elle soudain radoucie.

Elle raccrocha avant qu'il ait pu ajouter un mot.

Pourquoi Lucy était-elle aussi revêche quand il revenait de voyage ? Parce qu'elle n'avait pas confiance en lui ? Ou parce qu'elle le soupçonnait de fricoter avec d'autres femmes ? Pourquoi adoptait-elle ce ton accusateur ? Cette attitude hostile ? Il soupira. Il ne la comprenait pas. Est-ce que ça l'inquiétait vraiment ?

Il fut interrompu dans ses pensées par Hortense qui apportait un saladier. Elle le posa sur la table, puis disparut avant de revenir avec une corbeille de pain et un petit pot de beurre.

— *Bon appétit*, monsieur Jacques.

— *Merci*, Hortense, dit-il en la gratifiant de son plus beau sourire.

Après son déjeuner, léger, Jack passa le reste de la journée à peaufiner les deux interviews, l'une d'un réalisateur et l'autre d'un scénariste, qu'il avait réalisées à Beverly Hills. Les deux hommes étaient anglais et avaient travaillé ensemble sur des films qui les avaient rendus célèbres. Ils venaient de finir le tournage d'un film intitulé *Agincourt*, qui racontait l'histoire d'une guerre très ancienne et sanglante.

Repoussant son fauteuil, Jack s'étira et fit quelques pas pour se dégourdir les jambes.

Il contempla un instant la Méditerranée, puis ouvrit la fenêtre et emplit ses poumons d'air marin. Il était soulagé : un après-midi lui avait suffi pour remanier les passages qui le tracassaient. A présent, il ne lui restait plus qu'à réviser la troisième interview consacrée à la vedette du film et à écrire le dernier chapitre de son livre. Une fois bouclés tous ces engagements, il entreprendrait des recherches sur Annette Remmington. Quoi que puisse dire Tommy, il pressentait qu'elle lui donnerait du fil à retordre.

13

Lucy Jameson se considérait comme une sorte de métisse. Fille d'un architecte américain et d'une mère française aujourd'hui décédée, elle avait grandi à New York et passé tous ses étés dans le sud de la France depuis sa plus tendre enfance.

Artiste peintre de talent, sa mère, Camille, était née à Nice dans la Ferme des Iris, la maison où Lucy vivait aujourd'hui avec ses deux petites filles.

La ferme, qui appartenait à la famille de sa mère depuis plus de cent ans, lui avait été léguée par sa tante Claudine Villiers, la sœur aînée de Camille, quelque quatre ans plus tôt. Claudine avait modernisé l'antique bâtisse pour la rendre habitable sans lui ôter son caractère original. La rénovation la plus importante avait été l'agrandissement de la cuisine, où trônait une immense table en chêne massif. Lucy y préparait les repas, écrivait et recevait ses amis.

Lucy organisait des stages de cuisine de septembre à décembre et mettait quatre chambres d'hôte à disposition des participants qui le souhaitaient. Le reste de l'année, elle se consacrait à la création de recettes inédites et écrivait des livres de cuisine. Les deux premiers, *La Cuisine française en toute simplicité* et *Idées de menus faciles* s'étaient très bien vendus. Elle travaillait à présent sur son troisième volume, *La Cuisine française à la carte*.

Elle était en train de jeter des intitulés de chapitres sur le papier quand la porte s'ouvrit : sa tante entra précipitamment, portant deux bouteilles de vin.

— J'ai pensé que ça plairait à Jack, annonça Claudine en déposant les bouteilles sur la table.

Lucy jeta un coup d'œil aux étiquettes.

— Un Château Duhart-Milon Domaines Barons de Rothschild Lafite 2000 ! Tu ne crois pas que tu y vas un peu fort, tante Claudine ? Il ne s'agit que d'un dîner ordinaire, pas d'une occasion spéciale.

— Mais si, c'est une occasion spéciale, et tu dois le lui rappeler. Tu ne l'as pas vu depuis plusieurs semaines. Il faut le flatter, le chouchouter. C'est la seule façon de traiter un homme... crois-en mon expérience de vieille romantique indécrottable.

— De nos jours, une femme de soixante-cinq ans est encore une jeune femme, Claudine.

— *Mon Dieu*, est-ce possible ? Et qui l'a décrété ? sourit Claudine, amusée.

Lucy lui rendit son sourire.

— Je n'en sais rien, mais je trouve ça très encourageant, pas toi ?

Claudine s'assit en riant en face de sa nièce.

— Il y a... de l'eau dans le gaz entre Jack et toi ? lui demanda-t-elle au bout d'un moment.

Lucy regarda sa tante, hésita, puis finit par marmonner :

— Pas vraiment. Disons que ça ne marche pas très fort. Je crois que c'est le stress et la pression auxquels nous sommes soumis l'un et l'autre dans notre travail. Et puis les déplacements. Il passe son temps à voyager.

— *Oui*, bien sûr. Mais quand il vient ici, à la ferme, tout s'arrange... non ?

Claudine fronça les sourcils, dévisageant Lucy en silence.

— Pas toujours. Car il y a deux problèmes, auxquels je ne peux rien, dit Lucy, visiblement contrariée et irritée.

Claudine haussa un sourcil interrogateur.

— L'un d'eux est que Jack n'arrive pas à s'impliquer sérieusement dans une relation, finit par dire Lucy. Il a été fiancé a deux reprises et, chaque fois, il a rompu juste avant le mariage. Nous en avons déjà parlé, mais il est incapable d'expliquer pourquoi. Il est perplexe. Moi aussi, tu t'en doutes.

— Peut-être a-t-il peur du mariage ?

— C'est possible. Il y a autre chose, de beaucoup plus inquiétant... (Lucy haussa les épaules). A quoi bon en parler puisque nous n'avons pas la solution de toute façon.

— Un mystère ? De quoi s'agit-il ?

— Pas un mystère à proprement parler. Simplement, Peter Chalmers n'était pas le père biologique de Jack. Il était son beau-père – même si, d'après ce que je sais, il aimait Jack autant que Kyle et a joué pleinement son rôle. Malgré cela, Jack est taraudé par le fait qu'il n'a jamais vraiment connu son père biologique, un type sans scrupules apparemment, qui collectionnait les conquêtes féminines et découchait à la moindre occasion. Jack avait six ou sept ans quand sa mère a décidé de le quitter. Et c'est alors qu'elle a épousé Peter, qui était veuf.

— Ce sont des choses qui arrivent lorsqu'un enfant n'a pas bien connu l'un de ses parents biologiques.

— Tu as raison. Un jour, Jack m'a laissé entendre que son incapacité à s'engager était peut-être due au fait qu'il était comme son père biologique, qui passait son temps à papillonner de femme en femme sans parvenir à se fixer.

— Est-ce vraiment le cas, *ma chérie* ?

Claudine haussa à nouveau un sourcil.

— Je ne crois pas. Comment en être sûre ? Il passe son temps à aller et venir entre Beaulieu, Londres, New York et Beverly Hills. Comment pourrais-je savoir ce qu'il fait ou qui il voit, alors que je suis ici, à la ferme ?

— Je doute qu'il ait beaucoup de temps à consacrer à des idylles alors qu'il travaille comme un forcené. A ta place, je me sortirais ces idées de la tête et je… comment dire ? Je lui accorderais le bénéfice du doute. Fais-lui confiance, Lucy. Les hommes sentent quand les femmes n'ont pas confiance en eux et ils n'aiment pas ça.

— Je lui fais confiance, mais il lui arrive de se montrer tellement soupe au lait, et suffisant… ça me met mal à l'aise.

— Allons, ne te monte pas le bourrichon. Garde ton sang froid. Je ne me joindrai pas à vous ce soir. Il vaut mieux que vous soyez seuls.

— Non, protesta Lucy. Tu prendras un verre avec nous. Tu pourras t'en aller après si tu veux, mais s'il te plaît, viens au moins pour l'apéritif. Je veux avoir ton avis sur Jack. Tu l'observeras, discrètement bien sûr, comme ça tu pourras me faire part de tes impressions.

Claudine acquiesça.

— D'accord. Ensuite, je vous laisse dîner en tête à tête.

Claudine huma soudain l'air.

— Ah, parfait ! Tu prépares un bœuf bourguignon. Cela sent divinement bon. Le vin que j'ai choisi ira à merveille.

— Tu es sûre que tu ne veux pas rester dîner ? insista Lucy. Jack t'aime beaucoup. Il n'y verrait aucune objection, et moi non plus.

— Moi, si. J'aurais l'impression d'être la cinquième roue du carrosse.

— Je ne connaissais pas cette expression. Qu'est-ce que cela signifie ?

— Etre de trop.

Lucy ne put réprimer un sourire.

— Je parie que tu viens de l'inventer.

— Pas du tout. Où sont Chloé et Clémence ?

— A Nice, avec Marie qui est allée porter un cadeau d'anniversaire pour sa sœur chez sa mère. (Lucy consulta sa montre.) Elles ne devraient pas tarder à rentrer. Je t'en prie, ne prends pas tes jambes à ton cou. Attends un peu, comme ça tu pourras leur faire la bise.

— Très bien.

— Comment avance ton chantier de rénovation ? demanda Lucy en refermant le cahier dans lequel elle avait pris des notes.

— Tout doucement. Je n'ai pas encore trouvé la nuance exacte pour les murs des chambres. Le peintre a déjà passé je ne sais combien de couches. Il n'a pas le sens de la couleur.

Lucy hocha la tête en réprimant un rire. Sa tante était une perfectionniste qui rendait les artisans fous avec ses exigences intenables. Claudine avait mis deux ans à reconstruire une petite dépendance de l'autre côté de la cour et maintenant que le gros œuvre était terminé, elle s'était lancée dans la décoration intérieure.

Lucy se leva et s'approcha du four. Elle enfila des maniques, sortit la cocotte et la déposa sur le dessus de la cuisinière. Lorsqu'elle souleva le couvercle, un délicieux fumet de bœuf aux légumes cuit dans une sauce au vin se répandit dans l'air.

— Ça a l'air délicieux, Lucy ! la félicita Claudine qui avait toujours encouragé sa nièce à réaliser son rêve de devenir chef cuisinière.

110

— J'espère que Jack sera du même avis, dit-elle en refermant le couvercle avant d'enfourner à nouveau la braisière. Je dois reconnaître que je me suis servie de la recette de Julia Child pour faire mon bourguignon. C'est la préférée de Jack.

— Moi aussi, c'est celle-là que je prends, dit Claudine. Ne l'as-tu pas toujours utilisée ?

— Si. Mais Jack ne le sait pas, répondit Lucy, une lueur espiègle dans ses yeux bruns.

Elle vint se rasseoir à la table.

— Tu m'as conseillé de le gâter, non ?

Claudine se contenta de sourire.

Claudine Villiers adorait les enfants, en particulier ses deux petites-nièces, les ravissantes jumelles de Lucy. A quatre ans, elles se ressemblaient tellement que Claudine avait du mal à les différencier. Même leur propre mère n'y arrivait pas toujours, Lucy le lui avait une fois confié.

Elles étaient le portrait craché de leur mère. Il n'y avait pas une once d'Alexandre Rosset en elles, en apparence du moins.

Claudine n'avait jamais compris pourquoi Lucy et Alexandre avaient divorcé. Ni pourquoi sa nièce l'avait épousé. Alexandre était retourné à Paris où il vivait avec une autre femme. Claudine avait beau savoir que la vie vous réservait parfois de drôles de surprises, elle ne comprenait tout simplement pas comment il avait pu renoncer aussi aisément à ses deux petites filles à qui il ne rendait pour ainsi dire jamais visite. Un tel détachement lui semblait anormal, voire monstrueux.

Lucy, quand elle la questionnait, se contentait de hausser les épaules en poussant un juron, puis ajoutait d'un ton glacial :

— C'est peut-être aussi bien comme ça. Personnellement, j'aime autant qu'il ne vienne pas. Elles ne le connaissent pour ainsi dire pas.

A présent, tandis qu'elle regardait les deux petites filles embrasser leur maman, Claudine regretta de ne pas avoir apporté son appareil photo pour capturer cette scène émouvante.

Les deux petites avaient des cheveux bruns comme leur mère et les immenses yeux noirs des Villiers. Lucy les avait emmenées récemment chez son coiffeur à Monte-Carlo et

111

lui avait demandé de leur faire une frange. Elles étaient adorables, avec leurs petits blazers bleu marine, leurs jupes grises plissées et leurs maillots blancs en coton. Grandes pour leur âge, elles avaient de longues jambes. Elles seraient sans doute aussi grandes que la mère de Lucy, Camille, qui mesurait un mètre soixante-quinze. Chère Camille, sœur adorée, emportée si brutalement par un cancer du sein il y avait huit ans et qui n'avait pas connu ses petites-filles. Claudine sentit sa gorge se serrer, elle battit des paupières et se détourna, puis éclata de rire quand quatre petites mains s'accrochèrent à sa jupe tandis que deux petites voix aiguës s'écriaient :

— Tante Claudine ! Tante Claudine ! Chocolat !

— Ne leur donne pas de ton chocolat, ordonna Lucy avant de chasser les petites à l'autre bout de la cuisine, vers le canapé et les fauteuils réunis autour de la cheminée.

— Tante Claudine prépare du thé à la menthe. Vous deux, vous avez droit à un verre de lait et à mes pains aux raisins.

Lucy décocha un coup d'œil à Marie qui se tenait sur le pas de la porte :

— Vous voulez un thé à la menthe, Marie ?

— Oui, volontiers.

Après avoir installé les jumelles sur le canapé, Lucy déclara :

— Si vous me promettez d'être sages, vous pourrez rester jusqu'à ce que Jack arrive avant d'aller vous coucher.

— Oh, Jack va venir ! s'écria Chloé, visiblement ravie de la nouvelle.

Clémence, la plus calme des deux, murmura :

— J'espère qu'il va m'amener mon chat.

— Ton chat ? Qu'est-ce que c'est que cette histoire ? demanda Lucy.

— Il m'a promis qu'il m'apporterait un chat, expliqua Clémence.

— Il a dit qu'il allait voir s'il pouvait en trouver un, rectifia Chloé. Il n'a rien promis.

J'espère qu'il n'a pas oublié, songea Lucy en se dirigeant vers le réfrigérateur pour prendre une bouteille de lait. Si c'était le cas, ce qui ne l'étonnerait pas, il faudrait qu'elle invente une histoire.

112

Sa tante, qui s'approchait avec un plateau chargé de verres remplis de thé à la menthe, lui adressa un regard entendu.

— Au cas où il aurait oublié, murmura-t-elle, tu n'auras qu'à dire que le chat est resté chez le vétérinaire. *N'est-ce pas ?*

Lucy répondit par un hochement de tête.

14

Les deux fillettes, en chemise de nuit et robe de chambre, furent les premières à l'apercevoir.

— Jack ! Jack ! s'écria Chloé en s'élançant vers lui, sa jumelle Clémence à sa suite.

Lucy et Claudine, qui se trouvaient à l'autre bout de la cuisine, se retournèrent en entendant leurs cris. Claudine le salua de loin d'un signe de la main tandis que Lucy se hâtait d'aller à sa rencontre.

Il sourit aux deux femmes, puis déposant son cabas et son bouquet de fleurs par terre, s'agenouilla pour embrasser les jumelles. Comme toujours, Chloé se jeta à son cou, et Clémence, timide et rougissante, resta un peu en retrait.

Après les avoir serrées affectueusement dans ses bras, il se releva :

— Il y a longtemps qu'on ne m'a pas accueilli avec autant d'enthousiasme. Merci, mes trésors, je suis ravi de vous revoir.

Chloé, trépignant d'impatience, demanda à mi-voix :

— Tu as amené le chat ? Tu n'as pas oublié, dis ?

Tout en parlant, elle jetait des regards inquiets autour d'elle. Son minois se crispa soudain.

— Il n'y a pas de chat !

— Allons, allons, Chloé, la gronda Lucy. Tu es impolie...

— Non, je n'ai pas oublié le chat, la coupa Jack. Mais je dois d'abord dire bonjour à votre maman et à tante Claudine.

Sur ses mots, il attira Lucy et la serra dans ses bras en lui glissant à l'oreille :

— Tu es absolument superbe.

Elle se dégagea, lui sourit de toutes ses dents en pensant qu'il l'était aussi :

— Merci, Jack. S'il te plaît, excuse Chloé...

— Oh, ne sois pas bête, l'interrompit-il en ramassant le bouquet de fleurs destiné à Claudine. Voici pour vous, murmura-t-il, en se penchant pour l'embrasser sur les deux joues. J'ai vu que votre maison était terminée en traversant la cour.

— En effet. Et merci, Jack, ces fleurs sont splendides. Si vous voulez bien m'excuser, je vais aller les mettre dans l'eau.

— Où est le chat, insista Chloé en courant vers lui. Tu avais dit à Clémence...

— Ça suffit, Chloé ! se fâcha Lucy. Si tu continues, je t'envoie te coucher tout de suite. Ce n'est pas poli de réclamer des cadeaux ainsi.

— Mais...

— Plus un mot !

L'air contrit, Jack s'approcha de Clémence, qui se tenait toujours à côté de la porte :

— Je n'ai pas voulu t'apporter un vrai chat sans l'autorisation de ta mère. Mais j'ai quelque chose pour toi.

Plongeant la main dans son cabas, il en sortit un magnifique chat noir en peluche avec de grands yeux brillants et une longue queue soyeuse.

— C'est pour toi, Clémence, dit-il en lui mettant le jouet entre les mains. Comment est-ce que tu vas l'appeler ?

Clémence, toute rougissante, écarquilla de grands yeux, puis, regardant Jack, s'exclama :

— Oh ! Il est vraiment à moi !

— Oui, je l'ai acheté exprès pour toi. Alors, tu as une idée de nom ?

— Remercie Jack, ma chérie, murmura Lucy en touchant doucement l'épaule de sa fille.

— Merci, dit docilement Clémence, avant d'ajouter avec son plus beau sourire. Je vais l'appeler Spot.

— Spot ? C'est un nom de chien, fit remarquer Jack. A propos, Chloé, je sais que tu aimes les chiens et que tu rêves d'en avoir un. Si bien que je t'ai ramené un petit quelque chose à toi aussi. Tiens.

Il sortit un petit chien à longs poils blancs de son cabas et le lui tendit.

— Pour toi.

115

— Oh ! merci Jack. Je peux le garder ?

— Bien sûr, Chloé. Il va falloir lui donner un nom.

— Oui, c'est vrai. C'est un garçon ou une fille ?

Lucy réprima de justesse un éclat de rire. Seule une enfant aussi précoce que sa petite Chloé pouvait poser ce genre de question.

— C'est une fille, répondit-elle en s'efforçant de garder son sérieux. Le chat aussi, n'est-ce pas, Jack ?

Jack, à deux doigts de pouffer lui aussi, répondit par un signe de tête.

Chloé contemplait la peluche d'un air concentré, quand sa sœur s'écria soudain :

— Moi, je vais l'appeler Hector.

— Mais c'est une fille ! objecta Chloé.

— Hectorine, peut-être, suggéra Claudine qui s'était approchée.

— C'est un très joli nom, dit Jack. Qu'en penses-tu Clémence ?

La fillette hocha la tête, caressa son chat et déclara :

— Tu t'appelles Hectorine.

— Et toi, Chloé, comment vas-tu appeler ton chien ? demanda Lucy.

— Je n'en sais rien... j'aime bien Spot...

— Elle est si mignonne et si blanche, pourquoi pas Boule de neige ? proposa Lucy.

— Oh, oui ! approuva Chloé, qui alla s'asseoir à côté de sa sœur sur le canapé.

Les jumelles étaient ravies de leurs nouveaux joujoux.

— Tout est bien qui finit bien, constata Jack en sortant un dernier paquet de son cabas. Pour toi, Lucy.

— C'est trop gentil, Jack.

Elle déchira le papier cadeau et s'écria :

— Chanel N° 5 ! Oh, Jack. C'est mon parfum préféré !

— Je sais.

— Si nous prenions l'apéro ? Jack ? intervint Claudine.

— Un verre de vin blanc m'irait parfaitement si vous avez.

— Lucy ?

— Pareil.

— *Hectorine,* c'est un prénom qui existe vraiment ? demanda Lucy, jetant à Jack un regard sombre et pétillant de joie.

Il avala une longue gorgée de vin blanc avant de répondre :

— Comment le saurais-je ?

— Mais tu es écrivain... tu devrais savoir ce genre de choses.

Il lui lança un coup d'œil amusé.

— C'est un prénom à consonance française. C'est toi qui devrais le savoir.

— Je ne suis qu'à moitié française. L'autre moitié étant américaine, au cas où tu l'aurais oublié.

— C'est Claudine qui a eu l'idée, c'est à elle qu'il faut poser la question.

— Me voilà, dit Claudine en s'approchant avec une assiette couverte de petits toasts de caviar, de foie gras et de saumon fumé.

Elle leur présenta l'assiette et déclara :

— Hectorine pourrait tout à fait être un prénom français. A moins qu'il n'ait jailli tout seul de mon imagination. Toujours est-il que Clémence l'a adopté...

— Et Chloé aussi, fit remarquer Lucy. Alors qu'en règle générale, elle est du genre à discuter et à poser mille questions.

— Elle voudra peut-être, non, elle voudra sûrement, devenir avocate quand elle sera grande, plaisanta Jack.

Les deux femmes rirent.

— L'important, c'est que tu n'aies pas oublié le chat et que tu aies eu la délicatesse de penser à apporter également un cadeau pour Chloé. Elle est enchantée de son chien, enchaîna Lucy.

— Oui, c'est vraiment très gentil à vous, Jack, approuva Claudine en s'asseyant sur le canapé. Si jamais l'une ou l'autre me demande si c'est un nom français, je répondrai que oui... que c'est un nom du temps passé.

— Excellente idée, sourit Jack. Alors, vous me faites visiter votre maison ? Je l'ai vue lentement se métamorphoser et j'aimerais bien voir le résultat final.

— Bien sûr.

Claudine se leva, et, saisissant son verre de vin, elle s'approcha de la porte.

— Allons-y maintenant, avant la tombée de la nuit.

— Vous n'avez pas encore installé l'électricité ?

— Si, si, mais certaines pièces ne sont pas encore éclairées. Je vais prendre une lampe de poche au cas où.

La dépendance, de l'autre côté de la vaste cour, était dans le même style que la maison principale, avec une façade en stuc rose pâle et un toit de tuiles rouges.

L'intérieur avait été magnifiquement agencé par Claudine, et Jack la complimenta sur son bon goût tandis qu'elle le menait à travers les pièces du rez-de-chaussée.

Lucy connaissait la maison par cœur, mais chaque fois que sa tante la lui faisait visiter, elle découvrait de nouveaux détails qui l'émerveillaient.

— Ce n'est pas une grande maison, expliqua Claudine en montrant le salon à Jack. C'est pourquoi il n'y a aucune déperdition d'espace. Et suffisamment de murs pour pouvoir y accrocher ma collection.

— Cette pièce est ma préférée, fit-il observer. Pas seulement à cause des nombreuses fenêtres, de la vue fantastique ou de la cheminée, mais aussi à cause des proportions. Et j'adore la cuisine.

— Moi de même, dit Lucy. C'est une réplique exacte de celle de la maison principale, en plus petit. J'ai hâte de pouvoir y préparer mon premier repas.

15

Jack se servit un autre verre de vin blanc puis s'assit sur l'un des tabourets qui flanquaient la grande table de la cuisine. Les yeux fixés sur Lucy, il réfléchissait à leur relation.

Elle avait sorti la cocotte du four et l'avait déposée sur la cuisinière. Soulevant le couvercle, elle jeta un coup d'œil à l'intérieur avant de remuer délicatement le contenu.

Un fumet odorant s'échappa de la cocotte. Jack s'exclama :

— Miam ! J'ai hâte d'y goûter !

— Je l'ai préparé exprès pour toi, dit Lucy.

— Et je t'en remercie du fond du cœur, car je sais que tu préfères ta *cuisine du soleil*, beaucoup plus légère.

— Ce n'est pas *ma* cuisine du soleil, c'est celle de Roger Vergé, rectifia Lucy.

Elle reposa le couvercle sur la marmite et tourna son attention vers les pommes de terre qu'elle avait fait bouillir quelques instants plus tôt.

Jetant un regard autour de lui, Jack se rendit compte que Claudine n'était plus là.

— Où est passée ta tante ? s'étonna-t-il.

— Elle est probablement retournée dans la petite maison, mais elle ne va pas dîner avec nous, Jack. Elle m'a dit qu'elle n'avait pas envie d'être la cinquième roue du carrosse. Elle nous a malgré tout apporté deux excellentes bouteilles de sa cave, et telle que je la connais, elle a dû en déboucher une à l'avance, pour laisser respirer le vin.

Jack s'approcha de la baie vitrée qui dominait Nice sur la droite et Beaulieu sur la gauche ; au loin, les lumières de

Monte-Carlo brillaient. Une vue fabuleuse dont il ne se lassait jamais.

Il saisit la bouteille de vin et lut l'étiquette. Claudine avait versé la moitié de la bouteille dans une carafe posée sur la table.

Il lança à Lucy :

— Claudine a effectivement mis le vin à décanter.

— Parfait, marmonna Lucy, affairée à la préparation du repas.

Jack revint à la grande table et l'observa. Elle était particulièrement ravissante ce soir. Ses longs cheveux bruns, détachés pour une fois, flottaient dans son dos comme de la soie. Elle portait un pantalon noir moulant et une tunique marocaine en coton rouge. Véritable cordon bleu, une vocation, elle avait appris à faire la cuisine toute petite, quand elle venait passer les vacances dans la famille de sa mère à la ferme. Plus tard, elle avait suivi les cours de l'école de cuisine Roger Vergé, puis travaillé sous sa direction au Moulin de Mougins, le célèbre restaurant du grand chef qui inventait ses *recettes du soleil* en s'inspirant des saveurs fraîches et légères de la Provence.

Pivotant, Lucy interrompit le cours des pensées de Jack :

— Viens ici, si tu veux du bœuf bourguignon.

— Tout de suite, répondit-il en s'approchant de la cuisinière où elle était en train de remplir une assiette. Quel régal.

— J'apporte les pommes de terre. Va t'asseoir, ordonnat-elle en le chassant vers la table dressée devant la baie vitrée.

Jack remplit les verres avec le vin contenu dans la carafe et attendit.

L'instant d'après, elle venait le rejoindre, son assiette de bourguignon dans une main et le plat de pommes de terre agrémentées de beurre et de persil dans l'autre.

— L'accompagnement idéal pour un ragoût de bœuf, ditelle en prenant place face à lui.

— C'est absolument divin, s'exclama Jack, après avoir goûté quelques bouchées. Tu es une vraie fée.

— Je me suis bornée à suivre la recette de Julia Child, ditelle en riant. C'est vrai qu'il est réussi.

Il leva son verre.

— A ta santé, Lucy, ma cuisinière favorite.

— A ta santé, Jack, mon écrivain favori.

Affamés, ils mangèrent de bon appétit. Quand elle lui demanda s'il en voulait encore, il retourna se servir sans se faire prier.

— Désolé de ne pas avoir beaucoup parlé depuis le début du repas, dit-il. Je crains de m'être concentré sur cet excellent bourguignon. C'est de ta faute, au fond, si je n'ai pas desserré les dents.

— Moi non plus, je n'ai pas été très bavarde. En fait, j'avais aussi faim que toi.

Elle avait fini son assiette et était rassasiée. Se penchant au-dessus de la table, elle ajouta avec douceur :

— Merci pour tous les cadeaux, Jack. Surtout pour les jumelles.

— Bah, je ne voulais pas décevoir Clémence à qui j'avais promis un chat. Et ça n'aurait pas été élégant de ne rien apporter à Chloé, ou à toi et Claudine.

— Tu nous gâtes.

— Tout le plaisir est pour moi.

Lucy se renversa sur sa chaise, s'efforçant de se détendre après une journée bien remplie.

Jusqu'ici, ils n'avaient échangé que de menus propos, commentant le succès de son deuxième livre de cuisine, évoquant celui qu'elle était en train d'écrire et les articles de Jack ; celui-ci savait, toutefois, qu'ils n'en resteraient pas là et qu'ils allaient devoir jouer cartes sur table. Malgré l'ambiance calme et détendue, il se doutait que Lucy lui en voulait. Et bien qu'elle s'efforçât de faire bonne figure, il sentait gronder en elle une sourde irritation.

Sa grande intuition lui permettait de deviner beaucoup de choses, d'autant plus qu'il la connaissait bien. Elle était très possessive et elle aspirait à une relation stable et durable, susceptible de déboucher sur un mariage.

Lui, en revanche, n'avait aucune envie de mener une vie casanière et rangée. Il aimait trop les voyages et son travail, grâce auxquels il découvrait sans cesse de nouveaux horizons, pour songer à se marier. Pour l'instant, en tout cas. Lucy aurait préféré qu'il passe tout son temps à Beaulieu, à écrire des livres et à lui tenir compagnie. Elle voulait qu'il fasse partie de son quotidien.

Brusquement, elle se leva, ramassa les assiettes et se dirigea vers l'évier.

— Tu veux de l'aide ? demanda-t-il, surpris.

Sans attendre sa réponse, il repoussa sa chaise et s'empara du plat de pommes de terre qu'il porta jusqu'au plan de travail. Il lui toucha doucement l'épaule.

— Merci, dit-elle en le gratifiant d'un sourire éclair. J'espère que tu as encore de la place pour le dessert.

— Tu sais bien que je suis incapable de résister à tes recettes, répondit-il. C'est ma tarte préférée aux oranges sanguines, je parie.

— Exactement.

— Il paraît que l'on conquiert un homme en flattant son appétit, alors mon cœur t'appartient, Lucy.

Elle lui lança un regard sévère qui lui ôta tous ses moyens.

Ne sachant quoi faire, il la regarda bêtement couper des parts de tarte à l'orange qu'elle disposait sur des assiettes avant de les arroser de crème anglaise.

Elle lui tendit la sienne et ils retournèrent s'asseoir sans échanger un mot. Jack s'en voulait d'avoir été aussi maladroit. Le regard féroce qu'elle lui avait décoché confirmait ce qu'il pensait : elle était contrariée, peut-être même furieuse. Il décida de se taire. Mieux valait ne pas jeter d'huile sur le feu tant qu'elle n'aurait pas craché le morceau.

— Il faut que nous parlions, Jack, dit-elle soudain en posant son verre de vin.

Sans ajouter un mot, elle se leva et se dirigea vers la cheminée, jeta une bûche dans le feu, donna un coup de tison. Assis sur le canapé, Jack l'observait, admirait sa beauté, la cascade de cheveux noirs qui lui arrivait presque à la taille, l'intensité de ses yeux sombres, son teint légèrement halé, son visage ravissant, sans aucun maquillage. Mince et bien proportionnée, elle se déplaçait avec une grâce incomparable. Il s'en voulait de la négliger ainsi, de se montrer aussi ambivalent dans ses sentiments. Il s'était comporté comme un mufle avec cette femme très désirable.

Elle revint s'asseoir à l'autre bout du canapé.

— Pourquoi me regardes-tu comme ça ? lança-t-elle.

— Parce que tu es sublime, répondit-il en se redressant. Bon, il faut qu'on parle. Je sais que tu es en colère…

— Non, le coupa-t-elle. J'ai du chagrin.

Comme il ne réagissait pas, elle s'empressa d'ajouter :

— Ecoute, Jack. Toi et moi sommes censés avoir une relation, pourtant tu n'es même pas passé me voir à ton retour. Je ne te comprends pas.

— J'ai eu tort, Lucy, je m'en rends compte à présent. Mais j'étais sous pression et fatigué, à cause du décalage horaire et d'un voyage éreintant entre New York et Los Angeles, sans parler des articles à finir. Je t'ai tout de même appelée plusieurs fois.

— Ça n'est pas la même chose, riposta-t-elle. J'avais très envie de te voir, ce qui n'était pas ton cas, manifestement.

— Si, mais je me suis plongé dans le boulot. Egoïstement. Je l'admets. A ma décharge, les magazines me mettent la pression et il faut que je rende mes articles à temps si je veux gagner ma vie. D'ailleurs, tu es au courant.

— C'est pareil pour moi, dit Lucy d'une voix radoucie. Lorsque ma tante m'a fait don de la ferme, elle ne m'a pas alloué l'argent nécessaire à son entretien, même si elle prend à sa charge la moitié des appointements des deux jardiniers. Et si elle me paie un loyer pour l'appartement qu'elle occupe ici, cela ne va pas durer. Elle va bientôt s'installer dans sa petite maison. Quant à Alexandre, c'est un salaud. Il est censé me verser une pension alimentaire, mais, soit il le fait avec retard, soit il oublie. Elle secoua la tête en soupirant. C'est pour cela que j'écris des livres et donne des cours de cuisine. J'ai besoin d'argent.

— Je sais, et je me rends compte que tu es autant sous pression que moi. Résultat, nous sommes tous les deux stressés.

Il s'interrompit, l'enveloppa d'un regard plein d'affection.

— Je suis désolé de n'être pas venu plus tôt manger sur le pouce ou te faire la bise. Acceptes-tu mes excuses ?

— Oui. En revanche, j'ai besoin de savoir où nous en sommes, toi et moi. Allons-nous continuer à nous voir ? Ou préfères-tu rompre ? Il faut que je sache. S'il te plaît, sois honnête avec moi.

Elle prit une gorgée de vin avant d'ajouter :

— Quelle que soit ta réponse, je l'accepterai sans faire de drame.

Au cours des dernières vingt-quatre heures, Jack avait beaucoup réfléchi à leur relation et sa réponse était déjà prête.

— Non, Lucy, je ne veux pas rompre. Sincèrement. J'ai envie qu'on reste ensemble. Tu sais que j'adore mon métier et que je m'en tire plutôt bien professionnellement, mais cela suppose que je passe du temps à Londres. C'est là-bas que je décroche mes contrats.

— Si je comprends bien, tout va rester comme avant.

— Non... enfin... pas vraiment. Je vais mieux m'organiser, promis. Je te consacrerai plus de temps. D'autant que je commence un nouveau livre et que je resterai plus longtemps à Beaulieu.

Elle avait beau hocher la tête, son regard inquiet et la tension de ses épaules n'échappèrent pas à Jack.

— Soyons réalistes. Nous ne pouvons pas mener une existence routinière. Moi, j'ai besoin de liberté et toi, tu vas être très occupée par l'écriture de ton prochain livre, sans compter la reprise de tes stages dans quelques mois. Il n'empêche qu'on peut y arriver en y mettant chacun du sien.

Lucy demeura immobile, les yeux dans le vague, tandis que les pensées se bousculaient dans sa tête.

Jack se rapprocha d'elle, lui passa un bras autour des épaules :

— Donnons-nous une chance, Lucy. Je vais faire de mon mieux pour ne pas me laisser accaparer par mon travail et pour être plus présent.

Elle lui jeta un regard pensif. Elle savait qu'il lui arrivait d'être ambivalent à son égard, tout comme elle l'était vis-à-vis de lui. Pourtant, ils s'entendaient bien. Elle était sûre que son désir de ne pas rompre était sincère. Et elle s'en contenterait. Pour l'instant, à tout le moins. Se penchant vers lui, elle posa ses lèvres sur les siennes. Il lui rendit son baiser avec passion. Au bout d'un moment, il se dégagea :

— Et puis on s'entend bien, physiquement, je veux dire.

Elle lui sourit.

— On va peut-être y arriver.

— J'en suis certain, affirma-t-il, lui effleurant la joue. Tu veux bien que je reste ce soir ?

— J'y compte bien. D'ailleurs, il n'est pas question que tu reprennes le volant dans cet état, Jack...

— C'est vrai, je suis en rut et... prêt à te sauter dessus.

— Non, je veux dire que tu as un peu trop bu. Ce ne serait pas raisonnable de reprendre la route de la corniche jusqu'à Beaulieu.

Il la tira pour l'obliger à se relever.

— Je crois que nous ferions bien d'aller chercher un lit. Il ne faudrait pas que les petites nous surprennent en train de nous bécoter sur le canapé.

TROISIÈME PARTIE

Une rencontre dangereuse

Les anges demeurent à leurs places éternelles.
Il suffit de retourner une pierre pour qu'une aile
se déploie !
C'est vous, ce sont vos visages déshumanisés
Qui ne savent pas voir les multiples splendeurs.

Francis Thompson,
Le Royaume de Dieu

16

Debout devant la fenêtre de son bureau, Annette Remmington contemplait Bond Street d'un œil vague. Elle était rongée d'anxiété et n'arrivait pas à se concentrer.

— Dois-je préparer du café ou du thé, patron ? demanda soudain la voix d'Esther Oliver, sa secrétaire.

Annette sursauta.

— Vous m'avez fait peur ! s'exclama-t-elle en se retournant brusquement. Je ne vous ai pas entendue entrer !

— Désolée, s'excusa Esther. J'ai pensé que ce serait une bonne idée de préparer quelque chose avant l'arrivée de Jack Chalmers.

— Non, d'abord l'interview, murmura Annette. Il sera toujours temps de le faire plus tard, à moins qu'il ne préfère un verre d'eau.

Esther dévisageait Annette. Les yeux plissés elle déclara :

— Vous êtes tendue. Sur les nerfs. Ce n'est pas à cause de l'interview au moins ?

— Si. C'est sans doute névrotique. Vous savez à quel point j'ai horreur des interviews. Parler de moi me semble tellement... prétentieux, frimeur.

— Vous n'êtes ni l'un ni l'autre. Impossible d'annuler, de toute façon. Il sera là d'une minute à l'autre.

— Hélas, soupira Annette. Marius et lui se sont mis d'accord et quand Marius a décidé quelque chose, je n'ai d'autre choix que de m'incliner.

— D'un autre côté, il va rédiger un grand papier pour le *New York Times Magazine*, ce qui est bon pour vous et votre succursale new-yorkaise. C'est une excellente publicité,

Annette, même si votre prochaine vente aux enchères ne se tient pas à New York.

— Vous avez raison.

— Ne vous en faites pas. Ce n'est jamais qu'un journaliste. Et d'ailleurs je suis sûre que tout va bien se passer, certifia Esther avec un sourire d'encouragement. Il paraît qu'il est charmant.

— Oh. C'est Marius qui vous l'a dit ?

— Non, c'est Laurie.

Annette secoua la tête, incrédule.

— D'où le tient-elle, alors qu'elle ne l'a jamais rencontré ?

— De Malcolm Stevens. Apparemment, Malcolm et lui se sont déjà croisés à plusieurs reprises, notamment une fois en compagnie de Margaret Mellor. Il a déjà écrit plusieurs articles pour le magazine *ART*, si bien que votre domaine ne lui est pas complètement étranger, patron.

— J'aimerais que vous cessiez de m'appeler ainsi, Esther.

— Je trouve que ça vous va bien. Vous êtes un chef, une maîtresse femme.

Annette eut un mouvement d'impatience, puis commença à faire les cent pas. S'arrêtant soudain, elle parcourut la pièce du regard.

— Je suis contente qu'on ait livré ces deux bergères et la table basse, dit-elle. Ce coin, près de la crédence, est le décor idéal pour une interview.

Son regard tomba sur l'agrandissement photographique du bronze de Degas qu'elle avait réalisé plusieurs semaines auparavant. Elle s'empressa de l'enlever.

— Laissez-moi vous aider ! lança Esther en s'approchant.

— Trop tard, c'est fait.

— Pourquoi l'ôtez-vous ? demanda Esther, intriguée.

— Parce que je ne sais pas encore si je vais parler de *La Petite Danseuse*. Je veux d'abord le tester – tâter le terrain en quelque sorte.

Ouvrant la porte du placard, elle rangea la reproduction à côté de celle du Rembrandt.

— Malcolm a dit à Laurie que Jack Chalmers était beau comme une star de cinéma, ajouta Esther en souriant.

— Allons bon, il ne manquait plus que ça ! Il a probablement un ego gros comme une maison. Ce doit être un type imbu de lui-même, l'étoile montante du journalisme.

Esther éclata de rire, comme chaque fois qu'Annette faisait une remarque acerbe au sujet d'une personne qu'elle ne connaissait pas.

— D'après Malcolm, il ressemble à William Holden jeune, précisa-t-elle.

— Je vois. Et Laurie s'est emballée, naturellement ! Elle raffole du film *La Colline de l'adieu*, maugréa Annette, retournant s'asseoir derrière son bureau.

— C'est une âme romantique, soupira Esther, qui poursuivit sans réfléchir : Je crois qu'elle est très éprise de Malcolm.

Annette se redressa brusquement.

— C'est curieux, figurez-vous que je me suis fait la même réflexion dernièrement. Il me semble qu'ils passent beaucoup de temps ensemble, et pas uniquement pour le travail.

— Je sais, murmura Esther.

— Vous voulez dire qu'elle est amoureuse ?

Esther répondit par un hochement de tête. Puis passant une main dans ses cheveux frisés, elle déclara à mi-voix :

— Il ne faut pas vous inquiéter. Malcolm est un type bien.

— Je n'en doute pas. Que savez-vous d'autre, Esther ? Malcolm est-il amoureux, lui aussi ?

— Laurie ne m'a rien confié à ce sujet, et comme je ne les ai jamais vus ensemble, je n'en sais rien.

Esther se mordit la lèvre, puis murmura à voix basse :

— Laurie m'a révélé une fois qu'elle pouvait... avoir des relations. Est-ce exact ?

— Oui. Certaines femmes souffrant de paralysie peuvent avoir des relations sexuelles. Tout dépend de la gravité des lésions. Laurie a partiellement guéri au fil des ans, et retrouvé une certaine mobilité.

Annette se leva et s'approcha de la fenêtre. Elle jeta un coup d'œil au-dehors, puis se retourna vers sa secrétaire.

— Elle est très belle. Tante Sylvia avait coutume de dire que c'était une vraie beauté... j'espère seulement que Malcolm ne va pas... la faire souffrir. Je ne pourrais pas le supporter.

— Sûrement pas. Ce n'est pas un mufle, comme certains hommes que j'ai rencontrés. Et d'ailleurs, j'ignore jusqu'où est allée leur relation, patron. Laurie ne m'a pas annoncé tout de go : « Oh, Esther, je suis amoureuse de Malcolm », ni quoi que ce soit de ce genre. Sauf que je la connais tellement bien que j'ai deviné deux ou trois choses... la façon dont elle parle de lui, leurs sorties. Qu'en pensez-vous ? demanda Esther qui se dirigeait vers la porte.

Annette haussa les épaules.

— La même chose que vous. Il la voit très souvent ces temps-ci, et ils passent beaucoup de temps ensemble. Enfin, je suppose qu'elle finira par m'en parler. Un jour.

— Certainement, marmonna Esther, s'interrogeant sur la réaction qu'aurait eu Marius s'il avait su.

Il n'aurait sûrement pas approuvé une relation entre Malcolm et Laurie. Pour la bonne raison qu'il avait besoin de dominer son entourage. Il était mégalomane et ne pouvait s'empêcher de contrôler les moindres faits et gestes de ses proches.

Esther referma la porte derrière elle.

Restée seule, Annette se mit à arpenter nerveusement son bureau. S'approchant de la fenêtre, elle posa son front contre la vitre et se concentra sur Laurie et Malcolm. Puis, elle pensa à Carlton Fraser. Le restaurateur d'art avait été hospitalisé deux semaines plus tôt, à la suite d'une pneumonie, alors qu'il venait de commencer à restaurer le Cézanne. Son état s'améliorait, à en croire sa femme, et d'ici peu il pourrait reprendre le travail.

Le moment est mal choisi pour songer au Cézanne, ou à Laurie, alors que Jack Chalmers va arriver dans quelques minutes, se chapitra Annette. Il fallait qu'elle soit calme et posée pour le recevoir. Et sur ses gardes.

A 10 h 50 tapantes, Jack Chalmers entra dans le bureau. A sa grande stupeur, Annette réalisa que son visage ne lui était pas inconnu. Bien qu'elle fût absolument certaine de ne l'avoir jamais rencontré, elle avait le sentiment de le connaître.

Ses yeux étaient braqués sur elle et lorsqu'elle le fixa à son tour, il sembla vaciller. L'espace d'un très court instant seulement. Puis il s'avança vers elle d'un pas assuré.

— Jack Chalmers, enchanté, dit-il en lui tendant la main.

Annette fit un pas en avant. Quand sa main toucha la sienne, elle fut parcourue d'un frisson.

— Enchantée, monsieur Chalmers, dit-elle, incapable d'ajouter quoi que ce soit tant elle était surprise par sa réaction.

132

— C'est très aimable à vous d'avoir accepté de me recevoir, murmura-t-il. Et de m'accorder cette interview...

Jack hésita, visiblement troublé, et resta immobile, sans parvenir à détourner les yeux ou à lui lâcher la main.

Le déclic de la porte se refermant derrière Esther rappela soudain Annette à la réalité. Elle cligna des paupières. Depuis qu'il était entré, quelques secondes seulement s'étaient écoulées, mais elle avait l'impression que le temps s'était arrêté.

Reprenant contenance, elle relâcha doucement sa main, puis désignant les bergères disposées à côté de la crédence, proposa :

— Nous pourrions nous asseoir là-bas. Voulez-vous quelque chose à boire ? Du café, du thé, de l'eau ?

— Un café avec une goutte de lait, si c'est possible.

S'approchant du bureau, Annette décrocha le combiné et dit à Esther :

— Apportez un café avec du lait pour M. Chalmers et pour moi aussi, Esther. Merci.

Puis elle rejoignit Jack Chalmers. Elle ne s'attendait pas à trouver un homme aussi beau. C'était vrai qu'il ressemblait comme deux gouttes d'eau à William Holden jeune homme.

Mince et élancé, il avait des cheveux blonds et des yeux gris clair, mais il y avait quelque chose d'autre en lui qu'elle trouvait attirant et qui n'avait rien à voir avec son physique : c'était son calme, son aisance naturelle, son élégance. La classe en somme.

Elle le percevait aussi dans sa façon de s'habiller : pantalon gris foncé, blouson en laine de cachemire gris clair, chemise blanche impeccable et cravate gris perle.

Des vêtements sobres mais d'excellente qualité. Elle avait également remarqué ses chaussures, ses préférées : des mocassins américains, style penny loafers, en cuir brun, astiqués à la perfection. Elle se demanda s'il vivait en Amérique, car il y avait quelque chose d'américain en lui. Etait-ce sa gentillesse désarmante ?

Il attendit qu'elle se soit assise pour prendre place à son tour et prendre la parole.

— Votre bureau est plutôt dépouillé. Et ce qui me surprend le plus, c'est qu'il n'y a pas une seule toile accrochée au mur.

Il la dévisageait de ses yeux gris, extraordinairement lumineux.

— Les murs sont vides parce qu'ils attendent de nouvelles toiles. Celles que je compte mettre en vente ou acheter. Je n'aime pas quand les tableaux entrent en concurrence les uns avec les autres. Je veux rester parfaitement objective quand j'achète ou quand je vends.

— Voilà qui est intéressant, remarqua-t-il. Je crois savoir que vous n'avez pas de galerie. Vous êtes expert-conseil en art.

— En effet.

Un coup fut frappé à la porte, et Esther entra avec un plateau qu'elle déposa sur la table basse entre les deux fauteuils.

— Voici, dit-elle. Il y a du lait, du sucre, des sucrettes, sans oublier les petits sablés.

Un hochement de tête, un sourire, et elle disparut tandis qu'Annette lui lançait :

— Merci, Esther !

— J'ai fait quelques recherches en prévision de l'interview, déclara Jack. Mais je n'ai pas trouvé grand-chose sur Google. Sans doute parce que vous n'aimez pas beaucoup les interviews.

Il avait haussé un sourcil.

Son sourire était désarmant, comme tout le reste de sa personne ; Annette sentit son anxiété s'évanouir, vaincue par son calme et sa gentillesse.

— Il n'y a rien sur Google parce que je n'ai jamais donné de vraies interviews, juste quelques petits entretiens après la vente du Rembrandt. Il est vrai que je n'avais rien fait de spécial avant cela. Et ce n'est qu'après la vente que les médias ont commencé à s'intéresser à moi.

— En tout cas, merci de m'avoir accordé votre confiance. Je ne vous cache pas que j'ai été très flatté quand mon agent m'a annoncé que vous m'aviez choisi. Cela étant, je dois vous faire un aveu. Je suis très intrigué par le Rembrandt et la façon dont il est parvenu jusqu'à vous. J'ai lu qu'il appartenait à Christopher Delaware qui l'avait hérité de son oncle, sir Alec Delaware. L'article ne précisait pas comment Delaware en était venu à s'adresser à vous.

— Par pur hasard, ou par chance, si vous préférez.

— Ou les deux peut-être ? Racontez-moi.

— Il y a environ neuf mois, avant que Christopher ne vienne me proposer le Rembrandt, nous nous étions croisés à un dîner chez un ami commun. Lorsqu'il a hérité de la collection de son oncle, il s'est brusquement souvenu de moi, et il a débarqué ici avec le Rembrandt. Dans un vulgaire cabas.

— Vraiment ? C'était un peu dangereux, non ? La toile aurait pu être endommagée.

— Absolument. Il avait tout de même pris la précaution de l'envelopper dans une couverture avant de la fourrer dans son sac. Il me l'a montrée, m'a dit qu'il voulait la vendre et m'a demandé si j'accepterais de m'en charger.

— Et vous avez accepté.

— Vous ne l'auriez pas fait ?

Jack acquiesça en riant. Il prit une petite gorgée de café où il avait mis des sucrettes et du lait, puis reprit :

— Je crois savoir que vous êtes experte en peinture ancienne, mais aussi en impressionnisme. Cela me semble curieux, car ce sont deux écoles radicalement différentes.

— En effet. J'ai commencé à étudier les impressionnistes, et ce n'est qu'ensuite que je me suis intéressée aux maîtres anciens, parce que je voulais approfondir mes connaissances en peinture et en histoire de l'art. Pour être tout à fait franche, j'ai toujours été attirée par les impressionnistes, en particulier Renoir, Manet et Degas. Il y a très longtemps, ma sœur m'a conseillé d'avoir plus d'une corde à mon arc, et je l'ai écoutée.

Un grossier mensonge. En réalité, c'était Marius qui l'avait poussée à s'intéresser à la peinture ancienne. Sauf qu'elle n'avait pas envie de parler de son mari. Pour une bonne raison...

— Il faut que je vous dise que je suis moi aussi un fan de Renoir. J'admire sa palette, la fraîcheur de ses portraits.

— Pour en revenir à mon Rembrandt, comme je l'appelle, quand Christopher est venu me le proposer, j'étais folle de joie, ravie et très flattée.

— J'imagine. On le serait à moins. C'était un portrait de femme, n'est-ce pas ?

— Voulez-vous le voir ? lança Annette en se levant brusquement. J'ai une reproduction photographique.

— Très volontiers.

Jack suivit Annette du regard tandis qu'elle traversait la pièce. Elle était grande et mince, avec des jambes sublimes. Mais c'était sa blondeur, le bleu pâle de ses yeux, la délicatesse de ses traits qui l'avaient instantanément séduit. Elle l'avait subjugué quand il était entré dans le bureau, quelques instants plus tôt. Le plus étonnant, c'est qu'il avait eu l'impression de la connaître. Il avait éprouvé un étrange et bouleversant sentiment de familiarité, comme s'il avait reconnu une âme sœur.

Jack ne s'était pas attendu à rencontrer une telle femme, une femme qui l'avait émerveillé au point de le faire trébucher quand il était entré dans son bureau. Elle est dangereuse, songea-t-il. Dangereuse pour moi…

— Voilà, dit Annette depuis l'autre côté de la pièce.

Saisissant la reproduction photographique, elle la sortit du placard.

Jack, qui s'était levé, s'empressa d'aller la rejoindre. Quand il saisit le cadre, leurs mains se frôlèrent. Elle ôta les siennes comme si elle avait reçu un choc électrique, et le regarda en silence, tandis qu'une légère rougeur envahissait ses traits.

La fleur s'est épanouie, songea Jack. Quel teint velouté ! On dirait une rose de jardin anglais.

— Où puis-je la poser ?

— Je la mets généralement sur la crédence, répondit Annette, furieuse de s'être laissé surprendre à rougir.

Son regard était tellement intense et pénétrant qu'elle avait eu l'impression qu'il pouvait voir sa nudité à travers ses vêtements. Il ne devait pas comprendre pourquoi elle avait si promptement enlevé ses mains. Comme s'il l'avait brûlée. Il était hors de question de le lui dire, évidemment…

Le téléphone sonna, coupant court à ses réflexions. Elle se dirigea vers le bureau pour répondre.

— Oui, Esther ? demanda Annette.

— C'est Carlton Fraser. Il veut absolument vous parler.

— Oh, bien sûr. Passez-le-moi.

Couvrant le combiné avec sa main, elle haussa le ton :

— Monsieur Chalmers, je vous prie de m'excuser, mais il faut absolument que je prenne un coup de fil. Ce ne sera pas long.

— Pas de problème. Si vous préférez être seule, je peux sortir.

— Non, non, c'est sans importance.

Elle lui sourit et s'assit à son bureau.

— Allô ! Je suis tellement soulagée de vous entendre. Je me suis fait du souci pour vous. Comment allez-vous ?

— Presque bien, Annette, très chère. Ils m'ont laissé sortir pour le Vendredi saint et j'ai pu passer quelques jours tranquilles ici avec Marguerite qui m'a chouchouté et a mijoté de bons petits plats qui m'ont requinqué. J'espère pouvoir reprendre le collier d'ici une dizaine de jours.

— Oh, s'il vous plaît, ne vous surmenez pas pour moi. La santé d'abord.

— Oui, vous avez raison. Surtout que je ne rajeunis pas, enchaîna-t-il en riant. Mon épouse est un vrai cerbère quand il s'agit de veiller sur moi, alors ne vous tracassez pas. Passons. Il faut absolument que je vous voie, Annette. Aujourd'hui. Est-ce possible ?

— Bien sûr, répondit-elle sans hésiter. Mais pas avant cet après-midi.

— C'est parfait, ma chère enfant. Pourriez-vous venir ici, à la maison, vers 16 heures ?

— Bien sûr. Il y a un problème ? demanda-t-elle, inquiète.

— Je voudrais vous montrer quelque chose.

— Quoi donc ?

— Le Cézanne ?

— Ah ! Pourquoi ? Qu'y a-t-il ? C'est à cause de la suie ?

— J'ai découvert quelque chose de très intéressant.

— Quoi donc ?

— Annette, c'est difficile à expliquer au téléphone. Je vous attends à 16 heures ?

— Très bien. A tout à l'heure.

Elle resta un moment immobile, la main crispée sur le téléphone. Carlton était en général quelqu'un de direct, voire brusque. Pourquoi faisait-il tant de mystères ? Emergeant de sa rêverie, elle rejoignit Jack Chalmers.

— Je vous prie de m'excuser.

— Non, non, ne vous excusez pas. J'en ai profité pour examiner le... célèbre Rembrandt.

— Et... ? s'enquit-elle, en voyant l'étonnement dans ses yeux.

— Vingt millions de livres, c'est une coquette somme, non ?

— Oui, reconnut-elle. Pouvons-nous reprendre l'interview ?

— Naturellement ! dit Jack, en la prenant par le coude pour l'escorter jusqu'à la bergère.

Il se tenait si près qu'elle pouvait sentir son eau de toilette. *Impériale* de Guerlain. Quelle surprenante coïncidence ! Elle portait la même, bien que ce fût un parfum pour homme. Troublée, elle avait hâte de mettre de la distance entre eux et fut soulagée lorsqu'elle prit place dans le fauteuil, de l'autre côté de la table basse.

17

— Qu'avez-vous ressenti quand le marteau du commissaire priseur s'est abaissé à la somme de vingt millions de livres ? demanda Jack. Après tout, c'était votre première vente aux enchères. Vous étiez émue, surprise, emballée, abasourdie ?

Annette secoua la tête.

— Tout cela à la fois. J'ai d'abord été surprise, pour ne pas dire incrédule et abasourdie. Et absolument ravie pour mon client. Naturellement, Christopher était aux anges. Et un tantinet sonné.

— J'imagine.

Jack sortit un petit magnétophone de sa poche et le posa sur la table basse.

— J'aimerais enregistrer notre conversation, plutôt que de prendre des notes, si ça ne vous ennuie pas. C'est plus agréable pour la personne que l'on interviewe.

— Pas de problème, je suis tout à fait d'accord avec vous. Un bloc-notes et un crayon risqueraient de me mettre mal à l'aise, voire de me rendre muette.

Il lui jeta un regard furtif, puis rit doucement.

— Je vais être franc avec vous, madame Remmington, mon agent m'a prévenu, je sais que vous détestez les interviews. Mon intention n'est pas de vous tendre des pièges, ni de vous pousser dans vos retranchements. Je veux simplement écrire un article sur une femme qui a réussi dans le commerce de l'art.

Annette le dévisagea un moment en silence, avant de lui confier avec douceur :

— Je ne vous ai jamais prêté de telles intentions.

— Tant mieux, dit-il, se renversant dans son fauteuil et

croisant les jambes. A présent, parlez-moi un peu du jour où Christopher Delaware vous a apporté le Rembrandt. Qu'avez-vous pensé et ressenti quand vous avez vu la toile pour la première fois, madame Remmington.

— S'il vous plaît, appelez-moi Annette.

— Très volontiers, et vous, appelez-moi Jack.

Tout en parlant, il mit en marche le magnétophone, puis tourna à nouveau son attention vers elle.

Elle commença à parler, lentement, prudemment.

— Rétrospectivement, je me rends compte que j'étais littéralement sidérée. Je n'arrivais pas à en croire mes yeux. Un Rembrandt dans mon bureau. Cela me semblait tout bonnement impossible. Je croyais rêver. Je me souviens que je me suis mise à trembler, d'excitation et non de peur. Ma première pensée a été qu'il faudrait nettoyer la toile, ce qui va de soi lorsqu'il s'agit d'une œuvre aussi ancienne. Bref... j'étais éblouie.

— Pourquoi pensez-vous qu'il ait atteint cette somme record ?

Annette crut déceler un soupçon de scepticisme dans le regard que Jack braquait sur elle. Songeuse, elle mit un moment à répondre.

— Tout d'abord, Rembrandt est considéré comme l'un des plus grands peintres de tous les temps. A mon avis, il est aussi et sans conteste le plus grand maître de la peinture hollandaise. Ensuite, cette toile n'avait pas été vue du public depuis cinquante ans. Elle était entreposée avec tout le reste de la collection de sir Alec Delaware, dans un réduit où elle avait pris la poussière. Enfin, les œuvres de Rembrandt apparaissent rarement sur le marché. Ce ne sont pas des croûtes, vous savez.

Il sourit, trouvant sa dernière remarque amusante.

— Je connais Margaret Mellor. J'ai écrit plusieurs articles pour le magazine *ART*. Je lui ai parlé de vous pendant que je faisais mes recherches. A propos, c'est une de vos grandes admiratrices.

Annette eut l'air flattée.

— C'est réciproque. Margaret est pleine de talent et une très bonne amie à moi. Que vous a-t-elle dit à mon sujet ?

— Je ne lui ai pas posé de questions personnelles vous concernant, répondit Jack. Je lui ai simplement demandé si elle avait assisté à la vente. Elle m'a répondu que oui et a ajouté que vous aviez fait une formidable campagne publicitaire grâce à laquelle le Rembrandt était devenu célèbre.

Annette ne put s'empêcher d'éclater de rire.

— Je me suis contentée de chanter ses louanges, ce qui m'a valu un grand nombre de critiques. On m'a reproché d'avoir assassiné Rembrandt. Alors que j'estime lui avoir redonné vie au contraire. Soit dit en passant, c'est la plus grosse somme jamais atteinte pour la vente d'un Rembrandt.

— C'est effectivement ce que j'ai lu dans l'un des articles qui vous ont été consacrés. (Se penchant légèrement en avant, Jack poursuivit.) Je ne connais pas grand-chose de Rembrandt et de son œuvre. Je pourrais faire des recherches, bien sûr. Mais si vous pouviez me livrer quelques réflexions personnelles à son sujet, je pense que cela le rendrait plus accessible et familier au lecteur.

— Rembrandt était un génie. En plus d'être un peintre remarquable, il était profondément humain. C'est sans doute pour cela que ses portraits sont tellement... vivants et réels. La première fois que j'ai vu la femme que vous voyez représentée ici, j'ai eu l'impression que si je la touchais, je sentirais sa chair sous mes doigts, et non pas de la peinture sur une toile.

Annette se leva, s'approcha de la crédence, désigna la robe de la femme.

— Ce taffetas est si ressemblant qu'on l'entend presque bruisser. Je pense que ce que Rembrandt nous donne à voir, c'est l'âme des gens. Je veux dire par là qu'il avait la capacité de percer à jour ses modèles et de révéler leur personnalité profonde. Il suffit de regarder l'expression de leurs visages.

Annette revint s'asseoir, puis reprit :

— Il a fini cette toile en 1657. Pour moi, c'est le symbole même du triomphe sur l'adversité. Rembrandt était aux prises avec des problèmes considérables à cette époque. Veuf, criblé de dettes, il s'était retiré à la campagne pour fuir ses créanciers. Il était par moments profondément abattu. Malheureusement, il s'est renfermé sur lui-même. Le pire, c'est que sa peinture était considérée comme passée de mode.

Jack s'exclama :

— Vous en parlez merveilleusement bien ! Jamais je n'aurais pu trouver quelque chose d'aussi poignant sur Google. A présent, une autre question, même si je doute que vous puissiez y apporter une réponse.

— Ah bon, pourquoi ? s'étonna Annette.

— Parce que je suppose que vous n'en avez pas le droit. Mais je vous la pose à tout hasard. Qui est l'acheteur qui a payé vingt millions de livres pour la toile ?

— Je ne peux pas répondre, parce que je l'ignore, tout simplement. Il s'agit d'un acheteur anonyme qui a enchéri par téléphone ; je suppose, d'ailleurs, que c'est un fondé de pouvoir qui s'en est chargé.

— Je comprends. Eh bien, mes félicitations ! Vous avez réalisé une vente hors pair qui vous a rendue célèbre. J'ai envie de dire du jour au lendemain, mais ce ne serait pas exact, n'est-ce pas ?

— Non, pas vraiment. Je travaille depuis des années dans le commerce de l'art.

— Qu'est-ce qui vous a poussée dans cette voie ? Comment avez-vous débuté ?

C'était la première question personnelle que Jack lui posait, et il était curieux.

Annette garda un moment le silence, puis elle inspira profondément et se jeta à l'eau.

— Enfant, déjà, je m'intéressais à la peinture et je passais mon temps à peindre. Quand j'ai eu l'âge de faire des études supérieures, je suis entrée à l'Académie royale des beaux-arts où j'ai beaucoup appris. Et quand j'ai compris que je ne serais jamais une nouvelle Mary Cassatt, une Berthe Morisot ou une Laura Knight, j'ai décidé de devenir historienne de l'art. Et je crois que j'ai eu raison.

— Vous avez dit plus tôt que c'est votre sœur qui vous a conseillé d'avoir plusieurs cordes à votre arc, ce qui vous a incitée à étudier la peinture des maîtres anciens en plus de celle des impressionnistes. Votre sœur a-t-elle... eu beaucoup d'influence sur votre carrière ?

— Elle m'a surtout encouragée. Elle m'a toujours soutenue.

— Travaille-t-elle également dans l'art ?

— En quelque sorte – elle est historienne d'art, comme moi, elle effectue des recherches pour des marchands d'art. C'est une experte de l'œuvre de Degas.

— Comment s'appelle-t-elle ?

— Laurie. Elle est plus jeune que moi et est devenue paraplégique à la suite d'un accident de voiture survenu il y a quelques années.

— Oh, je suis navré de l'apprendre...

Annette déclara, sur le ton de la confidence :

— C'est une femme exceptionnelle, une source d'inspiration pour nous tous. Elle ne se plaint jamais, elle est très joviale de nature et se passionne pour son travail. Et en plus elle est très belle, précisa Annette après un instant d'hésitation.

— J'imagine qu'elle ne s'appelle pas Remmington, votre nom de femme mariée ?

— Watson. Elle s'appelle Laurie Watson.

— Elle est mariée ?

— Non, répondit Annette en le gratifiant d'un sourire chaleureux. Vous pouvez lui parler si vous le souhaitez. Je n'y vois pas d'objections.

— Merci, dit-il en lui rendant son sourire. Il se peut que je le fasse. Mais plus tard. Pour le moment, j'aimerais vous poser encore quelques questions, après quoi je vous ficherai la paix. Jusqu'à vendredi, s'entend.

— Oui, bien sûr. (Elle consulta sa montre.) Oh, mon Dieu, il est presque midi et demi. C'est fou comme le temps passe vite.

— C'est vrai, acquiesça-t-il.

Il avait envie de l'inviter à déjeuner, mais hésitait. Il ne voulait pas qu'elle se méprenne sur ses intentions, d'autant qu'il avait encore deux entretiens avec elle, avant de remettre son article au *Sunday Times*. Non, mieux valait en rester là. C'était plus sûr.

Il avait fini par partir.

Annette resta un moment l'œil perdu dans le vide. Elle se sentait seule. Très seule. La présence de Jack Chalmers, son charisme et sa gentillesse avaient laissé un vide derrière lui. Cet homme d'un charme incontestable savait s'en servir. Ce qui ne l'empêchait pas d'être sincère, attentionné et courtois. Manifestement décidé à la mettre à l'aise, il y était parvenu.

Que Marius ait prévenu l'agent de Jack que sa femme n'aimait pas les interviews était évident. Jack y avait fait allusion, ce qui l'avait désarmée. Car elle ne s'y attendait pas. Malgré tout, elle avait confiance en lui.

Ce qui étonnait Annette, c'est qu'il n'avait pas été indiscret, à tout le moins en ce qui concernait son parcours professionnel. Cela viendrait peut-être plus tard, mais elle n'éprouvait plus d'appréhension à son égard.

Avant de s'en aller, il lui avait demandé si elle pouvait organiser une interview avec sa sœur, et elle lui avait promis de s'en occuper. En échange de quoi, il l'avait gratifiée d'un sourire éblouissant et d'une profusion de remerciements. Assise à son bureau, elle baissa les yeux sur le rapport que lui avaient envoyé ses associés new-yorkais à propos de deux toiles disponibles à la vente : un Monet et une œuvre de Picasso à ses débuts. Elle commença à lire, mais s'aperçut qu'elle était incapable de se concentrer. Elle rangea les papiers dans un tiroir et, fermant les yeux, elle vida son esprit, mettant de côté les sujets professionnels et tout ce qu'il lui restait à faire aujourd'hui, pour se concentrer sur elle-même, sur sa réaction face à Jack Chalmers.

Soudain les années s'effacèrent tandis qu'elle remontait le temps, happée par les souvenirs... Personne n'était là pour l'aider. Laurie dans un fauteuil roulant et leur frère aîné, Anthony, parti Dieu sait où, tante Sylvia accaparée par son travail et s'occupant de son mieux de Laurie. Si bien qu'elle n'avait eu d'autre choix que de revenir vers Marius, qui l'avait sauvée, épousée sans proférer le moindre reproche.

Elle laissa échapper un long soupir tremblant... L'espace d'une brève rencontre avec un homme, elle avait connu l'extase – pure, joyeuse, exaltante et épanouissante –, elle était tombée follement amoureuse. Puis il avait disparu et cela ne lui était plus jamais arrivé. Aucun autre homme ne lui avait inspiré un tel désir, une passion aussi ardente.

Jamais, après cela, elle n'avait rencontré quelqu'un qui lui fasse autant d'effet. Jusqu'à aujourd'hui.

Quand Jack Chalmers était entré dans son bureau, elle avait cru défaillir. Elle s'était mise à trembler intérieurement tant il l'attirait par quelque chose d'inexplicable qui dépassait l'attrait physique. Etait-ce le besoin de le toucher, d'être près de lui, ou de le connaître vraiment ? La sonnerie stridente du téléphone la tira de ses pensées.

— Oui, Esther ?

— C'est Laurie, patron.

— Merci, passez-la-moi.

Annette déglutit. Sa voix lui sembla étrange, gutturale et laborieuse.

— Salut, lança gaiement Laurie. Mon petit doigt m'a dit que ton interview était terminée, donc je suppose que ne te dérange pas. Alors, comment ça s'est passé ?

— Comme sur des roulettes. C'est le premier des trois entretiens qui ont été programmés. Je le revois vendredi, puis en début de semaine prochaine. Après, il aimerait s'entretenir avec toi.

— A quel sujet ?

— *Moi*, je suppose, riposta Annette en éclatant de rire. Je lui ai dit que j'étais d'accord. Ça ne t'ennuie pas, j'espère ? Vous pourriez peut-être vous rencontrer dans le courant de la semaine prochaine ?

— Tout me va, du moment que j'ai ta bénédiction.

— Tu verras, il est charmant.

— Je te l'avais dit.

— Non, c'est Malcolm par ta bouche, la taquina Annette.

— C'est vrai. Est-ce qu'on pourrait se voir un peu plus tard dans la journée ? Il y a une chose dont je voudrais te parler, Annette.

— Ce n'est pas possible au téléphone ?

— Pas vraiment.

— Je suis très prise cet après-midi ; 18 heures, cela te conviendrait ?

— C'est parfait, merci, Annette.

Comme elle raccrochait, Annette se demanda si sa sœur voulait lui parler de Malcolm Stevens. Leur relation était-elle en train de se concrétiser ? Personnellement, elle n'y voyait aucune objection, mais quelle serait la réaction de Marius ? Malcolm était son protégé. Marius approuverait-il que Malcolm et Laurie aient une relation ? Quoi qu'il en soit, elle ne permettrait pas qu'il s'en mêle. Qu'il veuille exercer son contrôle sur elle, soit, mais pas question de le laisser manipuler Malcolm et Laurie.

Paddy la conduisit à Hampstead pour prendre le thé avec Carlton et Marguerite Fraser dans la jolie maison qu'ils possédaient sur la colline. Une fois installée à l'arrière de la voiture, Annette ferma les yeux et se laissa emporter par le flot de ses pensées qui, inévitablement, se fixèrent sur Jack Chalmers.

Quel âge avait-il ? Etait-il marié ? Et si oui, avait-il des enfants ? Sinon, y avait-il une femme dans sa vie ? Evidemment : il était beaucoup trop séduisant et charmant pour ne pas être harcelé par une foule de créatures superbes. Où vivait-il ? Avait-il encore ses parents ? Des frères et sœurs ? A quoi consacrait-il son temps libre ? Quels étaient ses restaurants préférés ? Pourquoi avait-il hésité quand il était entré dans son bureau ? Avait-il ressenti la même chose qu'elle ? Non, c'était impossible. D'ailleurs, il était le fruit défendu. Après tout, elle était mariée. Marius. Oh, mon Dieu ! Qu'un autre homme ose poser les yeux sur elle et il devenait fou de jalousie.

— Nous sommes arrivés, madame Remmington, annonça le chauffeur, tirant brusquement Annette de sa rêverie.

— Merci, Paddy. Je laisse ma sacoche dans la voiture.

— Pas de problème, madame, dit-il en descendant pour lui ouvrir la portière.

Comme elle gravissait le perron de l'élégante demeure de style georgien, la porte d'entrée s'ouvrit et Carlton apparut, un grand sourire aux lèvres.

On voyait qu'il avait été malade. Sa grande silhouette était légèrement voûtée et ses traits émaciés semblaient plus pâles qu'à l'ordinaire. A moins que ce ne soit à cause de sa veste en velours et son pull noirs ?

— Enfin, vous voilà, très chère Annette.

A son immense soulagement, elle constata que ses yeux noisette étaient toujours clairs et pétillants et sa voix ferme.

— Vous avez meilleure mine que je ne le craignais, lui dit-elle en le serrant dans ses bras.

Refermant la porte derrière eux, il la conduisit jusqu'au petit salon.

— J'ai été soigné par une équipe sensationnelle, et puis j'ai la peau dure. Dans une semaine, je serai complètement remis.

— Où est Marguerite ? demanda-t-elle en la cherchant des yeux.

A peine avait-elle prononcé ces mots que la femme de Carlton se profila sous l'arche de la porte du salon.

— Me voilà, dit-elle. Quel plaisir de vous revoir, Annette. Au fait, vous devriez toujours porter du bleu pâle. C'est la couleur qui vous va le mieux.

— Merci. Moi aussi, je suis ravie de vous revoir.

Elle s'approcha de Marguerite et l'embrassa sur la joue. Elles étaient amies de longue date et Annette avait toujours eu de l'affection pour cette femme charmante, toujours tirée à quatre épingles, qui prenait grand soin de Carlton, gérait ses affaires, lui préparait de délicieux repas.

Otant son manteau de lainage bleu assorti à son tailleur bleu pâle, Annette le tendit à Marguerite.

— J'aimerais que nous passions dans mon atelier avant de prendre le thé. Pour jeter un coup d'œil au Cézanne, déclara Carlton.

— Il y a un problème avec la suie ?

— Non.

— Alors, de quoi s'agit-il ?

— C'est la toile qui pose problème, Annette.

— Comment cela ? dit-elle en fronçant les sourcils.

— Il y a quelque chose qui cloche.

Elle eut un haut-le-corps.

— C'est un *faux* ?

— Absolument.

18

L'atelier de Carlton était une vaste pièce éclairée par trois hautes fenêtres qui donnaient sur le jardin et deux énormes projecteurs de cinéma. Deux spots électriques braquaient leurs faisceaux lumineux sur le chevalet où reposait le Cézanne.

Annette eut un mouvement de recul, puis grimaça en découvrant la toile maculée de taches de suie.

— La lumière électrique fait ressortir l'étendue des dégâts, murmura-t-elle.

— Regardez dans le coin, ici, à droite ; là où j'avais commencé de nettoyer la toile. En procédant par petites touches et très délicatement. Le matin même où j'ai attaqué la restauration, je me suis rendu compte que je risquais d'endommager la toile en essayant d'enlever les taches noires. Vous voyez comme la suie est incrustée. A midi, je toussais comme un perdu, si bien que Marguerite m'a obligé à faire une pause pour avaler un potage bien chaud. Je ne suis jamais retourné dans l'atelier ensuite. J'ai eu un malaise et elle a appelé le SAMU qui m'a transporté aux urgences. Vous connaissez la suite.

— Quand vous êtes-vous aperçu que c'était un faux ?

— Il y a quelques jours, à mon retour de l'hôpital.

Il s'approcha du chevalet et désigna du doigt un coin du tableau.

— Tenez, approchez et jugez par vous-même. La peinture a légèrement coulé dès que j'ai commencé à nettoyer la toile, mais je ne m'en suis pas rendu compte car je ne suis pas retourné dans l'atelier après déjeuner. Comme vous le savez, la peinture ancienne ne coule pas. C'est à mon retour de l'hôpital, lorsque j'ai vu la toile, que j'ai compris qu'il s'agissait de peinture récente. Je n'arrivais pas à y croire. J'ai examiné l'arrière du tableau. La toile avait l'air ancienne.

Annette hocha la tête, dubitative.

— Cézanne est un peintre de la deuxième moitié du XIXe siècle. La première fois que j'ai vu ce tableau, j'ai pensé qu'il avait été peint vers 1879, époque à laquelle il fut le plus prolifique.

— En effet, à première vue, on a cette impression, dit Carlton. En réalité, ce tableau n'a pas plus de dix-huit ans. Comme je voulais en avoir le cœur net avant de vous alerter, j'ai fait appel à Ted Underwood avec qui j'ai beaucoup travaillé par le passé. C'est un excellent restaurateur, comme vous le savez, et quelqu'un de très savant. Il a fait un test et en est venu à la même conclusion que moi. Du coup, hier, nous avons décidé de déclouer la toile du cadre. Elle s'est détachée avec une telle facilité que nous avons compris qu'il s'agissait d'une toile récente.

— Vous voulez dire que la toile a été vieillie artificiellement ?

Carlton acquiesça.

— Il est vrai que les faussaires ont plus d'un tour dans leur sac, enchaîna Annette. Tremper la toile dans du thé pour la salir, employer des vieux clous rouillés, acheter des toiles anciennes, les nettoyer et repeindre par-dessus. Vous souvenez-vous d'un faussaire hongrois du nom de Elmyr de Hory – il s'est rendu célèbre vers la fin des années 1950 et au début des années 1960. Vous avez certainement lu le livre que lui a consacré Clifford Irving. A l'en croire, cet homme était un phénomène, qui a escroqué des centaines de collectionneurs.

— Oui, il y a eu aussi deux lascars du même acabit qui ont sévi il y a une dizaine d'années ici même, en Angleterre ! s'exclama Carlton.

— Ah oui ! Vous voulez parler de John Myatt et de son maître à penser, John Drewe ?

— En effet. John Drewe était un manipulateur de première et un brillant faussaire. Un escroc qui faisait feu de tout bois. Myatt, qui tirait le diable par la queue bien qu'il fût un peintre très habile, est tombé entre ses griffes. Drewe a réussi à duper son monde pendant des années.

— Vous voulez dire que cette toile pourrait avoir été peinte par Myatt ? demanda Annette, en posant sur Carlton un regard pénétrant.

— Je ne crois pas. Même si je n'en mettrais pas ma main à couper. Si j'ai bonne mémoire, l'affaire a éclaté en 1999 – et il ne me semble pas que Myatt ait peint des Cézanne.

— Dans ce cas, qui a peint cette toile ? lança-t-elle en désignant le tableau posé sur le chevalet.

— Dieu seul le sait et Il n'est pas bavard, marmonna Carlton. Toujours est-il que quelqu'un a tenté de la détruire. La première fois que j'ai vu la toile, j'ai pensé qu'elle avait été frottée à la suie. Maintenant nous savons pourquoi, à défaut de savoir par qui.

— Moi, je pense que c'est sir Alec Delaware lui-même, quand il a découvert que c'était un faux, dit Annette. Il a décidé de l'endommager pour qu'il ne puisse pas être revendu... par un héritier, par exemple.

— Cette théorie tient la route, concéda Carlton en plissant les paupières. Je ne vois pas qui d'autre, à part sir Alec, aurait pu faire une chose pareille. D'un autre côté, pourquoi ne l'a-t-il pas détruite purement et simplement ?

— Ça, c'est le grand mystère. A propos, il n'existe pas de certificat de provenance pour ce tableau, ce qui m'a toujours posé problème.

— Et qu'en est-il des autres œuvres de la collection ?

— Le Degas, le Cassatt et le Morisot ont tous des certificats de provenance parfaitement en règle, de même que la sculpture de Giacometti. Et *La Petite Danseuse* de Degas, Dieu merci. Il y a également plusieurs œuvres modernes de Nicholson et Lowry, mais toutes sont certifiées. En revanche, quantité d'œuvres d'artistes peu connus sont accrochées sur les murs de Knowle Court. Comme je n'étais pas intéressée, je n'ai pas cherché à en connaître la provenance.

— Hum, je m'imaginais que la collection était beaucoup plus importante, dit Carlton en fronçant les sourcils.

— C'est curieux, mais j'ai des sentiments mitigés à l'égard de sir Alec Delaware.

— Comme quoi ? demanda-t-il, la scrutant.

— Eh bien, je crois qu'il y a d'autres toiles cachées quelque part à Knowle Court. Il n'est pas rare que les gens qui achètent des tableaux les entreposent à l'abri des regards. Certains de mes clients le font systématiquement. Ils commencent par les remiser dans des greniers ou des hangars pour les ressortir plus tard. Ou bien, ils remplacent au fur et à mesure ceux qui ornent leurs murs. D'autres ne les achètent qu'à des fins spéculatives et les entreposent en attendant que les prix montent.

— Oui, ce sont des pratiques courantes. Qu'est-ce qui vous porte à croire qu'il y aurait d'autres œuvres d'art cachées dans cette vieille bicoque ? Quelqu'un vous en aurait parlé ?

— Pas vraiment. Ce sont plutôt des remarques lâchées çà et là par Christopher Delaware et son ami, James Pollard, qui m'ont mis la puce à l'oreille. Il semblerait que sir Alec soit devenu subitement taciturne et reclus du monde il y a une quinzaine d'années. Après le suicide de sa fiancée…

— Clarissa Normandy, intervint Carlton. Vous m'avez raconté comment elle a mis fin à ses jours. Une histoire épouvantable.

— Sir Alec était un collectionneur célèbre. Le bruit courait qu'il possédait beaucoup plus d'œuvres d'art que celles qui refont actuellement surface. Qui sait où il les aura cachées après avoir sombré dans la dépression. Je vais demander à Christopher de pousser un peu plus loin ses recherches et il n'est pas exclu que je retourne à Knowle Court pour inspecter moi-même la propriété. En attendant, qu'allons-nous faire de ça ? dit-elle en désignant la toile posée sur le chevalet.

— Lorsque vous aurez averti votre client qu'il s'agit d'un faux, je pense qu'il faudra la détruire. Il faudrait être fou pour vouloir vendre un tableau couvert de suie et sans certificat de provenance qui plus est.

— C'est la seule chose à faire, convint Annette qui, s'approchant de Carlton, le prit par le bras. Et maintenant, je ne serais pas contre une bonne tasse de thé.

— Tu es en avance, ça tombe bien, s'exclama Laurie, lorsque Annette entra dans la pièce qui lui servait de bureau. Veux-tu qu'Angie fasse du thé ?

— Non, merci, répondit Annette en embrassant sa sœur. J'en ai déjà bu des litres avec Carlton et Marguerite.

— Comment vont-ils ? Et comment se présente le Cézanne ?

S'asseyant à côté de Laurie, Annette déclara :

— J'ai de mauvaises nouvelles concernant le Cézanne.

— Il est irrécupérable ?

— Il l'est, indiscutablement, à cause de la suie. Là n'est pas la question, toutefois.

151

— Que veux-tu dire ?

— Carlton pense que c'est un faux.

— Un faux ! s'écria Laurie dont la voix avait subitement grimpé d'une octave. Comment est-ce possible ?

— Je l'ignore, comme tout le monde. D'après Carlton, la toile est relativement neuve – pas plus de dix-huit ans. Et la peinture a coulé aux endroits où il a commencé à nettoyer la suie. Il l'a montrée à son ami Ted Underwood, restaurateur d'art comme lui. Ils ont décloué la toile de son support pour pouvoir l'examiner sur l'autre face, et en sont venus à la conclusion que le Cézanne n'en était pas un. Cette maudite toile est l'œuvre d'un faussaire.

— Oh, non ! As-tu prévenu Christopher Delaware ?

— Pas encore, j'arrive à l'instant de chez Carlton.

— Il va avoir un choc en apprenant qu'une toile provenant de l'illustre collection d'art de son oncle est un faux et qu'elle est invendable.

— Je pense qu'il a déjà compris qu'elle est invendable, Laurie, à cause de la suie. Je lui ai également fait remarquer qu'il n'y avait pas de certificat de provenance, et que cela posait un sérieux problème.

— A présent nous savons pourquoi, n'est-ce pas ? Un faux peut difficilement être certifié.

— Absolument. Carlton pense que quelqu'un a endommagé sciemment la toile en l'enduisant de suie. Et je crois qu'il a raison.

— Qui aurait pu faire une chose pareille ? demanda Laurie, abasourdie.

— Je ne sais pas. Mais si je devais hasarder une hypothèse, je dirais que c'est sir Alec. Il a dû acheter le tableau en pensant de bonne foi que c'était un Cézanne et, quand il a découvert que c'était un faux, il a sans doute décidé de le rendre impropre à la vente par un éventuel héritier.

— Pourquoi ne pas l'avoir tout simplement détruit ? demanda Laurie, perplexe.

— C'est justement là tout le mystère. Quoi qu'il en soit, je compte appeler Christopher demain pour tout lui expliquer. Et j'insisterai pour que la toile soit détruite.

— Tu as raison, approuva Laurie. Heureusement que les toiles que tu vas mettre en vente ont un certificat de provenance en bonne et due forme.

— Heureusement, oui.

— Si on s'installait dans le séjour, proposa Laurie en faisant rouler son fauteuil. Tu y seras mieux qu'ici.

Lorsqu'elles furent dans le salon, Annette demanda :

— Eh bien, tu ne m'as pas dit que tu avais quelque chose à m'annoncer ce matin au téléphone ? De quoi s'agit-il ? Tu n'es pas souffrante au moins ?

Annette examina un instant sa sœur puis en vint à la conclusion que la question qu'elle venait de lui poser était idiote. Non seulement Laurie respirait la santé, mais elle avait l'air carrément épanouie. Elle était plus belle que jamais avec ses cheveux flamboyants, son teint de pêche et ses yeux pétillants de vie.

Se penchant légèrement en avant, Laurie murmura :

— Je suis enceinte.

Abasourdie, Annette resta sans voix. Et Laurie d'éclater de rire.

— Allons, ne fais pas cette tête. Malcolm et moi allons avoir un enfant. Nous sommes fous de bonheur.

— Je ne fais pas la tête, je suis juste... sidérée !

— Je comprends. En revanche, il me semblait que tu avais deviné que Malcolm et moi avions... une liaison.

— Ça m'a effectivement traversé l'esprit, mais comme tu ne m'en as jamais parlé, je ne savais pas si vous étiez simplement bons amis ou davantage. Quand avez-vous commencé à sortir ensemble ? Sérieusement, s'entend ?

— « Sérieusement » est effectivement le terme qui convient pour qualifier notre relation. Et pour répondre à ta question, environ six mois. Nous avons décidé de nous marier. C'est de cela que je voulais te parler.

Annette resta silencieuse, absorbée par les paroles de sa sœur.

— Tu as l'air contrariée, s'écria Laurie, le regard soudain voilé par l'anxiété.

— Pas du tout, ma chérie, je suis ravie au contraire. D'autant que Malcolm est quelqu'un de bien. C'est un homme sur qui on peut compter. Si ce n'est que...

— Tu te fais du souci pour moi, c'est ça ? lança Laurie. Tu t'inquiètes pour le bébé ? Tu n'as aucune raison : je suis en pleine forme et je suis sûre que tout va bien se passer.

— Es-tu certaine qu'il n'y a pas de risques ? Je sais que tu es raisonnable et que tu as le sens des réalités, mais as-tu une gynécologue ?

— Bien sûr. Elle m'a assuré que tout irait bien. Les femmes paraplégiques peuvent mener une grossesse à terme et accoucher normalement. Elle m'a également dit qu'en cas de besoin, il serait toujours possible de faire une césarienne. S'il te plaît, cesse de te ronger les sangs.

Annette se leva, s'approcha de sa sœur et la serra tendrement dans ses bras.

— C'est inévitable, Laurie chérie, mais je suis ravie de te voir heureuse et épanouie. Et puis Malcolm est vraiment quelqu'un de bien.

— Ça, c'est vrai. Et nous sommes très amoureux l'un de l'autre. Nous tenions à ce que tu sois la première à apprendre la nouvelle.

— Tu es enceinte de combien ?

— Six semaines.

Annette lui sourit.

— Et bien, nous allons devoir organiser la noce. Malcolm et toi avez décidé d'une date ?

— Pas encore. Je voulais d'abord t'en parler. Et puis, il y a autre chose... (Une expression soucieuse se peignit sur les traits de Laurie.) Que va penser Marius ?

— Il va être très heureux, affirma Annette bien qu'elle n'en fût pas du tout certaine. Malcolm a prévu de le lui annoncer ?

— Je ne sais pas. Peut-être devrais-je m'en charger. Quel est ton avis ? demanda Laurie en se mordillant nerveusement la lèvre.

— Voici ce que je pense. La semaine prochaine, nous dînerons tous ensemble, et Malcolm et toi, vous le lui annoncez, dit Annette d'une voix ferme et décidée.

Elle voulait que Laurie mène une vie heureuse aux côtés de Malcolm Stevens et elle ferait tout pour l'aider. Il n'était pas question que Marius s'en mêle. Laurie était libre de construire sa vie comme elle l'entendait.

Annette rentra chez elle à pied.

Elle avait besoin de prendre l'air, de respirer, d'être seule, de se calmer. Bref, de se ressaisir. Elle avait besoin de calme, de paix, de solitude. Elle voulait savourer pleinement ces quelques minutes qui n'appartenaient qu'à elle. Le temps poursuivait inexorablement sa course, fuyant à tire d'aile. Demain viendrait, puis partirait pour ne plus jamais revenir.

La journée avait été pleine de surprises.

D'abord il y avait eu la venue de Jack Chalmers, qui l'avait bouleversée. Ensuite, Carlton lui avait appris que le Cézanne était un faux. Après quoi Laurie lui annonçait qu'elle attendait un enfant.

De tous ces événements, la rencontre avec Jack Chalmers avait été le plus marquant. Elle se remémora les paroles de Penelope Sloane, qu'elle avait vue à New York, en février dernier. A propos de sa rencontre avec l'homme qu'elle allait épouser l'été prochain, Penny lui avait confié :

« Ça m'a fait le même effet que si j'avais été renversée par un camion. *Vlan !* J'étais dans les choux. Je ne m'en suis pas encore remise. J'ai littéralement vacillé, comme si la terre s'ouvrait sous mes pieds. »

Elle avait compris ce que voulait dire Penny, parce qu'elle avait vécu la même chose, il y a très longtemps, et qu'elle pouvait puiser dans ses souvenirs. Elle frissonna, non pas de froid, la nuit était douce, mais de peur. *Elle avait peur.* Jack Chalmers, songea-t-elle avant de se ressaisir. Le chassant de ses pensées, elle se concentra sur Laurie. Sa grossesse qui l'inquiétait, d'autant plus qu'elle se savait impuissante. Tout au plus pouvait-elle prier pour que tout se passe bien. Cependant, elle prendrait l'avis de sa gynécologue, ne serait-ce que pour être rassurée. Et bien sûr, il y avait la réaction de Marius. Comment le prendrait-il ? Plus tard, songea-t-elle. Tu y penseras plus tard.

Soudain, elle s'aperçut qu'elle avait atteint l'autre extrémité d'Eaton Square. Elle était arrivée chez elle. Elle prit son temps pour entrer dans l'immeuble et monter à l'appartement. Ce soir, Marius dînait dehors avec un client américain. Elle se contenterait de ce qu'Elaine aurait laissé pour elle à la cuisine. La nourriture n'était jamais une priorité et de toute façon elle n'avait pas faim. Elle passa dans le dressing, ôta son manteau de lainage bleu et sa veste de tailleur, puis longea le couloir jusqu'à son bureau. Quelques minutes plus tard, elle avait Christopher Delaware au téléphone. Elle lui parla du Cézanne et conclut :

— J'aimerais que nous nous retrouvions chez Carlton Fraser demain matin à 10 heures, si cela vous convient. Carlton vous expliquera précisément pourquoi et comment il en est venu à cette conclusion.

— J'y serai, Annette. Merci infiniment de vous donner tout ce mal. A demain. Bonsoir.

— Bonsoir.

Ça s'est plutôt bien passé, pensa-t-elle en raccrochant. Heureusement, Christopher était un garçon intelligent, vif d'esprit et qui s'en remettait entièrement aux conseils qu'elle lui prodiguait. Elle appela ensuite Margaret Mellor au magazine *ART* sur sa ligne directe, car elle était encore certainement au bureau. En effet, elle décrocha à la deuxième sonnerie.

— Bonsoir, Margaret, c'est Annette. Je voulais juste te faire un petit coucou et te remercier pour toutes les gentilles choses que tu as dites à Jack Chalmers à mon sujet.

— Annette, bonsoir ! C'est tout naturel, voyons, et n'est-ce pas qu'il est craquant ? On en mangerait.

Annette éclata de rire.

— Margaret, tu es incroyable. Je ne t'avais encore jamais entendue te répandre en compliments sur un homme.

— C'est vrai, mais je dois t'avouer que j'en ai toujours pincé pour lui, même si je doute qu'il puisse s'intéresser à une femme comme moi, petite et ronde. Je l'imagine plutôt avec une grande blonde, sublime... comme toi !

— Qu'est-ce que tu racontes, Margaret. Tu n'es ni petite ni ronde. Tu es très belle et très chic.

— Merci, c'est gentil à toi. De toute façon, je ne suis pas son type.

— Il m'a interviewée ce matin, enchaîna Annette d'une voix détachée et professionnelle. Son papier – un portrait, plus exactement – sera publié dans le *Sunday Times*. Encore une fois, merci d'avoir été aussi élogieuse à mon sujet.

Margaret rit.

— Rien que d'entendre sa voix, ça me donne des frissons. C'est le genre de type pour qui les femmes se crêpent le chignon, commettent l'adultère et versent des torrents de larmes. Un vrai bourreau des cœurs. Potentiellement tout du moins. Tu ne crois pas ?

Annette pouvait à peine respirer, ou parler. Quand elle retrouva enfin ses moyens, elle répondit :

— C'est vrai qu'il est beau et charmant. Mais il est certainement marié. Un homme comme ça...

Elle ne termina pas sa phrase de crainte que Margaret s'imagine qu'elle essayait de lui soutirer des informations. Même si c'était le cas.

— Justement, non, il ne l'est pas ! s'exclama Margaret. Il est vrai qu'il est tellement absorbé par son travail qu'il ne s'accorde pas le moindre répit. C'est un vrai pro. Et l'un des meilleurs journalistes avec qui j'ai eu le plaisir de travailler. D'ailleurs, je suis certaine que son article sur toi sera sensationnel.

— En tout cas, il n'a pas cherché à me pousser dans mes retranchements.

— En voilà une idée ! Pourquoi lui, ou quiconque du reste, chercherait à faire une chose pareille ? Tout le monde t'adore, Annette.

— Je n'en suis pas si sûre. Il n'empêche que je te remercie du compliment.

Elles parlèrent encore pendant quelques minutes. Quand Annette raccrocha et se renversa dans son fauteuil, elle se rendit compte qu'elle tremblait. Les précisions de Margaret l'avaient troublée. Jack était célibataire. Il n'avait donc rien à perdre. Cette pensée ne fit qu'accroître son appréhension.

Ce fut dans le salon jaune qu'Annette rapporta à Marius sa conversation avec Carlton au sujet du Cézanne. A peine eut-elle terminé qu'il lâcha :

— Comment est-il possible que tu ne t'en sois pas aperçue alors que tu as un œil de lynx et que Cézanne est un de tes peintres de prédilection ?

Ulcérée par la critique, elle rétorqua :

— Je t'ai dit depuis le début que les taches noires défiguraient complètement la toile. Je défie quiconque de déceler la faille. Le tableau avait l'air tout ce qu'il y a de plus normal, hormis les traces de suie. Carlton, lui-même, n'a découvert le pot aux roses que parce que la peinture a coulé pendant qu'il était à l'hôpital.

— Allons, ne monte pas sur tes grands chevaux, dit-il. Je suppose que je serais tombé dans le panneau. (Il plissa le front et ajouta :) Je me demande qui est le faussaire.

157

— D'après Carlton et Ted Underwood, la toile aurait été peinte il y a environ dix-huit ans.

— C'est-à-dire à l'époque où John Drewe s'est lancé dans la contrefaçon des toiles de maîtres avec John Myatt.

— Nous en avons discuté, mais Carlton pense que ce n'est pas leur œuvre. Quoi qu'il en soit, c'est sans doute ce sir Alec qui a couvert la toile de suie pour l'endommager de façon irréversible.

— Et pour quelle raison ?

— Parce qu'il a dû découvrir qu'il s'agissait d'un faux. Qui d'autre que son propriétaire pourrait endommager une toile… Annette s'interrompit brusquement… A moins que ce ne soit sa fiancée !

— Sa fiancée ? répéta Marius en fronçant les sourcils. Je me souviens vaguement qu'il y avait eu un scandale.

— Oui. Elle s'est suicidée. Elle s'est pendue dans leur chambre quelques jours seulement avant la célébration du mariage. Elle portait sa robe de mariée.

Marius grimaça, puis la regarda un instant sans rien dire.

— Qu'est-ce qui pourrait pousser une femme à faire une chose aussi abominable ?

— Elle voulait le punir peut-être ?

— Qui était sa fiancée ? demanda-t-il, les yeux étrécis. J'ai oublié les détails.

— Elle s'appelait Clarissa Normandy.

— Ah, oui, ça me revient vaguement…

Marius prit une gorgée de cognac et se renversa dans le canapé. Il était livide.

— Ça ne va pas ?

— Si, si, tout va bien. Pourquoi me demandes-tu ça ?

— Je te trouve pâle d'un seul coup.

— Ce doit être parce que j'ai un peu trop bu et trop mangé au dîner, sans parler de cette horrible histoire de suicide.

— Tu sais quoi, Marius ? Je viens d'avoir une drôle d'intuition. Et si c'était sa fiancée, Clarissa Normandy, qui avait peint le faux Cézanne ? Tu savais qu'elle était peintre ?

— Je l'ignorais, répondit-il, en prenant une autre gorgée de Fine Champagne.

19

Il avait envie d'écrire sur elle.

Ecrire sur elle pour la sentir plus proche. Pourtant, après l'avoir quittée, il avait passé tout l'après-midi assis derrière son ordinateur sans parvenir à écrire ne serait-ce qu'une phrase cohérente. A présent, il était 21 heures et les mots ne venaient toujours pas. Seules des images s'imposaient à lui. Annette Remmington. Blonde, belle, élégante. Intelligente et cultivée. Enigmatique et mystérieuse Mme Remmington. Mystérieuse, oui, c'était exactement le mot qui convenait pour la décrire. Et différente, complètement différente de toutes les femmes qu'il avait pu rencontrer jusque-là.

Il se cala dans son fauteuil, s'efforça de se détendre, et commença à relire lentement le dernier jet du portrait qu'il avait fait. S'il ne le trouvait pas bon, personne ne le trouverait. C'était mauvais, de toute évidence. Pour la bonne et simple raison qu'il n'avait pas glané suffisamment d'informations personnelles pour pouvoir se mettre dans sa peau et comprendre la façon dont elle fonctionnait. Excédé et frustré, il effaça tout ce qu'il avait écrit et alla chercher une bouteille d'eau dans le frigo.

Il revint s'asseoir à son bureau, prêt à tout reprendre depuis le début. Puis il renonça. A quoi bon ? Il ne saurait pas qui elle était vraiment tant qu'il n'aurait pas fini de l'interviewer. Tenter d'esquisser un portrait d'elle tant qu'il n'aurait pas réuni tour le matériau nécessaire était peine perdue. Il soupira bruyamment, relâcha ses épaules, prit une longue gorgée d'eau. Il regarda le téléphone posé sur son bureau, puis consulta sa montre. Il était 22 heures en France. Il appellerait demain.

Il alla s'asseoir sur le canapé, alluma la télé qu'il éteignit presque aussitôt et s'approcha de la fenêtre. Il jeta un coup d'œil au-dehors, puis se mit à faire les cent pas. Il ne tenait pas en place. Il se sentait frustré et mal dans sa peau.

Pour finir, il retourna s'asseoir derrière son bureau et laissa ses pensées vagabonder. Les femmes. Pourquoi fallait-il qu'il se fiche toujours dans le pétrin avec les femmes ?

Il songea alors à son père, reporter, coureur invétéré, avec une vie sentimentale compliquée – Jack avait manifestement hérité de son goût pour l'écriture… et pour les femmes. Sa mère lui avait dit une fois à son sujet :

« Il aimait vivre dangereusement. Toujours sur la brèche, toujours en chasse, que ce soit sur le champ de bataille ou dans les alcôves. »

Jack n'avait que quinze ans à l'époque, et la vie de son père lui semblait incroyablement romanesque. Maintenant qu'il était adulte, elle lui apparaissait comme un énorme gâchis.

Son père était mort à trente-huit ans – beaucoup trop jeune pour sauter sur une mine dans Dieu sait quel coin paumé de la planète… « Toujours en vadrouille, toujours en première ligne de feu », lui avait dit une autre fois sa mère, l'air furieuse, comme chaque fois qu'elle parlait de son premier mari.

Ses souvenirs d'enfance les plus précis étaient ceux des années qui avaient suivi le remariage de sa mère avec Peter Chalmers. Ce qui s'était passé avant ne l'avait guère marqué et seules quelques phrases prononcées par sa mère à propos de son père biologique étaient restées gravées dans sa mémoire. Son ressentiment était tel qu'il s'était demandé si elle n'était pas encore amoureuse de lui.

Sa tante Helen, la sœur de sa mère, avait ri quand il lui avait posé la question.

« Amoureuse ? Penses-tu. Eleanor n'était pas du genre à rester attachée à un homme qui n'était jamais là. En revanche, elle aimait Peter, auprès de qui elle se sentait en sécurité. »

Peter avait adopté Jack. Il l'avait aimé et éduqué comme son propre fils. Contrairement à sa mère, il n'avait jamais eu une seule parole désobligeante à l'égard de son père biologique. Les hommes et les femmes se ressemblent si peu qu'il n'est pas étonnant qu'ils ne se comprennent pas, pensa Jack. Puis, se rappelant avoir promis à Kyle de le rappeler, il composa immédiatement son numéro. Son frère décrocha à la sixième sonnerie, juste avant que le répondeur ne se déclenche.

— Salut, Jack.

— Salut, Kyle. Dis-moi un peu, la malle dont tu m'as parlé, elle est grosse comment ?

— E-norme. Je crois qu'il va falloir que tu loues un camion et que tu trouves des bras pour la transporter.

— Si grosse que ça ! Tu es sûr que j'en ai besoin ? Est-ce que je ne pourrais pas simplement la vider et transvaser le contenu dans une valise ?

— Dans ce cas, prévois-en deux, répondit Kyle. Mais quand tu verras la malle tu voudras sûrement la garder. C'est une Louis Vuitton magnifique. Elle a dû coûter une fortune à maman.

Jack rit.

— Tu sais que maman adorait les articles de luxe, et tout ce qui était français. Je pense que ce ne serait pas une mauvaise idée de tout mettre dans des valises. Plus facile à transporter. Et du coup la malle serait plus légère. Au fait, qu'est-ce qu'elle contient ?

— Je n'ai pas pris le temps de regarder. Surtout des trucs de *ton* enfance : carnets de notes, photos, etc.

— Ai-je vraiment besoin de tout ce fatras ? demanda Jack soudain dubitatif.

Il y eut un court silence, puis Kyle répondit :

— Oui. Je pense que ça devrait t'intéresser, frérot. Il y a une étiquette attachée autour d'une des poignées avec ton nom écrit en toutes lettres. Tu devrais la prendre. Maman voulait qu'elle te revienne et papa m'en avait touché un mot à sa mort. Ecoute, tu es un grand sentimental, même si tu t'en défends. Alors trouve un moment pour aller la chercher dans la semaine, d'accord ?

— D'accord. Et sinon, par curiosité, qu'est-ce qu'il y a d'autre dans la maison ?

— Des meubles. D'époque pour la plupart. J'ai pensé qu'on pourrait les mettre aux enchères, ainsi que le service en porcelaine et les bibelots. Le jeune couple qui avait fait une offre sur la maison n'a pas donné de nouvelles. Alors qui sait ce qui va se passer.

— J'irai chercher la malle dès demain.

161

— Je croyais que tu étais en plein boum, avec ton portrait pour le *Sunday Times* ?

— En effet. Mais il me reste encore deux interviews à faire avant d'attaquer mon papier. Comme la prochaine est prévue vendredi, j'aurai un peu de temps demain.

— Parfait, comme ça, ce sera réglé. Ça te dirait qu'on dîne ensemble demain soir, avant mon départ pour la Jordanie ?

— D'accord. Je serai chez toi à 19 h 30.

— Très bien.

Se mordillant les lèvres, Christopher Delaware s'adressa à Annette :

— Je ne suis pas certain de vouloir détruire le Cézanne.

La jeune femme resta un moment sans voix, puis jeta un coup d'œil furtif à Carlton qui semblait tout aussi surpris qu'elle.

— La décision vous appartient, Chris, répondit-elle, même s'il me semble plus prudent de s'en débarrasser. Il n'a aucune valeur pour vous, ni pour quiconque d'ailleurs. Pourquoi voudriez-vous garder un faux ?

— Comment détruit-on un tableau ? demanda Christopher sans répondre à sa question.

Il braqua sur elle un regard sévère et insistant.

— En le mettant en pièces, ou en le brûlant, j'imagine. Ne l'ayant jamais fait, je ne peux qu'émettre des suppositions.

Carlton intervint d'une voix ferme :

— Vous devriez le détruire, Christopher. Si vous résidiez en France, vous y seriez contraint par la loi. Il est interdit de conserver un faux une fois que l'on a prouvé que c'en était un, même si vous l'avez payé des millions.

— En quoi est-ce gênant de le conserver ? s'enquit Christopher en s'approchant de Carlton qui se tenait à côté du chevalet où était posé le Cézanne.

Au même instant, le téléphone portable d'Annette se mit à sonner. Elle décrocha.

— Allô, patron ?

— Oui, Esther ?

— Je voulais juste vous informer que j'ai donné votre numéro de portable à Jack Chalmers. Il a dit qu'il devait vous joindre d'urgence. J'espère que j'ai bien fait.

— Naturellement. Que voulait-il ?

162

— Je l'ignore. Il a simplement précisé que c'était au sujet de votre rendez-vous de vendredi. Pour l'interview.

— Très bien. Merci de m'avoir prévenue, Esther. Au revoir.

Elle raccrocha et contempla d'un œil vague le jardin qui s'étirait de l'autre côté de la baie vitrée. Le printemps était précoce cette année. Les jacinthes étaient déjà en fleurs.

Lorsqu'elle retourna auprès de Carlton et Christopher, les deux hommes étaient toujours en train de parler du Cézanne. Décidément, songea-t-elle, cette discussion ne finira jamais. Elle se demanda ce que Jack Chalmers lui voulait. Elle espérait qu'il n'allait pas lui annoncer qu'il voulait annuler leur rendez-vous de demain. Au même instant son téléphone se remit à sonner et elle s'éloigna à nouveau.

— Allô ?

— Bonjour ! Jack Chalmers à l'appareil. Désolé de vous interrompre en plein travail, mais il faut absolument que je vous parle.

— Pas de problème. Je suis chez un restaurateur d'art avec un client. Accordez-moi une seconde, je sors dans le jardin pour pouvoir mieux capter.

S'approchant des deux hommes, elle leur dit :

— Carlton, Chris, je vous prie de m'excuser quelques instants, j'ai un coup de fil important.

Carlton lui sourit.

— Par de problème, Annette, prenez votre temps.

Elle gagna rapidement la porte-fenêtre et sortit dans le jardin.

— Me revoilà, annonça-t-elle à Jack. Esther m'a prévenue qu'il y avait un problème pour demain.

— Non, ce n'est pas un problème. Je me demandais si nous pouvions déplacer l'heure de l'interview à midi et déjeuner ensemble vers 13 h 30.

— Déjeuner, répéta-t-elle, abasourdie. Pourquoi pas ? reprit-elle d'une voix plus posée.

— Parfait. Il m'a semblé que ce serait bien de changer de cadre pour l'interview. D'où l'idée de ce déjeuner à l'extérieur. Ecoutez, je vous ai entendue prononcer le nom Carlton. Ce ne serait pas Carlton Fraser, par hasard ?

— Si, pourquoi ? Vous le connaissez ?

— C'était un ami de mes parents. En fait, nous étions voisins à Hampstead. Attendez une minute. Vous ne seriez pas là-bas justement ? Dans son atelier ?

163

— Si. Pourquoi ?

Jack éclata de rire.

— Ah, ça alors ! Figurez-vous que je suis à deux pas. Mon père est décédé récemment, et je suis venu récupérer quelques affaires à la maison. Vous parlez d'une coïncidence !

Annette fut soudain happée par un tourbillon d'émotions, mélange de peur, d'excitation, d'affolement...

— C'est incroyable, en effet, reconnut-elle.

— Ne bougez pas. S'il vous plaît, prévenez Carlton et Marguerite que je passe leur dire bonjour.

— Entendu.

Elle raccrocha. Sa main tremblait lorsqu'elle fit tourner la poignée de la porte-fenêtre. Elle se demandait ce que les dieux étaient en train de comploter là-haut, dans les cieux.

Quelle force occulte avait bien pu pousser Jack Chalmers à se rendre à Hampstead ce jeudi matin alors qu'elle-même avait suggéré à Christopher de le retrouver au même endroit ?

Elle n'avait pas la réponse et se sentait complètement paniquée.

S'obligeant à se calmer, elle entra en souriant dans l'atelier où Carlton et Christopher discutaient toujours.

Inspirant profondément, elle déclara d'un ton léger :

— Quelle coïncidence ! Je viens de recevoir un coup de fil d'un journaliste en train d'écrire un article sur moi et dont le père était l'un de vos voisins et amis.

— Nom d'une pipe ! s'écria Carlton, les yeux pétillants. Ne me dites pas que c'est Jack Chalmers ! Comment va-t-il ?

— Vous allez bientôt le savoir. Il est justement dans la maison de son père et va passer vous dire bonjour.

— Formidable ! Marguerite sera aux anges. Jack a toujours été son chouchou. Nous les avons vus grandir, lui et son frère Kyle.

Carlton semblait avoir retrouvé sa sérénité et, à son grand soulagement, elle constata que Christopher avait l'air plus détendu.

Celui-ci se tourna vers elle :

— Je sais que c'est idiot, mais je veux garder la toile, si fausse et endommagée soit-elle.

— Je trouve que vous devriez la détruire, insista Carlton.

Christopher lança un regard interrogateur à Annette, qui enchaîna :

164

— Du moment que vous ne la mettez pas en vente, tout ira bien. En attendant, je propose que nous la rangions avant que Jack Chalmers n'arrive. C'est un journaliste qui écrit un article sur moi, et sur vous, Chris, par ricochet, en tant que propriétaire du Rembrandt qui s'est vendu vingt millions de livres. Je suppose que sa curiosité va être piquée et qu'il aura envie de vous parler.

— Si vous n'y voyez pas d'objection.

— Aucune, du moment que vous ne mentionnez pas le Cézanne. Tenez-vous-en à la vente du Rembrandt, s'il vous plaît.

— Entendu, dit Chris.

— A présent, ôtons ce faux du chevalet et mettons-le à l'abri des regards, poursuivit Annette.

— Aussitôt dit aussitôt fait ! s'exclama Carlton. Je vais retendre la toile sur son châssis. Christopher, pourriez-vous venir la chercher plus tard dans la journée ?

— Sans problème.

Emboîtant le pas à Carlton, Annette lui glissa :

— Je file prévenir Marguerite que Jack Chalmers va passer.

Juste au moment où elle se dirigeait vers la cuisine, le carillon de la porte d'entrée retentit.

20

Voilà qu'il se trouvait au beau milieu de sa vie. Tout était arrivé si vite qu'elle en eut le souffle coupé. Un simple coup de fil pour changer l'heure de l'interview et sa journée était chamboulée. Sa venue inopinée, quelques minutes plus tôt, avait provoqué un frisson d'agitation. Marguerite Fraser l'avait accueilli avec effusion et Carlton l'avait serré dans ses bras. Même Christopher semblait impatient de faire sa connaissance.

Jack Chalmers, l'enfant prodige, était au centre de l'attention. Les Fraser étaient aux petits soins, Christopher l'observait bouche bée, tandis qu'Annette se tenait à l'écart, presque tapie dans l'ombre. Visiblement gêné par toutes ces démonstrations d'affection, Jack, debout dans l'entrée, gardait les yeux fixés sur elle.

Consciente qu'elle perdait pied, Annette se ressaisit. Souriant à Jack, elle s'approcha d'un pas léger et déclara :

— Vous avouerez que le monde est petit !

Il prit la main qu'elle lui tendait et la serra chaleureusement en lui rendant son sourire.

— J'ai passé beaucoup de temps dans cette maison, quand j'étais enfant, expliqua-t-il.

Interprétant cette remarque comme un signal, Marguerite joua les maîtresses de maison :

— Passons à la cuisine. Je vais préparer du café.

— Oh, non, je ne veux pas vous déranger en plein travail, protesta Jack. Je suis juste passé pour dire bonjour.

S'approchant d'Annette, il ajouta :

— Et confirmer l'heure de notre interview demain.

Elle se contenta d'acquiescer d'un signe de tête.

Marguerite insista :

— Allons, tu prendras bien une tasse de café. Nous ne nous sommes pas vus depuis les obsèques de ton père. Ce sera l'occasion de bavarder.

— Oui, reste, renchérit Carlton.

— J'ai l'impression de m'imposer, murmura Jack qui continuait de regarder Annette comme s'il était hypnotisé.

Pensant qu'il attendait peut-être qu'elle lui donne sa bénédiction, elle fit remarquer :

— Pas du tout, Jack, nous venions de conclure. Laissez-moi faire les présentations… mon client, Christopher Delaware. Chris, je vous présente Jack Chalmers. Peut-être voudriez-vous échanger quelques mots au sujet du Rembrandt et de la vente aux enchères ? Si vous êtes d'accord, Chris, bien entendu.

— Naturellement, dit Chris en serrant la main de Jack.

— Voilà qui tombe à pic, se réjouit Jack. J'aimerais avoir votre avis sur la vente et vous pourriez peut-être me parler d'Annette.

— Annette est une perle, déclara Chris en souriant, avant de demander à Marguerite : Y a-t-il un endroit où nous pourrions nous installer, madame Fraser ?

— Je vous en prie, appelez-moi Marguerite. Jack, tu connais la maison. Allez donc vous asseoir un moment dans le salon.

— Suivez le guide, s'écria Jack en montrant le chemin.

Marguerite était radieuse.

— Si je m'attendais à voir Jack ! s'exclama-t-elle. Vous voulez bien m'excuser, Annette, je vais préparer du café.

Resté seul avec Annette dans le vestibule, Carlton souffla à mi-voix :

— J'espère qu'il n'évoquera pas le Cézanne. Ce garçon m'a l'air très jeune et inexpérimenté.

— C'est en effet l'impression qu'il donne, reconnut Annette. Il est cependant loin d'être idiot. Il sera intarissable sur le Rembrandt et tout l'argent qu'il lui a rapporté. Pour le reste, il tiendra sa langue, ne vous inquiétez pas.

— Je vous fais confiance, ma chère enfant, dit Carlton en la prenant par le bras pour l'emmener dans l'atelier. Si seulement il nous laissait détruire ce faux. Ça m'ennuie qu'il traîne quelque part.

167

— Ce ne sera pas le cas. Il le remisera au fond d'un placard et l'oubliera. Mon sentiment, c'est qu'il a eu l'impression que nous cherchions à lui forcer la main. Je lui reparlerai plus tard, si cela peut vous tranquilliser. Au fait, il a vingt-trois ans.

Carlton rit.

— Quand on en a soixante passés, vingt-trois ans, ça vous paraît bien jeune.

Annette rit elle aussi et alla s'asseoir à côté de la fenêtre.

— Il est possible qu'il évoque la prochaine vente à Jack, mais ce n'est pas bien grave car je comptais lui en parler – histoire de faire un peu de pub.

— Et votre pièce maîtresse sera la sculpture de Degas, c'est bien cela ?

— Oui. Sans oublier le Giacometti. A ce sujet, si vous pouviez passer y jeter un coup d'œil la semaine prochaine, Carlton. Je pense que l'une et l'autre auraient besoin d'un nettoyage, sans toucher au tutu de la danseuse, cependant. Car il est très fragile et risque de tomber en miettes.

— Soyez sans crainte, j'en prendrai soin. Je serai ravi et honoré de redonner du pimpant aux deux sculptures, ma chère enfant.

Comme ils descendaient la rue en direction de la maison de son père, Jack confia à Annette :

— Ça m'a fait très plaisir de revoir les Fraser. Ce sont des gens adorables. En revanche, j'avoue avoir été soulagé quand Chris est parti.

— Moi aussi, dit Annette. J'ai eu très envie d'abréger la pause café. Si je ne l'ai pas fait, c'est uniquement pour ne pas froisser Marguerite.

— Eh bien, nous voilà arrivés à la maison où j'ai grandi, annonça Jack en la prenant par le bras pour remonter la courte allée qui menait à la porte d'entrée.

De le sentir soudain si proche, elle fut saisie de frissons. Elle voulut s'écarter, mais n'osa de crainte qu'il ne devine son trouble.

Tandis qu'il ouvrait la porte, son téléphone portable se mit à sonner. Avec un regard gêné, elle lui dit :

— Si vous voulez bien m'excuser un instant, Jack.

168

Il acquiesça et entra dans la maison. Une fois seule, elle décrocha.

— Allô ?

— Bonjour, Annette, c'est Malcolm. Tu aurais une minute ?

— Bien entendu. A propos, toutes mes félicitations, Malcolm.

— Merci. C'est précisément la raison de mon coup de fil. Est-ce que Marius et toi seriez libres ce soir pour dîner ? Avec Laurie et moi.

— Pour autant que je sache, nous n'avons rien de prévu. Il faut tout de même que je lui pose la question. Pourquoi ne le fais-tu pas toi-même ?

— D'accord. J'avais justement l'intention de passer le voir au bureau cet après-midi, vers 16 heures. Qu'en penses-tu ?

— Pour lui parler de Laurie et toi ?

— Oui...

Il y eut un silence suivi de grésillements.

— Allô, Malcolm ? Tu es toujours là ?

— Oui, répondit Malcolm. J'ai un peu peur de sa réaction quand je lui annoncerai que nous avons l'intention de nous marier. Il est tellement possessif avec elle.

— Je sais. Mais vous n'avez pas besoin de sa permission, ni de la mienne du reste – Laurie a trente-six ans. Vas-y et dis-le-lui carrément.

— Oui. Merci, Annette. Je suis bien content que tu sois de notre côté.

— C'est tout naturel. Tu es quelqu'un de bien, Malcolm. A ce soir.

Elle referma son téléphone, songeuse, et le glissa dans la poche de son gilet de laine noir.

La réaction de Marius la préoccupait. Il était d'une nature tellement exclusive et dominatrice qu'il en devenait parfois insupportable. Cependant, elle avait bon espoir que Malcolm Stevens obtiendrait gain de cause, car, diplomate, il prendrait des gants pour annoncer son mariage à Marius. Il ne s'en laisserait pas remonter, même par son illustre mentor, car il avait du caractère.

Debout sur le seuil, Annette jeta un coup d'œil à l'intérieur de la maison. Le vestibule n'était pas bien grand et la lumière entrait par les fenêtres de trois pièces vides dont les portes avaient été laissées ouvertes. Des particules de poussière semblables à de minuscules insectes tourbillonnaient dans les rayons de soleil ; le silence régnait.

Annette finit par apercevoir Jack. Agenouillé sur le plancher, il inspectait le contenu d'une malle et n'avait pas remarqué qu'elle l'observait. En voyant ses omoplates à travers la fine étoffe de sa chemise blanche, elle sentit sa gorge se serrer malgré elle. Il lui sembla soudain sans défense et vulnérable et elle eut envie de le toucher. Cet homme était dangereux, il l'attirait et la troublait de toutes sortes de manières. N'importe quelle femme ayant deux sous de jugeote aurait pris ses jambes à son cou.

Au lieu de quoi, elle franchit le seuil et pénétra dans l'entrée. Au bruit de ses pas, Jack se redressa puis, pivotant, lui décocha un grand sourire généreux, révélant des dents blanches et parfaitement alignées.

— Je n'en ai que pour une minute. Le temps de rassembler quelques affaires et j'appelle un taxi.

— C'est une très belle malle Louis Vuitton, fit-elle remarquer, d'une voix si naturelle qu'elle se surprit elle-même.

— N'est-ce pas ? Elle appartenait à ma mère qui est morte avant mon père, il y aura bientôt quatre ans. Elle me l'a laissée, avec tout ce qu'elle contient. Mon frère ne cesse de me tarabuster pour que je l'emporte avec moi, car nous avons mis la maison en vente. Du coup, j'ai vidé la malle et transvasé son contenu dans deux valises pour que ce soit plus facile à transporter.

— Ce serait dommage de vous débarrasser de la malle. C'est une pièce de collection qui vaut son pesant d'or.

— Je sais. Et j'ai bien l'intention de la garder. Ma mère avait une petite brocante à Primrose Hill. Un magasin minuscule, qu'elle adorait. Elle l'appelait son vieux fouillis, parce qu'on y trouvait tout et n'importe quoi. Parfois, de très belles choses, comme cette malle. Il lui arrivait aussi de vendre de vraies belles pièces d'antiquité dont certaines ont fini ici. Kyle a l'intention de les vendre.

Jetant un regard autour d'elle, Annette déclara :

— Ce doit être merveilleux de grandir dans une grande et belle maison de famille comme celle-là.

— En effet, même si Kyle vous affirmerait le contraire.

Il la regarda droit dans les yeux :

— Vous avez grandi à Ilkley, n'est-ce pas ?

— En effet, répondit-elle tout en se demandant comment il l'avait découvert.

Que savait-il d'autre la concernant ? Elle se figea, légèrement paniquée. Fais attention à ce que tu lui dis. Reste sur tes gardes, s'admonesta-t-elle.

Jack s'exclama :

— Ainsi, vous êtes une fille du Yorkshire ! La campagne est si belle, là-bas. Je parie que la lande vous manque.

Elle resta sans voix. Au bout d'un moment, elle parvint à proférer :

— Non, pas vraiment.

— Mon père était agent artistique, reprit Jack. Chaque année, il donnait une grande réception, ici, en été. Il invitait tout le gratin du show-biz.

Jack se dirigea vers la pièce du milieu en lui faisant signe de le suivre.

— Tenez, venez jeter un coup d'œil au jardin où il recevait ses invités. Pour ma mère, c'était LA garden-party, l'événement de l'année.

Annette eut soudain envie de fuir. Avec quelle intelligence il l'avait désarmée et charmée en se confiant à elle ! Quand elle voulut lui demander d'appeler un taxi, elle fut incapable de prononcer un mot. Pour la bonne et simple raison qu'elle n'avait pas envie de partir.

— Votre frère et vous aviez le droit de vous joindre aux convives ? reprit-elle.

— Oui, lorsque j'ai eu huit ans et Kyle dix. La réception débutait à 18 heures précises et se prolongeait jusqu'à pas d'heure. Tout le monde voulait en être et mon père invitait donc tout le monde pour ne froisser personne. C'était un homme formidable. Il nous a tant donné à Kyle et à moi. Poursuivez vos rêves, nous répétait-il. Attrapez-les et gardez-les vivants. Il était toujours là pour nous encourager dans nos projets, si ambitieux soient-ils.

Se tournant brusquement vers elle, il la prit par la main et l'entraîna vers le milieu de la pelouse.

— Il y avait une marquise ici, au cas où il se mettrait à pleuvoir, comme cela arrive souvent dans ce fichu pays. Et puis il y avait un orchestre, un bar à volonté et un buffet qui ployait littéralement sous les victuailles.

— J'aurais bien aimé y être, dit-elle sans réfléchir, puis elle déglutit, gênée.

— Moi aussi, j'aurais aimé, murmura-t-il en la regardant avec insistance.

Annette détourna les yeux, ôta sa main de la sienne.

— Mon père fabriquait du rêve, poursuivit Jack, avec douceur. Il représentait des acteurs, des écrivains, des cinéastes, des producteurs... Parfois je l'appelais le chasseur de rêves, ou le faiseur de rêves, ce qui le faisait rire. Et votre père à vous, que faisait-il ?

— Il était enseignant, balbutia-t-elle, prise de court.

— A Ilkley ?

— Non, Harrogate, laissa-t-elle échapper.

— Ah bon. Je croyais que vous viviez à Ilkley.

— Oui, mais seulement après la mort de mon père. Nous sommes parties habiter chez mes grands-parents.

— Avec votre mère ?

— Oui. (Elle inspira profondément.) Jack, je suis désolée, je dois retourner au bureau.

— Bien sûr ! Je vous prie de m'excuser. Vous avez sûrement mieux à faire qu'à m'écouter vous raconter ma vie. Allons-y.

21

De retour au bureau, Annette trouva la reproduction photographique de *L'Homme qui marche* de Giacometti posée sur la crédence. Elle était arrivée pendant qu'elle était chez Carlton, et Esther l'avait déballée.

— Elle est superbe ! finit-elle par lancer à Esther. Quelque chose me dit qu'elle se vendra très, très cher. Marius affirme que Giacometti a la cote ces temps-ci et qu'il faut absolument l'intégrer à la vente de septembre. Je crois que je vais suivre son conseil.

— Qu'entendez-vous par « très cher » ? demanda Esther, posant sur Annette un regard fasciné, prête à croire tout ce qu'elle lui dirait.

Sa patronne, comme elle l'appelait, était la femme la plus brillante qu'il lui ait jamais été donné de rencontrer et elle savait qu'en matière d'art, entre autres, elle ne se trompait jamais.

— Dans les vingt ou vingt-cinq millions.

— De livres ? souffla Esther, abasourdie.

— Oui, naturellement. La vente aura lieu à Londres, chez Sotheby's. L'auriez-vous oublié ?

— Non, non. Mais si elle part pour vingt-cinq millions, elle va battre le Rembrandt ?

Annette sourit, amusée.

— Je vous ai dit que j'avais l'intention de me surpasser. Je compte pulvériser mon propre record.

Esther s'écria :

— Vous pensez pouvoir tirer autant de *La Petite Danseuse* ?

— Oui, et peut-être plus, car les sculptures de Degas sont très rares. D'un autre côté, la cote de Giacometti a explosé ces dernières années.

— Même avec la récession économique ?

— La récession ne concerne pas les gens très riches pour qui l'art est une valeur refuge. Les milliardaires sont toujours à la recherche d'un « trophée », de l'œuvre unique qui leur permettra d'en mettre plein la vue à leurs amis.

— Dieu vous entende, dit Esther en se dirigeant vers la porte.

Juste avant de sortir du bureau, elle s'arrêta :

— Au fait, il y a eu plusieurs messages téléphoniques et Marius a appelé pour confirmer le dîner avec Malcolm ce soir. Malcolm et Laurie aussi ont téléphoné.

— Merci, Esther.

La secrétaire ajouta en souriant :

— L'interview avec Jack Chalmers est toujours programmée pour demain ?

— Oui. Désolée, j'ai complètement oublié de vous signaler qu'il venait à midi et qu'il m'emmenait déjeuner pour poursuivre l'interview dans un cadre différent.

— Il souhaite voir différentes facettes de votre personnalité, ce que je comprends. Il faut reconnaître que le bureau est austère.

Annette éclata de rire.

— Austère. Oh, Esther, il n'y a que vous pour avoir de telles idées.

— C'est la vérité, patron, marmonna la secrétaire en refermant la porte derrière elle.

Restée seule, Annette se remit à penser à Jack. Dans le taxi, il avait adopté une attitude sereine et s'était montré disert sans chercher à la questionner, heureusement.

Durant l'interminable trajet jusqu'à Bond Street, il lui avait confié qu'il n'avait pas l'habitude de faire trois interviews pour brosser un portrait. Pour le sien, toutefois, il avait besoin de réunir un maximum d'informations pour pouvoir écrire le long article qui paraîtrait dans le *New York Times Magazine*. Son tact et sa délicatesse étaient des qualités qu'elle appréciait.

Quels que soient les efforts de Jack pour la mettre à l'aise, sa présence physique, son charisme et son magnétisme la déstabilisaient. Elle avait l'impression – ce qui était parfaitement ridicule – de se retrouver dans la peau d'une adolescente. C'est pourquoi elle avait décidé d'adopter une attitude strictement professionnelle. Elle ne devait pas se montrer trop amicale ou familière avec lui, et surtout, elle devait éviter les confidences.

Jetant un coup d'œil aux post-it posés sur son bureau, elle appela Agnes Dunne, la secrétaire de Marius. Elle tomba sur le répondeur et laissa un message pour confirmer le dîner de ce soir. Elle téléphona ensuite à Malcolm sur son téléphone portable.

— C'est toujours d'accord pour le dîner ?

— Oui, on se retrouve à huit heures chez Mark's. J'ai pensé que ce serait plus commode pour le fauteuil roulant de Laurie.

— Mark's est un excellent choix. De quelle humeur était Marius ? Il a accepté de te recevoir à 16 heures ?

— Oui, enfin, à 17 heures. Il ne sait pas pourquoi je veux le voir. En fait, j'ai commencé par l'inviter à dîner.

— Ne t'inquiète pas. Tout va bien se passer. Dis-lui les choses carrément. Aie confiance en toi, sois ferme et surtout ne te laisse pas intimider.

Malcolm eut un petit rire.

— Tu dis ça, mais tu sais combien il peut être opiniâtre et chicanier.

— N'y pense pas. Oublie qu'il est ton mentor. Marius est un être humain comme les autres. Annonce-lui ton intention d'épouser Laurie, point final.

— Oui, chef, bien chef. Et à plus tard, chef.

— Au revoir, Malcolm, lança-t-elle, enjouée.

Puis, elle prit le temps de réfléchir quelques instants et téléphona à sa sœur.

— Coucou, ma chérie, comment vas-tu ?

— Très bien, Annette. Je suis ravie que Marius puisse rentrer à temps de Cirencester ce soir pour dîner avec nous.

— Il est allé à Cirencester ? s'étonna Annette.

— Oui, il a dit à Malcolm qu'il devait rencontrer un client dans le Gloucestershire.

— C'est vrai qu'il a plusieurs clients là-bas. Quoi qu'il en soit, je voulais juste te dire que Chris a parlé du Cézanne avec Carlton et va le ramener avec lui à Knowle Court cet après-midi. Néanmoins, il refuse de le détruire. Il tient à le garder. C'est son droit, puisque la toile lui appartient.

— Ce n'est pas si grave, si ? Il ne pourra pas la vendre de toute façon, défigurée comme elle l'est par la suie et sans certificat de provenance par-dessus le marché.

— C'est précisément ce que je lui ai dit, mais Carlton n'a pas l'air rassuré. Il aurait préféré que la toile soit détruite une bonne fois pour toutes.

— Bah, tu sais bien que Carlton est... très à cheval sur la légalité.

— Je sais. Bon, on se voit ce soir, ma chérie ?

— Oui, tu auras l'honneur de voir ma bague de fiançailles. C'est une émeraude que Malcolm m'a offerte hier soir.

— Je suis tellement heureuse pour toi, Laurie. Tu méritais un homme comme Malcolm, quelqu'un qui sache te choyer et veiller sur toi.

— Je suis tout à fait capable de veiller sur moi-même. Grâce à toi, Annette. C'est toi qui m'as appris à être autonome et forte.

Après avoir déposé Annette à son bureau, Jack regagna son appartement de Primrose Hill. Mourant de faim, il se prépara un sandwich au saumon avec une tasse de café. Tout en le mangeant et en regardant les nouvelles à la télé, il pensa à la femme qu'il venait de quitter.

A deux doigts de l'inviter à déjeuner, il avait renoncé car elle était devenue distante dans le taxi. Froide, c'était le mot juste. Calme et posée. Maîtresse d'elle-même. Alors que lui, au contraire, avait l'impression de ne plus rien contrôler. Il avait beau ne l'avoir vue que deux fois dans sa vie, elle occupait toutes ses pensées. Il avait envie de l'avoir à ses côtés, de passer du temps avec elle, d'apprendre à la connaître. De la posséder. L'attrait physique qu'elle avait exercé sur lui, hier, l'avait tellement surpris qu'il en avait perdu ses moyens, quel que soit le mal qu'il s'était donné pour que cela ne se voie pas.

Il se sentait dans la peau d'un adolescent fou d'amour. Sauf qu'il n'était plus un adolescent. A presque trente ans, il avait connu suffisamment de femmes pour savoir que le feu de la passion et du désir s'éteignait peu à peu, ou parfois même d'un seul coup. Pas cette fois. Non. Sûrement pas. De sa vie, il n'avait rien ressenti de pareil. Jamais. Même pas avec ses deux fiancées. Même pas avec Lucy.

Lucy. Oh là là ! Il avait encore une fois oublié de l'appeler. Ce qui en disait long sur ses sentiments pour elle. Et pour Annette, qui en l'espace de vingt-quatre heures avait réussi à lui mettre la tête à l'envers.

Eteignant la télévision, il rapporta son assiette et sa tasse à la cuisine, puis s'installa derrière son bureau. Il contempla l'écran de son ordinateur portable pendant quelques minutes avant d'envoyer un courriel à Lucy, lui expliquant qu'il était très occupé et qu'il l'appellerait en fin de journée. Puis il se connecta sur Google pour faire des recherches sur Laurie Watson, la sœur d'Annette.

Immédiatement, sa photo s'afficha. Il se pencha vers l'écran pour la détailler attentivement. Cette fille était une bombe ! Des cheveux roux flamboyants, un visage ciselé comme un camée et de grands yeux verts. Malgré une vague ressemblance avec Annette, les deux sœurs étaient très différentes. La photo avait été prise chez Sotheby's, le soir de la fameuse vente aux enchères. Laurie était assise dans un fauteuil roulant, vêtue d'une jolie robe de soirée, Annette à ses côtés.

Celle-ci ne portait qu'un tailleur, un rang de perles et des boucles d'oreilles assorties. Incarnation de l'élégance classique et sobre, elle lui rappelait vaguement… ? A qui cette photo d'Annette avec ses cheveux blonds attachés en chignon et ses yeux bleus lumineux lui faisait-elle penser ?

Elle avait une expression… énigmatique. Son tailleur écru et ses perles étaient l'essence même de la classe. Ça y est ! Il avait trouvé. Mais oui, bien sûr. Elle avait un faux air de Grace Kelly dans *La Main au collet*, le chef-d'œuvre d'Hitchcock, tourné sur la Côte d'Azur dans les années 1950.

Quittant Google, il lança d'autres moteurs de recherche, mais ne trouva que de brèves déclarations d'Annette Remmington recueillies à l'issue de la vente du Rembrandt, ainsi que quelques entrefilets publiés ici et là. Exactement comme elle le lui avait dit : elle ne donnait jamais d'interviews parce qu'elle estimait n'avoir rien à dire. « Jusqu'à la vente du Rembrandt, je n'ai jamais fait parler de moi. » Et c'était vrai. Avant sa rencontre fortuite avec Christopher Delaware, et la vente de la toile du maître, elle n'était qu'une négociante en art parmi tant d'autres, pas une star.

Il lança le traitement de texte pour consigner toutes les bribes d'information qu'il avait glanées chez Carlton Fraser, et plus tard, lorsqu'ils s'étaient retrouvés seuls. Quand il eut terminé, il réfléchit au papier qu'il devrait rédiger pendant le week-end pour le *Sunday Times* de Londres, puis commença à jeter les bases de l'article de fond qu'il avait promis au *New York Times Magazine*.

Soudain la sonnerie du téléphone retentit, le faisant sursauter.

— Allô ?

— Jack, c'est Annette.

— Oh, lâcha-t-il interloqué. Tout va bien ? poursuivit-il, se ressaisissant.

— Oui, oui. Je vous appelle au sujet de notre interview de demain. J'ai pensé que vous aimeriez peut-être voir les deux pièces maîtresses de ma prochaine vente.

— Oui ! Bien sûr !

— Dans ce cas, il faudrait que vous veniez plutôt chez moi, là où se trouvent les deux sculptures.

— Des sculptures ? De qui ?

— Vous verrez. (Elle hésita :) Je veux que vous ayez la surprise. J'habite à Eaton Square. Vous avez de quoi noter ?

Après lui avoir donné son adresse, elle ajouta :

— A midi, donc ?

— Oui. On déjeune toujours ensemble ?

— Avec plaisir.

Il se renversa dans son fauteuil, se rendant compte qu'il serait le premier à découvrir les pièces. Exactement comme le lui avait dit Tommy, son agent. C'était une formidable entrée en matière. A présent, il fallait qu'il tire les grandes lignes de la première partie de son article. Et qu'il choisisse un restaurant agréable du côté d'Eaton Square pour le déjeuner de demain.

Le téléphone sonna à nouveau. Il décrocha aussitôt.

— Jack Chalmers.

— Salut, Jack, dit son frère. Ça t'ennuie si Tony Lund, mon producteur, dîne avec nous ce soir ?

— C'est vraiment indispensable ?

— Plus ou moins. Il est rentré de la Côte il y a quelques jours et je lui ai promis de dîner avec lui. Il se trouve qu'il est libre ce soir et s'envole demain pour Paris.

— Bon, d'accord. Tony Lund a l'air d'un type intéressant. Je serai ravi de le rencontrer.

— Parfait. A 20 heures, au Harry's Bar.

— Au Harry's Bar ! Eh, bien, tu ne te refuses rien.

— C'est lui qui a choisi l'endroit. Heureusement que papa a eu la bonne idée de me faire entrer au club, il y a deux ans.

— Bien, récapitulons. La cuisine y est excellente, l'ambiance chaleureuse, et je te promets de mettre une cravate.

Kyle éclata de rire.

— Au fait, comment s'est passé le « déménagement » ? Tu as réussi à emporter la malle ?

— Non, je vais m'en occuper ce week-end. J'ai été interrompu ce matin.

— Bon, il faut que j'y aille. A ce soir, frérot.

Jack raccrocha et appela son agent. Il avait hâte d'annoncer à Tommy qu'Annette allait lui montrer les pièces maîtresses de sa prochaine vente. C'était bien plus qu'une simple information, c'était un scoop !

22

— Pourquoi ne m'en as-tu rien dit ? aboya Marius depuis la porte du dressing.

Assise à sa coiffeuse, Annette sursauta violemment. Elle ne l'avait pas entendu rentrer et le ton rageur de sa voix la prit de court. Elle se tourna vers lui et le regarda droit dans les yeux.

— Parce que Malcolm voulait te l'annoncer lui-même, répliqua-t-elle vivement. Et c'est la raison pour laquelle il est allé te voir aujourd'hui. Je le suppose, tout au moins, il ne t'a pas annoncé ses fiançailles avec Laurie au téléphone.

— Je l'ai vu, en effet. Et la nouvelle m'a abasourdi, c'est le moins qu'on puisse dire. Sur le coup, j'ai cru que je n'avais pas bien entendu. Et...

— Pourquoi te mettre dans un tel état ?

— Quelle question ! Comme si tu ne le savais pas ! s'écria-t-il toujours sur le ton de la colère. Ce mariage est une aberration. Quelle sorte de vie espèrent-ils mener ensemble ? Laurie, une paraplégique en fauteuil roulant, et Malcolm valide et plutôt porté sur les femmes, à la tête d'une affaire florissante qui nécessite d'avoir une vie mondaine active. Ça ne marchera jamais entre eux, j'en suis certain. Ils forment un couple très mal assorti.

Annette le foudroya du regard.

— Tu es en train de dire que ma sœur ne peut pas faire une bonne épouse parce qu'elle est paraplégique ?

Comme il ne répondait pas, elle reprit :

— D'après toi, elle n'est pas assez bien pour Malcolm Stevens, ton protégé qui a repris la galerie Remmington et l'a rendue encore plus célèbre que du temps où tu en étais le patron.

Marius resta bouche bée, stupéfait par sa voix et son regard glacés. Réfrénant sa colère, il répondit sur un ton radouci :

— Je ne voulais pas te froisser. J'ai beaucoup d'affection pour Laurie. Tu sais que j'ai toujours veillé sur elle et pris mes responsabilités très au sérieux. Mais il faut être réaliste, Annette. En tant qu'épouse, elle ne sera pas à la hauteur.

Annette, qui bouillait intérieurement, resta de glace, se contentant de lever un sourcil sardonique :

— Tu veux dire au plan sexuel ? lança-t-elle.

— Evidemment. Malcolm a quarante-deux ans, il est en pleine forme, viril, beau gosse, et célèbre dans sa profession. Je ne veux pas que Laurie souffre et puis...

— Malcolm ne la fera pas souffrir, coupa-t-elle. Il l'aime. Je veux dire qu'il est très épris. De toute façon, Laurie est tout à fait capable d'avoir des relations. Elle a eu une idylle avec Douglas Brentwood, il y a trois ans, et lui aussi voulait l'épouser. Elle a rompu parce qu'elle n'était pas amoureuse. Avec Malcolm, c'est différent. Elle l'aime.

Soudain désarçonné, Marius lui jeta un regard interrogateur :

— Laurie peut avoir des relations ?

— Absolument. Et elle ne s'en prive pas, dit Annette en réprimant un sourire.

— Je l'ignorais, marmonna-t-il presque pour lui-même. Pour moi, Laurie n'avait pas de vie sexuelle.

— Je n'ai jamais jugé opportun de t'en parler ou d'aborder le sujet avec toi. D'ailleurs sa vie privée ne regarde qu'elle. De plus, comme tu le sais, Laurie est timide. Je l'imagine mal discutant avec toi de sa vie sexuelle.

— Je comprends, Annette. Mais il faut être raisonnable. Le sexe, ce n'est pas tout dans un mariage. Comment feront-ils pour avoir des enfants, fonder une famille ? Sans parler des réceptions, des voyages. C'est beaucoup de stress, alors imagine une femme en... enfin, une femme handicapée.

Annette dévisagea Marius en silence puis lança, acerbe :

— De toute évidence, Malcolm ne t'a pas dit que Laurie était enceinte de six semaines.

— Enceinte, répéta Marius en se laissant tomber de tout son poids dans un fauteuil. Laurie est enceinte ?

— Absolument. Ils ont l'intention de se marier en juillet.

Marius ne réagit pas. Il ferma les yeux et se mit à parler dans sa barbe.

— Je ne t'ai pas entendu, Marius. Que disais-tu ?

Il braqua sur elle un regard furieux :

— Je disais qu'elle pourrait se faire avorter.

Immobile, faisant appel à tout son sang-froid, Annette articula d'une voix calme :

— Non, Marius. Laurie ne va pas avorter. Malcolm et elle désirent cet enfant et ils vont se marier cet été... avant la naissance. Malcolm y tient absolument.

Marius, abasourdi, ferma les paupières.

Au bout de quelques minutes, Annette s'approcha de lui.

— Marius, dit-elle en lui secouant le bras. Redresse-toi, et écoute-moi.

Mais il ne répondit pas. Elle le secoua plus fort en criant :

— Je ne tolérerai pas que tu t'immisces dans leur vie privée ! Et eux non plus du reste. Malcolm t'a mis au courant de ses projets par pure politesse. Au fond, ils se fichent l'un et l'autre éperdument de ce que tu peux dire ou penser. Ce sont des adultes, Marius. L'opinion des autres les indiffère.

— Oui, je sais, murmura-t-il. Même s'ils ne se comportent pas en adultes.

Retournant s'asseoir derrière sa coiffeuse, Annette déclara d'un ton glacial :

— Tu as toujours voulu tout décider à ma place, avoir le contrôle sur ma vie. Pendant des années, les gens n'ont cessé de me répéter que tu étais mon Pygmalion et je les laissais dire, car j'avais choisi de partager ta vie, de rester à tes côtés. Mais si tu interviens de quelque façon que ce soit dans les décisions de Malcolm et Laurie, je te quitterai.

Il rejeta la tête en arrière et éclata de rire.

— Tu me quitteras ?! Allons, tu sais très bien que ça n'arrivera jamais, assena-t-il avec suffisance.

C'était la vérité, aussi Annette ne broncha-t-elle pas. Il connaissait trop bien son passé trouble. Il savait ce qu'elle avait fait ! Elle s'était prise au piège en se confessant à lui.

Marius se radoucit soudain.

— Allons, trésor, ne nous chamaillons pas à cause de ces deux idiots qui...

— Ce ne sont pas des idiots ! rétorqua-t-elle, furieuse. Ce sont des êtres qui me sont chers, des êtres qui s'aiment, qui vont avoir un enfant et qui veulent se marier. Et il va falloir que tu l'acceptes, sinon plus rien ne sera comme avant entre toi et moi.

— Tu ne me quitteras jamais, dit-il d'un ton menaçant.

— Je le sais. Ce n'est pas parce que nous vivrons sous le même toit que nous vivrons ensemble.

Bien qu'il sût que son emprise sur elle était totale, et qu'elle ne le quitterait jamais, il avait remarqué qu'au fil des ans elle avait acquis une volonté de fer. Non seulement elle était intelligente, ambitieuse et travailleuse, elle était aussi volontaire, forte et résolue, et prenait de plus en plus souvent des décisions avec lesquelles il n'était pas d'accord. Cependant, il ne cherchait pas l'affrontement avec elle. Il avait compris depuis longtemps qu'il devait lui accorder une certaine liberté pour que leur couple reste uni au plan émotionnel comme physique. Et il venait de comprendre qu'elle était prête à se battre jusqu'au bout pour que Laurie puisse obtenir ce qu'elle désirait de tout son cœur. Quand il s'agissait du bonheur de sa sœur cadette, Annette était intraitable.

Il s'approcha d'elle, lui prit les mains et l'aida à se lever. La regardant dans les yeux, il lui sourit et murmura :

— Tu as raison. Je n'ai pas été fair-play. Après tout, Laurie a trente-six ans et Malcolm quarante-deux, et ils sont assez grands pour savoir ce qu'ils font.

— Je suis contente que tu reviennes sur tes positions, Marius.

— J'ai été tellement surpris. Ça m'a fichu un coup.

— N'en parlons plus. Je crois que nous devrions nous dépêcher si nous voulons être à l'heure chez Mark's.

— Oh, j'oubliais, dit Marius en lui relâchant les mains. Malcolm a décidé que le Harry's Bar convenait mieux pour fêter un événement et qu'il était parfaitement adapté pour un fauteuil roulant.

— Dans ce cas, je vais me changer, dit Annette en se dirigeant vers la penderie.

— Moi aussi, enchaîna Marius en filant sans ajouter un mot.

Annette resta parfaitement immobile devant le miroir de sa coiffeuse. Son visage était calme et serein, bien qu'elle fût bouleversée. L'obstination de Marius l'avait mise hors d'elle et elle avait dû faire un gros effort de volonté pour rester polie. Si elle savait depuis le début qu'il s'opposerait au mariage entre Laurie et Malcolm, elle ne s'était pas attendue à une telle rage ni une telle véhémence. Heureusement, elle avait gagné. Non seulement la bataille mais la guerre. Ses menaces l'avaient stoppé net. Il avait fait machine arrière puis capitulé.

C'était évident pour l'un et l'autre qu'elle ne le quitterait jamais, mais désormais Marius savait qu'elle était en mesure de changer la nature de leur relation. Elle lui avait bien fait comprendre qu'elle continuerait de mener sa vie comme bon lui semblerait tout en continuant d'être sa femme – en apparence tout du moins. Annette était sûre qu'il ne le supporterait pas. Car il tenait à elle.

Elle tordit ses cheveux blonds en chignon, se mit du rouge à lèvres et se parfuma. Puis elle ôta son fourreau de soie et l'échangea contre une robe de lainage couleur crème décolletée en V et une veste assortie. Elle choisit ensuite une parure de perles et enfila des escarpins noirs à talons aiguilles.

Elle était en train de mettre de menus objets dans son sac à main quand Marius apparut sur le seuil. Il souriait et semblait détendu. Maintenant qu'il avait déversé sa bile, il était d'humeur joyeuse et communicative. Elle savait qu'il s'était fait une raison pour Malcolm et Laurie et qu'il n'élèverait plus jamais d'objection. Annette ne fit qu'une seule allusion à sa sœur, dans le taxi qui les amenait au restaurant. Regardant Marius, elle lui toucha doucement le bras et murmura :

— Tu sais, Marius, nous souffrons de la même chose, toi et moi.

— Ah, oui ? demanda-t-il, tandis qu'un sourire jouait sur ses lèvres.

— Nous sommes trop habitués à Laurie, et à cause de cela nous avons tendance à oublier sa beauté. Tu vas voir au restaurant, tous les hommes la dévoreront du regard.

— Tu as raison, acquiesça-t-il, non pour l'amadouer mais parce qu'elle n'avait pas tort.

La circulation était particulièrement dense ce soir. Annette, qui craignait qu'ils soient en retard, fut soulagée quand le taxi les déposa devant Harry's Bar dans South Audley Street. Elle descendit la première, et, poussant la porte du restaurant, entra.

Dès qu'il la vit, le maître d'hôtel s'approcha pour la saluer et ils échangèrent quelques mots. Lorsque le maître d'hôtel se détourna un court instant, elle chercha Laurie et Malcolm du regard. Elle les aperçut et leva discrètement la main pour leur faire signe.

C'est alors qu'elle le vit.

Jack Chalmers.

Il était attablé avec deux hommes du côté gauche de la salle, en face de la table de Malcolm. Elle sentit son estomac chavirer et se demanda comment elle survivrait à cette soirée.

23

Laurie irradiait littéralement de bonheur, songea Annette, émue, en s'asseyant à côté de sa sœur. Elle prit sa main dans la sienne.

— Je suis tellement heureuse pour toi, ma chérie, et pour toi aussi Malcolm.

Elle était sincère. Le bien-être et la sécurité de Laurie comptaient plus que tout pour elle. A présent qu'elle savait que Malcolm serait là pour veiller sur elle au cas où il lui arriverait malheur, elle était rassurée. Toute crainte était effacée. Malcolm était un ami de longue date, en outre c'était un homme de cœur, attentionné et responsable, sur qui on pouvait compter.

Malcolm se pencha au-dessus de la table et, comme s'il avait pu lire dans ses pensées, déclara :

— Je tiens énormément à Laurie, Annette, et tu peux te fier à moi pour m'occuper d'elle. Elle sera toujours la première dans mon cœur.

— Je le sais, et je suis ravie à l'idée que tu deviennes un membre de la famille, Malcolm.

Se tournant vers Laurie, elle lui sourit :

— Et maintenant, je veux voir ta bague de fiançailles.

Laurie exhiba fièrement sa main gauche où brillait une émeraude carrée sertie de diamants.

— N'est-ce pas qu'elle est splendide ? murmura-t-elle en contemplant tour à tour sa bague et sa sœur.

— C'est une merveille, acquiesça Annette.

— Dorénavant, elle ne portera plus que des émeraudes, assorties à la couleur de ses yeux, décréta Malcolm.

— Je ne te savais pas aussi romantique ! s'exclama Annette en levant les yeux vers Marius qui venait d'arriver à la table.

— Désolé, j'ai été retenu par une connaissance que j'ai croisée au bar, s'excusa-t-il. Félicitations, vous deux !

Se penchant vers Malcolm et Laurie, il ajouta :

— Le bébé est une excellente nouvelle. J'ai l'impression que je vais être grand-père.

— Allons, allons, tu n'es pas si vieux, protesta Annette. Un oncle plutôt.

Il rit.

— Oncle Marius. Ma foi, oui. Ça me plaît bien. Je tiens à être parrain. Je serai très vexé si vous choisissez quelqu'un d'autre.

— Eh bien, tu seras parrain, c'est décidé, dit Malcolm en faisant signe au garçon qui s'approcha pour servir le champagne.

Ils trinquèrent. Laurie se contenta de tremper ses lèvres dans sa coupe.

L'euphorie qui régnait autour de la table occupa suffisamment Annette pour qu'elle oublie Jack un instant. Sa présence de l'autre côté de la salle la troublait énormément, mais elle parvint à garder son calme, même quand elle sentit qu'il lui lançait un regard, de temps à autre.

L'admiration avec laquelle Marius contemplait Laurie, comme s'il la découvrait soudain sous un autre jour, la comblait de bonheur. Sa sœur était particulièrement en beauté, dans sa robe de soie vert mousse aux reflets iridescents. Elle faisait ressortir le vert de ses yeux et son teint de porcelaine. Marius lança un regard à Annette puis déclara :

— Ma très chère Laurie, Annette et moi allons t'offrir un très beau mariage. Tu n'auras qu'à choisir le lieu et la date, pour qu'Annette et toi puissiez vous lancer dans les préparatifs.

— Merci, Marius, et merci à toi aussi, Annette, répondit Laurie en leur souriant.

Elle s'était attendue à un gros coup de gueule, elle était donc immensément soulagée de voir que Marius avait bien accueilli la nouvelle de son mariage avec son protégé et qu'il était prêt à leur donner sa bénédiction. Son sourire radieux et son regard pétillant témoignaient de son bonheur.

— Merci, c'est très gentil et très généreux de votre part à tous les deux, intervint Malcolm. Nous comptons nous marier en été, fin juin ou début juillet. Il faut penser au bébé, nous ne voulons pas trop attendre.

Laurie pouffa doucement, et murmura :

— Je n'ai pas envie d'être enceinte jusqu'aux dents.

— Bien sûr, ma chérie, approuva Annette. Ce ne sera pas le cas. Juillet serait le mieux, si nous voulons qu'il fasse beau. Mais il va falloir que vous choisissiez rapidement un lieu pour le réserver. Je change de sujet un instant : Jack Chalmers est en train de dîner de l'autre côté de la salle. A mon avis, il ne viendra pas nous saluer – car j'imagine que tout le restaurant a compris que nous fêtions un événement important – mais je voulais juste vous informer de sa présence au cas où.

— C'est un type charmant, fit observer Malcolm. Très affable et courtois.

Après avoir jeté un regard furtif au fond du restaurant, Laurie murmura :

— Je ne t'ai pas cru, Malcolm, quand tu m'as dit qu'il ressemblait à Bill Holden jeune, mais c'est vrai.

— Il est beaucoup plus jeune que je ne le pensais, ajouta Marius, jetant lui aussi un rapide coup d'œil de l'autre côté de la salle. Cela n'a aucune importance du moment que c'est un bon journaliste. J'ai eu la main heureuse en le choisissant. Son papier sera excellent, Annette, j'en suis sûr. A propos, comment se passent les interviews ? Tu n'en as pas parlé.

— Très bien.

— Il ne t'a pas trop mise sur le gril ?

— Non, pas du tout. Tu avais raison de me dire de ne pas m'inquiéter, dit Annette avant d'aborder à nouveau le sujet du mariage. Concernant le lieu…, vous avez déjà fait un choix ? demanda-t-elle à Laurie et Malcolm.

— Nous en avons envisagé plusieurs, répondit Laurie. En fin de compte, nous… aimerions un mariage à la campagne.

— Il faut voir, murmura Malcolm. Bon, avant de discuter des différentes possibilités, nous devrions commander, sinon nous allons y passer la nuit.

Marius dormait comme un sonneur.

Elle l'entendait respirer profondément. A peine avait-il posé la tête sur l'oreiller qu'il était tombé dans les bras de Morphée.

Ce qui n'avait rien d'étonnant avec tout ce qu'il avait bu pendant le dîner au Harry's Bar : du champagne, du vin blanc, un bon bordeaux, suivi d'une fine Napoléon. Et pourtant, il n'était pas saoul, en tout cas il n'en donnait pas l'impression. C'était Marius tout craché. Toujours maître de lui. Et dominant souvent les autres.

En tout cas, ce soir, elle ne pouvait pas se plaindre. Il s'était comporté de façon irréprochable avec Laurie et Malcolm, il les avait félicités chaleureusement et avait pris part à la discussion sur l'organisation du mariage : le lieu, le nombre d'invités, le menu, les vins, les arrangements floraux et même la robe de mariée de Laurie. Et pour finir, il leur avait suggéré des endroits où passer leur lune de miel. Bref, il avait été parfait.

Elle s'y attendait au demeurant, car Marius n'avait qu'une parole quand il s'était engagé à faire quelque chose. En outre, il la connaissait suffisamment bien pour se rendre compte que s'il cherchait de quelque façon que ce soit à empêcher ce mariage, elle mettrait ses menaces à exécution. Non pas de le quitter, il savait trop de choses sur elle et sur son passé, mais de rompre sur le plan affectif. Ce qu'il n'aurait pas supporté.

Annette avait les yeux grands ouverts dans l'obscurité. Elle n'arrivait pas à trouver le sommeil à force de ressasser des pensées troubles et agitées. Elle se demandait pourquoi il retournait à Barcelone. Lorsqu'il le lui avait annoncé de but en blanc, pendant le dîner, expliquant qu'il se rendrait en Espagne samedi, elle avait été surprise qu'il ne lui en ait pas parlé avant.

Là encore, c'était Marius tout craché. Il prenait des décisions à la dernière minute et fonçait bille en tête sans jamais la consulter. Il faisait ce que bon lui semblait sans se soucier des autres.

Quand Malcolm lui avait demandé s'il allait là-bas pour se documenter au sujet de Picasso, il avait dit oui.

« Une semaine », avait-il ensuite ajouté en souriant à Annette et en lui effleurant le bras. « Essaie de prendre un peu le soleil », lui avait-elle murmuré tout en se demandant pour la énième fois s'il n'y avait pas d'autres femmes dans sa vie.

Probablement pas, mais comment en être certaine ? Car c'était un bel homme, charmeur, sophistiqué, et d'une élégance toute particulière. Les femmes le trouvaient attirant, et s'il lui arrivait de la tromper, il se débrouillerait pour qu'elle n'en sache rien. Car il ne voulait pas lui donner d'excuses pour le quitter…

même s'il savait qu'elle ne le ferait jamais. Se glissant hors du lit, Annette sortit de la chambre et longea le corridor jusqu'à son bureau. Assise devant son secrétaire, elle essaya de travailler un peu, en vain ; son esprit était ailleurs. Elle pensait à Jack Chalmers. Au restaurant, sa présence l'avait mise mal à l'aise durant la première heure, puis elle avait fini par se détendre. Le Harry's Bar n'étant pas très spacieux, il était caché la plupart du temps par le va-et-vient constant des serveurs qui apportaient les plats et servaient les vins. De temps à autre toutefois, il croisait son regard, esquissait alors un demi-sourire, puis détournait la tête ou se mettait à parler avec les deux hommes qui dînaient avec lui. Lorsqu'ils avaient quitté le restaurant, il lui avait adressé un discret signe de la main avant de sortir.

Sur le coup, elle s'était sentie soulagée. A présent, elle se demandait pourquoi il était parti sans prendre la peine de venir la saluer. Etait-ce parce qu'il ne voulait pas être importun, les déranger pendant leur repas ? Ou y avait-il une autre raison ? Etait-il gêné ? Nerveux ? Non, c'était impossible. Après tout, il était beaucoup plus jeune qu'elle…

Annette chassa ces pensées. Gagnée par la lassitude, elle éteignit sa lampe de bureau, se dirigea vers le sofa dans l'alcôve, s'y allongea et remonta sur elle le plaid en cachemire. Fermant les yeux, elle s'endormit presque aussitôt.

La passé ressurgit d'un seul coup, dans des rêves d'une violence inouïe, la transportant une fois de plus dans la maison sombre et froide, au milieu de la lande balayée par les vents.

« Mon nom est Marie-Antoinette et je suis reine de France.

Venez, venez, entrez dans la danse ! »

« Je suis Joséphine, impératrice de France. Napoléon est mon époux, un brave et fier soldat, voyez-vous. Nous danserons, danserons tous en rond, vous joindrez-vous à la danse ? »

Leurs voix flûtées résonnaient dans la pièce vide, tandis qu'elles dansaient en frappant le plancher nu et froid de leurs petits pieds, en se tenant par la main et en riant, oubliant momentanément leurs malheurs, leur peur et leur solitude.

Elles ne l'avaient pas vu s'approcher, n'avaient pas remarqué sa présence terrifiante lorsqu'il entra en trombe et fondit sur Marie-Antoinette pour l'entraîner de force hors de la chambre. Elle cria à Joséphine : « Ne bouge pas ! Reste-là ! »

« Ça vaut mieux pour elle. Sinon je la tuerai », maugréa-t-il entre ses dents tout en la traînant jusqu'au palier… puis dans sa chambre. Là, il lui arracha son tutu rose et, approchant sa face grimaçante de la sienne, murmura, menaçant : « Je la tuerai et je la torturerai ! Et je t'obligerai à regarder. Espèce de sale petite putain. Je te tuerai quand j'en aurai fini avec toi. Et je te jetterai aux ordures. »

Terrifiée et tremblante, elle se plaqua contre le mur et supplia : « Ne lui faites pas mal, par pitié. Je ferai tout ce que vous voudrez, mais ne lui faites pas mal. — J'espère bien que tu vas faire ce que je veux », dit-il, en se débarrassant de son pantalon. L'attirant brutalement contre lui, il la souleva de terre et la jeta sur le lit avant de s'allonger à ses côtés. Il commença à lui pétrir furieusement les seins jusqu'à la faire hurler de douleur. Il riait, il prenait plaisir à la faire souffrir. Il se mit à la gifler, puis prenant son cou entre ses mains, il serra, serra jusqu'à la faire suffoquer. Mais soudain il s'arrêta et, serrant les doigts, les enfila entre ses cuisses et se mit à la fouir méchamment. Brusquement, il roula sur elle et la pénétra violemment, lui arrachant des cris de douleur.

C'est alors que la porte s'ouvrit à la volée et alla cogner contre le mur. Sa cousine Alison déboula comme une furie dans la chambre, une canne à la main, et le frappa en criant : « Arrête, arrête tout de suite, espèce de monstre ! Arrête ou je te tue. »

Elle lui donna un grand coup sur la tête. Le sang gicla, dégoulinant sur ses joues tandis qu'il se mettait à crier. Il y avait du sang partout. Allongé sur le lit, il se tenait la tête en geignant. Alison prit Marie-Antoinette dans ses bras et l'aida à se lever, puis l'emmena hors de la chambre. « Je vais vous emmener loin de cette maison », lui murmura-t-elle gentiment. Ouvrant la porte de la salle de bains à l'autre bout du couloir, elle lui dit de l'attendre là. Puis elle retourna dans la chambre, tira son frère du lit et l'apostropha d'une voix pleine de rage contenue : « Maintenant, sors de cette maison avant que je ne t'étripe, sale ordure. Dépêche-toi, si tu ne veux pas que je finisse ce que j'ai commencé. Tu ne vaux même pas la canne qui te frappe. Espèce de porc. » Il s'élança hors de la chambre et dévala les escaliers, traversa le hall et fila dans la lande en jurant et en hurlant qu'il reviendrait et les tuerait toutes.

Calmement, avec beaucoup de détermination, Alison rangea leurs affaires dans des valises, puis aida les deux fillettes à s'habiller. Juste avant de refermer la dernière valise, elle plia le tutu rose et le rangea à l'intérieur en promettant à Marie-Antoinette de le raccommoder.

191

Elle les emmena en train jusqu'à Londres et elles ne revinrent plus jamais à Ilkley. Leur mère, qui les attendait à la gare de King's Cross, les emmena dans son appartement d'Islington où les attendait une chambre. Et un beau-père.

Après cela, Marie-Antoinette n'oublia plus jamais la promesse qu'elle avait faite à Alison dans le train, de toujours veiller sur Joséphine.

Annette s'éveilla quelques heures plus tard, glacée et tremblante. Rejetant le plaid de cachemire, elle alla prendre une douche bien chaude dans la salle de bains. Tandis que l'eau coulait sur son corps frissonnant, elle murmura, en versant des larmes de soulagement : « J'ai protégé ma petite Joséphine. J'ai veillé sur elle. Et maintenant, ma petite sœur est hors de danger, car elle aura bientôt un mari pour s'occuper d'elle au cas où je viendrais à disparaître. »

24

— Je commence à comprendre à quel point vous aimez l'art, dit Jack en quittant un instant Annette du regard pour admirer la sculpture de Degas posée sur la table de salon. C'est un attachement très profond et très personnel, n'est-ce pas ?

— Oui, répondit-elle, légèrement surprise par la pertinence de sa remarque. L'art est toute ma vie. Et si vous voulez tout savoir, l'art m'a sauvé la vie, ajouta Annette, se demandant ce qui la poussait à se confier ainsi à lui.

Etait-ce parce qu'elle lui faisait confiance ?

— Je veux tout savoir, en effet, et puisque vous avez abordé le sujet, pourriez-vous m'expliquer comment l'art vous a sauvé la vie ?

Il se pencha légèrement en avant, jetant un rapide coup d'œil au magnétophone pour s'assurer qu'il était bien enclenché.

— Dans des moments de grande tristesse, quand j'ai perdu des gens que j'aimais – des membres de ma famille.

— Vous voulez parler de votre père ?

Elle hocha la tête.

— Il est mort très jeune, quand j'étais moi-même très jeune. Je me suis alors réfugiée dans l'art, je m'y suis noyée. Il était peintre, figurez-vous, mais avait dû se contenter d'un poste de professeur d'art plastique pour pouvoir nourrir sa famille. Il m'a enseigné la peinture, naturellement, et m'a initiée à l'impressionnisme, son école favorite. Après sa mort, j'ai persévéré dans cette voie, parce qu'ainsi je me sentais plus proche de lui. C'était mon antidote au chagrin. Mon fil à plomb en quelque sorte.

— Je comprends.

Percevant la tristesse qui assombrissait ses yeux et un changement dans son attitude, Jack réfléchit un moment avant de reprendre d'une voix douce :

— Vous avez dit « des gens ». Qui d'autre avez-vous perdu ?

— J'avais une cousine que j'adorais étant enfant. Malheureusement elle est partie vivre à l'étranger et je ne l'ai plus jamais revue. Pour moi, c'était comme si elle était morte. A nouveau, je me suis immergée dans l'art, dans sa beauté. L'art est mon réconfort, il m'aide à oublier mes soucis.

Jack décida de changer de sujet.

— Quand vous m'avez parlé de ceci, dit-il en désignant le bronze de Degas d'un signe de tête, j'ai été totalement captivé, non seulement par votre connaissance de la sculpture mais de Degas. L'art semble... occuper une telle place dans votre vie. C'est un peu comme un pan de votre âme, non ?

Annette sentit un frisson la parcourir. Il avait raison. L'art était un pan de son âme. Elle était fascinée de voir comment il la perçait à jour.

S'éclaircissant la voix, elle répondit :

— Vous avez tout à fait raison. Et vous êtes le premier à me le dire. Vous êtes très perspicace.

— Je vous ai écoutée attentivement, répondit-il en la gratifiant d'un sourire engageant.

Elle se renversa sur le canapé et contempla quelques instants *La Petite Danseuse*.

— Il y en a une pareille à celle-ci au musée d'Orsay, dit-elle. Je vais souvent la voir quand je suis à Paris. C'est une de mes sculptures préférées. Alors vous imaginez mon excitation quand celle-ci s'est retrouvée entre mes mains. J'exultais littéralement. J'exulte encore.

— Je vous comprends. Elle est réellement très belle, malgré son tutu déchiré et sale.

Lui lançant un regard pénétrant, il demanda sans détour :

— A votre avis, combien se vendra-t-elle ?

— Une fortune ! J'en suis sûre, même si je préfère ne pas avancer de chiffre... On ne sait jamais ce qui peut arriver. Il y a des retournements de situation tellement imprévisibles. Sachez tout de même qu'une petite danseuse comme celle-là s'est vendue onze millions de dollars en 1997. Chez Sotheby's, à New York.

— Ouah ! Jack eut l'air impressionné. Je parie que vous pensez pouvoir en tirer le double ?

Elle rit :

— Vous n'arriverez pas à me piéger. Je ne vous dirai rien.

— Et le Giacometti qui est là-bas ? enchaîna-t-il en jetant un coup d'œil à la sculpture, à l'autre bout du salon.

— Non, Jack. Là encore, je préfère ne pas m'avancer.

— Très bien. Je n'insiste pas. Au fait, je voulais vous dire que votre sœur est d'une beauté à couper le souffle. Tony Lund, le type aux cheveux bruns avec qui je dînais hier soir, est producteur à Hollywood. Il était subjugué, de même que mon frère Kyle.

— C'est vrai. Il se trouve qu'elle voulait être actrice. Jusqu'à cet accident de voiture qui a mis fin à ses rêves.

— Quel âge avait-elle quand c'est arrivé ? s'enhardit-il.

Il avait réussi à briser la glace, Dieu merci. Cela lui simplifiait la tâche.

— Quatorze ans. Elle était avec une amie et notre mère, quand elles ont été percutées par un camion. La voiture a fait un tête-à-queue et s'est encastrée dans un mur. Elle a de la chance d'être encore en vie. Son amie Janice et notre mère sont mortes sur le coup.

— Quel drame, dit Jack, ému.

Annette poursuivit :

— Hier soir nous avons célébré un grand événement. Les fiançailles de Laurie avec Malcolm Stevens. Vous l'avez rencontré à plusieurs reprises, me semble-t-il. Ils vont se marier cet été. Ça vous dirait de le mentionner dans votre article ?

— Tout à fait. Je peux l'interviewer par téléphone, si elle préfère. Comme elle voudra. Je souhaite juste lui poser quelques questions. Ça ne sera pas long.

— Je lui en toucherai un mot et je vous tiendrai au courant.

— Merci. Pour en revenir à la vente de septembre, quelles toiles mettrez-vous en vente, outre les sculptures ?

— Trois tableaux, qui appartiennent aussi à Christopher Delaware : un Mary Cassatt, un Berthe Morisot et un Degas.

— Tous impressionnistes, c'est bien ça ? Il faut me pardonner, Annette, je n'y connais pas grand-chose.

— J'ai choisi ces trois peintres parce qu'ils se connaissaient. Mary Cassatt et Degas étaient très proches. Mais leur relation était platonique. Berthe Morisot était leur amie et tous trois

195

faisaient partie du mouvement impressionniste. Ce qui constitue un thème, d'autant que Mary et Berthe étaient les deux seules femmes à faire partie du mouvement.

Jack était impressionné.

— Eh, bien ! Je sens que cette vente fera beaucoup de bruit ! J'adorerais être présent. Pourrais-je y assister ?

— J'en serais très heureuse, Jack. Je veillerai à ce qu'on vous envoie une invitation.

Il l'emmena déjeuner chez Daphne à Chelsea, un restaurant italien au cadre intime et confortable qu'elle appréciait particulièrement. Elle le lui dit, et il en fut ravi. Car il voulait lui faire plaisir.

Ils prirent place dans un coin, à une petite table pour deux. Elle semblait tout à fait à l'aise, ce dont Jack se réjouit intérieurement. Pendant le trajet en taxi jusqu'à Eaton Square, elle s'était brusquement tendue, sans qu'il comprenne quelle était la cause de cette saute d'humeur. C'est pourquoi il avait gardé ses distances, s'en tenant à des sujets strictement professionnels, tels que les arts et le marché de l'art en général.

Lorsqu'ils furent installés, il lui demanda :

— Un verre de vin ? Du champagne ?

— En temps normal, je ne bois pas à l'heure du déjeuner, murmura-t-elle.

Jack rit, consulta sa montre.

— Il est presque 14 heures – l'interview s'est prolongée un peu plus que prévu. Et nous sommes vendredi. Vous n'avez pas l'intention de retourner au bureau ensuite, si ?

— Non, vous avez raison, répondit-elle avec un rire forcé. Je veux bien un verre de vin.

— Dans ce cas, je vais en prendre un moi aussi.

Jack passa commande, puis il reprit :

— Vous savez que vous avez une mémoire stupéfiante ? Par exemple, cette histoire de sculptures qui étaient éparpillées sur les trois étages de l'atelier de Degas après sa mort ; toutes les anecdotes sur son ami Bartholomé ; Hébrard qui réalisait ses sculptures en bronze dans sa fonderie. Vous avez un disque dur à la place du cerveau, ma parole ?

— J'ai une très bonne mémoire, c'est vrai. Mais quand on étudie beaucoup, qu'on s'intéresse à un peintre et à son œuvre, on finit par engranger une foule de connaissances sans même s'en rendre compte. C'est un peu comme d'apprendre une poésie par cœur. Laurie est encore plus experte que moi pour tout ce qui touche Degas.

— Ah oui, vous me disiez qu'elle travaillait dans le monde des arts.

— Quand elle était plus jeune, elle voulait être actrice, mais son accident a brisé son rêve. Je pense qu'elle a également perdu son ambition. Le métier d'actrice lui a semblé tout à coup extrêmement difficile. Dans notre enfance, elle n'avait jamais manifesté beaucoup d'intérêt pour la peinture, contrairement à moi, mais elle savait beaucoup de choses sur l'art grâce à mon père. Nous avons pensé toutes les deux qu'il fallait qu'elle ait un métier si elle voulait mener une vie à peu près décente, c'est pourquoi elle a opté pour l'expertise et la documentation. Un métier qu'elle adore.

Jack prit le verre de vin qu'on avait posé devant lui :

— A votre santé, Annette. Que votre vente de septembre soit la plus grandiose de toutes.

Elle trinqua avec lui.

— A votre santé, Jack. Et merci de votre patience. Les interviews avec vous sont un plaisir.

Il sourit, flatté. Il but une gorgée, puis se pencha en avant.

— Un plaisir, vraiment ?

— Absolument. Je n'aime pas donner des interviews et j'étais dans mes petits souliers. Vous avez réussi à me détendre et je n'ai pas eu le sentiment d'être menacée.

Il fronça les sourcils.

— Vous vous sentiez menacée auparavant ?

— Un peu, oui.

Comme il la regardait d'un air intrigué, elle s'empressa de changer de sujet.

— Où habitez-vous ? Dans ce quartier ?

— Non, à Primrose Hill, répondit-il en riant. Tout près du bric-à-brac de ma mère, curieusement. J'ai un petit appartement charmant, où j'ai tout juste la place d'accrocher un chapeau et de poser mon ordinateur. En réalité, ce n'est pas ma vraie maison. J'ai une villa sur la Côte d'Azur.

— Vraiment ! J'adore le sud de la France. Où est-ce précisément ?

— Dans une petite ville que vous ne connaissez probablement pas : Beaulieu-sur-Mer, près de Monte-Carlo.

— Oh, mais si, je la connais très bien ! Mon hôtel préféré se trouve là-bas.

— Ce ne serait pas la Réserve par hasard ?

— Si. J'adore cet hôtel, il occupe une place spéciale dans mon cœur...

Elle s'interrompit, ennuyée de se livrer de la sorte. Et pourtant, elle ne faisait que dire la vérité. Elle se sentait bien avec lui : sa manière d'être, son aisance, l'incitait à la confidence. C'était une qualité pour un journaliste. S'agissait-il d'une tactique ou était-ce naturel ?

— J'ai découvert la Réserve quand j'étais tout petiot, avec mes parents, poursuivit Jack. Et vous, quand y êtes-vous allée pour la première fois ?

— A dix-huit ans. C'est un lieu incroyable... surtout pour une escapade romantique.

Dès que les mots sortirent de sa bouche, elle eut envie de se mordre la langue. Elle sentit le rouge lui monter aux joues.

— Vous piquez un fard, dit-il en lui souriant et en posant sa main sur la sienne. Il n'y a aucune raison d'être gênée, Annette. J'espère que ce fut un séjour mémorable... enfin, j'imagine que c'en fut un, puisque vous ne l'avez pas oublié, apparemment.

Annette déglutit. Mortifiée, elle se mit à trembler intérieurement. Dégageant sa main, elle murmura :

— Nous devrions peut-être commander. Je commence à avoir faim.

Sur ce, elle se plongea dans la lecture du menu, heureuse de pouvoir échapper à ses questions.

Jack ne savait plus que dire ou faire. Elle était rentrée dans sa coquille et ne prononçait plus un mot depuis dix minutes, se contentant de manger sans enthousiasme son melon au jambon.

Avait-elle repris ses distances parce qu'il lui avait touché la main ? Peut-être. Sans doute avait-elle jugé son geste trop familier. Alors qu'il l'avait fait sans réfléchir. Toujours est-il qu'elle avait rougi et ôté sa main, sans doute parce qu'elle regrettait de s'être laissée aller à des confidences.

Ce n'était pas le genre de femme à se livrer facilement. Ce matin, en la rencontrant dans un environnement plus familier, il l'avait vue sous un autre jour et avait eu envie de se rapprocher un peu plus d'elle. Il avait peut-être commis une énorme bourde. Si c'était le cas, il fallait qu'il redresse la situation de toute urgence. Il avait envie de tisser un lien avec cette femme. Elle le bouleversait.

— Je veux que vous sachiez qu'une fois le magnétophone éteint, tout ce que vous me direz restera entre nous.

Elle le regarda sans répondre, et il s'empressa d'ajouter :

— Je ne suis pas du genre à faire des sales coups. J'ai un sens de l'éthique.

Saisissant une pointe d'indignation dans sa voix, elle s'exclama :

— J'en suis convaincue, Jack ! J'ai confiance en vous. Merci de m'avoir prévenue pour le magnétophone.

— Je vous demande juste de ne pas l'oublier, dit-il sur un ton presque froissé. Vous ne mangez pas ? Ce n'est pas bon ?

— Si. C'est beaucoup trop copieux, voilà tout.

Jack rit.

— Je me suis fait la même réflexion, d'autant qu'un risotto primavera suit. Je n'en reviens pas d'avoir commandé tout ça. Il y a de quoi nourrir un régiment d'infanterie écossais.

Annette éclata de rire.

— Je ne connaissais pas cette expression.

— C'est mon père qui disait cela. Son grand-père avait combattu dans ce régiment, le Seaforth Highlanders, pendant la Première Guerre mondiale.

Elle riait toujours, Jack poursuivit :

— Annette, merci de m'avoir montré les sculptures ce matin et de m'avoir révélé tout ce qu'elles représentaient pour vous. C'était très chic de votre part, d'autant que vous devez être très occupée avec la préparation de votre prochaine vente.

— C'est vrai, mais j'ai été très heureuse de pouvoir parler avec vous, Jack.

— Moi aussi et je voulais vous dire que…

Il s'interrompit lorsque le garçon s'approcha :

— Vous avez fini, monsieur Chalmers ? Tout va comme vous voulez ?

C'était un garçon qu'il connaissait.

— Oui, très bien, merci. Mais c'est vraiment copieux.

Le serveur sourit, prit les assiettes et disparut. Jack se renversa sur sa chaise, but une gorgée de vin.

— Je n'ai pas l'habitude de faire un gros repas au déjeuner. Quand je suis en France, je me contente d'une salade et d'un verre d'eau minérale.

— Moi non plus, reconnut Annette. Vous passez votre temps entre Londres et Beaulieu ? Comment vous organisez-vous ?

— Je reste à Londres lorsque j'ai des articles à écrire, s'il s'agit de papiers assez courts. J'effectue des séjours de dix à quinze jours en France, ou de plusieurs mois si j'écris un livre. A moins que quelque chose de spécial se présente, auquel cas, je saute dans l'avion pour Londres où je reste une semaine ou plus. Tout se goupille à merveille. Et puis j'aime ma petite maison au bord de la mer.

— Comment l'avez-vous dénichée ? demanda-t-elle, sa curiosité piquée.

— Oh, c'est une longue histoire… je ne suis pas sûr que vous ayez envie de l'entendre jusqu'au bout.

— Si, j'insiste, dit-elle, désireuse de mieux le connaître.

— Eh bien voilà. Quand j'étais jeune et beau gosse, une femme est tombée amoureuse de moi et a décidé de me laisser sa villa pour un prix absolument dérisoire…

Voyant son air stupéfait, il éclata de rire.

— Non, non, ce n'est pas ce que vous pensez. Je vais vous raconter la véritable histoire. Mme Colette Arnaud, la propriétaire de la villa Saint-Honoré, savait combien j'aimais sa maison. Et voilà ce qui arrivé…

Annette l'écouta attentivement, captivée par le récit. C'était un vrai conteur. Quoi de plus normal, au fond, pour un écrivain. Il avait l'art de mettre en valeur les détails les plus intéressants et elle trouva l'histoire du petit garçon et de la vieille dame très émouvante. Elle lui en fit la remarque dès qu'il eut terminé.

Après cela, le déjeuner se déroula dans la bonne humeur. Ils mangèrent leur risotto primavera. Jack commanda deux autres verres de vin blanc et continua de la distraire jusqu'à la fin du repas.

Lorsqu'on leur apporta le café, il lui demanda si elle avait un peu de temps à lui accorder le lendemain.

— J'aurais besoin de deux heures tout au plus, Annette, pour m'assurer que je n'ai rien oublié. Et j'aimerais aussi échanger quelques mots avec votre sœur lundi. Par téléphone si elle le souhaite.

— Je suis sûre que Laurie sera ravie de faire votre connaissance, d'une façon ou d'une autre. Et nous pouvons nous revoir demain après-midi, ou dimanche. Marius doit se rendre à Barcelone demain pour ses affaires, si bien que je suis libre comme l'air.

— Que diriez-vous de demain après-midi, chez vous ?

— Très bien, consentit-elle.

Elle le regretta aussitôt, mais ne pouvait plus faire machine arrière, de peur de passer pour une idiote. De toute façon, elle pourrait toujours annuler leur rendez-vous demain, si elle ne se sentait pas d'humeur à le rencontrer.

25

La sonnerie stridente du téléphone sortit Annette de sa
douche. Elle saisit le combiné.

— Allô ?

— Allôannettec'estchristopherilfautabsolumentquevousveniez-
detouteurgencej'aifaitunedécouvertetoutàfaitintéressante...

— Je vous en prie, Chris, plus doucement, je ne comprends
rien. Répétez, s'il vous plaît.

— Oui, désolé, Annette. Je disais : il faut que vous veniez
de toute urgence. J'ai fait une découverte tout à fait intéres-
sante... et vous m'avez interrompu.

— Parce que vous parliez si vite que je ne comprenais pas
un traître mot. Eh bien, qu'avez-vous trouvé ?

— Des tableaux.

Il avait l'air survolté.

— Je vais prendre la communication dans mon bureau,
Christopher. Restez en ligne.

Enfilant un peignoir de bain et une paire de mules assorties,
elle courut presque jusqu'à son bureau, tant sa curiosité était
piquée. S'asseyant à son bureau, elle décrocha le téléphone.

— Je comprends à présent pourquoi vous étiez tellement
excité, dit-elle. Je le serais moi aussi à votre place. Racontez-
moi tout.

— Il y a quelques semaines, j'ai décidé de rénover plusieurs
chambres, dont la mienne, ainsi que la pièce contiguë qui servait de bureau à mon oncle, à l'étage...

— Je croyais que vous aviez décidé de condamner la
chambre principale, l'interrompit-elle, choquée à l'idée qu'il
puisse dormir dans une pièce où un suicide avait eu lieu.

— Oh, non, il ne s'agit pas de celle-là, naturellement ! Non, celle dont je parle se trouve un peu plus loin dans le couloir. Quoi qu'il en soit, un maçon a commencé le chantier la semaine dernière, mais il ne s'est attaqué au bureau de mon oncle qu'hier. Et devinez quoi ? Pendant que l'un des ouvriers était en train de gratter la vieille peinture, le mur a cédé. Le type a dégringolé et s'est retrouvé dans une petite pièce. Une pièce cachée. Avec, à l'intérieur, un meuble de classement et des tableaux.

— Ils sont beaux ? demanda Annette, retenant son souffle.

— Plutôt, ouais ! Un Degas, Annette. Une danseuse.

— Oh, non ! C'est absolument fabuleux. Et quoi d'autre ?

— Deux Manet, un Pissarro et deux Cézanne, sans suie cette fois. En parfait état qui plus est.

— Je n'arrive pas à y croire ! s'exclama Annette, sidérée par l'annonce d'une telle découverte.

— Si, si, c'est la pure vérité. Bien, à quelle heure pouvez-vous venir aujourd'hui ? Pour le déjeuner, c'est possible ?

— Oui, je vais faire de mon mieux.

Elle jeta un coup d'œil à la pendule. Il n'était pas tout à fait 8 h 30.

— Je vais me préparer tout de suite. Oh, attendez, il faut que j'appelle Jack Chalmers pour le décommander. Nous avions rendez-vous cet après-midi. J'espère qu'il sera d'accord, c'est son dernier interview avec moi avant qu'il n'écrive son article.

— Emmenez-le, Annette. Plus on est de fous, plus on rit. C'est une découverte tellement extraordinaire, il pourrait peut-être en parler dans son papier. Je parie qu'il va sauter sur l'occasion.

— Je ne suis pas certaine que ce soit une bonne idée, dit-elle, en réfléchissant à voix haute. Je n'ai pas l'habitude de travailler en présence de journalistes, ils ont toujours une oreille à la traîne.

— Nous n'allons pas parler affaire, si ? Vous venez voir des tableaux. Vous vous doutiez qu'ils étaient cachés quelque part. Comme d'habitude, votre flair ne vous a pas trompée.

— J'ai pensé en effet qu'il manquait des pièces, car votre oncle avait la réputation de posséder une collection importante.

— Dites à Jack de venir, Annette. Je l'ai trouvé très sympathique. Vous pourrez finir l'interview pendant le trajet.

Malgré son hésitation, Annette concéda :

— Je vais d'abord l'appeler et voir sa réaction. Ne vous inquiétez pas, Christopher, je serai là à temps pour le déjeuner. Jack acceptera peut-être de repousser l'interview jusqu'à demain.

— Très bien, faites ce qui est le mieux pour vous, Annette, mais rappelez-moi sans faute. Il faut que je dise à Mme Joules combien nous serons à déjeuner.

— Je vous rappelle dans dix minutes, promit Annette.

Elle resta un instant le regard perdu dans le vague, tandis que son cerveau tournait à plein régime. Elle devait aller à Knowle Court aujourd'hui même, car cette découverte était primordiale. Mais l'idée d'emmener Jack avec elle ne l'enchantait guère. D'une part parce que sa présence la désarçonnait et qu'elle réagissait de façon épidermique quand elle était avec lui ; ses manières enjôleuses l'incitaient à la confidence. D'autre part, elle n'aimait pas examiner des toiles en présence d'étrangers.

Une pensée lui vint soudain et elle composa le numéro de Christopher. Il décrocha à la deuxième sonnerie.

— Chris ?

— Ça n'a pas traîné, dites donc. Je parie qu'il est d'accord.

— Je ne l'ai pas encore appelé. Je voulais d'abord vous poser une question. James Pollard est avec vous ?

— Oui. Pourquoi ?

— C'est une bonne nouvelle. Il pourrait tenir compagnie à Jack. Au cas où je le jugerais nécessaire. Accordez-moi encore quelques minutes.

Elle raccrocha à nouveau et composa le numéro de Jack. Le téléphone sonna, sonna. Le répondeur ne se mettait pas en marche. Juste au moment où elle allait raccrocher, il répondit.

— Jack Chalmers.

— Bonjour, Jack. C'est Annette Remmington.

— Bonjour Annette, ça fait plaisir d'entendre votre voix. Mon Dieu, ne me dites pas que vous annulez ?

— Non, non. Mais il y a un imprévu et je me demandais si nous ne pourrions pas déplacer notre rendez-vous. Le repousser à demain ?

— Vous ne me facilitez pas la tâche. Je suis censé commencer à écrire mon article demain pour le remettre mardi à la rédaction.

— Vous m'aviez dit que vous n'intervieweriez pas Laurie avant lundi.

— C'est vrai. Cela ne m'empêche pas de jeter les bases de mon article demain et d'y insérer les citations de votre sœur lundi... Attendez... comment pourrait-on s'arranger ?

Détectant une note d'inquiétude dans sa voix, Annette prit une décision subite.

— Tant pis. Nous allons maintenir notre rendez-vous d'aujourd'hui. Nous allons peut-être résoudre le problème ensemble. Je vous explique. Je viens de recevoir un coup de fil de Christopher Delaware. Il a déniché plusieurs autres tableaux à Knowle Court, et il tient absolument que j'aille y jeter un coup d'œil et que je déjeune avec lui. Il ne me laisse guère le choix. Cependant, quand je lui ai dit que nous avions prévu de nous rencontrer, vous et moi, il m'a proposé de vous emmener. Qu'en pensez-vous, est-ce que...

— J'en pense que c'est une excellente idée, la coupa-t-il.

— Très bien. Pouvez-vous être ici dans une heure ?

— Sans problème. Je suis prêt.

— Pas moi, malheureusement. Je vais commander une voiture avec chauffeur et vous pourrez m'interviewer pendant le trajet.

— Inutile de commander une voiture, Annette. Kyle s'est envolé pour Paris aujourd'hui avec son producteur, Tony Lund. Et il m'a laissé la clé de son Aston Martin DB24. C'est moi qui vais conduire.

— Et l'interview ?

— Vous êtes capable de tenir un magnétophone, n'est-ce pas ?

Elle rit.

— Alors, ça marche ?

— Oui. Au fait, Knowle Court se trouve à deux pas d'Aldington.

— Je connais bien Aldington et je suis même allé une fois à Goldenhurst. Pas à l'époque où Noël Coward y vivait encore, à l'occasion d'un gala de charité.

Ayant deviné où Jack voulait en venir, Annette le devança :

— Je suppose que vous allez me demander de parler de ma mère ?

— En effet, répondit-il sans quitter la route des yeux. Vous êtes prête ?

— Prête.

— Mettez le magnétophone en marche. Juste quelques questions, Annette.

— Très bien, dit-elle en s'assurant que le magnétophone fonctionnait.

— Au fait, vous ne m'avez jamais dit le nom de votre père. Comment s'appelait-il ? demanda Jack.

— Arthur... Watson.

— Et votre mère ?

— Claire Watson.

— A la mort de votre père, Laurie et vous êtes allées vivre chez vos grands-parents à Ilkley. Avec votre mère, j'imagine ?

— Oui. Et quand ma mère est décédée quelques années plus tard, nous sommes allées habiter chez sa sœur, à Londres. Elle s'appelait Sylvia Dalrymple. Elle était veuve et sans enfants. Elle nous a accueillies à bras ouverts. Ma tante m'a beaucoup encouragée à peindre. Elle voulait que je fasse carrière dans la peinture. C'est elle qui m'a envoyée au Collège royal des beaux-arts. J'ai eu beaucoup de chance.

— Pour en revenir à votre mère, est-ce qu'elle travaillait ou était-elle simplement femme au foyer ?

— Surtout femme au foyer, même si elle avait l'ambition de faire de la scène – de devenir comédienne. Il lui arrivait de jouer dans des pièces de théâtre amateur quand nous étions toutes jeunes. Sa carrière n'a toutefois jamais décollé, expliqua Annette, débitant le récit de la vie de sa mère qu'elle avait concocté quelques heures plus tôt.

— Pensez-vous que c'est ce qui a donné à Laurie l'envie de devenir actrice ?

— C'est possible, répondit Annette avec un demi-sourire.

— Depuis combien de temps Marius et vous êtes mariés ? demanda Jack de but en blanc.

Sa question la déstabilisa. Elle répondit :

— Ça fera vingt et un ans cet été. J'avais dix-neuf ans à l'époque.

— Aussi longtemps ! Eh bien, on peut dire que c'est un mariage réussi, murmura-t-il.

— En effet. Marius a été mon mentor. J'ai beaucoup appris grâce à lui. Il m'a toujours encouragée sans réserve.

— Mais vous travaillez indépendamment l'un et l'autre, n'est-ce pas ? Depuis que vous avez fondé Annette Remmington Fine Art ? Qu'est-ce qui vous a décidé à voler de vos propres ailes ?

Remuant nerveusement sur son siège, elle se demanda si l'interrogatoire se terminerait bientôt.

— Je suppose que c'est ce qu'on appelle l'ambition. Je voulais fonder ma propre agence, sans me mettre une galerie sur le dos pour autant. En tant qu'expert-conseil, mon travail consiste à conseiller et à dénicher des œuvres d'art pour mes clients. Je fais des estimations, m'occupe de la restauration des œuvres, sollicite l'avis d'autres experts le cas échéant. En d'autres termes, je suis prestataire de services.

— Merci pour cette précision. Je comprends mieux à présent pourquoi vous n'avez pas votre propre galerie. Encore une ou deux questions, Annette, et j'en aurai fini.

— Je vous en prie.

— Qu'est-ce qui vous motive dans la vie ?

— Hum, pas facile de répondre... J'ai un tempérament passionné, mais j'ai toujours pensé que la motivation vient avant tout du désir de réussir, de l'ambition. Vous comprenez ?

— Parfaitement. Je pense que motivation et ambition vont de pair avec une énorme capacité de travail. Vous travaillez beaucoup, n'est-ce pas ?

Elle hocha la tête.

— Laurie m'accuse souvent d'être un bourreau de travail. D'ailleurs, elle n'est pas la seule. Mais le travail me procure un sentiment d'accomplissement.

— C'est ce que vous avez ressenti quand vous avez vendu le Rembrandt ?

— Absolument. C'est un sentiment merveilleux. Le plus beau. Et j'ai hâte de le connaître à nouveau.

— Voilà qui fera une excellente conclusion pour mon papier. Merci, Annette, pour ces remarques pertinentes.

— Si vous n'avez pas fini, nous pourrons continuer pendant le trajet du retour. Moi aussi, j'aimerais vous poser une question.

— Allez-y, posez toutes les questions que vous voudrez.

— Qu'avez-vous pensé de Goldenhurst ? Et de quel gala de charité s'agissait-il ?

— Ça en fait deux, la taquina-t-il. J'ai adoré la maison, c'est une vieille demeure pleine de charme, et quand je l'ai visitée je n'ai pu m'empêcher de penser que Noël Coward avait écrit quelques-unes de ses plus belles pièces de théâtre et de musique là-bas. C'était il y a très longtemps. Et le gala où ma tante Helen m'avait traîné était au profit de l'hôpital local. J'ai passé un moment délicieux.

— Vous saviez que son nom complet, c'est Goldenhurst Farm et qu'elle avait été la maison de campagne de Noël Coward pendant trente ans ? Elle se trouve tout près des falaises de Douvres, une chanson qu'il chantait en s'accompagnant au piano, expliqua Annette.

— Il se trouve que j'adore les marais de Romney. A certains endroits, là où la terre est plate, on a l'impression que la mer est suspendue dans le ciel. C'est fabuleux.

— Si j'avais une maison de campagne, je voudrais qu'elle soit dans le Kent, déclara Annette, se demandant à nouveau ce qui lui prenait de dire des choses qu'elle n'avait même pas confiées à Laurie.

— Tout près des marais, naturellement.

Annette se contenta de sourire, puis ils se mirent à parler de maisons, de beaux-arts et de campagne. Jack ne l'interrogea pas sur les toiles découvertes par Christopher, et elle n'y fit aucune allusion. Soudain, elle lança :

— Avez-vous déjà été marié, Jack ?

Les mots étaient sortis tout seuls, sans qu'elle ait pu les retenir.

— Non, répondit-il avec un regard en coin. Ça ne signifie pas que je n'y ai jamais pensé. Simplement, je n'ai pas encore rencontré la femme idéale.

— A quoi ressemble-t-elle ?

— A vous.

Se raclant la gorge, Jack craignit d'avoir commis une erreur.

— Oh, fit-elle, tandis que son cœur s'emballait et que la panique la submergeait.

26

Ensuite, chacun s'enferma dans ses pensées. Annette songea que l'interview aurait très bien pu se faire par téléphone, les questions que Jack lui avait posées n'étant pas très nombreuses. Etait-ce parce qu'il avait envie d'être avec elle qu'il avait insisté pour que leur rendez-vous soit maintenu ?

Avait-elle eu tort de lui proposer de l'accompagner dans le Kent ? De toute façon, les dés étaient jetés. Elle était assise à ses côtés dans l'Aston Martin et, à sa grande surprise, son angoisse s'était évanouie. Etait-ce parce qu'elle venait de se rendre compte que leur attirance était réciproque ?

Jack l'interrompit soudain dans ses réflexions.

— D'après mes calculs, nous ne devrions plus être très loin.

— Oui, nous ne sommes qu'à quelques minutes d'Aldington, dit-elle en se redressant. Vous allez traverser la ville, passer Goldenhurst et juste après vous verrez un grand portail en fer forgé. C'est Knowle Court.

— C'est une demeure imposante ?

— C'est une espèce de petit château fort, répondit-elle, soudain parcourue d'un frisson.

— Vous n'aimez guère cette maison, n'est-ce pas ?

— Non. Du reste, Laurie ne s'y est pas sentie à l'aise non plus quand nous y sommes allées ensemble, il y a quelques semaines. C'est un lieu... qui donne la chair de poule.

— Ne vous inquiétez pas, dit-il en riant. Je veillerai sur vous.

Annette pivota légèrement sur son siège :

— Ça vous ennuierait de vous arrêter quelques instants ?

— Non, bien sûr. (Jack ralentit et se gara sur le bas-côté.) De quoi s'agit-il ? Vous avez l'air soucieuse.

— C'est que... je voudrais faire une petite mise au point. L'autre jour, vous m'avez dit que mes propos restaient entre nous lorsque le magnétophone était éteint. La règle tient toujours, n'est-ce pas ?

— Bien sûr. En ce qui me concerne, il s'agit d'une visite privée. J'ai fini de vous interviewer. Pendant que j'y suis, il me reste deux ou trois questions, pas très importantes, à vous poser sur le chemin du retour.

Fixant sur elle un regard perçant, il ajouta :

— Mettez le magnétophone dans votre sac... si cela peut vous tranquilliser.

— Oh, Jack, ne me regardez pas ainsi. J'ai confiance en vous. Je vous en prie, ne vous vexez pas. Mais je suis sur le point de me lancer dans une entreprise conséquente...

— J'en ai conscience, vous pouvez compter sur mon entière discrétion, l'interrompit-il sèchement. Je ne suis pas de ces journalistes qui cherchent à piéger les gens.

Annette avait l'air un peu blessée, aussi lui prit-il la main :

— Je ne ferai jamais rien qui puisse vous nuire, Annette, affirma-t-il.

Puis, ce fut plus fort que lui, il posa ses lèvres sur celles d'Annette qui réagit en l'embrassant passionnément. L'instant d'après, elle se dégagea, le visage bouleversé.

— Oh, Jack... commença-t-elle. Incapable de continuer, elle s'interrompit.

— Je suis désolé, je n'ai pas pu m'en empêcher. J'ai eu envie de vous embrasser dès le premier jour où je vous ai vue. Et vous aussi.

— Jack. S'il vous plaît, nous ne...

— Vous en aviez envie ! répéta-t-il. Nous n'avons pas pu résister. Cela ne nous empêche pas d'être amis et de nous faire mutuellement confiance, si ?

Elle hocha la tête et lui rendit le magnétophone.

— Il est à vous.

Lui souriant, elle ajouta :

— Je voudrais que vous sachiez combien je suis heureuse que vous soyez venu avec moi. C'est un réel plaisir.

— Je ressens exactement la même chose. A présent, mieux vaudrait nous dépêcher si nous voulons arriver à temps pour le déjeuner.

Il mit le contact et démarra. Il se demandait comment gérer cette épineuse situation. Il était amoureux d'elle, la désirait follement et la voulait rien que pour lui. D'une manière inexplicable, il pressentait qu'il y avait un problème dans sa vie conjugale. Annette se renversa sur son siège et ferma les yeux. Elle était pleinement consciente qu'elle jouait avec le feu et que la situation risquait de devenir explosive. Il fallait coûte que coûte qu'elle se reprenne en main et n'ait pas de liaison avec Jack Chalmers. Sinon, elle serait ruinée. Marius y veillerait.

— Bon sang ! Il y a même des douves ! s'exclama Jack, tout en s'engageant dans l'allée de Knowle Court. Et un pont-levis. Je comprends maintenant pourquoi cette maison vous met mal à l'aise, dit-il en coupant le contact.

— C'est bien pire quand il fait mauvais. Aujourd'hui, sous le soleil, la maison n'a pas l'air trop sinistre.

— Ah, voilà Christopher avec un autre type.

— C'est James Pollard, un ami à lui. Il est charmant et vous devriez bien vous entendre. Maintenant, courage !

Jack sortit de la voiture et s'empressa d'aller lui ouvrir la portière. Comme il la saisissait par le bras, il se pencha vers elle et lui effleura la joue d'un baiser. Elle sourit intérieurement, puis dégagea son bras et s'en fut saluer son client. Jack lui emboîta lentement le pas pour lui laisser le temps de faire une bise aux deux hommes. Elle est absolument ravissante dans sa veste crème toute simple et son pantalon marron, songea-t-il, tout en remarquant, amusé, qu'elle portait des mocassins. Comme lui.

Après avoir échangé une poignée de main avec Christopher et James Pollard, il les suivit à l'intérieur de la maison. Il comprit d'emblée pourquoi Annette avait pris la vieille demeure en aversion. L'atmosphère qui régnait dans le vaste hall était oppressante et sinistre.

Annette échangea un coup d'œil avec Christopher, puis s'adressa à Jack :

— Jim va vous faire faire le tour du propriétaire, pendant que Chris et moi parlons affaires.

Jim proposa aussitôt :

211

— Une tasse de thé ou de café, Jack ? Il y a tout ce qu'il faut dans la bibliothèque.

Puis le prenant par le bras, Jim l'entraîna à l'autre bout du vestibule.

Lorsqu'ils furent seuls, Annette lança à Christopher :

— Où sont les peintures ?

— Venez, dit-il. J'ai hâte de vous les montrer. La façon dont ces toiles ont fait subitement surface a quelque chose de miraculeux. Vous avez toujours dit qu'il devait y en avoir d'autres cachées quelque part. Comment le saviez-vous ?

— Ce n'était qu'une supposition, Chris, répondit-elle, se dirigeant rapidement vers la pièce qui servait de dépôt. Il était de notoriété publique que votre oncle possédait une collection importante et de valeur. Si bien que la première fois que vous m'avez emmenée dans cette galerie, j'ai été surprise de constater qu'un tout petit nombre de toiles s'y trouvait accroché. Et puis, les collectionneurs cachent souvent leurs œuvres préférées. Certains aiment les admirer en privé, d'autres les gardent en attendant que leur cote grimpe.

— Je comprends. Je serai éternellement reconnaissant à l'ouvrier qui a eu la bonne idée de malmener ce mur, hier ; il a mis au jour la plus belle découverte du siècle.

— Espérons-le.

Elle le suivit à l'intérieur de la pièce où étaient entreposées les autres toiles. Elle fut soulagée de constater que le Cézanne endommagé n'était pas là. Peut-être l'avait-il détruit. Elle s'avança vers une série de tableaux qu'elle n'avait encore jamais vus. Ils étaient adossés contre le mur. Le premier qui attira son regard fut le Degas. Il représentait une danseuse, peinte dans une dominante de bleus et de gris. Elle resta un long moment à l'observer, s'approchant et s'éloignant tour à tour pour l'examiner sous tous les angles, l'air concentrée.

— Eh bien ? demanda Christopher, tellement excité qu'il avait du mal à contenir son impatience.

— Pas de commentaires avant que j'aie examiné toutes les toiles. Ah, voici les deux Manet !

A nouveau, Annette observa méticuleusement les peintures, avant de passer au Pissarro, puis de s'attarder longuement devant les deux Cézanne.

Debout à côté d'elle, Christopher attendait, n'osant piper mot. Il était sur des charbons ardents. Il attendait son verdict, son jugement.

Annette fit soudain un pas en avant et souleva le Degas.

— Attendez, dit Christopher, laissez-moi vous aider. Où voulez-vous que je le pose ?

— Là-bas, sur cette table, à côté de la fenêtre. Dans la lumière.

Tandis qu'ils traversaient la pièce, elle demanda :

— Où sont les papiers que vous avez trouvés ? Vous avez les certificats de provenance, Chris ?

— Je n'en ai pas pour celui-là, dit-il en désignant la toile de la danseuse qu'il venait de poser. Et je n'en ai trouvé qu'un seul pour les Manet, celui du bouquet de violettes.

— Et les deux toiles de Pissarro et Cézanne qui représentent le même motif... ?

— J'ai les certificats en bonne et due forme pour les deux. Pas de problème.

— Et l'autre Cézanne ? Rien ?

Il secoua la tête.

— Non. Cela ne signifie pas que mon oncle ne gardait pas d'autres papiers ailleurs.

— Tout est possible, marmonna-t-elle en se demandant quels autres secrets recelait cette mystérieuse maison.

Soulevant le Degas, Annette l'approcha de la fenêtre et le posa sur un fauteuil, puis le contempla longuement.

— Il y a quelque chose qui cloche dans cette toile, Chris. Désolée mais je pense que c'est un faux. Et sans certificat de provenance, personne ne vous l'achètera.

— Vous en êtes sûre ? insista Chris, la voix tendue.

— Celui qui a peint cette toile est un génie de l'imitation. Mais elle n'est pas authentique. De même que le Cézanne... celui où l'on voit la neige en train de fondre sur les toits. Son nom exact est *Redoux à l'Estaque*. Ça me revient maintenant. Il faisait partie d'une collection privée et a été vendu il y a quelques années dans une enchère à un autre collectionneur. Celui-ci est donc un faux, sans l'ombre d'un doute. Dans le monde des arts, il est connu sous le nom de *Toits rouges*.

— Vous voulez dire qu'il est inutile de chercher le certificat pour cette toile ?

— Non. C'est pareil pour le Manet, qui est actuellement exposé au musée du Petit Palais de Genève. Où je suis allée récemment.

— C'est drôle, j'ai pensé dès le début qu'il s'agissait d'un faux, constata Christopher. A cause du visage de la femme, flou.

Annette lui décocha un regard ahuri.

— La vraie toile s'intitule *Portrait de Berthe Morisot à la voilette*. C'est sa voilette qui donne cette impression floutée.

Christopher fit la grimace.

— Pourquoi mon oncle Alec les avait-il cachés, d'après vous ?

— Qui sait ? Pour protéger les vrais et pour cacher les faux ? Parce qu'étant un grand spécialiste de la peinture, il *devait savoir* qu'il s'agissait de faux. Enfin, trois toiles sur six, ça n'est pas si mal. Je dirais même que c'est une découverte extraordinaire.

— Jim a trouvé deux autres toiles ce matin.

— Deux autres ! Pourquoi ne me l'avez-vous pas dit plus tôt ?

— Parce qu'il les a découvertes il y a une heure à peine. Nous sommes montés dans la chambre, ou plus exactement dans le bureau de mon oncle. Jim s'est mis à cogner contre les murs quand, tout à coup, le lambris contigu à la fenêtre a pivoté, comme s'il avait été monté sur ressort et s'est ouvert, révélant un placard. A l'intérieur se trouvaient deux Graham Sutherland. Ainsi qu'une sacoche contenant des papiers et les factures en provenance d'une galerie de Mayfair. Tout est là-haut.

— C'est prodigieux ! Christopher, ne faites pas cette tête de six pieds de long. Certaines de ces toiles sont tout simplement admirables, uniques. Et très précieuses.

Ça devrait lui faire plaisir, pensa-t-elle sans le formuler. Sauf que l'argent était la seule chose qui comptait pour Christopher.

— Allez-vous les mettre en vente avec les autres, en septembre ? demanda-t-il.

— Je n'en sais rien. S'il vous plaît, montons jeter un œil aux Sutherland, Christopher. J'aimerais également voir la cachette du prêtre.

— Quoi donc ?

— Eh bien, l'endroit où on cachait les prêtres catholiques sous le règne d'Elisabeth, quand les guerres de religion faisaient rage et que le protestantisme montait en puissance. Un grand nombre d'aristocrates, pratiquant encore la religion catholique, étaient obligés de célébrer le culte en secret. C'est pourquoi ils aménagèrent des pièces pour cacher les prêtres lorsque les soldats perquisitionnaient les maisons.

— Comment savez-vous toutes ces choses ?

— C'est mon métier.

Elle soupira intérieurement. Malgré tous ses efforts pour le dérider, Christopher continuait de faire grise mine. Très déçu sans doute d'apprendre que trois de ses toiles étaient des faux.

En entrant dans le petit bureau, Annette se rappela la première fois où elle y était venue, quelques mois auparavant. Entre-temps, il avait été vidé de ses meubles et de grandes bâches de protection recouvraient le parquet. Elle aperçut un escabeau et du matériel de peinture dans un coin.

— C'est ici, dit-il en lui montrant une petite porte ménagée dans le lambris. Et voici le placard que Jim a découvert ce matin avec les deux Graham Sutherland.

Tout en parlant, Christopher se baissa pour saisir les deux toiles de taille moyenne. Il les adossa contre le mur, puis se tourna vers elle :

— Qu'en pensez-vous ?

Après les avoir inspectées pendant quelques minutes, Annette hocha la tête, visiblement ravie.

— Magnifiques ! De purs chefs-d'œuvre. Je propose que nous les descendions dans la grande pièce pour les examiner à la lumière du jour. Avant, j'aimerais jeter un œil à la cachette du prêtre. Simple curiosité.

— Je vous en prie, dit Christopher en riant. Il n'y a pas grand-chose à voir. Et il y fait noir comme dans un four.

— Comme il se doit, murmura Annette, en commençant à descendre les trois marches qui menaient au cagibi plongé dans l'obscurité.

Elle fronça le nez. Il régnait à l'intérieur une odeur de moisissure, comme dans une vieille église. Il n'y avait aucune ouverture dans ce genre de cachettes, tout juste assez grandes pour pouvoir accueillir un homme debout ou couché.

Elle songea à tous les prêtres qui avaient trouvé refuge là lorsque la persécution religieuse battait son plein.

Gravissant à nouveau les marches, elle revint dans le bureau :

— S'il vous plaît, Chris, descendons les toiles et la sacoche dans la pièce où se trouvent les autres tableaux. La lumière y est excellente. Aussi, j'aimerais que vous me donniez les papiers retrouvés dans le meuble de classement qui était dans la chambre secrète.

— Il y en avait une telle quantité que j'ai demandé aux deux ouvriers de les descendre dans la pièce où sont les tableaux.

— Mais j'y pense. Je n'ai pas vu le Cézanne couvert de suie. Vous seriez-vous finalement décidé à le détruire ?

Il fit non de la tête.

— Je l'ai mis sous clef dans un placard.

Malgré sa contrariété, elle s'abstint de tout commentaire. Ils entrèrent dans la grande pièce. Annette déposa la sacoche et son sac à main sur une chaise, puis prit l'un des Sutherland des mains de Christopher pour le porter jusqu'à la fenêtre. Un sourire radieux éclaira son visage quand elle le découvrit en pleine lumière. C'était une œuvre d'une qualité exception-nelle.

Christopher s'empressa de lui apporter l'autre tableau.

— Je vois que vous êtes satisfaite, Annette. A présent, que pensez-vous de celui-là ? D'après Jim, c'est une merveille.

Ayant étudié attentivement les deux œuvres côte à côte, Annette acquiesça.

— C'est réellement une découverte extraordinaire, Chris. Vous devez une fière chandelle à Jim d'avoir cogné sur les lambris. A votre avis, comment a-t-il eu cette idée ?

Christopher haussa les épaules.

— Sur un coup de tête ? Il a été le premier surpris que la porte pivote sur ses gonds.

— Et jamais personne ne vous avait parlé de la chambre secrète ?

— Qui d'autre à part mon père – qui est décédé – aurait pu m'en parler ? De toute façon, s'il l'avait su, il aurait certaine-ment mis ma mère au courant, qui me l'aurait révélé, sachant que mon oncle avait fait de moi son légataire universel.

Comme vous le savez, je n'ai jamais été proche de lui. Je ne l'ai rencontré qu'une ou deux fois, quand j'étais très jeune, et il n'a jamais cherché à se rapprocher de nous.

— Ce qui n'a rien d'étonnant de la part d'un homme qui vit en ermite. Qu'en est-il du personnel de maison ? Ne savaient-ils rien ?

— Pourquoi l'auraient-ils su ? Si mon oncle n'a jamais rien dit à son propre neveu, ou à mon père, pourquoi se serait-il confié à ses domestiques ?

— Je croyais que certains étaient à son service depuis des années.

— Oui, Harold était déjà son homme à tout faire quand mon père était enfant. Ma mère se souvient très bien de lui. Et Mme Joules, naturellement. Elle a commencé comme simple femme de chambre puis s'est élevée au grade de gouvernante. Je peux demander à ma mère depuis combien de temps elle est à Knowle Court, si vous y tenez, mais au bas mot, je dirais trente ans, sinon plus.

— Comment a-t-elle réagi quand l'ouvrier a trouvé la chambre secrète, hier ?

— Elle a été surprise comme nous tous. Pourquoi cette question ?

— Qu'a-t-elle dit au juste ?

— « Décidément, monsieur Delaware, vous n'êtes pas au bout de vos surprises », ou quelque chose comme ça, répondit Christopher. Pourquoi cette question ? Qu'est-ce qui vous chiffonne ?

— Rien en particulier, si ce n'est que je trouve étrange qu'une personne ayant travaillé plus de vingt ans pour sir Alec n'ait jamais su qu'il y avait ici une chambre secrète. Les domestiques connaissent généralement une maison dans ses moindres recoins.

Christopher grimaça.

— Ça, je vous l'accorde. Je doute, cependant, que mon oncle ait jamais parlé à quiconque de cette cachette. C'était quelqu'un de très secret et renfermé, surtout vers la fin de sa vie. Vous semblez oublier qu'il a un peu perdu la boule après l'incident.

— L'incident, répéta Annette.

Curieuse façon de se référer à un suicide.

Elle frissonna, décontenancée, puis déclara :

— Je vais jeter un rapide coup d'œil aux différents certificats de provenance. J'aimerais les emmener avec moi pour pouvoir les examiner de plus près, si vous n'y voyez pas d'inconvénient.

— Naturellement.

James Pollard et Jack Chalmers étaient en train de bavarder au coin du feu quand Christopher et Annette entrèrent dans la bibliothèque pour prendre un verre avant de passer à table.

Les deux hommes tournèrent aussitôt la tête et Jim s'exclama :

— Ah, vous voilà enfin ! Eh bien, que dites-vous de nos trouvailles, Annette ?

Avant qu'elle ait pu répondre, Christopher déclara, furieux :

— Des faux ! De vulgaires croûtes !

Ses paroles firent l'effet d'une bombe. Un silence de mort s'ensuivit.

Jack remarqua qu'Annette était profondément choquée. Une lueur métallique traversa ses beaux yeux bleus tandis qu'elle demeurait parfaitement immobile. Au même instant, un rayon de soleil entra par la fenêtre, faisant ressortir l'or de ses cheveux. Et la pâleur de son beau visage.

Lorsqu'elle prit la parole, ce fut d'une voix glaciale :

— Vous n'êtes pas objectif, Christopher.

Puis elle s'approcha de la cheminée et déclara d'un ton détaché et enjoué :

— Les toiles que vous avez dénichées hier valent des millions, Jim. Un Manet, un Cézanne et un Pissarro absolument authentiques. Pour les autres, je ne peux me prononcer, pour le moment. Quant aux Graham Sutherland, ce sont également des trouvailles d'exception. Et donc, pour répondre à votre question, Jim, il s'agit de chefs-d'œuvre.

— C'est une excellente nouvelle ! s'écria Jim, ravi.

— En effet. Et comme je l'ai dit à Chris, il vous doit une fière chandelle d'avoir eu la bonne idée de cogner les lambris du bureau. Sans quoi, les Graham Sutherland seraient encore au fond d'un placard secret.

— Je vous avoue que je ne sais pas ce qui m'a pris de faire une chose pareille, reconnut le jeune homme. C'était une impulsion idiote de ma part. Mais j'avais entendu parler de

218

cabinets secrets, cachés derrière des lambris et des biblio-thèques.

— Pas si idiote que ça, protesta Christopher, désireux de détendre l'atmosphère et de faire oublier l'effroyable faux pas qu'il venait de commettre. (S'éclaircissant la voix, il enchaîna :) Annette a raison, je te dois une fière chandelle, Jim. Et main-tenant, que diriez-vous d'une coupe de champagne pour arro-ser ça ?

— Bonne idée, approuva Jack en se rapprochant d'Annette et l'enveloppant d'un regard plein de sollicitude. Une coupe ?

— Volontiers, Jack, merci.

Tandis que Jim débouchait la bouteille, Christopher l'obser-vait, visiblement honteux et mal à l'aise.

Prenant Annette par le bras, Jack lui souffla :

— Dans le genre balourd, il se pose là.

— Oui, murmura Annette. Ce n'est pas un mauvais bougre. Je vous expliquerai plus tard. En attendant, il se trouve en possession de plusieurs chefs-d'œuvre authentiques qui valent une fortune. Pas vraiment de quoi faire la tête. Jim vous a-t-il raconté la manière dont ils avaient déniché fortuitement les toiles ?

— Non. Cela va de soi, non ? En tout cas, il m'a plu. Mais il ne m'a fait aucune révélation et je ne lui ai pas posé de questions. Je sais que vous m'en parlerez si vous souhaitez que je sois au courant.

— Absolument, et je sais que vous n'écrirez rien à ce sujet, tant que je ne vous aurai pas donné mon accord.

— Vous voulez dire que ce serait possible ? Plus tard ? Dans l'article que je dois écrire pour le *New York Times*, par exemple ?

— Je crois que oui. Mais il faudra attendre la fin de la semaine prochaine, que j'aie fait le tour de la question.

— Comment cela ?

— J'irai voir Carlton Fraser lundi et je lui demanderai de nettoyer les toiles dont l'authenticité est incontestable, et de jeter un coup d'œil aux autres... Ah, voici Christopher avec le champagne.

En le voyant s'approcher presque timidement, Annette lui trouva l'air pâlichon et dépité. Il leur tendit leurs coupes et s'excusa :

— Je suis désolé de m'être emporté, Annette.

— Vous êtes tout pardonné, Chris. A l'avenir, souvenez-vous que je préfère parler de ce genre de choses en privé. Cela ne regarde que vous et moi. Ne l'oubliez pas.

— Vous pouvez compter sur moi.

Sur ces mots, il alla se chercher une coupe.

— C'est très élégant de votre part, Annette, fit remarquer Jack. Vous l'avez mis à l'aise.

— Je n'ai pas envie qu'il fasse la tête pendant tout le déjeuner. C'est un impulsif, qui a tendance à dire tout ce qui lui passe par la tête sans réfléchir. En outre, ces toiles sont de pures merveilles qui méritent d'être célébrées dignement.

— Je sais que je ne devrais pas vous poser la question, car vous n'avez pas envie d'en parler, mais comment est-ce arrivé ? Comment est-ce que ces toiles ont été découvertes ?

— Laissez-moi vous expliquer, dit-elle en s'asseyant sur le canapé.

Jack prit place à côté d'elle et ouvrit toutes grandes ses oreilles tandis qu'elle lui racontait l'histoire de la cachette du prêtre, et tout ce qui avait été découvert la veille et de quelle façon.

— C'est une histoire fabuleuse ! s'exclama Jack quand elle eut terminé. C'est une chance que Chris ait eu l'idée de faire rénover le bureau de son oncle. Sans cela, les toiles seraient restées dans l'oubli.

— A votre santé, Jack.

— A la vôtre, dit-il avant de demander à voix basse. Y a-t-il une chance pour que je puisse voir les toiles ? Ça me ferait vraiment plaisir.

— Oui, pourquoi pas ? Je vous les montrerai avant que nous reprenions la route.

27

Bien qu'elle n'eût aucune raison particulière de se méfier de Mme Joules, Annette lui trouvait un air étrange. La gouvernante se comportait comme si la maison lui appartenait, se montrait très possessive vis-à-vis de Christopher Delaware.

Tandis qu'ils déjeunaient dans la salle à manger ovale, Annette réfléchissait sur cette femme à la mine austère dont le comportement frisait parfois l'arrogance. Christopher la tira brusquement de ses réflexions.

— Voulez-vous emporter les toiles avec vous à Londres, Annette ?

— Oui. J'aimerais les montrer le plus vite possible à Carlton pour avoir son opinion et lui demander de nettoyer celles qui en ont besoin par la même occasion.

— C'est parfait. Cela m'évitera de faire le voyage à Londres. Lundi, je dois voir mon maître d'œuvre, je préférerais ne pas avoir à repousser mon rendez-vous.

— Jack pense que toutes les toiles peuvent loger sans problème dans l'Aston Martin...

Elle s'interrompit lorsque la porte de service s'ouvrit brusquement, laissant paraître Mme Joules qui apportait le dessert, secondée par la jeune Brenda.

Christopher sourit à la gouvernante :

— Eh bien, madame Joules, quelle est la surprise du jour ? Ne m'avez-vous pas dit que le dessert allait me plaire ?

— C'est votre préféré, monsieur Delaware.

— J'en ai plus d'un.

— Celui-ci surpasse tous les autres. C'est un pudding à l'anglaise.

— Vous êtes une perle, madame Joules ! Vous nous gâtez !

— Merci, monsieur. Brenda, approchez et posez le plat sur la desserte.

Pendant que la gouvernante remplissait les assiettes, Jack raconta comment, une fois, il avait voulu montrer à une amie française, excellente cuisinière, la vraie recette du pudding à l'anglaise. Jack était un merveilleux conteur et son anecdote pleine d'humour et d'autodérision fit rire toute la tablée.

Il émanait de lui un charme et une convivialité qui détendaient aussitôt l'atmosphère. Annette songea qu'il devait être très apprécié de sa famille et de ses proches.

— Merci, madame Joules, dit Christopher lorsqu'ils furent tous servis. Je sens que nous allons nous régaler.

Avec un demi-sourire, Mme Joules ressortit de la salle à manger en poussant Brenda devant elle.

Il est aux petits soins pour elle, songea Annette en plongeant sa cuillère dans son dessert. Quelle curieuse bonne femme, à la fois hautaine, obséquieuse et très sûre d'elle. Etait-ce parce qu'elle connaissait les secrets de famille et savait qu'elle ne serait jamais congédiée ?

Mme Joules lui rappelait quelqu'un. Qui ? se demanda Annette, avant de trouver : Mrs Danvers, bien sûr ! La gouvernante de *Rebecca*, le roman de Daphné Du Maurier, incarnée au cinéma par Judith Anderson. C'était exactement ça... Dominatrice, imbue d'elle-même, convaincue de sa supériorité.

Annette décocha un regard espiègle à Jack qui, assis en face d'elle, l'observait.

Il pinça les lèvres, comme s'il se retenait d'éclater de rire, puis déclara :

— Nous nous sommes régalés, Christopher. Mes félicitations au cuistot.

— Donc à Mme Joules, répondit Christopher. C'est elle qui fait la cuisine, en plus de diriger toute la maisonnée. Franchement, je ne sais pas comment je me débrouillerais sans elle.

— C'est une cuisinière hors pair, approuva Jack. Ce pudding était divin. Maintenant que nous avons fini le dessert, je vous demanderai la permission de me retirer quelques instants avec Annette, Chris, pour qu'elle me montre les tableaux avant que nous rentrions à Londres.

— Naturellement. Jim et moi prendrons le café dans la bibliothèque. Venez nous y rejoindre quand vous aurez fini.

Ils se levèrent et quittèrent la salle à manger.

Annette s'approcha de Jack :

— Suivez-moi.

Elle s'engagea dans un couloir.

— Heureusement que vous étiez là pour mettre un peu d'animation. Le déjeuner m'a paru interminable.

— A moi aussi, reconnut Jack. Même si j'étais fasciné par la dynamique qui s'est instaurée entre l'employeur et l'employée.

— Vous avez remarqué, vous aussi, qu'elle le menait par le bout du nez ?

— Mme Joules se comporte en maîtresse des lieux. Elle le domine complètement, souffla Jack.

— C'est vrai. En même temps, je la trouve étrangement obséquieuse, pas vous ?

— Si, c'est tout à fait le mot qui convient.

— Pour moi, c'est la réplique exacte de Mrs Danvers, si vous voyez de qui je veux parler.

— Oui, bien sûr. *Rebecca* est une de mes œuvres préférées. Et j'aime beaucoup George Sanders dans le film. Dans *Eve* aussi, il est génial.

— Oui, dit Annette. Ainsi, vous aimez les vieux films ?

— J'en ai une collection invraisemblable, avoua-t-il avant d'ajouter avec un sourire espiègle : J'aimerais bien vous en montrer quelques-uns, un de ces jours.

— Ah, voici le salon où Chris a entreposé ses toiles, dit-elle, l'air brusquement absente.

Annette entra et se dirigea vers une vaste baie vitrée à l'autre bout de la pièce. Jack remarqua le tapis d'Aubusson qui recouvrait le parquet, plusieurs meubles anciens, un confortable canapé et des fauteuils disposés devant la cheminée. Il y avait un miroir accroché à un mur, en revanche pas un seul tableau.

Annette s'arrêta devant les fauteuils où étaient posés deux tableaux :

— J'aimerais que vous me donniez votre avis sur ces deux-là. L'un est un Cézanne et l'autre un Pissarro. Je précise qu'ils sont authentiques et possèdent un certificat de provenance.

Il la rejoignit et observa les toiles orientées face à la lumière du jour. Après les avoir étudiées attentivement, il déclara surpris :

— On dirait que c'est le même paysage ?

— En effet.

— Mais pourquoi ?

— Les deux peintres étaient amis et associés, et travaillaient souvent ensemble. En fait, ils voulaient apprendre l'un de l'autre... si bien qu'ils ont peint côte à côte pendant une dizaine d'années.

Annette se plongea dans la contemplation des toiles.

— Comme vous pouvez le voir, ils ont deux styles très différents. Ils s'admiraient mutuellement. Ils aimaient peindre les mêmes scènes et s'épaulaient l'un l'autre chaque fois qu'ils le pouvaient.

— La palette de Pissarro est plus claire et plus lumineuse. Celle de Cézanne est plus sombre, avec des touches plus vigoureuses. C'est très intéressant. A combien les estimez-vous ?

— A plusieurs millions chacun. S'ils sont présentés ensemble, au lieu d'être vendus séparément, les enchères risquent de s'envoler. Il est très rare de trouver deux tableaux tels que ceux-ci dans une même vente.

— Alec Delaware était un fin connaisseur ?

— Je le crois. Il a acquis quelques très belles œuvres, comme les deux Graham Sutherland que vous voyez là-bas. Sans parler de ce Cézanne et ce Pissarro qui sont exceptionnels. Ils ont besoin d'être nettoyés, car ils sont encrassés, sinon ils sont en parfait état.

— Et les Sutherland ?

— Ils sont particulièrement réussis. Ce sont deux aquarelles à thème religieux, exécutées vers le milieu des années 1950, bien avant sa tapisserie du *Christ-Roi* réalisée pour la cathédrale de Coventry en 1962. Quoi qu'il en soit, ses tableaux sont très recherchés de nos jours. Depuis sa mort, en 1980, sa cote a grimpé.

Elle prit Jack par le bras pour les lui montrer.

— Ils ont été retrouvés dans la chambre secrète ? dit-il après avoir pris le temps de les examiner.

— Non, ils étaient dans le placard que Jim a découvert par accident. C'est le Cézanne et le Pissarro qui étaient dans la cachette du prêtre, ainsi que le Manet qui se trouve là-bas.

Traversant la pièce, Jack à sa suite, Annette se planta devant un autre tableau posé sur un fauteuil.

— Voici le Manet... il est tout simple, mais je l'adore.

— Un bouquet de violettes, murmura Jack. Et celui-là est authentique ?

— Oh, oui. Il s'agit d'une allusion à Berthe Morisot, l'artiste peintre amie de Manet. Si vous regardez bien, vous verrez une partie de son nom sur la feuille de papier à côté de l'éventail rouge.

Jack s'approcha pour scruter la toile et hocha la tête.

— Cette fois, je vois son nom. Et celui-ci vaut également des millions ?

— Il est encore trop tôt pour donner une estimation. Il se peut qu'il parte pour un prix bien inférieur. A moins que deux inconditionnels de Manet se battent pour l'avoir.

— Et les faux, où sont-ils ? Je serais curieux de les voir.

— Ce Cézanne, connu sous le nom des *Toits rouges*, est vraisemblablement un faux, dit-elle en l'entraînant vers un tableau adossé au mur.

— Comment pouvez-vous en être certaine, Annette ?

— Parce qu'il y a quelque chose qui ne colle pas, tout simplement.

— Où est l'autre ?

— Il y en a deux autres, en fait. Un Manet, censé être un portrait de Berthe Morisot, et une danseuse de Degas, qui pour moi a tout d'un faux. Je vais vous les montrer, ainsi que la chambre secrète.

28

Jack était en proie à des sentiments contradictoires. Il roulait vers Londres en compagnie d'une femme dont il était tombé éperdument amoureux, une femme qui lui inspirait de l'admiration et du respect.

Ils venaient de s'engager sur la nationale quand elle lui annonça qu'elle devait prendre un moment pour réfléchir aux toiles qu'elle apporterait à Carlton. Il ne devait pas se formaliser si elle se calait contre son siège et fermait les yeux pour se concentrer.

Ils roulaient à présent depuis une heure, et il ne cessait de penser à elle… à eux.

La première chose qu'on remarquait chez une femme, c'était son apparence. Et il s'était immédiatement senti attiré par sa chevelure blonde et brillante, ses yeux bleus cristallins et son teint de pêche. Sans parler de sa silhouette de rêve, de ses longues jambes fuselées. Il la trouvait terriblement désirable. Il était aussi fasciné par sa réserve, sa timidité et son élégance naturelle. Elle était un mélange complexe de feu et de glace.

Et puis il y avait son intelligence et son érudition. Elle était captivante et on ne se lassait pas de l'écouter quand elle se mettait à parler de la vie des peintres et de leurs œuvres. Jack trouvait fascinant qu'elle soit capable, rien qu'en regardant une toile, de détecter que c'était un faux. Sa culture et son savoir-faire étaient réellement stupéfiants. Et sa mémoire prodigieuse.

Personnellement, il avait trouvé la danseuse de Degas tout à fait convaincante et avait été déconcerté quand elle avait affirmé que quelque chose « clochait » dans la toile. Car, pour lui, tout était normal. Que savait-il de la peinture ? Pas grand-chose à vrai dire, même si l'œuvre de Degas et ses danseuses en particulier ne lui étaient pas inconnues. Nombre d'entre elles avaient été reproduites à des milliers d'exemplaires.

A présent, ils se rendaient chez Carlton Fraser à Hampstead. Annette l'avait appelé depuis Knowle Court, juste après le déjeuner, pour le mettre au fait des récents événements. Il avait insisté pour qu'ils lui apportent les toiles dès leur retour à Londres et ajouté qu'en échange ils auraient droit à un merveilleux cocktail de sa composition.

Jack se demanda s'il n'allait pas chercher à les retenir à dîner. Il savait que le mari d'Annette s'était envolé pour Barcelone le matin même. Il voulait passer du temps avec elle. Il voulait l'avoir près de lui, tout le temps.

Il soupira. Il exultait quand il était avec elle. Même s'il était au supplice, tant il avait envie de l'embrasser, de la toucher, de la prendre dans ses bras, de lui faire l'amour. Il voulait la posséder et s'unir à elle. Il voulait l'avoir à ses côtés jusqu'à la fin de sa vie. Mais était-ce envisageable ? C'était une femme mariée. Et jusqu'à présent il s'était toujours tenu à l'écart des femmes mariées.

Par moments, il était pris d'un tel élan de passion érotique qu'il se sentait comme un adolescent. Quelle torture de la savoir à la fois si proche et si inaccessible.

La vie était décidément bien étrange. Certaines personnes croyaient dur comme fer que chaque événement était prédestiné. D'autres pensaient au contraire que tout était hasard : on jetait un caillou dans une mare, des ronds se formaient à la surface et devenaient de plus en plus grands.

C'était un peu comme ça que toute cette histoire était arrivée.

Un jeune homme s'était assis à côté d'une ravissante historienne de l'art au cours d'un dîner. Quelques mois plus tard, il avait hérité d'une célèbre collection et avait recherché la trace de l'historienne en question pour lui demander de vendre un Rembrandt. Un Rembrandt oublié, qui n'avait pas fait d'apparition publique depuis trente ans. Elle avait accepté et s'était d'un seul coup retrouvée propulsée au rang de star du monde des arts, que tous les journaux voulaient interviewer. Or, son mari, après mûre réflexion, avait choisi un certain journaliste. Et le journaliste était tombé amoureux d'elle et elle de lui. Un

227

coup de foudre, pour reprendre l'expression française. L'amour au premier regard.

Soudain, Annette se redressa :

— Oh, mon Dieu, je me suis endormie ! Où sommes-nous, Jack ?

— A environ une heure de Hampstead. Nous avons bien roulé.

— En effet. A propos, Jack. Qu'avez-vous pensé de Knowle Court ?

— Abominable. Vous disiez que l'atmosphère y était lugubre et oppressante, c'est bien pire. Il y a dans cette maison quelque chose de délétère.

— Délétère ?

— Je sais que ça peut paraître excessif, mais c'est ce que j'ai ressenti. J'ai toujours pensé qu'une maison était le reflet de l'âme des gens qui l'habitent ou l'ont habitée. Par exemple, quand je vais chez Carlton, j'éprouve une sensation de spiritualité, de pureté, et je pense que c'est parce que Marguerite et lui sont des gens foncièrement bons. J'adorais aller chez eux quand j'étais enfant. Mais certaines maisons dégagent une atmosphère moins sereine, certaines gardent en elles les vestiges de vies malheureuses, d'autres sont franchement angoissantes et inhospitalières. Comme si les gens qui y avaient vécu y avaient laissé une empreinte malfaisante.

— Un peu comme si leur méchanceté s'était incrustée dans les murs ?

— Oui, c'est exactement ce que je voulais dire. La brutalité. Le péché. Les querelles, les conflits et Dieu sait quoi encore.

— Délétère n'est pas inapproprié. Je connais une maison qui dégage la même atmosphère oppressante, et même terrifiante.

— Vraiment. Quelle est cette maison ?

— Là où j'ai grandi. Ou plus exactement là où ma sœur et moi avons vécu quelques années quand nous étions petites. A Ilkley. Et…

Annette s'arrêta subitement de parler, et pinça les lèvres, comme si elle regrettait ses paroles.

— Continuez, la pressa Jack.

— Non, c'est sans importance. Je préfère ne pas en parler.

Jack rétrograda, puis freina et s'arrêta sur le bas-côté. Se tournant vers elle, il demanda :

— Pourquoi vous êtes-vous subitement interrompue ?

Elle secoua la tête sans répondre.

— J'ai cru que vous alliez me faire une confidence sur votre enfance et puis vous avez changé d'avis. Vous n'avez pas confiance en moi ?

— Non, ce n'est pas cela, assura-t-elle d'une voix tremblante.

Glissant la main dans la poche de son veston, il en sortit le magnétophone et le lui tendit.

— Je veux que vous le gardiez dans votre sac à main, ainsi vous serez sûre que je ne suis pas en train de vous enregistrer.

— Jack, ne soyez pas idiot. Je vous fais entièrement confiance.

Elle refusa de prendre le magnétophone.

— Je vous crois. Mais j'insiste pour que vous le gardiez, dit-il en le laissant tomber sur ses genoux. Gardez-le pour moi jusqu'à ce soir.

Remettant le contact, il desserra le frein à main et reprit la route, les yeux fixés devant lui et la mâchoire serrée.

Annette garda le silence. Elle sentait qu'elle l'avait vexé et s'en voulait. Il lui avait prouvé qu'il était sincère et qu'il n'écrirait rien de désobligeant sur elle. Mais elle avait tant de terribles secrets, qu'elle craignait de se dévoiler par inadvertance. Au bout d'un moment, elle rangea le magnétophone dans son sac et se tourna légèrement sur son siège.

— C'était une maison très grande et très sombre. Les pièces étaient immenses et vides. Quand nous sommes allées y vivre avec mon grand-père veuf, Laurie et moi étions terrorisées.

— Où était votre mère ?

— Elle était là... quand elle ne sortait pas faire du shopping avec ses amies. Elle avait toujours des choses à faire, des pièces à jouer.

— Vous avez habité avec votre tante à sa mort ?

— Oui. D'abord à Twickenham, et plus tard à St John's Wood. La maison était plus petite, mais tellement plus chaleureuse et confortable. Accueillante est le mot qui convient pour la décrire.

— Knowle Court doit dater de l'époque des Tudor ou des Stuart, non ? demanda Jack.

— Des Stuart d'après Christopher. Les Delaware y ont vécu pendant des siècles et la maison est inaliénable. Elle ne peut être vendue et doit être transmise au prochain héritier.

— De sorte que sir Alec n'a eu d'autre choix que de la léguer à son neveu. Ma mère avait coutume de dire, « si seulement les murs pouvaient parler ». Si c'était le cas, ils auraient certainement beaucoup à raconter. Meurtres, intrigues, et j'en passe. Au fait, tout à l'heure, Jim a fait allusion devant moi à la *tragédie* de sir Alec. De quoi s'agit-il ?

— C'est une histoire abominable. La fiancée de sir Alec, Clarissa Normandy, s'est suicidée quelques jours avant son mariage. Elle s'est pendue dans la chambre nuptiale, dans sa robe de mariée.

— Oh, non ! s'exclama Jack, horrifié. Je comprends maintenant pourquoi j'ai trouvé cette maison délétère !

— Et Dieu seul sait quels autres drames s'y sont déroulés avant cela, au fil des siècles.

— Et peut-être même récemment. Je suppose qu'après le suicide, sir Alec a vécu coupé du monde ?

— Apparemment, à en croire Christopher. Mais il ne sait pas grand-chose de l'histoire familiale. Par exemple, il ignorait l'existence de la chambre secrète.

— C'est ce que j'ai cru comprendre. Qu'en est-il de Mme Joules ?

— Je me suis posé la même question. A mon avis, elle aurait mis Christopher au courant si elle avait su quelque chose.

— Ce n'est pas sûr. Elle est bien incrustée dans la place, et mène son monde à la baguette, de toute évidence. Quand est-ce que cette histoire de suicide est arrivée ?

— Il y a une quinzaine d'années.

— Et après, Mme Joules a veillé sur sir Alec et pourvu à ses besoins… tous ses besoins peut-être ? Ce ne serait pas la première gouvernante à prendre de l'ascendant sur la maison et sur le maître. Allons bon, me voilà en train d'écrire un roman victorien, s'esclaffa-t-il.

— Vous voulez dire que Mme Joules et sir Alec auraient pu être amants ? demanda-t-elle, surprise.

— Ce n'est pas impossible. Après le suicide de sa fiancée, sir Alec a peut-être eu besoin de consolations. Après tout, il n'avait qu'un pas à faire. Jusqu'à la cuisine ou la chambre à coucher pour trouver ce qu'il cherchait.

Annette ne put s'empêcher d'éclater de rire.

— Vous avez vraiment le chic pour tisser une intrigue. Votre hypothèse n'est toutefois pas complètement farfelue. Car si elle a été la maîtresse de sir Alec pendant des années, cela expliquerait pourquoi elle se comporte en maîtresse des lieux.

— Quel âge lui donnez-vous ?

— Une soixantaine d'années. Elle avait environ seize ans quand elle a débuté comme femme de chambre. Elle s'est ensuite élevée dans la hiérarchie jusqu'à devenir gouvernante. A mon avis, elle est à Knowle Court depuis au moins trente ans, voire plus.

— Moi, je lui donnerais plus. Peut-être à cause de son air sévère et de son chignon serré. Elle n'est pas laide du tout et elle a de beaux yeux.

— Vous êtes très observateur.

— C'est mon métier. Vous allez avoir quarante ans en juin, si je ne m'abuse ?

Sa remarque la prit de court. Elle lui coula un regard.

— Le 3 juin exactement. Et vous, Jack, quel âge avez-vous ?

Cette dernière question lui échappa.

— J'aurai trente ans le 19 mai.

— Je vois, dit-elle en se renversant sur son siège.

Il a dix ans de moins que moi, songea-t-elle, troublée. Un silence tomba.

— Annette, vous voulez bien me rendre un service ? lança soudain Jack.

— Si je peux, oui.

— Voulez-vous faire une bonne action ce soir ?

— Que voulez-vous dire ?

— Lorsque nous aurons montré les toiles à Carlton et qu'il vous aura donné son avis, je vais devoir regagner un appartement vide où il n'y a rien à manger. Votre bonne action serait d'accepter de dîner avec moi.

— Il faut que je réfléchisse.

— Pourquoi ?

— Parce que.

— Allons, ne soyez pas cruelle. Venez dîner avec un vieux célibataire solitaire.

— Pas si vieux ni si solitaire que ça. Bon, c'est d'accord. Après tout, vous aurez besoin de toutes vos forces demain, pour écrire votre article sur moi.

— Absolument, répondit-il en souriant en lui-même, heureux et surpris de voir qu'elle entrait dans son jeu.

29

— Si c'est un faux, celui qui l'a peint est un as ! s'exclama Carlton, en examinant le tableau de la danseuse soi-disant de Degas.

Toutes les lampes de l'atelier étaient allumées, et deux puissants projecteurs braqués directement sur la toile en faisaient ressortir chaque détail.

— Je vous l'accorde, dit Annette. C'est manifestement l'œuvre d'un artiste de talent. Au fond, peut-être que je me trompe. Personne n'est infaillible, et surtout pas moi. Le problème, c'est qu'il n'existe pas de certificat de provenance. Pour le moment tout du moins.

— Vous disiez que vous aviez ramené deux cabas remplis de papiers de Knowle Court. Ne pourrait-il se trouver parmi eux ?

— C'est possible. Sir Alec était très négligent et Christopher n'est guère plus ordonné. D'un autre côté, il a retrouvé les certificats du Cézanne et du Pissarro – le paysage de Louveciennes – et celui du Manet représentant un bouquet de violettes. Il est capable de faire la différence entre une facture, une lettre, et un certificat, un marchand d'art, un galeriste et un expert. Et il sait aussi désormais à quoi ressemble un certificat d'authenticité.

— A-t-il eu suffisamment de jugeote pour détruire le faux Cézanne ?

— Je ne crois pas.

— Où est-il ? demanda Carlton, contrarié.

— Il m'a affirmé l'avoir sous clé dans un placard.

Carlton pinça les lèvres puis marmonna :

— Après tout, c'est à lui, il est libre d'en disposer comme il l'entend. (S'adressant à nouveau à Annette, il poursuivit :) Et maintenant, dites-moi tout... qu'est-ce qui vous chiffonne chez ce Degas ? Si vous avez le sentiment qu'il s'agit d'un faux, c'est probablement un faux.

— Eh bien, je trouve certains détails trop soulignés. A première vue, je vous concède qu'on a l'impression de voir un Degas. Si vous y regardez de près en revanche, vous verrez que la pose de la danseuse est affreuse. Même franchement disgracieuse. Et puis la touche me paraît suspecte. En outre, le corps de la femme est lourd, en particulier la partie supérieure, dit-elle en montrant les épaules.

— Je vois ce que vous voulez dire. Mais n'oubliez pas que Degas n'a pas peint que des ballerines gracieuses et élégantes. Certaines, même, étaient bizarrement fichues, pour être honnête. Il est vrai qu'il peignait le plus souvent des groupes ou des couples de danseuses, et que celle-ci est seule à la barre...

Il soupira bruyamment, secoua la tête.

— Il n'y a même pas l'ombre d'une autre ballerine sur cette toile.

Il s'éloigna pour prendre du recul, se retourna et examina à nouveau la peinture.

— Aha ! Je sais ce qui cloche. Cette toile a un air inachevé.

— C'est exactement ça ! Et elle ne vous donne pas l'impression d'être... un peu grossière par certains côtés ? De toute façon, je vais éplucher la paperasse qui se trouve dans les cabas pour voir si je ne retrouve pas la trace de ce Degas. Et si ça ne vous ennuie pas, j'aimerais que Laurie vienne y jeter un coup d'œil lundi. Comme vous le savez, c'est une experte de Degas.

— Je pourrais le lui apporter, si vous voulez, proposa Carlton.

— Non, non. Il vaut mieux qu'elle le voie en pleine lumière comme ici, et puis elle a horreur d'être traitée en invalide. Elle tiendra certainement à se déplacer.

— Je comprends.

Tout en parlant, Carlton ôta le Degas du chevalet. Il alla l'adosser contre le mur, puis prit une toile plus petite représentant une femme coiffée d'une voilette, signée Manet. Après l'avoir étudiée pendant plusieurs minutes, il se retourna vers Annette, les sourcils froncés.

— Qu'est-ce qui vous fait dire qu'il s'agit d'un faux ? D'après moi, il est couvert de suie, comme le Cézanne.

— Christopher m'a fait la même réflexion. Non, c'est la façon dont Manet a peint cette toile qui donne l'impression que la peinture a coulé. Son titre, c'est *Portrait de Berthe Morisot à la voilette*, et il a été peint en 1872. Elle était mariée à son frère Eugène, et Manet et elle ont peint ensemble à différentes époques.

— Vous n'avez pas de certificat prouvant son authenticité ?

— Non, et pour cause : le vrai est en possession du musée du Petit Palais de Genève, où il est exposé et où je l'ai vu récemment de mes propres yeux.

— Dans ce cas, c'est une copie remarquable, encore une fois.

— Je vous l'accorde, Carlton.

Otant le tableau du chevalet, Carlton s'empara du second Manet représentant un bouquet de violettes et un éventail rouge. Il le plaça sur le chevalet.

— Et celui-là ?

— Oh, celui-là est authentique ! Nous avons plein de documents le concernant, ainsi qu'un certificat de provenance. Tout est parfaitement en règle. C'est une petite toile, mais je pense qu'elle se vendra bien pour la bonne raison qu'elle a appartenu à Berthe Morisot. Manet la lui avait offerte pour la remercier d'avoir posé pour lui.

— Voilà un détail intéressant, s'exclama Carlton en riant. Et qui mérite d'être mentionné si on veut faire grimper la cote. Mais je sais que vous n'avez pas votre pareille, ma chère enfant, pour faire monter les enchères. Donc, pour résumer, ce bouquet de violettes par Manet, et les paysages de Pissarro et Cézanne sont des œuvres authentiques et vraisemblablement hors de prix. Et les faux sont le *Berthe Morisot à la voilette*, le Cézanne connu sous le nom des *Toits rouges*, ainsi que, sous réserve, la danseuse de Degas ?

— Absolument. Carlton, est-ce que vous croyez qu'il faut restaurer les toiles ?

— Non, elles m'ont l'air en bon état, bien qu'un peu encrassées, mais ça ne devrait pas être bien difficile à ôter.

— Et vous pensez avoir le temps de vous en occuper ?

— Naturellement, ma chère enfant. Vous ai-je jamais refusé quoi que ce soit, Annette ?

Posant sur elle un regard pénétrant, il demanda :

— A propos, comment se fait-il que Jack soit avec vous ? Pourquoi l'avez-vous emmené à Knowle Court ?

— Parce que nous étions censés finir l'interview aujourd'hui. Quand Chris m'a appelée ce matin pour me demander de venir immédiatement dans le Kent, je n'ai eu guère le choix. Après tout, c'est un de mes plus gros clients. Quand je lui ai dit que Jack devait m'interviewer, il m'a suggéré de l'emmener avec moi.

— Si bien que vous l'avez invité et qu'il a vu, lui aussi, les toiles.

Le ton de Carlton alerta Annette.

— Vous pensez qu'il n'aurait pas dû les voir ? Parce que ce sont des faux ? Vous ne lui faites pas confiance ?

— Oh, mais si. Jack est un garçon tout ce qu'il y a d'honnête. Vous semblez oublier que je le connais depuis qu'il est haut comme trois pommes. Il n'écrira pas une ligne et ne soufflera mot de ces toiles, fausses ou authentiques, sans votre autorisation expresse. De toute façon, j'imagine que vous lui avez déjà fait promettre de garder le secret.

— Bien sûr. Et il se trouve que je lui fais moi aussi confiance. C'est un homme intègre. En outre, il n'a pas besoin des observations qu'il a pu faire aujourd'hui à Knowle Court pour écrire son portrait de moi. Il a plus d'informations qu'il ne lui en faut pour cela.

Une expression bienveillante passa sur les traits de Carlton.

— Jack et Kyle étaient des gamins adorables. Et Peter, leur père, les a bien élevés. C'était un type épatant.

— Et la mère de Jack ? s'enquit Annette, dévorée de curiosité.

— C'était une femme charmante, et affectueuse envers Kyle, son beau-fils. Mais, Peter surtout s'est beaucoup occupé des garçons. Et ça se voit, car tous deux ont bien réussi dans la vie.

Tout en parlant, Carlton ôta le Degas du mur, puis lança par-dessus son épaule :

— Et maintenant, jetons un coup d'œil aux aquarelles de Graham Sutherland avant d'aller rejoindre Marguerite et Jack. J'ai préparé un cocktail dont vous me direz des nouvelles.

— Je me demande pourquoi sir Alec n'a jamais révélé à personne l'existence de cette chambre secrète, déclara Marguerite de but en blanc. Il aurait pu laisser une lettre à n'ouvrir qu'après sa mort. Ou en faire état dans son testament. Après tout, il avait entreposé des toiles de valeur dans cette cachette.

— Je me suis posé la même question, dit Annette. La seule explication, c'est qu'il ne s'attendait pas à mourir aussi brutalement. Apparemment, il était en bonne santé quand il a eu une crise cardiaque qui, au final, s'est avérée fatale. Il n'avait que soixante-neuf ans, ce qui n'est pas vieux de nos jours.

— En effet, admit Marguerite. Quoi qu'il en soit, il aurait pu le mentionner dans son testament. Il n'a pas été bien prudent.

— La plupart des gens préfèrent ne pas penser qu'ils vont mourir un jour, fit remarquer Annette.

— C'est vrai, mais il était en possession de chefs-d'œuvre inestimables ! s'offusqua Carlton. Comment est-il possible qu'il n'y ait pas songé ?

— Il est difficile de savoir ce qui se passait dans sa tête, murmura Annette.

Elle prit une gorgée du Cosmopolitan, le fameux cocktail de Carlton, avant de poursuivre :

— D'après ce que j'ai entendu dire, sir Alec se comportait bizarrement vers la fin de sa vie, comme s'il avait perdu la raison. Ce qui expliquerait pourquoi il a négligé d'établir formellement la provenance de certains tableaux, ou de garder les factures, certificats, reçus et autres.

Se tournant vers le célèbre restaurateur, elle poursuivit :

— Si ça se trouve, le Degas est authentique. Ce n'est pas parce que je lui trouve un drôle d'air que c'est un faux. Il n'y a que le certificat de provenance qui puisse attester de l'authenticité d'une œuvre d'art. Et Alec Delaware le savait. Malgré cela, il a laissé derrière lui un fouillis inextricable. Ce qui ne ressemble guère à l'homme d'affaires qu'il avait été jadis. A mon avis, en tout cas.

Jack regarda Annette.

— Moi, j'aimerais bien savoir ce qu'il y a dans la tête de Mme Joules, pas vous ?

Annette opina du chef.

— Mme Joules ? demanda Marguerite.

— La gouvernante de Knowle Court, répondit Jack. Un curieux personnage. Annette et moi lui avons trouvé un faux air de Mrs Danvers.

— La Mrs Danvers de *Rebecca* ? s'enquit Marguerite.

— Celle-là même.

— Vous pensez qu'elle cache quelque chose ? intervint Carlton.

— Ce n'est qu'une supposition, répondit Jack. Mais quand on a travaillé pendant des années pour quelqu'un et vécu sous le même toit, on sait tout de cette personne, de sa famille et de sa maison. Mme Joules a débuté comme femme de chambre, avant de s'élever au grade de gouvernante. Elle doit connaître plus d'un secret.

— Nous avons du mal à croire qu'elle ignorait l'existence de la chambre secrète, poursuivit Annette.

— Mais si elle était au courant, pourquoi n'en a-t-elle rien dit à Christopher ?

Jack avait l'air perplexe.

— Peut-être savait-elle qu'elle contenait des faux tableaux et ne voulait-elle pas que ça s'ébruite.

Annette prit le temps de réfléchir, avant de déclarer :

— Mme Joules est le genre de femme à vouloir protéger la réputation de sir Alec.

— Acheter un faux n'est pas une preuve de malhonnêteté, si ? s'interrogea Carlton. En revanche, cela reflète un manque de jugement.

— Vous avez sans doute raison, reconnut Annette. Mais ce ne sont là que des spéculations. Et de toute façon, cela n'a plus vraiment d'importance maintenant que la chambre secrète et les tableaux ont été découverts.

— C'est vrai, approuva Jack.

Levant son verre, il se tourna vers Carlton :

— A votre santé, Carlton. C'est le meilleur Cosmo que j'aie jamais bu.

— Quel est votre secret ? demanda Annette.

— Le shaker, répondit Carlton en lui décochant un clin d'œil.

— Je suis ravie que vous restiez à dîner, enchaîna Marguerite en s'adressant à Jack et Annette. J'ai fait une *blanquette de veau*, dont je n'ai pas honte de dire qu'elle est fameuse. Je n'en ai jamais mangé de meilleure nulle part.

— Oh, s'étonna Annette. Vous ne m'aviez pas prévenue que le cocktail serait suivi d'un dîner.

— Ah, non ? s'étonna Carlton. Il m'avait pourtant semblé...

Annette lança à Jack un regard désemparé.

— Je ferais bien d'aller jeter un coup d'œil à la tambouille, conclut Marguerite en filant à la cuisine.

— Vous ne pouvez pas partir, dit Carlton. Elle en a fait pour un régiment. Et en plus, elle serait horriblement vexée si vous ne restiez pas dîner.

— Nous restons, le rassura Jack, en voyant l'air dépité du vieil homme. Du coup, je ne suis pas contre un deuxième Cosmo.

Se levant d'un bond, Carlton s'approcha de la desserte.

— Tout de suite, Jack. Et vous, ma chère enfant ?

— J'en reprendrai un volontiers, même si je pense que c'est un breuvage redoutable.

Elle surprit une lueur espiègle dans les yeux de Jack. Lui aussi était redoutable, songea-t-elle. L'homme le plus dangereux qu'il lui ait été donné de rencontrer. Une soudaine panique l'envahit. Elle se rendit compte qu'elle avait peur de lui. Peur de se retrouver seule avec lui. Peur de sa propre réaction et de ce qui risquait de se passer entre eux. Elle était à présent pleinement consciente de ce qu'il ressentait pour elle.

Annette frissonna quand elle regarda à nouveau dans sa direction et vit l'expression de son visage. Il était plein de désir. Pour elle. Affolée, elle détourna la tête.

30

— J'ai quelque chose à vous dire, déclara Annette, lorsqu'ils montèrent dans l'Aston Martin, prêts à reprendre le chemin du retour.

— Je vous en prie.

— Il faut absolument que la découverte des faux reste secrète. Si la rumeur venait à se répandre que la collection Delaware comporte des œuvres de faussaires, ce serait une catastrophe, non seulement pour la vente mais pour moi et mon agence d'expertise.

— Je comprends parfaitement, vous pouvez compter sur moi. Pas un mot ne franchira mes lèvres. Jamais je ne ferai quoi que ce soit qui puisse vous nuire, Annette. Vous me croyez, j'espère ?

— Oui, bien sûr. Simplement j'avais besoin de mettre les choses au point, même si je sais que je peux vous faire confiance. Le marché de l'art est impitoyable. L'arrivisme, la ruse, le mensonge, les coups bas, la médisance et la concurrence y règnent sans partage. C'est un monde qui vous est étranger, Jack, c'est pourquoi je préfère vous le dire. La moindre rumeur de contrefaçon peut déclencher un véritable tollé.

— S'il vous plaît, soyez sans crainte. Je serai un tombeau. De toute façon, je ne connais personne dans le monde des arts, hormis Margaret Mellor, et elle est votre amie. A qui voulez-vous que j'aille le dire ? En revanche, je me pose des questions sur Christopher Delaware. Je ne l'ai rencontré que deux fois, mais il m'a semblé dangereusement impulsif. Il est du genre à dégainer plus vite que son ombre.

— J'en ai parfaitement conscience. C'est pourquoi, avant que nous partions, je l'ai mis en garde. Quant à Jim, je sais qu'il tiendra sa langue. Et qu'il exerce une bonne influence sur le jeune Delaware.

— J'ai cru que j'hallucinais quand Chris est entré avec vous dans la bibliothèque en déclarant haut et fort qu'il n'avait que des faux, un tas de croûtes.

— Il ne recommencera pas, je peux vous l'assurer.

— Vous avez eu raison de lui remonter les bretelles.

— Je lui ai fait clairement comprendre qu'il perdrait de l'argent au moindre dérapage. Et le message est passé.

Jack eut l'air surpris.

— Il n'a pourtant pas l'air de tirer le diable par la queue.

— Non. Mais il adore l'argent. Il a tout intérêt à ne pas vendre la mèche.

Jack éclata de rire.

— Qu'y a-t-il ?

— Vous avez eu un air très dur.

— Je suis obligée de l'être avec certains clients. Ils ne sont pas tendres non plus. Le commerce de l'art se chiffre en centaines de millions de livres.

Jack mit le contact et commença à rouler doucement.

— Ça ne vous ennuie pas, si je fais un saut chez mon père ? lança-t-il soudain. J'ai promis à Kyle d'y passer chaque jour pendant son absence pour m'assurer que tout était en ordre.

— Non, je vous en prie.

Quelques secondes plus tard, il se garait devant la grande maison dans laquelle il avait grandi. Il coupa le moteur, puis sortit et contourna la voiture pour lui ouvrir la porte.

— Venez.

Annette eut l'air surprise.

— Je peux vous attendre ici, Jack.

— Non, venez avec moi. C'est plus sûr. J'ai deux ou trois choses à régler et Kyle m'a demandé d'éteindre la chaudière. Je serai plus tranquille si vous attendez à l'intérieur.

Tandis qu'ils remontaient ensemble la petite allée, il dit en riant :

— La maison va vous plaire. C'est tout le contraire de Knowle Court.

Elle ne répondit rien. Elle se sentait gagnée par une vague de panique.

Jack lui lâcha le bras pour ouvrir la porte. Quand ils furent dans le vestibule, il alluma la lumière, et referma la porte derrière eux.

— Vous sentez l'atmosphère chaleureuse qui régnait ici ? dit-il en souriant. Moi, j'ai l'impression qu'elle n'a jamais quitté la maison.

Comme elle restait silencieuse, il fronça les sourcils.

— Vous ne sentez rien ?

— Si, fit-elle en s'obligeant à sourire.

— Je ne serai pas long. Je file à la cave régler cette histoire de chaudière.

Il s'éloigna tandis qu'elle pénétrait dans le salon. Les hautes portes-fenêtres donnaient sur le jardin et la pièce était baignée de clair de lune. Dehors, une lune énorme et pleine luisait dans le ciel noir comme l'encre. C'était une nuit magnifique et bien qu'on ne fût qu'à la mi-avril, il faisait très doux.

S'éloignant des portes vitrées, elle se posta au milieu de la pièce et regarda autour d'elle. Il y avait des meubles d'époque superbes. Deux commodes ravissantes, un bonheur-du-jour installé face au mur et une paire de fauteuils aux dossiers en bois sculpté, le tout d'excellente facture. Peut-être l'avait-il taquinée lorsqu'il lui avait dit que sa mère tenait un bazar. Elle entendit ses pas résonner dans le hall. L'instant d'après, il entrait dans le séjour et se dirigeait droit vers elle. Lentement, Annette pivota sur elle-même.

Leurs regards se croisèrent. Elle fit quelques pas dans sa direction puis s'arrêta, le cœur battant. Il s'immobilisa, fouillant son visage de ses yeux gris, l'air hésitant. Elle voulut détourner les siens mais n'y parvint pas. Elle était comme hypnotisée.

Ils se rapprochèrent l'un de l'autre au même moment et s'enlacèrent avec passion. Jack la serra contre lui, caressant ses cheveux, son cœur battant violemment dans sa poitrine.

Ils restèrent ainsi pendant un long moment, puis il se pencha vers elle, ses lèvres cherchant les siennes. Ils s'embrassèrent avec fougue, comme quelques heures plus tôt dans la voiture. Cette fois, elle ne chercha pas à s'arracher à son étreinte. C'était comme si leurs lèvres avaient été scellées. Elle avait les jambes en coton et serait tombée s'il ne l'avait tenue fermement entre ses bras.

Lorsqu'ils se séparèrent enfin, il murmura :

— Vous voyez, nous ressentons la même chose vous et moi. Ne le niez pas.

— Je ne le nie pas...

Jack l'enlaça à nouveau et souffla dans ses cheveux :

— Venez, montons dans mon ancienne chambre. Je vous désire comme un fou. J'ai envie de vous faire l'amour.

— Non, Jack ! Il faut que je rentre chez moi. Je vous en prie, essayez de comprendre, chuchota-t-elle, en proie à une vague de panique qui la faisait trembler intérieurement.

Il laissa échapper un profond soupir.

— Je comprends, mais s'il vous plaît, laissez-moi vous tenir encore un peu dans mes bras. *S'il vous plaît.*

Ils restèrent un moment enlacés dans le clair de lune, se serrant presque désespérément l'un contre l'autre. Lorsqu'elle s'arracha enfin à son étreinte, il ne chercha pas à la retenir mais prit simplement sa main dans la sienne et se dirigea sans prononcer une parole vers le vestibule. Puis il éteignit la lumière et ils sortirent de la maison.

Une fois dans la voiture, il démarra aussitôt.

Aucun d'eux ne parla.

Ce n'est qu'au bout d'un long moment, quand ils commencèrent à se rapprocher de Belgravia, que Jack brisa le silence.

— Ecoutez, si je réussis à finir mon article sur vous demain, est-ce que vous voudrez bien dîner avec moi ?

— Je ne sais pas.

— Vous m'aviez promis de dîner avec moi ce soir et nos plans sont tombés à l'eau. Vous me devez donc un dîner.

Elle sourit malgré elle. Il avait l'air tellement désolé.

— Entendu. Appelez-moi demain pour me fixer une heure.

A sa grande surprise, elle avait dit cela d'une voix calme.

— Entendu, répondit-il sur le même ton posé, bien qu'il fût lui aussi en proie à une vive émotion.

Une fois à Eaton Square, il insista pour l'aider à porter les deux sacs pleins de paperasse rapportés de Knowle Court et monta avec elle dans l'ascenseur. Puis il déposa les cabas dans le vestibule de son appartement.

— Au revoir, murmura-t-il, en lui serrant doucement le bras, puis il sortit.

La porte à peine refermée, Annette se laissa choir dans un fauteuil et ferma les yeux. Elle tremblait de tous ses membres.

Jack exerçait sur elle une emprise extraordinaire. Elle frissonnait quand il la touchait et se sentait submergée de désir quand il l'embrassait. Jusqu'ici, elle n'avait presque jamais connu la passion. Elle ne s'était jamais sentie aussi transportée. Sauf une fois, il y avait très longtemps. Brusquement, elle se demanda comment elle avait réussi à résister à l'envie de le toucher quand ils étaient chez Carlton. Par un effort de volonté. Tout simplement. Chaque fois que Marguerite et Carlton allaient à la cuisine, Jack accourait vers elle pour effleurer sa joue d'un baiser, lui toucher l'épaule, ou simplement la regarder dans les yeux. Il était amoureux.

Pour finir, elle se leva, emportant les deux sacs avec elle dans la salle à manger. Plus tard, elle étalerait les documents sur la table, en espérant qu'elle arriverait à retrouver le certificat de provenance du Degas. Elle gagna ensuite son bureau, alluma la lampe et jeta un coup d'œil au répondeur. Rien. Sortant son téléphone portable de son fourre-tout, elle l'ouvrit pour voir s'il y avait des messages. Rien. Les deux seules personnes qui auraient pu l'appeler sur ce téléphone étaient Marius et Laurie. Ni l'un ni l'autre ne l'avaient fait.

Elle se dirigea ensuite vers son dressing pour enfiler une chemise de nuit et un peignoir de soie. Puis elle entra dans la chambre à coucher voisine, posa son téléphone sur la table de chevet et s'étendit sur le lit pour essayer de se détendre.

Jack Chalmers faisait désormais partie de sa vie et elle ne voulait pas l'en chasser. Mais elle avait peur de ce qui pouvait se passer entre eux, des conséquences d'une liaison. Il ne fallait pas qu'ils couchent ensemble. Sans quoi elle serait perdue. Elle serait à lui pour toujours.

Il n'y avait pas d'avenir possible pour eux. Car jamais Marius ne la laisserait partir. Si elle le quittait pour Jack, il la poursuivrait, la punirait en révélant ses secrets. Elle avait compris depuis longtemps que Marius était un adversaire redoutable. La mère d'Annette l'avait avertie qu'un secret, dès lors qu'il était connu de deux personnes, cessait d'en être un.

Sa mère. La ravissante Claire, qui avait perdu sa beauté à la fin de sa vie. Rongée par l'alcool et la drogue. Annette resserra son peignoir en frissonnant.

Timothy Findas. C'était lui le véritable artisan du déclin de sa mère, son pourvoyeur en drogues et en alcool...

La sonnerie du téléphone coupa court à ses réflexions.

— Allô ?

— C'est moi, chérie, dit Marius. Je ne te réveille pas au moins ?

— Non, non. Je ne dormais pas encore. Tu as fait bon voyage ?

— Excellent. Je n'ai pas pu t'appeler avant parce que j'étais avec un client. J'ai eu ton message concernant la découverte de la planque à Knowle Court. Raconte-moi. De quoi s'agit-il au juste ?

— On a découvert trois toiles authentiques, Marius ! Malheureusement aussi, trois faux. Enfin, deux à coup sûr, et un Degas très suspect.

Marius resta un instant silencieux, puis reprit à voix basse :

— Parle-moi des vrais d'abord.

— Un Cézanne et un Pissarro, de l'époque où ils peignaient en tandem… c'est un paysage de Louveciennes – dans deux styles très différents, tu t'en doutes. Vendus ensemble, ils vont atteindre des sommets.

— Je veux bien te croire. Et le troisième ?

— Une nature morte de Manet – un bouquet de violettes et un éventail rouge – qu'il avait offerte à Berthe Morisot pour la remercier de lui avoir servi de modèle. Une toute petite toile, néanmoins magnifique.

— Ma chérie, c'est la consécration. Trois autres impressionnistes ! Ta vente de septembre va faire un carton. Encore plus que le Rembrandt.

— Oui. Dès lundi je compte plancher sur un nouveau thème pour la vente.

— Bien. Et les faux.

— Un Manet, ou, plus exactement, la copie d'une toile qui se trouve au musée du Petit Palais de Genève. Je l'ai vue récemment là-bas.

— Un faussaire pas très rusé, apparemment, marmonna-t-il. Et les autres ?

— Un Cézanne…

— Couvert de suie ?

— Non. Mais il s'agit des *Toits rouges*. J'ai assisté aux enchères quand il a été vendu à un collectionneur privé. Impossible qu'il s'agisse d'un vrai, même s'il en a tout l'air.

— Peut-être est-ce pour cela que sir Alec l'a acheté…

— C'est possible. Car il est réellement plus vrai que nature. Et le dernier est une danseuse de Degas dont mon instinct me souffle que c'est un faux.

— Pourquoi ne les montres-tu pas à Carlton Fraser ? Il pourra expertiser les toiles et la peinture, comme il l'a fait avec le Cézanne.

— Figure-toi que je les lui ai apportées ce soir même.

Sa gorge se noua. Elle se demanda si elle devait lui préciser que Jack était avec elle. Elle s'empressa d'ajouter :

— Je les ai emportées quand j'ai quitté Knowle Court. Je devrais être fixée très vite.

— Et que pense Carlton ?

— Il a des doutes pour un seul tableau : le Degas. Nous savons que trois des œuvres sont authentiques et que deux sont des faux, parce qu'il s'agit de copies dont les originaux ont des propriétaires identifiés.

— Je vois. Et les certificats de provenance des vraies toiles ?

— Christopher les a retrouvés. Il y avait un meuble de classement dans la chambre secrète. Et son ami, James Pollard a découvert un placard dans la même pièce où se trouvaient deux aquarelles de Graham Sutherland ainsi qu'une sacoche.

— Ça alors ! Ils ont eu la main heureuse ! Et les Sutherland ? Ce sont des vrais ? demanda-t-il soudain tout excité.

— Oui, tout ce qu'il y a de vrai. Il ne me reste plus qu'à éplucher une tonne de paperasse. Je vais y consacrer la journée de demain. Ça devrait me permettre d'y voir un peu plus clair.

Jetant un coup d'œil à la pendule, elle se rendit compte qu'il était 11 heures et demie. Soit minuit et demi en Espagne.

— Tu as dîné, chéri ?

— Oui, et je rentre à l'instant à l'hôtel.

— Il est tard chez toi. Bonne nuit, Marius.

— Fais de beaux rêves, ma chérie.

Après avoir raccroché, Annette se renversa sur les oreillers et se demanda si elle n'aurait pas dû dire à Marius que Jack Chalmers l'avait accompagnée à Knowle Court. De toute façon, il était trop tard. Elle ne pouvait pas le rappeler. Cela n'aurait fait qu'éveiller ses soupçons. Tant pis, songea-t-elle. N'y pensons plus.

Incapable de dormir, elle se leva et alla chercher un verre d'eau pétillante à la cuisine. Puis elle retourna dans sa chambre et éteignit la lumière. Mais le sommeil refusait toujours de venir.

Brusquement, une pensée lui traversa l'esprit. Quel était le délai de prescription légal pour un meurtre ? Il n'y avait pas de prescription tant que le meurtre n'avait pas été élucidé. Et Marius le savait... comme il savait beaucoup d'autres choses aussi. Jamais elle n'aurait dû se confier à lui.

31

Drapée dans un kimono aux couleurs chatoyantes, Elizabeth Lang, assise en tailleur au milieu du lit, observait son amant. Debout près du bureau, à côté de la fenêtre donnant sur le port, il était au téléphone et tellement concentré sur les propos de son interlocuteur qu'il ne remarquait même pas qu'elle le regardait fixement.

Elle lui trouvait une allure de patricien romain, avec son nez camus et ses cheveux épais. On aurait dit un profil de César comme ceux qu'on voyait gravés sur les monnaies anciennes.

Elle l'avait surnommé son *Toro*, parce qu'il était fougueux comme un taureau. Grand, large d'épaules et généreusement doté par la nature, c'était un homme imposant, très séduisant et extraordinaire sur bien des plans. Ils étaient amants depuis quinze ans, une relation qui leur convenait parfaitement à tous les deux. Car il était marié et ne voulait pas divorcer, et elle était divorcée et ne voulait pas se remarier.

Etre la maîtresse de cet homme exceptionnel, talentueux et brillant, mettait du piquant dans sa vie. En particulier quand ils étaient au lit. Elle prenait plaisir à combler tous les désirs de cet amant expérimenté, inventif, passionné et insatiable.

Ils s'étaient très bien entendus dès le début, et ni l'un ni l'autre n'avaient l'intention de mettre fin à une relation qui leur donnait à tous les deux entière satisfaction. Il y avait une ombre au tableau cependant : elle avait remarqué que, ces derniers temps, ses capacités sexuelles diminuaient. Alors qu'elle avait quinze ans de moins de lui et était toujours pleine d'énergie, il avait des pannes. Néanmoins, ce soir il avait fait preuve d'une ardeur exceptionnelle. Il était redevenu son *Toro*. Impétueux, passionné, et extraordinairement endurant.

Après quatre heures d'ébats débridés, elle l'avait complimenté sur sa vigueur retrouvée, avait flatté son ego. En réalité, ce miracle ne s'était pas produit tout seul. Elle avait eu recours à un truc et allait continuer d'y recourir si nécessaire : un comprimé de Viagra réduit en poudre et dilué dans un Bellini qui contenait plus de jus de pêche que de champagne. Mais elle devait rester prudente, car s'il découvrait son stratagème, il ne lui pardonnerait pas.

Avisant la flûte à champagne vide à côté du lit, Elizabeth se leva instantanément et l'emporta à la cuisine pour la rincer abondamment puis la ranger.

Il l'intercepta quand elle revint dans la chambre et la serra contre lui en éteignant son téléphone portable. Elle était aussi grande que lui et ils se regardèrent un instant droit dans les yeux. Avec un petit sourire, elle commença à dénouer son peignoir de soie, puis ouvrit son kimono et se frotta langoureusement contre lui tandis qu'il saisissait l'un de ses seins dans sa main et le caressait doucement. Son corps voluptueux, sa superbe crinière rousse et ses yeux couleur de miel – ses yeux d'or – comme il les appelait, l'excitaient terriblement.

— Bon, arrêtons-nous là, dit-il en se reculant soudain. Rafael nous attend au restaurant. Il faut y aller. Tout de suite.

Comprenant qu'il ne plaisantait pas, elle lança :

— Donne-moi juste cinq minutes pour me maquiller et m'habiller.

— Non, tu n'en as pas besoin. Enfile une jupe et un corsage, et allons-y. Tel que je le connais, il aura déjà choisi les vins.

Quelques minutes plus tard, elle était vêtue d'une jupe de coton bleu marine et d'un corsage blanc et chaussée d'espadrilles à talons. Après s'être coiffée et parfumée, elle jeta deux pashminas, l'un vert et l'autre rouge, sur ses épaules, puis prit son sac à main.

— Je suis prête, *Toro*, annonça-t-elle, l'attendant dans l'embrasure de la porte tandis qu'il enfilait un blazer bleu marine par-dessus son tee-shirt et son pantalon blancs.

— Nous sommes les meilleurs, dit-il en lui prenant le bras et en l'entraînant vers le palier.

Elizabeth se félicitait d'avoir choisi un appartement qui donnait directement sur le port. Lui aussi, car il aimait la mer et trouvait très commode de se trouver à proximité des restaurants qui bordaient la marina.

Il faisait très doux ce soir et seule une légère brise soufflait depuis le large. Elizabeth avait passé son bras sous le sien ; ils longeaient le quai en savourant l'air marin. A un moment, elle leva la tête et réprima un soupir en voyant la lune énorme et presque aussi brillante qu'un soleil dans le ciel constellé d'étoiles.

— Quelle nuit merveilleuse ! s'exclama-t-elle.

Il se pencha vers elle et effleura sa joue d'un baiser.

— C'est vrai, approuva-t-il. Sans vouloir me vanter, j'étais plutôt en forme, non ?

— Si. Tu étais mon *Toro*. Et moi, je n'étais pas mal non plus ? Il me semble avoir répondu à tous tes désirs avec enthousiasme.

— Absolument. Avec toi, je me sens toujours au top de ma virilité, Elizabeth. Tu es une partenaire incroyable.

— Tu ne dis pas ça pour me faire plaisir ? Tu le penses sincèrement ?

— Bien sûr, voyons. Et tu le sais.

— Je suis mieux que ta femme ?

— S'il te plaît, ne parlons pas de ça. Tu sais bien que je n'ai pour ainsi dire pas de vie sexuelle chez moi.

— Et mieux que l'était ma sœur ? Réponds !

Il s'arrêta brusquement, comme foudroyé, puis se tourna vers elle et répliqua, les sourcils froncés.

— Je n'ai pas plus envie d'en parler. Mais la réponse est *oui*. Ça te va ?

Elle se contenta de sourire, puis passa à nouveau son bras sous le sien et marcha en silence jusqu'à leur restaurant de fruits de mer préféré.

Rafael Lopez, déjà attablé, les attendait. Il se leva pour les saluer, gratifiant son associé et sa superbe maîtresse d'un large sourire.

— Elizabeth ! s'exclama-t-il. Vous êtes plus belle que jamais. Quel plaisir de vous revoir.

— Le plaisir est partagé, Rafael, dit-elle en s'asseyant.

Rafael et son associé se donnèrent l'accolade, puis les deux amis prirent place chacun d'un côté d'Elizabeth.

— J'ai commandé un excellent vin rouge, ton préféré, Marius, dit Rafael, car ce soir nous avons quelque chose de spécial à fêter. J'ai vendu le Picasso que nous avions précieusement gardé pendant toutes ces années. J'ai conclu l'affaire verbalement cet après-midi.

Marius Remmington resta sans voix, fixant des yeux ahuris sur son associé espagnol. Au bout d'un moment, il demanda :

— Pourquoi ne m'en as-tu rien dit au téléphone ?

— Parce que j'avais envie de voir ta tête quand tu apprendrais la nouvelle. Quoi ? Tu n'es pas content, Marius ?

— Je suis aux anges ! Raconte, je veux tous les détails.

En réponse à sa question, Rafael sortit une enveloppe de sa poche et la tendit à Marius qui l'ouvrit, jeta un coup d'œil à l'intérieur et la glissa dans son veston.

— Bravo, mon ami. Tous mes compliments. Avons-nous battu un record ? Quelque chose me dit que oui.

— En effet.

Elizabeth regarda Marius et demanda :

— A quel prix s'est-il vendu ?

— Soixante-cinq millions, répondit Marius.

— De livres ? balbutia-t-elle, incrédule.

— Non, de dollars, précisa Rafael, devançant Marius. Il a été vendu à un Américain. Il préférait payer en dollars. Je suppose qu'en insistant un peu j'aurais pu obtenir davantage, mais j'ai senti qu'il commençait à perdre patience et je ne voulais pas rater la vente. Je préfère toujours vendre à des particuliers. C'est beaucoup plus simple.

— C'est vrai, reconnut Marius, saisissant son verre. A ta santé, Rafael. Tu ne cesseras jamais de me surprendre, agréablement.

Les deux vieux amis choquèrent leurs verres, puis trinquèrent avec Elizabeth, qui s'exclama :

— A votre santé, messieurs ! Et toutes mes félicitations. Ce dîner est une véritable célébration.

— Nous devrions commander, dit Marius en consultant sa montre.

Il était 1 h 30 du matin et il commençait à avoir l'estomac dans les talons.

— C'est déjà fait, l'informa Rafael en lui décochant un clin d'œil entendu. J'ai pensé que tu avais dû te dépenser sans compter depuis ton arrivée de Londres.

— C'est vrai, et je meurs de faim.

— J'ai commandé des moules marinières pour commencer, ensuite du poisson grillé aux petits légumes. Antonio m'a assuré que les moules seraient prêtes dans une minute.

Marius acquiesça, puis se renversa sur sa chaise et réfléchit à la nouvelle que Rafael venait de lui annoncer. Il n'en revenait toujours pas du prix qu'il avait réussi à tirer du Picasso, même si, dernièrement, la cote du peintre avait recommencé à atteindre des sommets. Rafael et lui avaient acquis la toile sept ans auparavant et l'avaient entreposée à Madrid en attendant que les prix grimpent. Elle n'était revenue sur le marché que l'année précédente.

La traçabilité et la provenance de la toile étaient irréprochables. Elle avait été achetée par Paul Rosenberg, le célèbre marchand d'art new-yorkais, à Picasso lui-même en 1936. Rosenberg l'avait conservée pendant des années avant de la revendre à un couple de Pasadena, qui, trente ans plus tard, l'avait offerte à leur fille. C'est la fille de cette dernière qui la leur avait vendue. Il s'agissait selon eux de l'une des meilleures œuvres du peintre, exécutée alors qu'il était au sommet de sa carrière.

Lors du dernier voyage à Barcelone de Marius pour faire des recherches sur Picasso, Rafael était venu spécialement de Madrid, où il avait son bureau, pour faire la connaissance de Jimmy Musgrave, un nouveau client américain de Marius. Plus tard, Musgrave avait recommandé Rafael à son beau-frère. C'était par l'entremise de ce dernier que Thomas Wilmott s'était vu proposer la toile de Picasso, neuf mois plus tôt. Mais il avait décliné l'offre au profit de son associé qui l'acquérait finalement aujourd'hui au prix espéré.

Depuis vingt-cinq ans qu'ils se connaissaient et travaillaient ensemble, pas une seule fois Marius et Rafael ne s'étaient querellés – une prouesse quand on y songeait.

Marius pensa alors à Londres… et Annette. En apprenant que d'autres faux appartenant à la collection Delaware avaient été découverts hier, il avait craint le pire, même s'il s'était efforcé de n'en rien montrer à Annette quand il l'avait eue au téléphone. Il ne pouvait s'empêcher de se demander d'où provenaient ces toiles.

— Combien de temps comptes-tu rester à Barcelone ? demanda Rafael, le tirant de sa rêverie.

— Cinq ou six jours, après quoi nous mettons le cap sur la Provence, d'abord Vallauris puis Aix-en-Provence. J'aimerais revoir les lieux où Picasso a vécu quand il s'est installé dans le sud de la France, dans les années 1950 et 1960. Jusqu'à sa mort en fait.

— Il est mort en 1973, dit Rafael. Et certaines de ces maisons sont devenues de véritables... sanctuaires.

Elizabeth s'exclama :

— Tu veux m'emmener avec toi en France ! Je ne suis pas sûre que ce soit possible.

— Bien sûr que si. Tu m'accompagnes, assena Marius d'une voix cassante.

Elizabeth hocha la tête sans piper mot.

Elle savait qu'il était inutile de chercher à le contredire quand il s'était mis une idée en tête, et surtout pas devant Rafael, qui se prosternait littéralement aux pieds du grand Marius Remmington.

Tout comme elle, du reste, même s'il lui arrivait de regretter d'avoir succombé à ses nombreux charmes. C'était l'homme le plus autoritaire, manipulateur et dominateur qu'il lui ait été donné de rencontrer.

— Tu es bien silencieuse, lui dit soudain Marius en la dévisageant d'un air renfrogné.

Elle soutint son regard.

— Je réfléchis à la façon dont je vais devoir m'organiser, improvisa-t-elle. Pour pouvoir t'accompagner en Provence.

Satisfait, il lui prit la main et la baisa.

— Tu ne le regretteras pas. Je te le garantis.

32

— Tu es absolument certaine que les deux tableaux sont des faux, Annette ? demanda Malcolm Stevens tandis qu'ils déjeunaient au Ritz Hotel de Londres. Le portrait à la voilette de Manet et les *Toits rouges* de Cézanne ? C'est très dommage. Et il ne faut surtout pas que cela se sache, sans quoi vous serez dans le pétrin.

— Je sais bien. C'est un risque que je ne peux pas courir.

— Vous n'êtes pas sûrs non plus de l'authenticité du Degas ? murmura-t-il, la mine grave.

— Oui, Malcolm.

Il hocha la tête en silence.

— Quand seras-tu fixée précisément ? demanda Laurie.

— La semaine prochaine si tout va bien.

Se rapprochant de sa sœur, Annette poursuivit :

— La toile est chez Carlton, comme je te l'ai dit au téléphone. Tu peux y aller demain à l'heure qui t'arrange. Il attend que tu aies vu la toile avant d'entreprendre l'analyse du support et de la peinture.

— Je comprends, dit Laurie. Qu'est-ce qui te fait penser que c'est un faux, Annette ?

— Je ne veux pas t'influencer de quelque manière que ce soit. Je préfère que tu la voies avec un œil détaché. Je me fie à ton jugement, Laurie, tu le sais. En tout état de cause, c'est Carlton qui aura le dernier mot. Car le seul vrai test, c'est l'analyse des matériaux, le support et les couleurs.

— L'ingéniosité des faussaires n'a pas de limites, déclara Malcolm.

Il prit une gorgée du vin blanc qu'on leur avait servi pour accompagner leur déjeuner. La salle à manger de l'hôtel donnait sur Green Park.

— Ils enduisent la toile de terre, ou la font tremper dans du café ou du thé, rachètent de vieilles croûtes de l'époque victorienne ou édouardienne qu'ils grattent puis repeignent ensuite.

— Ils réutilisent même de vieux cadres, fit remarquer Laurie. Et le résultat est souvent bluffant. On n'imagine pas à quel point il est facile de faire un faux. Même s'il ne faut pas être bien malin pour réaliser une copie d'un Cézanne qui s'est vendu il y a deux ans, ou d'un Manet exposé dans un musée.

— A moins que, pour une raison ou une autre, le faussaire n'ait pas eu accès à ce genre d'information, suggéra Annette. De plus, les faux de Christopher ont peut-être été réalisés il y a des années, vingt ans ou plus. Carlton semble penser que l'autre Cézanne – couvert de suie – aurait été peint il y a environ dix-huit ans.

— C'est vrai, murmura Laurie en attaquant son carré d'agneau.

— Je me demande si ce Cézanne est l'œuvre du fameux John Myatt, supputa Malcolm. Et les autres toiles aussi, d'ailleurs. C'était un peintre particulièrement brillant.

— Ce n'est pas impossible.

Malcolm partit d'un rire joyeux qui détendit l'atmosphère.

— Vous vous rendez compte que Myatt continue de peindre, tout en inscrivant la mention indélébile « Faux véritable » sur ses toiles. Je me souviens être allé à sa première exposition, en 2000, me semble-t-il, après sa sortie de prison. Condamné à un an ferme, il a bénéficié d'une remise de peine et est sorti au bout de quatre mois. Cette expo a fait un tabac. Il a vendu cinquante-cinq toiles, si j'ai bonne mémoire. Du jour au lendemain, il est devenu célèbre non plus en tant que faussaire, mais comme copiste d'œuvres célèbres.

— John Drewe et lui formaient un tandem de choc, ajouta Laurie. Vous vous souvenez ? A eux deux, ils ont réussi à berner une quantité invraisemblable de marchands d'art et d'acheteurs.

— Drewe était le cerveau, souligna Malcolm. Il a même réussi à arnaquer la Tate Gallery. A présent, John Myatt a complètement viré de bord. Un galeriste m'a dit que lorsqu'un acheteur demandait à Myatt de ne pas porter la mention « Faux véritable » sur un tableau, il refusait, déclarant qu'il était devenu réglo.

— Mais qu'est devenu John Drewe ? demanda Laurie.

— Il est toujours bien vivant, même s'il se fait discret. Il a passé quatre ans derrière les barreaux. En tout cas, une chose est certaine : les faux ne cessent de se multiplier. J'ai récemment lu que les œuvres de faussaires représentaient un manque à gagner de quelque deux cents millions de livres pour le marché de l'art britannique.

— Mon Dieu, c'est énorme ! s'exclama Laurie.

— Je me souviens avoir lu un article sur Drewe et Myatt intitulé « Les deux plus grands faussaires du XXe », intervint Annette. Mais il y a eu aussi Elmyr de Hory, un Hongrois, qui a réalisé plusieurs centaines de faux dans les années 1950 et 1960. Il était spécialisé dans les faux Picasso, Renoir et Matisse, Vlaminck et Dufy. Il était tellement habile que les experts n'y ont vu que du feu.

— Sir Alec Delaware s'est laissé berner lui aussi, dit Malcolm. Il a acheté des faux sans le savoir, j'en suis convaincu.

— Les collectionneurs sont nombreux à se faire entourlouper, convint Annette. On devrait toujours prendre l'avis d'un expert ou d'un historien de l'art avant de se lancer dans l'acquisition d'une œuvre d'art. Beaucoup trop de gens se font encore avoir, et les faux qui ornent les murs des nantis se comptent par centaines. Christopher Delaware était tellement contrarié d'apprendre qu'il y avait des faux parmi les tableaux qu'il avait découverts, qu'il en aurait presque oublié qu'il était également en possession d'authentiques Cézanne, Pissarro et Manet et qu'il aurait dû sauter de joie.

— Savais-tu, dit Laurie à sa sœur, que Degas avait demandé à son marchand Paul Durand-Ruel de racheter des toiles de Manet après sa mort ? C'est ainsi qu'il a acquis le *Berthe Morisot à la voilette*, en 1872.

— Ça alors ! C'est le début d'une piste de traçabilité ! s'exclama Malcolm.

— Oui, à ceci près que le certificat d'authenticité se trouve au musée du Petit Palais de Genève, s'empressa d'ajouter Annette.

Malcolm et Laurie éclatèrent de rire.

— Bon, assez parlé de faux et de faussaires. Qu'en est-il de votre mariage ? Avez-vous choisi un lieu ? Les brochures vous ont-elles aidés à prendre une décision ?

— Non, répondit Laurie. Au point que nous sommes prêts à ce que tout ait lieu à Londres, le mariage et la réception.

— Nous n'avons pas encore arrêté de date, dit Malcolm, mais ça devrait se faire en juillet…

— Parce que je veux porter une belle robe, coupa Laurie. Je n'ai pas envie de ressembler à un ballon.

— Je te comprends, dit Annette, ravie de voir sa sœur rayonnante de bonheur.

— Oh, mais j'y pense, s'écria Laurie. Avec toutes ces histoires de peintures, j'ai complètement oublié de te dire que Jack Chalmers m'avait appelée ce matin. Pour me poser quelques questions.

Annette se raidit instantanément et regarda sa sœur.

— Quel genre de questions ?

— Assez banales. A quoi ressemblaient tes propres peintures ? A quoi ressemblaient celles de papa ? Est-ce qu'il t'avait influencée ? Et deux ou trois questions sur nos relations ? Il était vraiment charmant et tout s'est très bien passé. Ça n'a pas duré plus de vingt minutes.

Annette se renversa sur sa chaise, soulagée que Jack ait enfin pu parler à Laurie.

A présent, toutes les interviews étaient terminées, et il lui avait dit hier soir qu'il pensait avoir le matériel nécessaire pour écrire l'article destiné au *New York Times*. Malgré cela, elle savait qu'il insisterait pour la revoir. Il était entré dans sa vie et elle ne savait pas comment l'en chasser. Mais le voulait-elle vraiment ?

Prenant son verre, elle but une gorgée de vin et se remit à évoquer les préparatifs du mariage, reléguant Jack à l'arrière-plan.

Plus tard, cet après-midi-là, Annette contemplait les papiers étalés sur la table de sa salle à manger d'un œil sceptique. Avant de sortir déjeuner au Ritz, elle avait passé une heure à éplucher les documents rapportés de Knowle Court. En vain. Il y avait des factures de tout sauf de tableaux ; des lettres de galeries sans référence précise, et pas l'ombre d'un certificat de provenance.

C'était à n'y rien comprendre. Comment un homme d'affaires aussi consciencieux que sir Alec avait-il pu laisser derrière lui un tel fouillis. Etait-il possible que quelqu'un ait écrémé la liasse de documents avant elle ? Mme Joules ? Pour quels motifs ? Et pourquoi cette femme lui inspirait-elle si peu confiance ?

Fatiguée, elle se leva et se dirigea vers le dressing. Après s'être déshabillée, elle enfila un peignoir et alla s'étendre sur le lit. Sentant le sommeil la gagner, elle songea : c'est le vin, puis s'endormit.

— Où m'emmenez-vous dîner ? demanda Annette.

Dans son jean et pull noir, avec un foulard rouge noué autour du cou, Jack lui sembla particulièrement à son avantage. Et très jeune.

— C'est une surprise, dit-il, un petit sourire aux lèvres. Et une… célébration.

— En quel honneur ?

— Parce que j'ai fini d'écrire mon article. Je crois qu'il va vous plaire.

— Quand sera-t-il publié ? demanda Annette, même si elle n'avait pas envie de le lire, craignant de ne pas le trouver à son goût.

— Dimanche prochain.

— Déjà ! Je comprends mieux, maintenant, pourquoi vous aviez hâte de le finir.

— A propos, j'ai parlé à votre sœur, mais je suppose qu'elle vous l'a déjà dit.

— En effet, elle a mentionné votre coup de fil, à midi, pendant que nous déjeunions avec son fiancé.

— Elle va faire un saut chez Carlton demain, pour jeter un coup d'œil au Degas, c'est bien ça ?

— Oui. Carlton procédera ensuite à l'analyse du support. En réalité, l'opinion de Laurie, la mienne ou même celle de Carlton ne comptent pas. Ce qui compte vraiment, c'est l'âge de la toile et des pigments.

— Pour ne rien vous cacher, je n'aurais jamais cru qu'un faux pouvait être aussi ressemblant. Je n'en reviens toujours pas. Du coup, ça m'a donné envie d'écrire un article sur la contrefaçon des œuvres d'art.

— Si vous voulez des informations, je peux vous mettre en contact avec des gens qui connaissent bien le sujet, beaucoup mieux que moi.

— Savez-vous s'il existe une brigade spécialisée dans ce genre de délits à Scotland Yard ?

— Justement, oui. C'est la brigade des Arts et des Antiquités, chargée d'enquêter sur les faux et la contrefaçon des œuvres d'art. C'est elle qui a traqué John Drewe, lequel a été jugé puis condamné.

— Que savez-vous de lui au juste ? demanda-t-il, en songeant qu'avec un peu de chance, si elle était lancée dans une discussion passionnante, elle ne se rendrait pas compte qu'il avait pris la direction de Hampstead.

Annette se mit à lui raconter l'histoire de John Drewe, un « cerveau », qui avait réussi à convaincre un peintre talentueux de réaliser pour lui des copies de toiles de maîtres qu'il vendait ensuite à des galeries. Jack l'écoutait attentivement, la laissant parler sans jamais l'interrompre et sans lui poser de questions. Quand elle lui eut dit tout ce qu'elle savait sur John Drewe, Annette réalisa qu'ils avaient pris la direction du West End.

Se tournant vers lui, elle s'étonna :

— Il faut que vous retourniez jeter un coup d'œil à la maison de votre père avant d'aller dîner ? Vous avez retenu une table là-bas ?

— Absolument, répondit-il d'une voix enjouée. Mais il faut d'abord que je vérifie la chaudière.

— Je croyais que vous l'aviez éteinte ? protesta-t-elle, agacée.

— En effet, mais je dois tout de même m'assurer que tout est en ordre, mentit-il, espérant qu'elle mordrait à l'hameçon.

De toute façon, c'était sans importance. Une fois dans la maison, elle serait envoûtée.

Il réprima un bâillement, se redressa derrière son volant.

Il avait passé presque toute la nuit à écrire. Après quoi il avait un peu dormi, puis déjeuné d'un gros sandwich aux œufs et au bacon avant de sortir faire des courses et de remonter à Hampstead pour tout préparer.

De retour à Primrose Hill, il avait piqué un somme, puis s'était douché et rasé et avait relu son article, avant de passer la prendre.

Lui coulant un regard en biais, il lança :

— Vous aviez une drôle de voix tout à l'heure quand je vous ai appelée. J'ai cru que vous alliez annuler notre rendez-vous.

— Ah bon ? Je ne vois pas ce que vous voulez dire.

— Quand j'ai dit : « Je viens vous prendre », vous avez retenu votre souffle et n'avez rien répondu. J'ai dû insister.

— Je suppose que j'ai été un peu surprise. Vous avez dit « JE VIENS VOUS PRENDRE » sur un ton tellement péremptoire qu'on aurait dit Gengis Khan s'apprêtant à dévaler la montagne pour me capturer et m'emporter dans sa tanière.

Jack éclata de rire.

— Gengis Khan !

Elle se demanda ce qu'il avait prévu pour la soirée.

Quelque chose de spécial, sans doute. Un frisson la parcourut, tandis qu'une nouvelle vague de panique s'emparait d'elle. Cette fois, il n'y avait plus moyen de faire machine arrière. Ils s'étaient engagés sur une pente glissante... et dangereuse.

33

Annette se tenait à présent sur le perron où Jack lui avait dit de l'attendre ; elle se demandait ce qu'il pouvait bien être en train de manigancer. Elle essaya de faire tourner la poignée mais la porte s'était verrouillée automatiquement derrière lui quand il était entré à l'intérieur.

Quelques instants plus tard, la porte s'ouvrit et Jack réapparut. Sans dire un mot, il la prit par la main et la mena jusqu'au salon. Après avoir déposé un petit baiser sur sa joue, il annonça :

— Je reviens dans une minute, puis disparut.

Elle entendit ses pas s'éloigner dans le couloir en direction de la cuisine.

Lentement, elle pivota sur place pour regarder autour d'elle. La transformation était spectaculaire. Des bûches crépitaient doucement derrière le pare-feu et de minuscules photophores alignés sur le manteau de la cheminée répandaient une douce lueur rose. Sur chacune des deux commodes, un vase rempli de roses trônait entre deux hauts bougeoirs en cristal. Il y avait également des roses sur la table basse devant le canapé garni de coussins moelleux.

Annette regarda à l'autre bout de la pièce et vit une petite table dressée pour deux personnes installée près de la porte-fenêtre menant au jardin. Une nappe blanche la recouvrait. Un soliflore contenant une rose et un bougeoir dont la bougie n'était pas encore allumée côtoyaient le cristal et l'argenterie. Le salon qui, la veille encore, avait un air triste et vide, s'était animé comme par miracle.

Ainsi, Jack avait passé le peu de temps qu'il avait eu aujourd'hui à tout préparer. Et ce uniquement pour elle. Les larmes lui montèrent aux yeux tant elle était émue ; puis, comprenant à quel point ses sentiments pour elle étaient profonds, elle eut peur.

Ils étaient déjà liés émotionnellement l'un à l'autre, alors qu'ils n'avaient fait qu'échanger un baiser. S'impliquer davantage risquait de lui coûter cher. Il fallait qu'elle résiste. Le pouvait-elle ? En avait-elle réellement envie ?

C'est alors qu'elle songea à Marius et aux terribles répercussions qui s'abattraient sur elle s'il découvrait leur relation. Sa vie tout entière basculerait. Ce serait la fin de tout. Elle devait quitter cette maison. Sur-le-champ ! Pendant qu'il en était encore temps.

Elle voulut faire un pas mais ses jambes refusèrent d'avancer, comme si elles avaient été clouées au sol.

Inspirant profondément, Annette s'obligea à marcher jusqu'à la porte voûtée donnant sur le vestibule. Mais Jack se dressa devant elle, portant une bouteille de champagne et deux flûtes en cristal, un sourire chaleureux aux lèvres.

— Pouvez-vous les prendre ? lui dit-il en lui tendant les verres.

Sans rien dire, elle saisit les flûtes et le suivit dans le salon.

Après avoir posé la bouteille de champagne sur la table basse, Jack demanda :

— Vous me donnez les flûtes, Annette, s'il vous plaît ?

— Bien sûr, dit-elle, la voix soudain rauque.

Elle se sentait perdue. Elle songeait à l'inévitable chaos qui s'ensuivrait si elle passait la nuit avec lui et se demandait si le jeu en valait la chandelle.

— Vous avez l'air bien songeuse, fit-il remarquer tout en servant le champagne.

— Vraiment ? Je n'en ai pas conscience, dit-elle, acceptant le verre qu'il lui tendait.

Il vint s'asseoir à ses côtés et choqua sa flûte contre la sienne :

— Bienvenue dans la maison de mon père. Vous percevez l'atmosphère chaleureuse qui s'en dégage ? C'était une maison heureuse, vous savez, pleine de gaieté et d'amour.

Elle lui sourit, plongeant ses yeux dans ses yeux gris clairs et candides, et se rendit à l'évidence : elle était amoureuse. Et elle ne pouvait rien y faire. Elle allait passer la soirée ici, avec lui. Sinon, elle savait qu'elle le regretterait. Une nuit, rien qu'une nuit. Ensuite, il faudra que tout finisse. Car jamais

Marius n'acceptera de me laisser partir. Et si je le quitte malgré tout, il me le fera payer très cher, pensa Annette.

Elle prit une gorgée de champagne et répondit :

— Oui, Jack, on sent que cette maison respire le bonheur et la tendresse. Merci pour tout ceci... Les jolies fleurs, les bougies. Je suis très touchée.

— J'en suis ravi. J'avais tellement envie d'être seul avec vous, d'être près de vous, que l'idée m'est brusquement venue d'organiser un pique-nique. J'ai prévu un dîner pour deux, vous savez.

Elle lui sourit.

— Jack, quel romantique vous faites !

Il rit. Il avait l'air heureux, comblé.

— Ce doit être merveilleux de grandir dans une maison comme celle-là. Un jour, j'aimerais avoir la même.

Il plissa légèrement les yeux :

— Vraiment ? S'il n'y a que ça, je peux racheter sa part à mon frère et nous pourrions vivre heureux ensemble ici jusqu'à la fin des temps. Qu'en dites-vous ?

Si seulement ! se dit Annette.

— Oh, Jack, c'est une pensée très touchante, mais vous savez bien que ce n'est pas possible.

— Tout est possible, à condition de le vouloir vraiment, dit-il en posant sa flûte à champagne sur la table. Il y a quelque chose qu'il faut que vous sachiez, Annette.

Son expression, soudain très grave, affola Annette.

— Quoi donc ? Quelque chose ne va pas ?

— Non, non, rassurez-vous. Je voulais simplement que vous sachiez que depuis un an j'entretiens une relation avec une femme. Son nom est Lucy Jameson et elle habite dans une vieille bastide sur les collines de Beaulieu. En fait, c'est la cuisinière à qui j'ai appris à faire le vrai pudding anglais.

— Jack, je vous en prie. Vous n'avez pas à me faire des confidences...

— Si, j'y tiens. Ecoutez, depuis mon retour à Londres, j'ai été tellement pris par le travail que je n'ai pas vraiment eu l'occasion de l'appeler. De toute façon, je n'ai jamais su sur quel pied danser avec elle. Désormais, je sais pourquoi.

— Pourquoi ?

— Parce que je ne suis pas amoureux d'elle. Je ne l'ai jamais été. Et jamais je ne pourrai avoir une relation durable avec une femme dont je ne suis pas amoureux. Si bien que j'ai décidé de rompre. Il le faut. Ne serait-ce que par honnêteté.

— Quelle sorte de relation aviez-vous ? demanda-t-elle, curieuse comme toujours de mieux le connaître et soudain remplie de jalousie à la pensée qu'il y avait une autre femme, nommée Lucy, dans sa vie.

Stupéfaite par sa propre réaction, elle vida d'un trait sa coupe de champagne. Elle avait honte de lui avoir posé cette question stupide.

— C'était plutôt une amitié. Disons que j'avais de l'affection pour elle. Du reste, c'est toujours le cas.

— Vous avez couché ensemble ? C'est une question idiote, car j'imagine que oui.

— Oui, bien sûr, répondit-il. Mais ça ne suffit pas, le sexe s'entend, pour qu'une relation fonctionne. Ce n'est pas de l'amour que j'éprouvais pour elle. Et maintenant j'en suis certain puisque je vous aime.

— Taisez-vous, Jack, je vous en prie. Vous me connaissez à peine, vous ne savez pratiquement rien de moi. Et puis vous semblez oublier que je suis une femme mariée.

— Oh non ! En tout cas, sachez que je n'ai encore jamais chipé la femme d'un autre homme. Mais je suis tombé amoureux dès la première fois que je vous ai vue. Je n'y peux rien, c'est un fait. D'ailleurs, je sais que c'est réciproque. S'il vous plaît, ne dites pas le contraire.

Elle le regarda sans rien dire, envoûtée. Il se pencha vers elle, passa un bras autour de ses épaules et l'embrassa.

Elle essaya de le repousser, de s'échapper pendant qu'il en était encore temps. Peine perdue. Elle finit par lui rendre son baiser, répondant à son désir avec autant d'ardeur et de passion que lui. Lorsqu'ils se séparèrent, ils se regardèrent dans les yeux, et il lui caressa doucement la joue, déposa un baiser sur son front.

— Viens, lui dit-il en la tirant pour l'obliger à se lever. Viens avec moi... dans ma chambre.

— Jack, non ! Ce n'est pas raisonnable !

— Je t'en prie, Annette. *Viens.*

Elle ne répondit pas, ne fit pas un geste. Elle était tellement affolée qu'elle était incapable de bouger.

La lumière était tamisée.

Elle se tenait debout au milieu de la chambre, pleine d'appréhension. Comment était-elle arrivée là ? C'était Jack bien sûr, qui l'avait entraînée dans l'escalier, tendrement, doucement, un bras passé autour de sa taille.

Ainsi, elle se retrouvait dans la chambre où il avait grandi. Et elle lui faisait confiance. Son instinct lui soufflait qu'elle était en sécurité avec lui. Ce qui ne l'empêchait pas d'avoir peur de ce qui allait se passer entre eux. Elle essaya de chasser ses appréhensions, sans grand succès.

— C'est mieux quand les rideaux sont ouverts, lança-t-il soudain, la faisant sursauter.

Elle était tellement perdue dans ses pensées qu'elle était comme en transe.

— Que veux-tu dire ? demanda-t-elle d'une voix tendue et rauque.

— Ça permet de voir la cime des arbres et le ciel. Les étoiles et la lune. Quand j'étais petit, j'aimais bien m'allonger sur le lit et regarder le ciel…

Il s'était approché de la troisième fenêtre, tout au bout de la chambre, pour ouvrir les rideaux.

— N'est-ce pas une nuit splendide, ma chérie ? dit-il. Une nuit rien que pour nous deux.

Elle ignora sa remarque, mais lorsqu'elle regarda par la fenêtre et découvrit la vue magnifique, elle s'exclama :

— Oh, oui, absolument.

Toutefois, à sa grande surprise, elle se sentait mal à l'aise. Alors que jusqu'ici elle avait été parfaitement détendue, comme si elle le connaissait depuis toujours. Par moments, comme ce soir, elle éprouvait un étrange sentiment de familiarité. La façon dont il parlait, remuait les mains ou marchait à ses côtés réveillait en elle des réminiscences insaisissables.

Il la prit par les bras et l'attira à lui, puis effleura ses lèvres d'un baiser. Lorsqu'il commença à déboutonner son corsage, elle ne bougea pas. En revanche, elle se rétracta quand il fit glisser l'étoffe blanche et soyeuse sur ses épaules. Ses yeux étaient rivés sur elle et il souriait doucement.

— Tu as l'air affolée, Annette. Je t'en prie, n'aie pas peur. Je ne vais pas te faire de mal.

— Je n'ai pas peur, murmura-t-elle.

Elle n'ajouta pas un mot quand il défit sa jupe qui tomba à ses pieds. Elle l'enjamba, puis pivota sur elle-même et s'approcha du lit.

Il la suivit et l'attira contre lui. Effleurant ses épaules, il glissa une main dans son dos et dégrafa son soutien-gorge. En un éclair, il se débarrassa de son jean et de son pull. L'instant d'après, ils étaient tous deux nus sur le lit. Elle ferma les yeux et se raidit malgré elle.

Percevant sa tension, Jack songea qu'Annette ne devait pas avoir eu une vie sexuelle très épanouie. Il ne connaissait rien de sa vie de couple ou de son passé, mais il connaissait les femmes. Il se demanda soudain si elle n'avait pas été victime d'abus sexuels dans son enfance. Il allait devoir la mettre en confiance, la traiter avec douceur, lui donner du plaisir et tout l'amour qu'elle méritait. Il se pencha sur elle et l'embrassa sur le nez, les paupières, le front ; puis il lui caressa les épaules et les bras, laissa ses mains errer sur ses jambes.

Elle remua légèrement et il sentit qu'elle commençait à se détendre. L'embrassant à nouveau sur la bouche, il lui caressa doucement les cheveux. Entre chaque baiser, il murmurait :

— Tout va bien, mon amour. On va y aller doucement, pas à pas... rien ne presse... détends-toi, Annette.

Elle ouvrit brusquement les paupières et quand elle le regarda il eut l'impression de se noyer dans l'océan bleu de ses yeux. Elle leva la main et effleura sa bouche, puis l'attira contre elle. Ils s'embrassèrent longtemps, de plus en plus passionnément. Lorsque la langue de Jack effleura celle d'Annette, il y eut un instant de véritable intimité.

Une douce langueur avait envahi les membres d'Annette. Son corps tout entier s'amollissait et s'ouvrait à la volupté.

Quand il passa sa main entre ses cuisses, il sentit qu'elle tressaillait, mais au lieu de s'arrêter, il se mit à la caresser doucement, puis de plus en plus fort, jusqu'à la faire gémir de plaisir. Et il ne put s'empêcher de la pénétrer, l'enveloppant étroitement de ses bras tandis qu'elle l'accueillait avec passion. Ils trouvèrent instantanément leur rythme.

— Tu es merveilleuse, lui dit-il.

— Toi aussi, murmura-t-elle.

Après cela ils se turent, s'abandonnant l'un à l'autre, emportés par le désir qu'ils avaient refoulé en eux pendant des jours et qu'ils pouvaient enfin exprimer librement.

Annette n'en revenait pas du plaisir et de la joie qu'il lui procurait, ni de la façon dont elle répondait à ses étreintes. Très vite, il avait réussi à l'amener au désir, rien qu'en la touchant. A présent, ils bougeaient à l'unisson, furieusement, intimement. Leurs corps s'envahissaient, se dévoraient l'un l'autre, prenant et donnant tour à tour. Annette comprit alors qu'elle était entrée dans une nouvelle dimension. Jamais elle n'avait éprouvé pareil plaisir. Et jamais personne ne l'avait aimée comme Jack.

Brusquement, elle sentit ses bras se resserrer autour d'elle tandis qu'il la soulevait légèrement. Ils montèrent simultanément, s'élevant de plus en plus haut vers les sommets de l'extase. Quand ils atteignirent l'orgasme, il cria son nom et elle fit de même. Cela ne lui était jamais arrivé.

Jack la tint serrée longuement entre ses bras, sans bouger.

— Je ne suis pas trop lourd ? voulut-il savoir au bout d'un moment.

— Non, murmura-t-elle en lui caressant le dos.

Roulant de côté, il prit appui sur un coude et souffla :

— Est-ce que tout va bien ?

Comme elle ne répondait pas, il posa sur elle un regard interrogateur. Soudain, des larmes s'échappèrent de ses yeux et roulèrent sur ses joues.

— Que se passe-t-il ? demanda-t-il, essuyant ses larmes d'un geste tendre.

— Rien, dit-elle avec un sourire tremblant. Jamais personne ne m'a fait l'amour comme toi. Je n'ai jamais ressenti un tel plaisir.

— Je sais que tu ne vas pas me croire, mais pour moi aussi, ça a été une expérience unique.

Il posa un baiser sur sa joue et ajouta avec un sourire chaleureux :

— C'est ce qui s'appelle être amoureux. Non que je sous-estime le formidable pouvoir de l'attirance sexuelle, mais quand il y a de l'amour... c'est différent. C'est infiniment mieux.

Il insista pour la servir, refusant qu'elle l'aide à préparer le dîner.

Une fois rhabillés, ils étaient redescendus au salon pour boire un verre de champagne. Jack alluma la bougie sur la table dressée pour deux, puis lui effleurant doucement l'épaule, annonça :

— Comme entrée...

— Parce qu'il y a aussi un plat de résistance ? le coupa-t-elle en riant.

— Naturellement. Je sais recevoir. Du saumon fumé. Enfin, si ça ne plaît pas à madame, nous avons également du caviar.

— Le saumon fumé m'ira parfaitement, merci.

— Ne bouge pas, je reviens dans une seconde.

L'instant d'après, il était de retour avec une bouteille de Pouilly-Fumé et deux assiettes de saumon fumé garnies de tranches de citron.

— C'est tout de même mieux qu'au restaurant, non ? dit-il en s'asseyant face à elle.

Annette pressa quelques gouttes de citron sur son saumon. Pour la première fois de sa vie, elle avait faim.

— C'est délicieux. Comment as-tu trouvé le temps de faire tout ça, Jack ?

Il sourit de toutes ses dents.

— Speedy Gonzales, tu connais ?

Levant son verre, il ajouta :

— A ta santé, mon amour.

— A ta santé, Jack. Elle prit une gorgée de vin bien frais, puis le regardant dans les yeux demanda :

— Allons, explique-moi comment tu as réussi à faire toute cette merveilleuse déco et à préparer à dîner ?

— Eh, bien, tout d'abord, j'ai fait un tour chez Harrods où j'ai acheté le vin, le champagne, la nourriture, les bougies et les fleurs. Puis je suis venu ici pour tout installer et préparer le plat qui va suivre. J'ai aussi fait le ménage dans la chambre. Ça m'a pris trois heures environ. Ça valait le coup, non ?

— Oh, oui, et je suis très touchée que tu te sois donné tant de mal pour moi.

— Je l'ai fait avec plaisir.

Annette le scruta un instant, songeant qu'il n'était pas seulement beau et talentueux, mais également profondément gentil.

— Pourquoi me dévisages-tu comme ça ? murmura-t-il en soutenant son regard, la tête légèrement inclinée de côté.

Ne voulant pas révéler ses sentiments, elle répondit :

— D'où vient le canapé ? Il n'était pas là hier.

— Non, il était dans la pièce voisine, le bureau de mon père. J'ai eu un mal de chien à le traîner jusqu'ici, mais j'ai fini par y arriver.

— Et tout cela ? Cette magnifique porcelaine, l'argenterie, les vases, les draps dans la chambre ?

— Il reste encore des tas de bibelots dans la maison. Ma tante Helen, la sœur de ma mère, viendra tout emballer la semaine prochaine. Elle va rentrer du Canada où elle est allée rendre visite à son fils et à sa famille là-bas. Kyle et moi avons décidé de lui laisser tous ces souvenirs.

— Je n'en reviens toujours pas. Comment as-tu pu faire tout ça et trouvé le temps d'écrire ?

— J'ai travaillé toute la nuit. J'avais déjà écrit un premier jet, ça aide. Je me suis assis et j'ai rédigé mon article jusqu'au matin. Ensuite j'ai fait un somme et, hop, à l'attaque !

Il se leva, ramassa les assiettes vides.

— La suite arrive. C'est une salade niçoise. Je suis désolé de n'avoir rien prévu de chaud, mais je n'avais guère le choix.

— Puis-je te donner un coup de main ? lui lança-t-elle tandis qu'il s'éloignait.

— Non ! C'est moi qui fais tout !

Restée seule dans le salon, elle regarda par la fenêtre. La lune était encore pleine, inondant la pelouse d'une lumière argentée. Des centaines d'étoiles brillaient dans le ciel et une légère brise faisait frissonner les arbres. Le jardin était d'une beauté surnaturelle, féerique.

Annette poussa un soupir satisfait. Elle se sentait vraiment bien à présent. Toute sa tension et son anxiété s'étaient évaporées, remplacées par une étrange et délicieuse euphorie. Elle était amoureuse.

Ce soir, le temps s'était arrêté. Ils étaient enfermés dans leur petite bulle. Elle savait qu'elle allait éclater. Inévitablement. En attendant, et jusqu'à demain, elle ne voulait pas y penser.

34

— Il faut absolument que vous me donniez l'adresse de votre spa, Annette ! s'écria Esther. Moi aussi, je veux faire une cure de beauté.

Annette éclata de rire.

— Je ne suis pas allée au spa, dit-elle. J'ai travaillé presque tout le week-end.

— En tout cas, vous avez une mine superbe. Et un teint éclatant.

— Merci pour le compliment, Esther.

Se penchant au-dessus du bureau, elle regarda sa secrétaire bien en face et déclara :

— Nous avons un problème sur les bras.

— Que se passe-t-il, patron ?

— Il y a un souci avec la collection Delaware et il ne faut absolument pas que ça se sache.

— De quoi s'agit-il ? Ne me dites pas que ce chien fou de Christopher Delaware a encore fait des siennes ?

— Vous avez tout compris. C'est un chien fou qui ne sait pas tenir sa langue et qui ne prend pas toujours le temps de réfléchir.

— Et qu'est-ce qu'il pourrait dire de si grave ? demanda Esther en se calant dans son fauteuil. Quel est le problème exactement ?

— Il y a dans la collection deux, voire trois toiles qui sont des faux. Evidemment, il ne faut pas que ça se sache. Vous connaissez le goût du monde des arts pour les ragots. Si jamais le mot de « faux » venait à être prononcé en relation avec la collection Delaware, l'agence Annette Remmington serait définitivement coulée. Car bien que je ne sois absolument pour rien dans cette affaire, ma réputation s'en trouverait entachée.

Esther fit la grimace.

— Je sais. Mais vous voulez dire qu'il y a deux autres faux en plus du Cézanne recouvert de suie ?

— Oui. Je vais vous expliquer ce qui s'est passé ce week-end.

Se renversant confortablement dans son fauteuil, Annette expliqua en détail à sa secrétaire les événements du samedi, la découverte de la cachette du prêtre et des aquarelles de Graham Sutherland.

Lorsqu'elle eut fini, Esther s'écria :

— C'est fabuleux ! Quelle manne ! Vous allez pouvoir étoffer la prochaine vente, n'est-ce pas ?

— C'est en effet mon intention. Je vais pouvoir mettre en vente six toiles impressionnistes en plus de *La Petite Danseuse* de Degas. Je pense que je mettrai le Giacometti de côté et organiserai une autre vente d'œuvres modernes, ultérieurement, dans laquelle j'inclurai les tableaux de Sutherland. Mais cette collection d'impressionnistes est unique – la vente promet d'être exceptionnelle.

— Christopher doit être aux anges, dit Esther.

— J'ai découvert que Christopher n'était jamais content. Rien n'est jamais assez bien pour lui, il y a toujours quelque chose qui cloche. Pourtant il devrait être aux anges, comme vous dites, de cette manne qui lui tombe du ciel.

— En tout cas, il faut absolument le raisonner, l'empêcher de parler des faux achetés par son oncle.

— C'est déjà fait. Je crois qu'il a compris, en particulier quand j'ai prononcé le mot « argent ». Quoi qu'il en soit, je ne peux pas le bâillonner, ni l'avoir constamment à mes côtés, de sorte qu'il y a toujours un risque qu'il fasse une gaffe.

— Je comprends, assura Esther, l'air grave.

Au même instant on frappa à la porte. C'était la réceptionniste.

— M. Jack Chalmers est dans la salle d'attente. Il n'a pas rendez-vous avec vous, Annette, mais il dit qu'il doit vous voir de toute urgence.

— Merci, Marilyn. Dites-lui que je vais le recevoir dans un instant.

La réceptionniste se retira.

— Je suppose que cela a un rapport avec l'article qu'il est en train d'écrire, dit Annette.

Esther garda le silence, tout en se demandant pourquoi il ne lui avait pas simplement passé un coup de fil.

— Je ferais mieux d'aller le chercher, dit-elle en se levant.

— J'étais censée le rencontrer samedi pour finir l'interview, expliqua Annette. Mais avec cette histoire de toiles découvertes à Knowle Court, j'ai proposé à Jack de m'accompagner dans le Kent. Nous avons réussi à boucler l'interview pendant le trajet du retour à Londres. En fait, il a eu la gentillesse de rapporter les toiles dans sa voiture et de les déposer cher Carlton.

— Oh, je vois, dit Esther en se hâtant vers la porte pour qu'Annette ne remarque pas le sourire qui lui montait aux lèvres.

Elle comprenait mieux, à présent, pourquoi Annette était aussi resplendissante. Elle avait passé le week-end avec Jack Chalmers qui était manifestement impatient de la revoir.

Esther était tellement contente qu'elle souriait quand elle entra dans la salle d'attente pour accueillir le beau journaliste.

L'instant d'après, elle le fit entrer dans le bureau d'Annette puis referma la porte derrière lui.

S'adossant à la porte, Jack sourit et fit signe à Annette d'approcher. Elle hésita à peine avant de traverser la pièce pour le rejoindre.

— Qu'y avait-il de si urgent ? chuchota-t-elle. Pourquoi es-tu venu ?

— J'ai trouvé une solution à ton problème, murmura-t-il, en l'attirant dans ses bras pour l'embrasser. Tu n'as pas idée comme tu m'as manqué. J'ai pensé à toi toute la nuit, mon amour.

Le cœur battant à se rompre, Annette souffla :

— Pourquoi faut-il que nous restions adossés à cette porte ?

— Pour que personne ne puisse l'ouvrir, répondit-il sur le même ton confidentiel avant de l'embrasser à nouveau.

Impatient de lui expliquer la raison de sa visite, il la laissa se dégager, et ensemble ils se dirigèrent jusqu'au bureau où il prit la place laissée vacante par Esther, tandis qu'Annette s'asseyait face à lui.

— De quel problème veux-tu parler ? demanda Annette après l'avoir regardé attentivement. J'en ai tellement, ajouta-t-elle avec un sourire affectueux.

— Des faux de la collection Delaware. Et, au fait, tu as parlé avec Laurie ?

— Pas encore, mais elle ne devrait pas tarder à m'appeler. Elle avait rendez-vous chez Carlton ce matin tôt.

— Bien, commenta-t-il en la fixant d'un regard pénétrant. J'ai réfléchi à ce que tu m'as dit. Il ne faudrait pas que cette histoire de faux entache ta réputation. C'est pourquoi j'en suis venu à la conclusion qu'il fallait que tu prennes Christopher de vitesse. Si tu crains qu'il ne vende la mèche par « inadvertance », prends les devants.

— Mais encore ? Je ne te comprends pas.

— Fais une déclaration à la presse demain ou mercredi. Annonce qu'une découverte importante a été faite à Knowle Court dans une cachette de prêtre. Trois tableaux impressionnistes fabuleux. Un Cézanne, un Pissarro et un Manet. Insiste bien sur le fait que le Cézanne et le Pissarro sont deux interprétations différentes du même paysage de Louveciennes peint simultanément par les deux grands maîtres. Parle aussi des aquarelles de Graham Sutherland. Sans mentionner les faux, bien entendu. Si on te demande si d'autres toiles ont été retrouvées, reste évasive. Dis qu'il y avait également une ou deux toiles sans grand intérêt de peintres inconnus. L'annonce va couper l'herbe sous le pied à Christopher. Pris dans le battage médiatique qui ne manquera pas de s'ensuivre, il se rendra compte qu'il serait absurde d'évoquer les faux alors que la presse ne parle que de sa fantastique collection.

— C'est une excellente idée, Jack ! Cela signifie que je vais devoir donner une conférence de presse ?

— Absolument. L'idée m'est venue ce matin, quand j'étais en train de me raser et de me préparer pour t'emmener déjeuner.

— Parce que c'est le cas ?

— Et comment !

— Je ne suis pas sûre de vouloir donner une conférence de presse. Tu ne pourrais pas plutôt écrire un article, Jack ?

Après tout, tu étais à Knowle Court avec moi. Dans un sens, tu as assisté à la découverte. Je pense que ça pourrait faire un très bon papier, pas toi ?

— C'est vrai, et je ne te cache pas que l'idée m'a effleuré. Mais ne sachant pas comment tu allais réagir, je ne voulais pas que tu t'imagines que je cherchais à m'immiscer dans tes affaires ou, pire encore, à gagner du fric sur ton dos ou à te manipuler. Tu l'es déjà bien assez comme ça !

Il s'interrompit brusquement, réalisant qu'il venait de faire une gaffe.

Il vit qu'elle pâlissait légèrement, écarquillait les yeux. L'avait-il blessée ? Se rabrouant intérieurement, il reprit :

— Je te prie de m'excuser, Annette.

— Tu as dû faire une enquête très poussée sur moi – et sur Marius – avant d'écrire ton article.

— Non, protesta-t-il. Je t'assure que c'est la vérité. Il faut que nous soyons sincères l'un avec l'autre, quoi qu'il arrive. J'ai parlé avec des gens du monde des arts, je leur ai dit que j'écrivais un article sur toi pour le *Sunday Times*. Et certains m'ont confié que Marius était en quelque sorte ton Pygmalion – un tempérament manipulateur et dominateur. Ce qui n'a pas laissé de me surprendre, car je te considère comme une femme de caractère, forte et indépendante.

Elle hocha la tête et dit en riant :

— Marius aime bien décider de tout. Pour tout le monde, pas seulement pour moi.

— Je comprends. Ecoute, j'ai laissé mon ordinateur portable à la réception avec mon imper. Je vais aller le chercher pour que tu puisses lire l'article que j'ai écrit sur toi, même si je l'ai déjà envoyé par courriel à la rédaction avant de partir.

— Je te fais confiance, Jack. Sincèrement. Et je préférerais que tu écrives toi-même l'histoire des nouvelles toiles. Tu ne crains pas que cela fasse double emploi avec ton article sur moi alors qu'il n'est pas encore paru ?

— Non. Je pourrais attendre une semaine, mais il faut agir vite. Au cas où Christopher ne saurait tenir sa langue.

Jack alla se poster devant la fenêtre et contempla Bond Street pendant quelques instants avant de revenir s'asseoir.

— Je vais appeler la rédaction du *Sunday Times* tout à l'heure et leur raconter ce qui s'est passé samedi. Ils me proposeront certainement d'écrire un papier pour le *Times*. Ainsi l'article sortira cette semaine, ce qui leur permettra de faire le lien avec ton portrait qui sera publié dans le supplément du dimanche. Qu'est-ce que tu en penses ?

— Ça me paraît très bien, mais c'est toi le journaliste. Juste une question. Si ton article paraît cette semaine dans le *Times*, tu ne crois pas que je vais être assaillie de coups de fil de journalistes ?

— C'est possible, parce que tous les journaux vont vouloir publier leur propre version et te poser des questions. Mais je suis sûr que tu sauras les tenir en respect. De toute façon, j'écrirai un article aussi complet et détaillé que possible pour qu'ils n'aient pas grand-chose d'autre à se mettre sous la dent.

— Très bien. Et quand comptes-tu l'écrire ?

— Tout de suite – s'il y a un endroit où je peux m'installer. Après quoi, je t'emmène déjeuner.

— Peut-on savoir où ?

— J'ai pensé au Caprice. C'est à quelques pas et ils font des terrines de poisson exquises.

— C'est un lieu très fréquenté, fit-elle observer, inquiète.

— Je te promets de bien me tenir.

— Sauf qu'on nous verra ensemble.

— Et alors ? Je suis en train d'écrire un article sur toi et sur ta prochaine vente aux enchères. Au fait, quand doit-elle se tenir ?

— En septembre. Sotheby's a confirmé la date. Je croyais te l'avoir dit.

— Oui, en effet. Eh bien, où puis-je m'installer pendant une heure ou deux, mon amour ?

— Dans la petite salle de conférence. Elle est très calme et agréable, tu verras. Et s'il te plaît, Jack, ne me tutoie pas et ne m'appelle pas mon amour devant les autres. *S'il te plaît.*

— Non, bien sûr. Tu me prends pour une andouille ?

Il lui sourit et la serra dans ses bras pour l'embrasser.

Annette se dégagea de son étreinte. Comme il esquissait une grimace, elle le gronda gentiment :

— Arrête de faire le pitre.

— Ce n'est pas ça, je n'aime pas que tu me repousses.

— Je me rachèterai plus tard, murmura-t-elle.

— Tu peux être sûre que je te prendrai au mot, dit-il tandis qu'elle l'emmenait vers la réception.

Suivant les instructions d'Annette, Esther emmena Jack à la salle de conférence. Comme ils longeaient le couloir, elle l'observa à la dérobée et constata qu'il avait l'air d'un homme heureux. Son vœu le plus cher était qu'Annette et lui continuent de se voir. Puis elle songea à Marius Remmington, et son sourire s'effaça d'un seul coup.

Annette retourna s'asseoir à son bureau. L'idée de Jack était excellente, à condition que les journalistes ne lui tombent pas tous en même temps sur le dos. Au fond d'elle-même, elle redoutait qu'ils ne fouillent son passé. Jusqu'ici, ils ne l'avaient pas fait, mais on ne pouvait jamais jurer de rien.

Sa ligne de téléphone privée se mit à sonner. Elle décrocha aussitôt.

— Allô ?

— Salut, sœurette, c'est moi. Je suis avec Carlton.

— Et alors, quel est le verdict ?

— Je suis sûre à quatre-vingt-dix pour cent que le Degas est un faux. Je l'ai vu au premier coup d'œil. Il a quelque chose de grossier, comme s'il avait été bâclé. Et ce n'est pas une copie d'une toile de Degas que je connais. Je pense que c'est juste l'œuvre de quelqu'un qui a cherché à copier son style sans succès.

— C'est exactement mon avis, Laurie. D'abord, on pense, oh, chic, un Degas, et puis on y regarde d'un peu plus près et on se met à douter. Carlton va analyser la peinture et la toile ?

— Oui, naturellement. Il veut te parler. Je te le passe.

— Allô, ma chère enfant, dit Carlton. Laurie a tout de suite pensé comme vous qu'il s'agissait d'un faux. Cependant, pour en avoir absolument le cœur net, j'aimerais avoir l'opinion de Ted Underwood. Vous êtes d'accord ?

— Bien sûr. Faites comme le sentez, analysez tout le tableau, y compris le cadre qui m'a semblé avoir été fabriqué de bric et de broc avec de vieux morceaux de baguette moulurée.

— J'ai une question à laquelle je ne suis pas certain que vous puissiez répondre, Annette.

275

— Laquelle ?

— Que pensez-vous que Christopher va faire de ces faux ? Il y en a trois de plus maintenant. Trois, à condition que la ballerine de Degas soit un faux. Ne pensez-vous pas qu'il faudrait les détruire ?

— Si, mais il n'a toujours pas détruit le Cézanne, tout au moins pas à ma connaissance. Je vais lui en reparler.

— C'est bien. Je vous rappelle dans quelques jours.

— Si tu n'as pas besoin de moi, je rentre à la maison, dit Laurie en reprenant la ligne.

— Rentre, ma chérie. Nous reparlerons plus tard.

— Je t'embrasse.

Annette resta un long moment, le regard perdu dans le vide. Qui avait peint ces faux ? Pourquoi sir Alec Delaware les avait-il achetés ? Etait-il atteint de démence à ce moment-là ?

Tout le monde semblait considérer qu'il n'était plus le même homme après le suicide de sa fiancée. Est-ce elle qui le conseillait, avant ?

Annette pinça les lèvres. Elle avait du mal à croire qu'un homme comme Delaware ait pu se faire berner.

Appuyant sur la touche de l'interphone, elle demanda à Esther :

— Pourriez-vous regarder dans le répertoire des peintres britanniques ? Section art moderne, contemporain s'entend.

— Oui, quel nom ?

— Clarissa Normandy, répondit Annette. La fiancée de sir Alec qui s'est suicidée.

Dix minutes plus tard, Esther entrait en trombe dans le bureau d'Annette.

— Désolée, ça m'a pris plus longtemps que prévu. Son nom n'apparaît qu'une seule fois, et il n'y a pas grand-chose sur elle. Elle a étudié au Collège royal des beaux-arts, semblait promise à une grande carrière brisée apparemment par une mort prématurée. Tenez.

Elle lui tendit une feuille sur laquelle elle avait pris des notes.

Annette y jeta un coup d'œil. Elle lut à haute voix : « Née dans le Gloucestershire. Nom de jeune fille Lang – Oh, Normandy devait être son nom de femme mariée. Elle était manifestement divorcée ou veuve quand elle s'est fiancée à sir Alec. Vous avez raison, tout cela ne nous aide guère.

— Vous vouliez savoir quoi au juste ?

— L'idée m'a subitement effleurée qu'elle avait peut-être été la conseillère de sir Alec. J'ai du mal à imaginer cet homme dépensant des fortunes pour acheter des faux.

— Il croyait sans doute que c'étaient des vrais.

— Probablement, conclut Annette. Les Estrin doivent bien passer cette semaine, n'est-ce pas ?

Esther hocha la tête.

— Oui, je les ai notés dans votre carnet de rendez-vous. Ils sont à Paris en ce moment, mais ils reviennent à Londres demain.

— Parfait, je vous remercie, Esther.

Deux heures plus tard, Jack entra dans le bureau d'Annette.

— Pourrais-tu venir une minute dans la salle de conférence ?

— Tu as fini d'écrire l'article ?

— Plus ou moins, parce qu'il a fallu que je passe quelques coups de fil. J'ai eu le feu vert du *Times* pour publier le nouvel article. Je n'ai pas l'habitude de montrer mes papiers avant leur parution, mais je voudrais m'assurer qu'il te convient sur le fond et que je n'ai pas omis de détails importants. Je le peaufinerai demain matin à la première heure, et l'enverrai au journal par courriel dans l'après-midi pour qu'il soit publié mercredi.

— Tu travailles toujours aussi vite ? demanda Annette tandis qu'ils se rendaient dans la salle de conférence.

— Quand j'écris de mémoire, sans relire toutes mes notes, ça va beaucoup plus vite. Ce n'est pas un article de fond, je m'en tiens rigoureusement aux faits, m'dame.

Annette fronça les sourcils, soudain interpellée. On lui avait déjà dit la même chose. Qui ?

— Pourquoi cet air surpris ? demanda Jack.

— Parce que ces mots me rappellent quelque chose. *Juste une énumération de faits, m'dame.*

— Ah, tu penses à Jack Webb, le comédien qui jouait le rôle de Joe Friday dans une série américaine intitulée *Badge*

277

714. « Mon nom est Friday. Je suis flic. Je m'en tiens rigoureusement aux faits, m'dame. »

— Ce doit être ça, acquiesça-t-elle, même si elle en doutait.

Quelle importance au fond ? Ce qui comptait vraiment, c'étaient les secrets de son passé, qu'elle gardait profondément enfouis en espérant qu'ils ne referaient jamais surface. Elle frissonna malgré elle. La peur était une chose étrange, qui jaillissait et vous prenait subitement à la gorge. Dans la salle de conférence, elle s'assit devant l'ordinateur portable et lut lentement l'article relatant les événements du samedi précédent. C'était un récit bien balancé, sans fioritures, fidèle à la réalité.

— C'est parfait, Jack. Quelle mémoire prodigieuse tu as.

— Merci du compliment.

Il alla fermer la porte, puis s'approcha d'elle et, l'obligeant à se lever, la serra dans ses bras.

— Tu veux vraiment aller au Caprice ? Ne préfères-tu pas un pique-nique dans mon appartement ?

— Alors, comme ça, tu ne souhaites pas qu'on nous voie en public ?

Il rit.

— Mais si. Qui n'aurait pas envie d'être vu avec une femme comme toi à son bras ? Ce soir, je t'invite à dîner à Primrose Hill.

— Mais Jack, on ne peut pas…

— Il n'y a pas de mais.

Cet après-midi-là, en rentrant chez lui, Jack appela Lucy. Le répondeur était branché. Il laissa son nom et lui demanda de le rappeler. Il avait pris la décision de jouer franc jeu avec elle. C'était la moindre des choses. Car c'était une fille bien, qui s'était toujours comportée loyalement avec lui. Un coup de téléphone était la seule façon de clarifier la situation. L'ignorer ou lui envoyer un courriel serait la pire des mufleries.

Ouvrant son ordinateur portable, il s'apprêtait à peaufiner son article sur Annette et la découverte des nouvelles toiles impressionnistes, quand sa ligne sonna.

— Allô, ici Jack Chalmers.

— Salut, Jack, c'est Lucy. Comment vas-tu ?

— Bien, merci, et toi ?

— Du boulot par-dessus la tête, comme toi j'imagine.

— C'est vrai, Lucy, je suis désolé de ne pas t'avoir appelée plus tôt. Mais je n'ai pas eu une minute à moi.

— Quand est-ce que tu rentres à Beaulieu ?

— Je ne sais pas encore. Je crois que je vais devoir prolonger mon séjour de quelques jours. Ecoute, Lucy, j'ai beaucoup réfléchi à propos de toi et moi, et pour être parfaitement honnête, j'ai l'impression que ça ne peut pas aller plus loin entre nous.

Il y eut un silence à l'autre bout de la ligne.

— J'ai beaucoup d'affection pour toi et nous nous entendons bien sur beaucoup de plans, continua-t-il. Mais je n'ai pas envie de te raconter de bobards. Je pense que rien ne vaut la franchise, en particulier entre nous, qui sommes de bons amis. Et...

— Tu es en train de me dire que tu souhaites rompre ? C'est ça ? le coupa Lucy.

— C'est ça.

Elle rit.

— Je suis désolée, Jack, je me moque de moi, pas de toi. J'ai essayé de prendre mon courage à deux mains pour te parler de notre relation. Mais tu m'as devancée.

— Tu veux dire que tu avais l'intention de rompre toi aussi ?

— Oui.

— Oh ! Dois-je comprendre qu'il y a un autre homme ?

— Non.

— Ah bon. Et tu voulais rompre ?

— Oui.

— Pourquoi ?

— Parce que je sais qu'au fond de toi, tu es très ambivalent, Jack, même si tu t'es montré très romantique la dernière fois que tu es passé à la bastide et que nous avons couché ensemble.

Il ne dit rien.

Elle s'exclama soudain, d'une voix cassante :

— Jack, il est temps que tu cherches à comprendre qui tu es vraiment ! Je ne crois pas que tu seras capable d'aimer vraiment une femme tant que tu n'auras pas fait un travail sur toi-même.

— Je suis désolé, Lucy, sincèrement, que tout se termine comme ça.

Cette fois, ce fut Lucy qui resta sans voix.

— Est-ce qu'on ne pourrait pas rester amis ? demanda-t-il doucement.

— Je n'en sais rien. Franchement, je ne crois pas. Au revoir et merci d'avoir appelé.

Elle raccrocha avant qu'il ait pu prononcer un autre mot ; alors, il comprit qu'elle était très en colère et profondément blessée. Il en était désolé, mais il n'avait pas le choix. Il était amoureux d'une autre femme.

35

Annette était assise à son bureau, en train de prendre des notes pour les Estrin, les clients qui devaient passer un peu plus tard, quand sa ligne de téléphone privée sonna. Comme toujours, elle répondit à la deuxième sonnerie.

— Allô ?

— Allô, chère enfant, dit Carlton Fraser à voix basse. Je crains de ne pas avoir de bonnes nouvelles.

— C'est un faux, affirma-t-elle, convaincue depuis le début que quelque chose clochait dans la ballerine de Degas.

— En effet. Ted et moi avons analysé la peinture hier. C'est une peinture récente, Annette. De même que le support. Il ne doit pas avoir plus de dix-huit ans, comme celui du Cézanne taché de suie.

— Croyez-vous que ce soit le même faussaire qui ait peint les deux, Carlton ? Et quel est l'avis de Ted ?

— Nous n'en sommes pas certains. Le Cézanne est beaucoup plus crédible et proche du style du maître, d'ailleurs vous-même avez été bluffée. Ted et moi pensons qu'un peintre beaucoup plus expérimenté était à l'œuvre.

— Et il n'existe aucun moyen de savoir qui ?

— Non. Sauf si c'est la même personne qui a peint le portrait à la voilette de Manet, et les *Toits rouges* de Cézanne. J'en ai l'impression car le style est infiniment meilleur. Il est cependant tout à fait possible que nous ayons affaire à un tandem de faussaires.

— Il y a dix-huit ans, c'est bien ça ?

— Approximativement.

— Bon. Au moins en avons-nous le cœur net.

— Quand comptez-vous l'annoncer à Christopher ?

— Pas aujourd'hui, Carlton. Il est trop occupé à savourer son heure de gloire : toute la presse ne parle que de la merveilleuse collection Delaware qui est désormais la sienne. Je crois que nous avons trouvé le moyen de lui clouer définitivement le bec.

— Ça oui ! En attendant, j'espère qu'il va détruire les faux qui sont en sa possession. On n'est jamais trop prudent dans la vie. Imaginez qu'ils soient volés, puis revendus. C'est très dangereux, à terme, de conserver des faux.

— Je sais. Je vais le travailler au corps quand l'occasion se présentera pour qu'il les détruise ou les brûle. A propos, merci de nous avoir autorisés à venir à l'atelier, hier, pour prendre des clichés avec le photographe du *Times*. Jack vous en est très reconnaissant, et moi aussi.

— C'est tout naturel. D'ailleurs, Jack a écrit un papier sensationnel. Votre vente de septembre sera une réussite.

— Je l'espère, Carlton. En tout cas, merci d'avoir procédé si rapidement à ces analyses.

— A bientôt, lança Carlton, qui raccrocha avant qu'elle ait pu lui dire au revoir.

Annette appela aussitôt Laurie pour la mettre au courant, puis Jack. Son troisième coup de fil fut pour Malcolm Stevens. Après quoi, elle alla frapper à la porte du bureau d'Esther, de l'autre côté du couloir.

— Esther, annonça-t-elle en passant la tête par l'embrasure. Je crains que ce ne soit un faux. Encore un. Malheureusement.

— Et flûte ! pesta la secrétaire. J'avais espéré que celui-là au moins serait vrai.

Entendant la sonnerie du téléphone dans son bureau, Annette fila répondre.

— Allô ? répondit-elle, légèrement essoufflée.

— Tu as complètement perdu la tête, ma parole ! hurla Marius dans le combiné. Quelle mouche t'a piquée de dévoiler *maintenant* la découverte des trois toiles ! Putain, c'est n'importe quoi !

Annette était tellement choquée par son ton et sa grossièreté qu'elle en resta muette. Inspirant profondément, elle riposta d'une voix claire et ferme :

— Qu'est-ce qui te prend de brailler comme ça dans le téléphone ? On dirait un taureau enragé. Non, ce n'est pas n'importe quoi. Au contraire. C'est un bon petit coup de pub pour la vente à venir et...

— Nous ne sommes qu'en avril, nom d'un chien ! D'ailleurs pourquoi ne m'as-tu pas prévenu ? D'habitude, tu me consultes toujours. Tu prends mon avis et tu te fies à mon expérience.

— En l'occurrence, je n'ai pas jugé utile de te consulter, Marius, répliqua-t-elle sèchement, excédée par son agressivité. Je n'ai eu d'autre choix que de couper l'herbe sous le pied à Christopher Delaware qui a une fâcheuse tendance à parler à tort et à travers. En révélant la découverte de trois nouvelles toiles impressionnistes, dont deux d'une valeur inestimable, j'ai réussi à lui faire oublier les faux. Maintenant qu'il se retrouve au centre de l'attention, il n'a aucune envie de gâcher son plaisir en parlant des œuvres de faussaires. Ce qui risquerait de jeter des doutes sur les trois pièces maîtresses.

— Tu as les certificats de provenance ?

— Bien entendu. Il me semblait te l'avoir dit samedi.

Passant outre sa remarque, il brailla :

— Et pourquoi as-tu emmené Jack Chalmers avec toi ? C'était la dernière des conneries. Résultat, il t'a doublée et il a tout révélé dans son canard.

— D'abord, tu m'accuses, puis tu t'en prends à Jack. C'est *moi* qui lui ai demandé d'écrire cet article. Et ce parce que c'était la meilleure chose à faire.

— Pourquoi ne m'as-tu pas dit que tu étais allée avec lui dans le Kent ? insista-t-il, furieux.

— J'ai oublié. La découverte des trois impressionnistes m'a mis la tête à l'envers. De toute façon, il était très tard quand tu m'as appelée et je dormais déjà à moitié.

— Tu aurais dû me rappeler le lendemain.

— Ah, c'est la meilleure ! Tu n'arrêtes pas de me répéter qu'il ne faut pas que je t'appelle quand tu es en déplacement ; des consignes que je respecte scrupuleusement. Et franchement, je ne vois pas pourquoi je t'aurais appelé juste pour te dire que Jack m'avait accompagnée à Knowle Court.

— Et pourquoi t'a-t-il accompagnée ? rugit-il.

— Parce que nous n'avions pas fini l'interview et que je devais me rendre d'urgence dans le Kent. Tu oublies que Christopher est un client important. J'ai pensé que je pouvais faire d'une pierre deux coups. Il m'a interviewée sur le chemin du retour.

— Je vois, dit-il d'un ton cassant, mais sans élever la voix cette fois.

— Quoi que tu puisses en penser, c'est un fameux coup de pub pour la vente, poursuivit Annette. L'article du *Times* est excellent. Allons, reconnais que Jack a fait un travail fantastique.

— Passable. Sans plus.

— L'interview paraîtra dimanche. Tu seras toujours en Espagne ?

— Oui, je pense. Bon, je dois y aller, sinon je vais être en retard à mon rendez-vous.

— Au revoir.

Il était de toute évidence d'une humeur de chien. Avait-il deviné qu'il y avait quelque chose entre elle et Jack ? Impossible. Il n'avait aucun moyen de savoir. Il était à Barcelone depuis près d'une semaine pour faire des recherches sur Picasso.

Une heure plus tard, Annette accueillait les Estrin qui, en voyage en Europe, cherchaient des œuvres d'art. Elle avait déjà conclu plusieurs affaires avec eux par le passé, et ils faisaient partie de ses clients préférés. C'étaient des gens charmants et cultivés qu'elle prenait plaisir à conseiller. Ils avaient récemment quitté Bethesda pour s'installer à Palm Beach.

Annette les fit asseoir dans le coin salon aménagé à côté de la crédence.

— Félicitations, lui dit Melvyn Estrin, pour l'extraordinaire découverte relatée dans le *Times* ce matin. Je parie que la vente va faire un tabac à l'automne.

— Je l'espère. Puis-je vous offrir quelque chose à boire. Un thé, un café, de l'eau ?

— Non, merci, répondit Suellen avec son accent du sud.

— J'espère que vous pourrez venir à la vente en septembre, reprit Annette. Je sais que vous vous intéressez davantage à la peinture contemporaine qu'aux impressionnistes, mais je crois qu'elle sera réellement exceptionnelle.

— Nous serons ravis de venir, affirma Suellen. D'ailleurs, nous nous disions que vous pourriez peut-être nous présenter quelques œuvres d'impressionnistes anglais. J'ai découvert que j'avais un faible pour la peinture de Dame Laura Knight, et Melvyn pour la sculpture.

— En particulier Henry Moore et Barbara Hepworth, précisa Melvyn. Il me semble que leurs œuvres n'apparaissent que rarement sur le marché.

— C'est exact, et il en va de même pour les œuvres de Dame Laura Knight, dit Annette. Elle est devenue très populaire ces temps-ci, si bien qu'il y a peu d'œuvres d'elle en circulation. Néanmoins, un de mes associés en a deux dans sa galerie. J'avais l'intention de vous y emmener plus tard, de toute façon. C'est à quelques minutes à pied. En revanche, je n'ai rien ici qui soit susceptible de vous intéresser, étant donné que je ne savais pas ce que vous cherchiez exactement.

— Je vois que vos murs sont vides, fit observer Melvyn. Comme toujours. Mais j'espérais que vous nous auriez présenté quelques œuvres, de quoi nous tenter.

Annette rit.

— Je n'ai pas de trésors cachés, malheureusement. Mais Malcolm Stevens a quelques tableaux remarquables de Lucien Freud et Francis Bacon. Même si je me doute, qu'en tant qu'amateurs d'art abstrait, vous préféreriez voir des tableaux de Ben Nicholson. Nicholson est, à mon avis, un peintre exceptionnel.

— Nous aimerions tout voir, dit Suellen. Nous aimons l'art en général. C'est un de nos plaisirs quand nous venons en Europe. Visiter les galeries, découvrir de nouveaux artistes, c'est notre passion à tous les deux.

— Dans ce cas, allons voir Malcolm Stevens. Sa galerie est à deux pas, suggéra Annette. Je l'ai prévenu que nous serions là-bas vers onze heures et il a hâte de faire votre connaissance. Il est très cultivé, je suis sûre que vous allez l'apprécier.

Malcolm, toujours accueillant, les salua chaleureusement quand ils arrivèrent à la galerie Remmington, dix minutes plus tard.

Une fois les présentations faites, Annette expliqua à Malcolm :

— Melvyn et Suellen s'intéressent particulièrement aux peintres contemporains, comme je te l'ai dit l'autre jour. Ils ont cependant l'esprit ouvert et audacieux en matière d'art et aimeraient jeter un coup d'œil aux Ben Nicholson ainsi qu'aux Dame Laura Knight que tu exposes.

— Aucun problème, acquiesça Malcolm. Si vous voulez bien me suivre jusqu'à la salle où sont exposées les œuvres d'art contemporain.

Se tournant vers les Estrin, il poursuivit :

— Peut-être aimeriez-vous parler avec mon assistant, David Loudon, un spécialiste des peintres britanniques des dernières soixante-dix années, en particulier de Nicholson. Il est également très versé dans les peintres de l'école de Newlyn, qui ont vécu en communauté à Newlyn en Cornouailles, tels que Lamorna Birch, Alfred Munnings et, naturellement, Dame Laura Knight.

— Nous serions ravis de lui parler, dit Melvyn.

Laissant Malcolm marcher devant avec les Estrin, Annette consulta son téléphone portable. Marius occupait d'un seul coup toutes ses pensées. Elle n'avait certes pas apprécié son ton agressif de ce matin au téléphone, ni la façon dont il lui avait reproché d'avoir emmené Jack avec elle dans le Kent. Sentant monter en elle une vague de panique, elle s'efforça de la refouler. Il n'avait aucun moyen de savoir ce qui s'était passé entre elle et Jack. Personne ne le savait. Personne ne le saurait jamais. Et Jack avait un bon alibi puisqu'il écrivait un article sur elle.

Inspirant profondément, elle rattrapa Malcolm et les Estrin. Melvyn était un homme d'affaires prospère et un producteur de Broadway. Il était bel homme et charmant, et Suellen, un ancien mannequin, était ravissante. Grande, élégante, avec des yeux tirant sur le vert et des cheveux auburn, elle lui rappelait Laurie.

Elle pensa à sa sœur. Elle lui avait promis de la rappeler. Elle appuya sur la touche correspondant à son numéro.

— Désolée, ma chérie, je n'ai pas pu te téléphoner avant. Je suis à la galerie avec Malcolm et le couple de clients américains que tu avais trouvés tellement charmants l'année dernière. Les Estrin.

— Ah, oui. Ils sont adorables. Ecoute, pour le Degas, c'est dommage. En revanche, les impressionnistes sont magnifiques, notamment les deux paysages de Louveciennes. Cette paire se vendra à prix d'or.

— Combien, à ton avis, Laurie ?

— Trente ou quarante millions de livres chacun.

— C'est aussi mon estimation. Ce sont des œuvres rares et c'est une aubaine de les avoir trouvées ensemble. Cela contribue à leur donner encore plus de valeur. Parce qu'elles ont une histoire.

— Oui.

— Bon, je dois rejoindre Malcolm. Il est en train de faire visiter la salle d'œuvres contemporaines aux Estrin en compagnie de David. Je te rappelle plus tard.

— Tu n'as pas oublié pour ce soir, n'est-ce pas ? demanda Laurie au moment où Annette allait raccrocher.

— Ce soir ? Il y a quelque chose de prévu ce soir ? Oh, mon Dieu, oui ! Malcolm nous emmène dîner chez Ivy. Désolée, ma chérie, ça m'avait complètement échappé...

Il y eut un silence.

— Annette, tu es là ? lança Laurie.

— Oui, pardon. Figure-toi que Jack et moi avions prévu de fêter la parution de l'article ce soir. Mais je peux annuler.

— Non, non. Ce ne serait pas correct. Propose-lui de venir. J'aimerais bien faire plus ample connaissance. Je ne l'ai aperçu qu'une fois au fond de la salle du Harry's Bar et ne lui ai parlé qu'au téléphone. Ce serait agréable de le rencontrer en personne. Malcolm a retenu la table pour 19 h 30. A ce soir.

— A ce soir, dit Annette, qui raccrocha en se demandant si elle ne venait pas de faire une énorme bêtise.

Elle avait remarqué que Jack était incapable de cacher ses sentiments. Il faudrait le mettre sérieusement en garde, car Malcolm et Laurie ne devaient en aucun cas soupçonner qu'il y avait quelque chose entre eux.

36

Laurie et Malcolm prêtèrent une oreille attentive à Annette lorsqu'elle leur rapporta la conversation téléphonique qu'elle avait eue le matin même avec Marius.

— C'est pourquoi j'ai demandé à Jack de venir à 20 heures, pour pouvoir vous parler en privé, conclut-elle.

Malcolm soupira :

— Tu sais bien qu'un homme ne peut pas ne serait-ce que te regarder, Annette, sans qu'il devienne horriblement jaloux.

— C'est vrai qu'il est très possessif, ajouta Laurie. Souviens-toi dans quel état il était quand il s'est mis en tête que Christopher Delaware avait le béguin pour toi.

Annette haussa un sourcil.

— Toi aussi, souviens-toi, tu m'as taquinée au sujet de Chris. De toute façon, c'est grotesque. Nous savons désormais qu'il ne s'intéresse pas aux femmes. James Pollard et lui sont inséparables. Et tant mieux, si vous voulez mon avis. Ainsi, il a quelqu'un d'un peu plus mûr et avisé pour le conseiller. Pour en revenir à Marius, j'ai trouvé sa réaction vraiment déplacée. Et personnellement je ne pense pas qu'il soit trop tôt pour révéler la teneur de la prochaine vente. Au contraire, il me semble que c'est le bon moment.

— Je suis d'accord, dit Malcolm en prenant une gorgée de vin. (Il s'accorda un petit moment de réflexion, puis déclara :) Marius s'est mis en boule parce que Jack Chalmers t'a accompagnée dans le Kent. C'est pour cela qu'il t'a appelée.

— Mais c'est ridicule ! s'exclama Annette, outrée. C'est lui-même qui a choisi Jack pour l'interview. Mieux même, il me l'a imposé. En ce qui me concerne, je n'ai jamais eu aucune envie de fraterniser avec la presse.

— Et maintenant ? demanda Malcolm, sans la quitter des yeux.

Bien trop fine pour tomber dans le piège, Annette répondit d'une voix posée :

— Je n'ai pas fraternisé avec Jack, si c'est ce que tu sous-entends. C'est un homme plutôt charmant et sympathique. Peut-être que je changerai d'avis quand je verrai l'article qu'il a écrit sur moi dimanche prochain.

Se calant dans son fauteuil, elle prit son verre d'eau pétillante et fixa Malcolm. Elle ne rougit pas, alors que ça lui arrivait souvent, malheureusement.

— Je ne crois pas qu'il faille prendre le coup de gueule de Marius au sérieux, intervint Laurie en serrant doucement le bras de sa sœur. Il est probablement surmené par ses recherches sur Picasso et doit se sentir seul loin de toi.

— Peut-être, dit Annette.

— Je suis de tout cœur avec toi, Annette, fit remarquer Malcolm, mais tu as intérêt à jouer sur du velours.

— Je sais que tu es de mon côté, Malcolm, et je t'en suis reconnaissante. Pourquoi dis-tu cela ?

— Parce que des rumeurs courent sur toi.

— Sur moi ? s'exclama Annette, estomaquée.

Malcolm hocha la tête.

— Sur toi. Et Jack. Quelqu'un m'a dit hier que ton petit ami t'avait accompagnée dans le Kent et qu'ensemble vous aviez déniché un trésor de tableaux impressionnistes.

— Je rêve ! Qu'est-ce que les gens ne vont pas inventer ! s'écria Laurie, furieuse. Et comment est-ce que la personne en question savait-elle que Jack avait accompagné ma sœur à Knowle Court ?

— Je l'ignore, mais quelqu'un l'a dit à quelqu'un qui l'a dit, etc. Sans oublier Fenella Anderson qui t'a vue en train de déjeuner au Caprice en compagnie d'un homme très séduisant et a trouvé que vous aviez l'air de très bien vous entendre.

— C'est ahurissant ! s'offusqua Annette, sincère.

Jack et elle s'étaient montrés d'une discrétion exemplaire. Elle lui avait donné des consignes qu'il avait scrupuleusement respectées. « Pas le moindre battement de cils équivoque », avait-elle exigé, et il lui avait solennellement promis de se comporter en parfait gentleman ce soir.

Se penchant au-dessus de la table, Laurie dit à Malcolm :

289

— Crois-tu que ces rumeurs aient pu remonter jusqu'à Marius ?

— J'en doute, répondit Malcolm avant d'ajouter à l'intention d'Annette : Il n'empêche, restez sur vos gardes.

— Voyons, il n'y a rien entre nous, protesta-t-elle.

— Je te crois, mais le moindre geste peut être mal interprété, et ensuite la rumeur enfle jusqu'à atteindre des proportions invraisemblables.

— Ah, voici Jack, s'exclama Laurie en accueillant le nouveau venu avec un grand sourire.

Malcolm se leva immédiatement pour serrer la main que Jack lui tendait. Puis Jack regarda Annette, assise de l'autre côté de la table.

— J'espère que la journée a été fructueuse avec vos clients américains, lui lança-t-il en souriant.

— Très fructueuse, merci. Ils ont lu votre article et l'ont trouvé épatant. Du coup, ils ont décidé de venir à la vente en septembre.

— Votre article, Jack, est tombé pile au bon moment, dit Malcolm. Car finalement, Annette, tu ne disposes que de quatre mois tu pour faire la promotion de la vente. C'est-à-dire un peu moins que pour le Rembrandt.

Faisant signe au serveur, Malcolm demanda :

— Jack, que voulez-vous boire ?

— Un verre de vin, comme vous tous, m'ira très bien. Merci, Malcolm.

Une fois la commande passée, Laurie déclara :

— J'ai hâte de lire le portrait que vous avez brossé d'Annette. Vous savez, je suis une de vos lectrices les plus assidues, Jack.

Il lui sourit, songeant qu'elle était décidément très belle et séduisante. Puis, s'apercevant qu'il la regardait fixement, il s'empressa de répondre :

— J'ai été conquis par le tableau de la ballerine, au point que j'ai cru que c'était un authentique Degas. C'est vous dire si je m'y connais en peinture.

— Je pense que beaucoup de gens s'y seraient laissé prendre, commenta Laurie. Lorsqu'on découvre un tableau, on ne soupçonne pas d'emblée qu'il pourrait s'agir d'un faux.

— C'est vrai, concéda Jack, qui se tourna vers Malcolm. Annette m'a raconté des histoires de faussaires captivantes, du coup l'envie m'est venue d'écrire un article à ce sujet, en me basant sur la vie d'Elmyr de Hory et du tandem John Drewe-John Myatt. D'après elle, vous pourriez m'aider dans mes recherches.

— Pourquoi pas. Je connais pas mal de gens qui se sont fait estamper.

Le vin de Jack était arrivé. Il leva son verre pour porter un toast à Laurie et Malcolm.

— Toutes mes félicitations pour vos fiançailles. Et tous mes vœux pour votre prochaine vente, Annette. Puisse-t-elle être une réussite.

Tout se passait sans accroc, au grand soulagement d'Annette. Malcolm et Jack, qui s'étaient immédiatement pris de sympathie, parlèrent longuement de faux et de trafic d'œuvres d'art, interrompus çà et là par Laurie et Annette lorsqu'il était question de John Drewe qui avait réussi à entourlouper la Tate Gallery avec un culot qui défiait l'entendement.

Puis les hommes abordèrent le domaine du sport, et en particulier du football et des footballeurs dont les frasques défrayaient la chronique, tandis qu'Annette et Laurie discutaient entre elles des préparatifs de mariage. Laurie avait-elle choisi un salon de réception, une robe, une église, et enfin une date ? Il fut décidé qu'elle se marierait le premier samedi de juillet.

Lorsqu'on leur apporta le dîner, la conversation devint générale. Annette découvrit avec une certaine satisfaction que Jack avait de nombreux centres d'intérêt en commun avec eux, outre son sens de l'humour irrésistible quand il étrillait les célébrités du monde du spectacle et de la politique. Son ton irrévérencieux les fit beaucoup rire tout au long du repas. A la fin de la soirée, il proposa :

— Annette, je peux vous déposer, si vous voulez. J'ai réservé une voiture avec chauffeur. Et vous aussi, Laurie et Malcolm.

— C'est gentil, Jack, dit Malcolm, mais j'ai réservé un taxi moi aussi, car nous n'étions pas sûrs de pouvoir nous garer dans ce quartier.

Une fois dehors, pendant que Jack appelait son chauffeur par téléphone, Annette salua Malcolm, puis serra sa sœur dans ses bras. Jack et Malcolm convinrent de s'appeler pour déjeuner ensemble. Puis Jack aida Annette à prendre place à bord de la voiture.

Tandis qu'ils roulaient, Jack prit la main d'Annette dans la sienne :

— Il faut que je te parle. Ça te dirait d'aller prendre un verre chez Annabel ou au Dorchester ?

Elle hésita un instant, puis secoua la tête.

— Je préférerais que ce ne soit pas dans un lieu public.

Jack posa sur elle un regard pénétrant, avant de donner son adresse de Primrose Hill au chauffeur.

— Quelque chose ne va pas ? murmura-t-il en se rapprochant d'elle.

C'est alors qu'elle lui rapporta la conversation qu'elle avait eue avec Malcolm et les remarques comme quoi elle aurait emmené son petit ami avec elle à Knowle Court et se serait affichée avec lui au Caprice.

Jack n'en revenait pas.

— Nous nous sommes pourtant comportés avec la plus grande discrétion ! Les gens sont terribles. Ils ne peuvent pas s'empêcher de broder et cancaner.

— C'est vrai, mais je pense qu'il serait plus prudent de suivre les conseils de Malcolm.

— Il n'est pas au courant pour nous, j'espère ?

— Non, bien sûr. Je n'en ai même pas touché un mot à Laurie. Ceux qui ont parlé à Malcolm se sont bornés à colporter des rumeurs, ou émettre des suppositions.

— Tu crois que Christopher pourrait être à l'origine de ces rumeurs ?

— Non. Même s'il est du genre à parler à tort et à travers, il ne ferait rien de tel. D'ailleurs, c'est lui qui a suggéré que je t'emmène à Knowle Court. J'ignore qui est à l'origine de ces commérages, toujours est-il que nous ne pouvons pas prendre de risques.

— Tu as raison.

— De quoi voulais-tu me parler ? Tu avais l'air tellement sérieux.

— De différentes choses. Attendons d'être à la maison.

Annette se serra contre lui et murmura :

— Ton article d'aujourd'hui est excellent, Jack. Très bien écrit et palpitant. C'est une excellente publicité pour la vente. Je voulais te remercier une fois encore.

— Tout le plaisir est pour moi.

Il lui souleva doucement le menton et déposa un baiser sur ses lèvres. Puis ils passèrent le reste du trajet enlacés tendrement, perdus dans leurs pensées.

Lorsque le chauffeur les déposa à Primrose Hill, Jack le pria d'attendre. Une fois dans l'immeuble, Annette demanda :

— N'est-ce pas extravagant de faire patienter le chauffeur ?

— Si, mais tu ne peux pas passer la nuit ici, et je veux que tu puisses rentrer chez toi sans encombre. On ne trouve pas facilement de taxis par ici.

Une fois dans l'appartement, Jack l'attira dans ses bras et l'embrassa longuement.

— Ça n'a pas été facile de rester sur son quant-à-soi tout à l'heure, dit-il quand ils se séparèrent enfin. Mais tu as su parfaitement donner le ton.

Annette eut un sourire espiègle.

— Nous savons très bien jouer la comédie, toi et moi. Nous avons raté notre vocation.

Jack rit, l'entraîna jusqu'au canapé.

— Assieds-toi, dit-il avant de s'approcher du bar. Je peux t'offrir quelque chose à boire ? Un verre de vin ?

— Non, merci.

Après s'être servi un petit cognac, Jack la rejoignit et déclara de but en blanc :

— Je vais devoir m'absenter pour le week-end et je voudrais t'emmener avec moi.

— C'est impossible, répondit Annette, stupéfaite. Je ne peux aller nulle part avec toi, même pas en banlieue, si cela suppose de découcher ne serait-ce qu'un soir. Pourquoi dois-tu t'absenter en catastrophe ?

— Je dois rentrer à Beaulieu. Amaury, le gardien de la villa, a fait une chute en descendant à la cave et s'est cassé un bras et une jambe. Hortense, sa femme, m'a appelé aujourd'hui à 16 heures. Elle était dans tous ses états. Il va falloir que je trouve quelqu'un pour le remplacer jusqu'à ce qu'il soit rétabli pour aider Hortense dans certaines tâches qu'elle n'a plus la force de faire seule.

Jack prit une gorgée de cognac, puis enchaîna :

— J'espérais que tu pourrais passer quelques jours avec moi là-bas. J'aimerais tant que tu voies la villa.

— Jack, tu sais bien que c'est impossible. (Inspirant profondément, elle avoua :) Marius a été odieux ce matin au téléphone.

— Que veux-tu dire ? s'enquit Jack en fronçant les sourcils.

Annette lui décrivit la manière dont Marius s'était comporté, lui répétant les propos injurieux qu'il lui avait tenus.

Jack ferma un instant les yeux pour réfléchir, puis se redressant brusquement, s'écria :

— Il faut que tu le quittes. Le plus vite possible. Je veux que nous vivions ensemble jusqu'à ce que tu aies obtenu le divorce. Ensuite, nous nous marierons, Annette.

— Oh, Jack, tu sais bien que ce n'est pas possible.

— Je t'aime et tu m'aimes. N'est-ce pas ?

Voyant qu'elle ne pipait mot, il insista :

— Je sais que tu m'aimes, Annette. Ne le nie pas, s'il te plaît.

Il était soudain anxieux et tendu.

— Oui, Jack. Et je n'ai jamais aimé personne avant toi...

Elle se tut, les yeux brillants de larmes.

— Même pas Marius ? Quand vous vous êtes mariés, tu ne l'aimais pas ?

— Si. J'ai appris à l'aimer encore plus. Et je continue de l'aimer encore aujourd'hui. Mais je n'ai jamais été amoureuse de lui.

— Et qu'en est-il de l'homme avec qui tu as fait un séjour romantique à la Réserve, il y a des années ? Tu n'étais pas amoureuse de lui ?

— J'étais séduite, sous le charme, emballée, mais quand j'y repense aujourd'hui, je ne crois pas que j'étais amoureuse. Il est vrai que nous avons passé très peu de temps ensemble.

Se penchant vers elle, Jack plongea ses yeux dans les siens.

— Nos sentiments l'un pour l'autre sont bien réels, Annette, et je veux passer le reste de ma vie à tes côtés. Je vais être honnête avec toi. J'ai été fiancé deux fois et j'ai rompu deux fois. Parce que je savais que je n'étais pas amoureux, de même que je ne l'ai jamais été de Lucy. Je lui ai téléphoné pour le lui dire. Avec toi c'est différent. Je sais que je suis amoureux et que tu es toute ma vie.

— Oh, Jack... jamais Marius ne m'accordera le divorce et...

— Je m'en moque. Cela ne nous empêchera pas de vivre ensemble. Nous n'avons pas besoin d'un papier pour nous prouver notre amour. De toute façon, ce genre de convention n'a plus guère de sens de nos jours. Il y a des quantités de couples qui ont des enfants sans être mariés. Pourquoi pas nous ?

— Je suis trop vieille pour toi, Jack. Je vais avoir quarante ans en juin et un jour tu vas vouloir avoir des enfants.

— Non, tu n'es pas trop vieille ! Et tant pis si nous ne pouvons pas avoir d'enfants. Ce que je veux, c'est toi. Il faut que tu lui demandes le divorce dès son retour de Barcelone.

— Jack, je t'en prie, il faut me croire quand je te dis qu'il ne me laissera jamais partir. Il va me rendre la vie impossible, et à toi aussi.

Les larmes coulaient à présent librement sur ses joues.

— Oh, mon amour, ne pleure pas, la supplia-t-il en essuyant ses larmes. Je sais que nous pouvons être ensemble. Je t'aime tellement que sans toi ma vie n'a plus de sens... je suis sincère, même si cela peut paraître grandiloquent. Nous sommes faits l'un pour l'autre. Je t'aime de toute mon âme.

Annette avait beau le croire, elle savait que Marius ne leur laisserait pas de répit aussi longtemps qu'il vivrait. Peu lui importait qu'il lui fasse du mal, mais l'idée qu'il persécute Jack lui était insupportable.

— Oh, mon amour, je t'aime moi aussi de toute mon âme. Sauf que c'est impossible.

Plongeant une main dans sa poche, il en sortit un petit écrin de cuir rouge passablement usé et le lui tendit.

— C'est pour toi.

Elle l'ouvrit et eut un haut-le-corps en voyant la bague en diamant qui reposait sur le coussin de velours noir.

— Jack, je ne peux pas l'accepter ! Je ne peux pas et tu le sais. Mais je suis terriblement touchée et...

Jack prit l'écrin, en ôta la bague et la lui passa à l'annulaire.

— Voilà.

— Je ne peux pas, Jack...

— Ce n'est pas une bague de fiançailles, c'est un gage d'amitié. Elle appartenait à ma mère. C'est mon père biologique qui la lui avait offerte. Quand elle a épousé Peter, elle l'a ôtée et ne l'a plus jamais portée. Un jour, elle me l'a remise et m'a dit : « Elle m'a été donnée avec amour, Jack, et

tu ne dois la donner qu'à une femme que tu aimes vraiment. »
C'est pourquoi je te la donne à toi, ma chérie.

Annette était bouleversée. Elle ne voulait pas se chamailler
avec lui au sujet de la bague ou l'obliger à la reprendre. Ce
n'était pas le moment. Ils étaient trop émus l'un et l'autre.
Elle allait la ranger et la lui rendre quand il serait en état de
l'accepter.

— Regarde comme elle te va bien, murmura-t-il, soudain
souriant.

Se penchant vers elle, il l'embrassa passionnément.

— Allons chercher un lit pour sceller notre pacte, lui dit-il
au bout d'un moment.

Durant les trois jours suivants, ils furent inséparables,
vivant dans ce qu'Annette appelait leur « bulle d'amour ».

Le jeudi et le vendredi matin, Annette alla au bureau.
Chaque jour, à 11 heures, elle annonçait à Esther qu'elle sortait faire du shopping, prétextant qu'elle devait se trouver une
robe pour le mariage de sa sœur et de quoi constituer un
trousseau pour Laurie qui passerait sa lune de miel en Italie
avec Malcolm.

Sa secrétaire acquiesçait sans poser de questions, déclarant
qu'en cas de force majeure, elle appellerait Annette sur son
téléphone portable.

Une fois dehors, Annette prenait un taxi pour retrouver
Jack dans son appartement de Primrose Hill où ils faisaient
l'amour, parlaient, mangeaient, dormaient et refaisaient
l'amour.

Deux fois, ils se rendirent dans la maison de son père à
Hampstead pour s'assurer que tout était en ordre. Et chaque
fois, sans exception, ils finissaient dans sa chambre d'enfant
et faisaient passionnément l'amour. Ils s'accordaient des
moments de répit durant lesquels ils reposaient simplement
côte à côte dans le petit lit. Ces instants ne duraient jamais
bien longtemps, car Annette, qui n'avait jamais pris de plaisir
à faire l'amour, était insatiable, totalement transportée par le
désir et la sensualité qu'elle sentait naître en elle.

Il avait littéralement pris possession d'elle – de son corps et
de son âme. Elle lui appartenait et savait qu'il en serait toujours ainsi. Parfois, elle se remémorait ce qu'il lui avait expli-

qué sur la volupté, son pouvoir de transformer les gens. Il avait raison. Car elle avait été transfigurée. Transfigurée par lui.

Puis ce fut dimanche. Brusquement il ne fut plus là. Et tandis qu'il s'envolait pour Nice où l'attendaient Amaury et Hortense, elle lisait l'article qu'il lui avait consacré dans le *Sunday Times* et souriait.

Dans le portrait qu'il avait brossé d'elle, il parlait surtout de sa vie d'aujourd'hui, ne faisant que très rarement allusion à son enfance ou à son passé. Il était surtout question de la vente du Rembrandt... de son intelligence, de sa mémoire prodigieuse, de ses talents et de son érudition. Il mettait également l'accent sur ses qualités humaines, sa douceur et sa bienveillance. Et sa beauté. C'était, d'une certaine façon, une lettre d'amour. Et elle la prenait ainsi. Comme un cadeau. Plus tard ce matin-là, Malcolm et Laurie l'appelèrent pour la féliciter, de même que Margaret Mellor, et Christopher et Jim. Tous sans exception lui dirent que Jack lui avait consacré un article extraordinaire et qui lui ferait beaucoup de publicité.

Malgré cela, elle n'était pas heureuse, car il lui manquait déjà. Jack Chalmers. Son amant. L'homme qu'elle aimait et avec qui elle allait devoir rompre. En effet, si au lieu de le quitter, elle quittait Marius, sa carrière de journaliste serait fichue. La vengeance de Marius serait terrible : il n'hésiterait pas à la dénoncer à la police et elle risquait de passer le restant de ses jours en prison.

37

— Il ne fallait pas venir exprès, monsieur Jacques. Je peux
me débrouiller seule, s'exclama Hortense. Et la semaine prochaine, ma nièce Albane va venir de Marseille pour m'aider
avec la maison.

Jack déposa ses deux petits sacs de voyage dans le vestibule
de la villa Saint-Honoré :

— C'est une bonne chose. Vous avez déjà bien assez à faire
avec Amaury sans, en plus, vous occuper de la maison.

— Amaury va mieux aujourd'hui, monsieur Jacques. Mais
hier il n'allait pas fort. Il a été très choqué.

Hortense et Jack traversèrent la cuisine, puis l'arrière-
cuisine et entrèrent dans le logement qu'Amaury et Hortense
occupaient depuis quarante ans. Dès qu'ils franchirent le seuil
du séjour, un grand sourire éclaira le visage buriné du vieil
homme.

— Ah, monsieur Jacques, je ne peux pas me lever.

— N'y songez pas, dit Jack, en se penchant vers le jardinier
pour lui serrer la main et lui tapoter l'épaule. Je suis navré de
ce qui vous est arrivé. Vous ne souffrez pas trop ?

— Pas trop. Seulement, j'ai du mal à me déplacer, maugréa-
t-il en considérant son bras et sa jambe plâtrés d'un œil
morne. Un accident idiot, monsieur Jacques. Je me suis précipité, sans aucune raison. Je suis désolé.

— C'est un accident, Amaury. Et il faut reconnaître que
l'escalier de la cave est très raide. Enfin, d'ici quelques semaines
vous serez rétabli.

— Le jardin... qui va s'en occuper, monsieur Jacques ?

— Prenez soin de vous, Amaury, c'est tout ce qui compte.
Quant à moi, je vais appeler mon amie, Mme Villiers. Je suis

sûr qu'elle trouvera une solution. Elle connaît tout le monde ici.

— *Oui,* monsieur Jacques. *Merci.*

De retour dans le vestibule, Jack prit son ordinateur portable, son sac de voyage et monta au premier. Tout était parfaitement en ordre, constata-t-il en entrant dans son bureau.

Les fenêtres étaient ouvertes, laissant entrer une brise parfumée. C'était une journée radieuse. Le soleil brillait dans le ciel bleu limpide. Il regretta qu'Annette ne soit avec lui. Il lui avait déjà parlé deux fois au téléphone. D'abord à Heathrow et ensuite à Nice, dès qu'il avait atterri. Elle était contente du papier qu'il avait écrit sur elle, ce dont il était ravi. Otant sa veste, il la posa soigneusement sur le dossier de son fauteuil puis appela Claudine. Il tomba sur le répondeur et laissa un message en lui demandant de le rappeler dès que possible. C'était urgent.

Quelques minutes plus tard, le téléphone sonnait. C'était elle.

— Bonjour, Jack. Vous m'avez appelée ?

— Claudine, bonjour ! Oui, j'ai besoin de votre aide car nous avons un problème à la villa.

— Que s'est-il passé ?

Il lui raconta comment Amaury était tombé en descendant à la cave et s'était cassé un bras et une jambe, puis lui demanda si elle connaissait un jardinier susceptible de le remplacer pendant un mois ou deux. Elle promit de le rappeler dans l'heure.

Jack resta un petit moment assis derrière son bureau, pensant à Annette. Il se sentait perdu sans elle. Les longs moments qu'ils avaient passés ensemble au cours des derniers jours lui manquaient. Il avait envie d'elle à ses côtés, maintenant et toujours. Il soupira. Il était conscient que les choses se compliqueraient pour eux quand Marius serait de retour à Londres. Marius Remmington. Pour une raison qui lui échappait, Annette semblait le craindre. Son mari était un dominateur et un manipulateur à en croire les rumeurs qui couraient sur son compte, mais cela ne suffisait pas à expliquer la crainte qu'il lui inspirait. Il y avait autre chose. Elle ne cessait de répéter que Marius ne la laisserait jamais partir, qu'il ne lui accorderait jamais le divorce. Dans ce cas, pourquoi ne pouvait-elle pas tout simplement lui claquer la porte au nez ?

Dans un sens, Marius était tout aussi mystérieux qu'Annette. Et elle n'aimait pas parler de l'époque où ils s'étaient rencontrés. Etait-il possible qu'elle ait quelque chose à cacher ?

Claudine le rappela dans l'heure, comme promis.

— Je vous ai trouvé un jardinier, Jack. Il s'appelle Antoine. Puis-je lui dire de se présenter à la villa demain vers 15 heures ?

— C'est parfait.

— Et si vous veniez dîner à la maison mardi soir ?

— Volontiers, Claudine. Au fait, comment va Lucy ?

— Elle est en Italie, Jack. Pour affaires. A mardi donc.

Un instant plus tard, Hortense parut et demanda :

— Voulez-vous déjeuner maintenant, monsieur Jacques ?

— Oui, Hortense. Merci.

Annette ne l'avait pas appelé de la journée et il était sur des charbons ardents. Il était 22 heures quand son téléphone sonna. C'était elle.

— Je suis désolée de ne pas t'avoir rappelé plus tôt, lui dit-elle à mi-voix, mais je suis sortie dîner avec Laurie et Malcolm et je viens de rentrer. Ils ont adoré ton article.

— Merci, mon amour. Ecoute. Je vais pouvoir rentrer plus tôt que prévu.

Il lui fit un résumé de la situation, l'accident d'Amaury, l'arrivée imminente de la nièce d'Hortense et le jardinier que Claudine avait trouvé.

— Je suis prêt à rester plus longtemps si tu viens me rejoindre, ajouta-t-il.

— Si seulement c'était possible ! Tu sais bien que ça ne l'est pas. Et puis il va falloir que nous... prenions des précautions.

— Je comprends, acquiesça Jack, qui ne voulait pas la contrarier. Quand rentre Marius ?

— Je ne sais pas précisément, vers la fin de la semaine prochaine. Quand il est lancé dans ses recherches, il ne voit pas le temps passer.

— Est-ce qu'il a aimé l'article ?

— Il ne m'a pas appelée aujourd'hui.

Jack resta sans voix. C'était Marius lui-même qui l'avait sélectionné pour écrire un article sur sa femme !

— Comme il est en Espagne, il ne l'a sans doute pas encore lu.

— Peut-être.

Pendant toute la durée de leur conversation, il s'obligea à ne pas insister pour qu'elle quitte Marius. Cela n'aurait fait que l'irriter. L'important, pensa-t-il lorsqu'ils eurent raccroché, c'est qu'elle lui ait téléphoné. Maintenant, il pourrait dormir en paix.

Sauf que le sommeil refusa de venir. Il se tourna et se retourna sans fin dans son lit, et quand il sombra, il fit d'épouvantables cauchemars.

Il était sur un champ de bataille jonché de cadavres, en train de chercher son père en criant son nom et en retournant les corps pour scruter leurs visages. Partout autour de lui ce n'était qu'un immense bain de sang. Où était-il ? Dans quel pays ? C'est alors qu'il vit son père marcher dans sa direction, un cadavre dans les bras. Jack s'élança à sa rencontre pour lui venir en aide. Mais lorsqu'il fut assez près, il s'aperçut que son visage était couvert d'un sang qui coulait sur la fille recroquevillée et inerte qu'il portait dans ses bras. Elle était vêtue d'une robe de mariée dont le blanc avait viré au cramoisi. Jack frissonna d'horreur en voyant ses yeux vitreux et sa tête affaissée. Elle était morte. Son père lui dit en pleurant que c'était Hilda, sa chère Hilda. Il cherchait un médecin pour la sauver. Jack se mit à marcher avec son père, n'osant pas lui révéler qu'elle était morte. Peu après ils trouvèrent une infirmière de la Croix-Rouge agenouillée à terre, son uniforme impeccable souillé par le sang et la boue. C'était tante Helen. Elle tenait un stéthoscope qu'elle tendit vers la fille.

Jack s'éloigna en pataugeant péniblement dans la gadoue. Il vit sa mère qui lui faisait signe d'approcher, mais il était aspiré par la boue qui se dérobait sous ses pieds comme du sable mouvant. Il ne pouvait plus avancer. C'est alors qu'il entendit son frère Kyle l'appeler en criant. Il cria son nom en retour et vit son beau-père Peter s'approcher avec Kyle pour le tirer de la boue et le sauver.

Au loin, il aperçut une ambulance. Le chauffeur leur faisait de grands signes tandis qu'ils cheminaient tous les trois dans la boue. Soudain, tous les autres disparurent. Ils étaient les seuls survivants au milieu des cadavres. Quand ils atteignirent l'ambulance, ils remarquèrent que c'était Nigel, son père biologique, qui était au volant. « Trouve Hilda Crump. Elle est ici quelque part, vivante », lui cria-t-il. Jack continua de longer la route, laissant les trois autres derrière lui et aperçut Annette qui poussait un fauteuil roulant. Quand il l'eut rattrapée, il se rendit compte qu'elle pleurait. Elle ne cessait de répéter qu'elle avait perdu Laurie et ne savait pas où elle se trouvait.

Tandis qu'ils marchaient côte à côte, les tirs reprirent et des bombes explosèrent de tous côtés. Annette lâcha le fauteuil roulant et se mit à courir. Il s'élança à sa suite sans parvenir à la rattraper. « Annette, attends ! Attends-moi, Annette ! » hurla-t-il, mais ses cris étaient engloutis par le fracas des bombes...

La lumière de l'aube qui filtrait à travers les persiennes l'éveilla. Il avait mal au crâne. Il se leva, puis, se débarrassant de son pyjama trempé de sueur, se glissa sous la douche. Une fois séché et habillé, il retourna dans la chambre. Il était à peine 6 heures. Enfilant un short et une paire de babouches, il descendit préparer du café puis sortit sur la terrasse.

L'air frais du matin le requinqua. Tandis qu'il buvait son café, il se souvint de son horrible cauchemar.

Hilda Crump.

Qu'était-elle devenue ? Jack avait engagé un détective privé, mais l'homme n'avait jamais réussi à retrouver sa trace. Elle s'était purement et simplement volatilisée. Peut-être était-elle morte ? Toujours est-il qu'il avait demandé au détective de laisser tomber l'affaire. Il ne connaissait son nom que parce que sa mère lui avait révélé qu'elle avait été la petite amie de son père. Mais il ne savait rien de plus, si ce n'est que sa mère lui avait un jour dit que Hilda Crump avait travaillé à la galerie Remmington.

Apparemment, et toujours selon le détective, il n'en était rien. Car personne à la galerie n'avait entendu parler de son nom qui ne figurait dans aucun registre. Le détective avait classé l'affaire.

Quelle importance ? pensa Jack en rentrant dans la cuisine pour se resservir une tasse de café. En fait, s'il avait essayé de retrouver Hilda Crump, c'était parce qu'il voulait en savoir un peu plus sur son père biologique. Il espérait qu'elle pourrait lui fournir des renseignements importants le concernant. Il voulait aussi savoir si son père était un type bien, en dépit de son penchant pour les dames. Cela n'avait désormais plus aucune importance. Car lui, Jack Chalmers, savait exactement qui il était et où il en était. Il savait que s'il avait toujours été ambivalent avec les femmes qu'il avait connues, c'était parce qu'il n'avait jamais été vraiment amoureux. C'est-à-dire amoureux comme il l'était d'Annette. Ce n'était pas plus compliqué que ça. Pendant toutes ces années, il avait batifolé parce qu'il n'avait jamais trouvé le grand amour. A présent qu'il savait qu'il était sincère, honorable et honnête, il pouvait vivre en paix avec lui-même. Il avait hérité des gènes de son père et de ceux de sa mère, mais il avait été éduqué par Peter Chalmers, un homme intègre et bon. C'était la seule chose qui comptait.

QUATRIÈME PARTIE

Une découverte fortuite

« *Savoir c'est pouvoir* »

Francis Bacon, *Meditationes Sacrae*

« *Découvrir la vérité peut être terrible* »

Sophocle, *Œdipe roi*

38

Homme d'habitudes, Jack ne manquait jamais de se rendre à la Réserve, le charmant hôtel où il avait passé ses vacances étant enfant.

En ce radieux mardi matin, l'air embaumait le printemps et les fleurs.

Il était 8 h 30 quand il quitta la villa d'un pas allègre pour aller prendre son petit déjeuner sur la terrasse qui surplombait la Méditerranée.

Il avait bien dormi. Aucun souvenir de cauchemars ne le troublait. Son atroce migraine de la veille avait disparu et il se sentait capable de soulever des montagnes.

Il avait travaillé jusque tard dans la nuit sur les épreuves de son livre que son éditrice avait relues et annotées avec beaucoup de soin et de professionnalisme, comme toujours. Il lui avait aussitôt envoyé un courriel pour la remercier de l'excellent travail qu'elle avait accompli. Il n'y avait aucun ajout, coupure ou remaniement à faire, juste une relecture attentive pour traquer les éventuelles coquilles. Il aurait tout bouclé cet après-midi et pourrait renvoyer le manuscrit définitif bien avant la date prévue.

Cette pensée le rassérénait, car elle lui donnait le sentiment d'être un vrai professionnel qui ne laissait jamais passer une date limite et acceptait volontiers les suggestions de son éditrice. Il était aussi heureux parce qu'Annette l'avait appelé deux fois hier.

La première fois pour lui dire qu'elle avait été littéralement assaillie de coups de fil après la publication de l'interview. Tout le monde voulait savoir en quoi consisterait la prochaine vente et insistait pour figurer sur la liste des invités. La deuxième fois pour lui confier qu'elle avait reçu trois offres absolument faramineuses pour *La Petite Danseuse* de Degas.

« De la part de clients de longue date, des gens pleins aux as et prêts à dépenser des fortunes. Mais j'ai décliné toutes les offres. Je ne veux pas en accepter une maintenant, car mon petit doigt me dit que les enchères vont exploser. Ce bronze est un chef-d'œuvre, une pièce unique qui va engendrer une formidable publicité pour la vente parfaitement orchestrée par Sotheby's. »

Il était tombé d'accord avec elle et lui avait dit combien il l'admirait, après quoi ils avaient continué de papoter pendant une demi-heure de choses et d'autres. Jack, qui ne voulait pas la fâcher, s'était retenu de discuter de leur relation et de leur avenir, et ils s'étaient quittés sur une note tendre et affectueuse.

A présent, il longeait le boulevard du Maréchal-Leclerc. Il attendit que le trafic ralentisse pour traverser la rue, puis s'arrêta quelques instants devant les grilles pour contempler la silhouette majestueuse de l'hôtel se découpant sur l'azur du ciel et le bleu profond de la mer.

Remontant l'allée d'un pas tranquille, il échangea quelques mots avec le chasseur, puis avec le concierge qui le saluèrent avec cordialité.

Il dégringola ensuite les marches qui menaient au bar, puis dirigea ses pas vers le restaurant, et la terrasse, tout au bout.

La ritournelle criarde d'un téléphone portable retentit soudain, le poussa à jeter un coup d'œil autour de lui. Mais il n'y avait personne dans le bar. Comme le téléphone braillait toujours, il regarda sur sa droite, en direction du jardin où l'on servait également le petit déjeuner.

Instinctivement, il recula dans la pénombre et retint son souffle.

Il n'en croyait pas ses yeux. Une grande femme rousse aux courbes sensuelles et un homme à la chevelure argentée se tenaient étroitement enlacés et s'embrassaient avec passion, ignorant la sonnerie incessante du téléphone. L'identité de l'homme ne faisait aucun doute. C'était le *Renard argenté*. Marius Remmington en personne. Au bout d'un moment, la femme finit par plonger la main dans un sac en peau de serpent pour répondre au téléphone. Lorsqu'elle eut raccroché, elle vint s'asseoir à côté de Marius qui avait ôté son blazer sombre et l'avait suspendu au dossier de sa chaise. Aussitôt, ils se rapprochèrent l'un de l'autre et recommencèrent à échanger des mots tendres et des baisers.

Jack était tellement sidéré qu'il aurait continué de les observer mi-fasciné mi-horrifié si un serveur n'était pas sorti de la salle du restaurant. Comme il ne le connaissait pas, il tourna les talons et quitta le bar précipitamment. Il remonta en hâte les marches et sortit dans le hall.

Le concierge ayant l'air surpris de le voir reparaître si vite, Jack expliqua :

— Je reviens. J'ai oublié d'acheter les journaux.

— Je peux envoyer quelqu'un, monsieur Chalmers. Si vous me dites quels journaux vous voulez.

— Non, c'est gentil, Marcel. Je préfère y aller moi-même, je n'ai pas encore fait mon choix.

Avec un sourire et un petit salut, Jack se dirigea vers la porte.

Il s'arrêta quelques instants sur le seuil et quand le groom parut en poussant un chariot à bagages, Jack s'approcha de lui et déclara :

— Il me semble avoir aperçu Magda Rollins, une vieille amie à moi. C'est une actrice anglaise.

Le portier secoua la tête.

— Il n'y a personne de ce nom-là à l'hôtel, monsieur.

— Je viens de la voir, protesta Jack. Elle est en compagnie d'un homme aux cheveux gris. Un Anglais plutôt grand. Ils sont dans le jardin.

— Ah, je vois de qui vous voulez parler. C'est Mme Elizabeth Lang. Ce n'est pas une actrice, monsieur Chalmers. C'est une artiste.

— Vous voulez dire artiste-peintre ?

— Oui, répondit le jeune homme avec un haussement de sourcil et un regard appuyé.

Jack rit.

— En tout cas, il y a à Londres une femme qui lui ressemble comme deux gouttes d'eau.

Au même instant, une magnifique voiture bordeaux remonta la courte allée et se gara devant la porte. Le chauffeur en descendit et s'approcha du portier.

Jack fit un pas de côté, écoutant discrètement leur conversation. Le chauffeur expliquait qu'il était venu chercher M. Remmington, mais qu'il était en avance et qu'il cherchait un endroit où stationner.

Gratifiant le portier d'un petit salut, Jack longea l'allée jusqu'à la grille. En passant devant la voiture, il remarqua qu'il s'agissait d'un coupé Bentley Continental en parfait état, immatriculé à Genève. Encore estomaqué par la scène qu'il venait de voir, Jack n'arrivait pas à penser à autre chose. La femme avait une allure tellement extravagante, qu'elle en était presque vulgaire. Cela ne l'empêchait pas d'être séduisante. Tout en elle était imposant. Sa stature, sa chevelure, sa poitrine. Elle était grande et solidement charpentée, mais bien proportionnée. Et plutôt élégante : pantalon et chemisier blancs, et pull assorti noué autour de ses épaules. Couverte de bijoux en or, elle arborait un gros diamant jaune à l'annulaire. Ils forment un couple superbe. Et c'est un salopard, pensa Jack, écœuré.

Il franchit le portail et longea le boulevard jusqu'à la volée de marches qui menait au port où étaient amarrés des yachts, des voiliers et des bateaux à moteur. Quelques minutes plus tard, il entrait dans l'un de ses cafés favoris et commandait un café au lait avec un croissant.

Il était encore sous le choc. Jamais il ne se serait attendu à voir Marius Remmington avec une autre femme dans un lieu public. Il est vrai qu'il était encore tôt et qu'il n'y avait personne d'autre dans le jardin. Il n'empêche qu'ils se comportaient comme s'ils avaient été dans une chambre.

Jack ferma les yeux.

Il ne savait que penser ou faire. Il aurait voulu pouvoir se confier à quelqu'un, mais à qui ? A Kyle ? Non. Son frère était beaucoup trop occupé par le tournage de son nouveau film et par Carole, son assistante. De toute façon, Kyle ne connaissait aucun des protagonistes et n'aurait pu émettre de jugement.

Il ne pouvait pas davantage se confier à Laurie ou à Malcolm Stevens. Et il était hors de question qu'il révèle à Annette ce qu'il venait de découvrir. Il ne voulait pas la contrarier et encore moins la blesser. « Tiens ta langue et sers-toi de ta tête », avait coutume de répéter sa mère. Jamais cette maxime ne lui avait semblé plus appropriée. « Savoir, c'est pouvoir », se rappela-t-il. Au bout d'un moment il parvint à recouvrer son calme et à se détendre. Que pouvait-il faire de toute façon ? Rien. Il repensa à Remmington et à la rousse flamboyante : avaient-ils passé le week-end à l'hôtel ou étaient-ils simplement venus pour prendre le petit déjeuner ? Resteraient-ils quelques jours à la Réserve ou partiraient-ils aujourd'hui ?

Aucune importance, même si cela l'obligeait à rester à l'écart de l'hôtel. Car il ne tenait pas à se retrouver nez à nez avec Remmington et sa maîtresse.

Beaucoup plus tard, lorsqu'il reprit le chemin de la villa, Jack ne put s'empêcher de songer à Marius Remmington. Ce type était un goujat, manipulateur et dominateur, qui fixait des règles de bonne conduite à sa femme tout en la trompant allègrement.

Ce n'était pas le premier ni le dernier homme d'affaires à avoir une maîtresse. La plupart en avaient, y compris les fauchés. C'était dans la nature des hommes. Et des femmes aussi. Il fallait être deux pour danser le tango.

Ce soir-là, avant de monter à la bastide, chez Claudine, Jack se rendit à Beaulieu pour acheter une orchidée chez le meilleur fleuriste. Une fois dans la voiture, il composa le numéro de l'hôtel sur son téléphone portable et, prenant l'accent américain, demanda à parler à Marius Remmington. Le standardiste lui répondit immédiatement que M. Remmington avait quitté l'hôtel le matin même. C'était une bonne nouvelle, Jack était désormais libre d'aller à la Réserve quand bon lui semblait. Cependant, il ne pouvait s'empêcher de se demander où les deux tourtereaux étaient allés à bord de leur somptueuse Bentley.

Il lui fallut environ quarante minutes pour monter jusqu'à La Ferme des Iris, la vieille bastide qui surplombait Monte-Carlo. Il roulait lentement en réfléchissant à la nouvelle situation d'Annette. Peut-être n'y avait-il rien de nouveau. Depuis combien de temps Marius avait-il une maîtresse ? Les pensées ne cessaient de tourner dans sa tête. La femme qu'il aimait était prisonnière d'un type dont elle était persuadée qu'il ne la laisserait jamais partir.

Or, ce type était un fumier qui entretenait une liaison avec une autre femme, une grande bringue qu'il pelotait sans vergogne en public. L'infidélité n'était-elle pas une cause légitime de divorce ? D'autant qu'Annette le trompait, elle aussi. Le seul problème était qu'il n'avait nullement l'intention de divorcer... il voulait le beurre et l'argent du beurre.

Sauf que, maintenant que je sais qu'il la trompe, je pourrais faire pression sur lui, songea soudain Jack. Il décida de garder cette idée sous le boisseau, pour plus tard. A mesure qu'il approchait de la bastide, son humeur s'égayait. Il se sentait soudain ragaillardi. Désormais, Marius Remmington était à sa merci.

Claudine Villiers l'attendait sur le pas de la porte de la villa refaite à neuf. Il se gara dans la grande cour carrée qui séparait les deux bâtisses.

Ils s'étreignirent chaleureusement, puis il sortit l'orchidée de la voiture et la lui offrit.

— Oh, Jack, comme c'est gentil et galant de votre part, murmura-t-elle. *Merci beaucoup.* (Le prenant par le bras, elle ajouta :) Nous allons dîner dans ma nouvelle maison. J'ai pensé que... enfin je ne voulais pas que les jumelles s'emballent à l'idée de vous revoir. Alors je les ai envoyées se coucher, et c'est Marie qui les surveille. Je vais dormir à la ferme ce soir, comme chaque fois que Lucy s'absente.

— Je comprends. De toute façon, j'avais très envie de voir votre maison terminée. Vous y avez mis tellement d'énergie. Je suis certain que vous avez fait des merveilles.

— Je pense que le résultat est assez charmant et confortable. Je vous ferai visiter plus tard, mais d'abord, allons prendre l'apéritif dans la cuisine. Nous avons des tas de choses à nous raconter, *n'est-ce pas* ?

Claudine le fit entrer dans la cuisine flambant neuve. Aussitôt, il s'extasia devant l'agencement impeccable, la faïence bleue et blanche, la batterie de casseroles en cuivre, les jardinières remplies de fleurs, la grande cheminée en pierre, et les poutres apparentes auxquelles étaient suspendus des bouquets d'herbes de Provence, des saucisses sèches, ainsi que des casseroles de toute sorte.

— C'est magnifique ! s'exclama Jack, sincèrement admiratif. Et j'adore la cave à vin derrière la vitrine. Très chic.

Ravie du compliment, Claudine déboucha une bouteille de vin en murmurant, le sourire aux lèvres :

— Je me suis inspirée d'une cave à vin d'un restaurant new-yorkais dont je suis tombée amoureuse. Et maintenant, tous mes amis veulent m'imiter.

Jack rit en prenant le verre qu'elle lui tendait. Il s'obligea à boire à toutes petites gorgées, car il devait reprendre la route de la corniche après dîner.

Claudine leva son verre :

— *Santé.*

Et, le prenant par le bras, elle le mena vers l'immense fenêtre d'où l'on apercevait toute la baie de Monte-Carlo.

— Asseyons-nous ici, proposa-t-elle en lui indiquant l'un des gros fauteuils disposés devant la baie vitrée.

Puis elle déclara :

— C'est la seule fois que j'en parlerai, Jack, et il faut que vous sachiez que je suis absolument sincère...

Elle s'interrompit et le regarda de ses yeux sombres et chaleureux.

— C'est au sujet de Lucy, n'est-ce pas ?

— Oui. Je veux que vous sachiez que je... que j'appréciais beaucoup votre relation. J'espérais qu'un jour... vous vous marieriez. Le sort en a décidé autrement. Et j'en suis désolée, Jack, car j'ai beaucoup d'affection... pour vous. En tout cas, je vous souhaite d'être heureux, vous le méritez.

— Oh, Claudine, ce que vous me dites me touche énormément. Moi aussi, je suis désolé. Je tiens vraiment à Lucy. Et j'adore les jumelles, comme vous le savez. Mais... C'est une femme admirable. Sauf que, je n'étais pas amoureux d'elle. Et je ne crois pas qu'elle était amoureuse de moi.

— Peut-être... de toute façon *c'est la vie*, dit-elle avec un sourire empreint de bienveillance.

— Elle va bien, n'est-ce pas ?

Claudine hocha la tête.

— Elle s'investit à fond dans son travail. Ses stages de cuisine. Elle est ambitieuse et veut réussir. Elle y arrivera. Et vous, Jack ? Quelque chose d'inhabituel, un bouleversement a dû se produire, car Lucy m'a dit que vous l'aviez appelée pour rompre.

— J'ai rencontré quelqu'un en effet. Le *coup de foudre*. Ça s'est passé de façon tellement inattendue que c'en est presque

313

effrayant, Claudine. Vous avez suffisamment d'expérience pour savoir de quoi je veux parler.

Elle acquiesça, prit une gorgée de vin.

— Vous avez pourtant l'air triste, Jack ? Qu'est-ce qui ne va pas ? Vous avez... un problème ?

Sans même prendre le temps de réfléchir, Jack lâcha :

— Elle est mariée.

Puis il s'en voulut d'avoir été aussi impulsif.

— Mon Dieu ! s'exclama Claudine en secouant la tête. C'est le pire des pièges, Jack. Je le sais pour être passée par là.

Elle lui tapota le bras en soupirant.

— Ne peut-elle pas divorcer ?

Jack fit non de la tête. Il avala une longue gorgée de vin.

— Son mari ne lui accordera pas le divorce... c'est une histoire compliquée.

— Ça n'est jamais simple.

Il considéra un instant Claudine en silence, se rappela la gentillesse qu'elle lui avait témoignée au cours des neuf derniers mois, puis décida tout à coup de lui raconter la scène à laquelle il avait assisté aujourd'hui, sans lui donner de noms bien entendu.

Il inspira profondément et se jeta à l'eau.

— Claudine, ce que je vais vous dire est strictement confidentiel, et...

— Ne vous inquiétez pas, Jack. Je ne suis pas du genre à répéter les confidences. Si vous avez besoin de vous confier, n'hésitez pas. A quoi servent les vieilles dames, sinon à écouter les peines de cœurs des jeunes gens ?

— Vous n'êtes pas vieille. Et en tout cas merci pour votre amitié. J'ai confiance en vous, Claudine.

Il lui décrivit en quelques mots le mari de la femme qu'il aimait, un être manipulateur et possessif. Puis il lui raconta la scène à laquelle il avait assisté dans le jardin de la Réserve le matin même.

Claudine réfléchit quelques instants :

— Que comptez-vous faire, Jack ? Vous êtes désormais en possession d'une information... susceptible de se retourner contre lui.

— Aucune idée. Si ce n'est que je ne révélerai rien à la femme dont je suis amoureux.

314

— Non, non, naturellement. Vous passeriez pour un esprit… *mesquin*, murmura-t-elle en levant les mains à la façon des Français. Ce que vous n'êtes pas.

— Le sort nous joue parfois de ces tours. Ma maîtresse est persuadée que son mari ne la laissera jamais partir, et moi, je découvre qu'il la trompe.

— Elle et lui jouent le même jeu, au fond, non ?

Jack resta silencieux, se contentant d'incliner la tête. Au bout d'un moment, il reprit :

— Je ne sais tout simplement pas quoi faire, Claudine.

— Il n'y a rien que vous puissiez faire pour l'instant.

— Elle essaie de rompre avec moi, parce qu'elle craint que son mari ne ruine ma carrière s'il découvre que nous sommes amants. Mais je ne peux pas la quitter. Nous sommes dans une impasse.

— Je crois que vous devriez retourner à Londres. C'est possible ?

— Oui, grâce à vous. J'ai rencontré Antoine hier et il commence à travailler demain. Amaury a l'air de l'apprécier. Hortense va faire venir sa nièce Albane de Marseille et elle restera à la villa aussi longtemps que nécessaire. Je pense que tout marchera comme sur des roulettes.

Claudine déclara :

— Quand vous rentrerez à Londres, parlez avec votre amie, dites-lui d'être courageuse. Il faut qu'elle demande le divorce à son mari.

— J'espère qu'elle le fera, dit Jack en se rappelant la peur dans les yeux d'Annette quand elle lui avait dit que Marius allait ruiner leurs vies à tous les deux.

— Il se peut que son mari ait envie de divorcer. Et peut-être sera-t-il soulagé d'apprendre que sa femme veut mettre un terme à leur mariage.

— C'est vrai ! s'exclama Jack. Je n'y avais pas pensé.

— S'il y a beaucoup d'argent en jeu, il accueillera peut-être la proposition de divorce avec joie.

— Et puis, je dispose de bons arguments pour le convaincre, n'est-ce pas ?

Claudine rit.

— Allons nous restaurer, mon cher, dit-elle en se levant.

Elle le mena jusqu'à une petite table près de la fenêtre qui donnait sur le jardin.

— J'ai préparé une bouillabaisse. Je me suis souvenue que vous adoriez ça. J'espère que vous avez faim.

— Maintenant que vous m'avez remonté le moral, oui. Il est toujours bon d'avoir quelqu'un pour vous conseiller, quelqu'un de sage, qui connaît la vie.

39

Après dîner, Claudine fit faire le tour du propriétaire à Jack. Laissant la cuisine, ils traversèrent le petit dégagement carrelé de terre cuite qui conduisait au séjour. La dernière fois que Jack avait vu cette pièce, elle était quasiment nue. Bien que de proportions agréables, dotée d'une cheminée et offrant une vue spectaculaire depuis l'enfilade des portes-fenêtres, le salon n'était alors meublé que d'un canapé et de quelques fauteuils dans les tons gris-bleu qui ne payaient pas de mine. Ce soir, il était à couper le souffle.

Les tableaux aux couleurs chatoyantes lui conféraient vie et mouvement, tandis que les accessoires soigneusement choisis et les grosses lampes de table ajoutaient une touche de raffinement.

— Je l'ai baptisé le salon Matisse, précisa Claudine. Vous comprenez pourquoi.

Elle désigna à Jack une grande nature morte accrochée au-dessus de la cheminée.

— J'adore son utilisation des couleurs, pas vous ?

— C'est absolument fantastique. Quelle belle toile ! s'exclama Jack émerveillé.

— Oui, c'est une de mes préférées.

Pivotant sur elle-même, Claudine ajouta :

— Tout comme le petit Matisse que vous voyez là-bas. J'aime aussi beaucoup le Braque sur ce mur. Vous l'ignorez peut-être, mais ils peignaient ensemble à l'époque des Fauves. Continuons notre petit tour.

Jack suivit Claudine jusqu'à la salle à manger, de l'autre côté du couloir. Là encore, le mobilier était sobre : une table ronde ancienne flanquée de huit chaises paillées et un petit buffet en bois sculpté.

— *Et voilà !* s'exclama Claudine, tendant le doigt vers le Modigliani au-dessus de la cheminée. La femme est un modèle type de Modigliani. J'ai toujours admiré sa façon d'allonger les silhouettes et sa palette brillante. C'était un très grand peintre figuratif, et Vincent collectionnait ses toiles, de même que celles de Cézanne.

A la mention de Cézanne, Jack dressa l'oreille.

— Vous avez des Cézanne ?

— Oui. Dans la bibliothèque. Venez, je vais vous les montrer. Je ne savais pas que vous vous intéressiez à la peinture, Jack.

— J'aime certains peintres, en particulier les impressionnistes, parce qu'ils me parlent. En revanche, la peinture contemporaine est souvent trop abstraite pour moi.

— *Ah, oui.* Je comprends ce que vous voulez dire.

— Ainsi, Vincent collectionnait les œuvres d'art ? s'enquit Jack.

— Tous les tableaux que vous voyez appartenaient à Vincent. Il me les a légués, ainsi que sa villa de Villefranche. (Elle ajouta avec un sourire :) Là où Antoine travaille en temps normal. Vincent l'a employé comme jardinier pendant des années.

Dès qu'ils entrèrent dans la bibliothèque, Jack remarqua les deux Cézanne. Ils attiraient le regard avec leurs couleurs généreuses, en particulier leurs verts sombres. Jack aimait son style. Il s'approchait des paysages pour les voir de plus près, quand son regard se posa sur une danseuse de Degas accrochée au mur adjacent. Il se figea sur place, frappé par la ressemblance de cette toile avec le faux découvert à Knowle Court. De toute évidence, il se trouvait devant l'original. Il se tourna vers Claudine :

— J'ai vu une toile qui ressemblait à celle-ci... j'aime Degas. Il me touche beaucoup.

— Moi aussi. C'est l'une des toutes premières toiles que Vincent a achetées quand il a commencé à se lancer sérieusement dans la collection de peintures. Voulez-vous que nous montions au premier ? Il y a plusieurs tableaux que j'aimerais vous montrer, un Vlaminck et un Braque.

— Merci d'avoir pris la peine de me montrer votre collection. Ce fut un régal, dit Jacques lorsqu'ils se retrouvèrent dans la cuisine.

Il se rassit et prit une gorgée de vin. Claudine l'imita.

— Puis-je vous servir autre chose, lui demanda-t-elle en riant. Vous n'avez rien bu d'autre de la soirée.

— Un café alors, Claudine. Il faut que je redescende la corniche, comme vous le savez.

— Je vous prépare ça tout de suite. Et moi, je vais m'accorder un Napoléon. J'aime bien boire un petit cognac après le dîner. C'est une habitude que j'ai prise avec Vincent.

Tandis qu'elle s'approchait du bar roulant, Jack la suivit du regard. C'était une très belle femme, gracieuse et dynamique, et qui ne faisait pas son âge avec sa luxuriante chevelure noire de jais. Elle dégageait une énergie qu'il admirait.

— Vous ne m'aviez jamais dit que Vincent était collectionneur.

— Vraiment ? Sans doute parce que je pensais que vous le saviez. Par Lucy.

Elle revint avec une tasse de café.

— J'avais remisé les toiles dans un garde-meubles quand j'ai vendu la villa de Vincent à Villefranche. Je voulais venir habiter ici, à la bastide, pour être près de Lucy et des filles. La villa était trop grande pour moi toute seule. Et c'est comme ça que m'est venue l'idée de retaper cette petite dépendance. Ainsi, je suis proche de ma famille et je peux exposer la collection de Vincent.

— C'est une collection impressionnante qui doit valoir de l'or.

Claudine se contenta de hocher la tête. Puis elle déclara de but en blanc :

— Vincent et moi n'avons pas pu nous marier. Il avait déjà une épouse. Nous étions ensemble depuis quarante ans quand elle est morte subitement. Mais nous n'avons pas jugé utile de légaliser notre relation. A quoi bon ? Il n'avait pas d'enfants et aucun parent, si bien qu'il a fait de moi sa légataire universelle.

— Du moment que vous étiez heureux ensemble, c'est l'essentiel, commenta Jack. C'est ce que je ne cesse de répéter à mon amie.

319

Claudine lui décocha un petit sourire compatissant, puis elle prit une gorgée de cognac. *Toujours l'amour...* songea-t-elle avec un soupir.

Jack dit soudain, inquiet :

— J'espère que vous avez un système d'alarme, Claudine. Je n'en ai pas vu quand je suis entré. Il faut vous protéger. Imaginez, avec cette collection qui vaut des millions !

Claudine posa sur lui un regard amusé.

— J'en ai un, Jack.

Puis elle éclata de rire. Au bout d'un moment, elle reprit son sérieux et déclara, à mi-voix :

— J'ai un secret, Jack. Et je veux bien vous le confier à condition que vous me juriez de ne le répéter à personne.

Jack acquiesça, intrigué.

— Décidément, c'est la soirée des confidences, dit-il en souriant. Vous pouvez parler sans crainte. Je serai muet comme un tombeau.

— Ces toiles sont des faux.

La mâchoire de Jack s'affaissa.

— Des œuvres de faussaires ?

Il était tellement interloqué qu'il resta un moment sans voix.

— Je n'arrive pas à y croire, balbutia-t-il.

— Je sais. Quand Vincent les a achetées, il y a plus de trente ans, il était persuadé qu'elles étaient authentiques. Mais les prix étaient tellement bas qu'il a fini par interroger le propriétaire de la galerie, un vieil ami à lui – ils étaient allés à l'école ensemble. Pierre a finalement reconnu qu'il s'agissait de faux et a fait promettre à Vincent de ne le révéler à personne. Il lui a même proposé de les lui racheter à bon prix. Vincent a refusé. Il y était attaché et ça l'amusait de posséder des faux devant lesquels les gens s'extasiaient, croyant qu'il s'agissait d'authentiques toiles de maîtres. Il n'a jamais trahi Pierre, son ami d'enfance.

— Le propriétaire de la galerie ?

Claudine fit oui de la tête et prit une gorgée de cognac.

— C'était une galerie de Nice ou de Monte-Carlo ?

— De Paris. La galerie Pegasus.

— Le galeriste a-t-il fini par se faire pincer ? s'enquit Jack dont la curiosité de journaliste était piquée.

320

Décidément, entre les toiles de Knowle Court et celles-là, il n'arrêtait pas de débusquer des faux.

— Non, heureusement pour lui. Et pour ses associés. N'empêche qu'ils n'en menaient pas large. L'Anglais non plus. Si bien que Pierre a fermé la galerie et s'est retiré des affaires.

— L'Anglais ? Vous connaissez son nom ?

— Je ne me souviens pas de son nom de famille, Jack. En revanche son prénom n'était pas banal : Marius. Il possédait une galerie à Londres et avait un ami qui... *Mon Dieu !* Comment s'appelait-il déjà ? Cet ami de Marius était journaliste. Un Anglais lui aussi. Et célèbre. Nigel ! C'est ça.

Jack se redressa, les traits soudain tendus.

— Son nom de famille n'était pas Clayton par hasard ?

— Je n'en suis pas sûre. En tout cas, c'était un coureur. Un homme qui aimait *les femmes*, si vous préférez.

— Vous ne savez rien de plus le concernant ?

— Non. Pourquoi une telle curiosité, Jack ? C'était il y a longtemps, vous n'étiez pas encore né, dit-elle, haussant les sourcils.

— Si, mais je n'étais qu'un bébé, répondit-il en s'obligeant à sourire. Ainsi, personne n'est au courant, Claudine ?

— Personne. Et personne ne doit l'apprendre. La loi française interdit la possession de faux. Ils devraient être détruits. Je vous fais confiance, Jack, ajouta-t-elle, soudain sérieuse.

— Et Lucy ? demanda-t-il.

— J'ai été obligée de le lui dire, elle est mon héritière. Mais elle se taira. Elle sait qu'elle ne peut pas les vendre.

— Les toiles n'ont pas de certificats de provenance ?

— Non, voyons. Il est quasiment impossible de fabriquer un faux certificat de provenance. Que pensez-vous de ma collection ? Vous avez été bluffé, non ?

— Absolument, Claudine. A présent, si ça ne vous ennuie pas, pourrais-je avoir une autre tasse de café avant de reprendre la route de la corniche ?

Jack poussa un soupir de soulagement lorsqu'il eut regagné la villa Saint-Honoré. Il monta directement dans son bureau où il appela Annette sur son téléphone portable. Elle ne répondit pas et il lui laissa un message en lui demandant de la rappeler. Puis il se renversa dans son fauteuil, la tête en ébullition.

Marius Remmington était un escroc.

Trente ans plus tôt, il avait écoulé des faux par le biais d'une galerie d'art parisienne. Etait-il également l'instigateur des faux retrouvés récemment ou n'était-ce qu'une coïncidence ? Et l'ami de Marius, l'homme que Claudine appelait Nigel, était-il son propre père ?

Etait-il possible que Nigel Clayton et Remmington aient été de mèche ? Le premier avait-il lui aussi trempé dans le trafic de la galerie Pegasus ?

Quoi qu'il en soit, Jack était fermement décidé à faire la lumière sur cette affaire. Mais comment ? Sa mère et son père étaient morts, et son beau-père aussi. Il ne pouvait tout de même pas interroger Marius Remmington. Qui d'autre aurait pu éclairer sa lanterne ? Sa tante Helen, bien sûr !

Elle venait de rentrer du Canada. Il fallait qu'il aille la trouver sur-le-champ. Après tout, il était un journaliste chevronné qui avait fait ses preuves en tant que reporter. Sa tante Helen était la clé de toute cette histoire. Car Helen et Eleanor, sa mère, avaient toujours été très proches et n'avaient pas de secrets l'une pour l'autre.

La malle Louis Vuitton.

Jack essaya de se souvenir de ce qu'elle contenait. Il s'était borné à survoler les cahiers et journaux intimes. Il y avait aussi des photos. La malle était bourrée d'informations. Et de secrets ? Des secrets qui pourraient révéler d'autres secrets ? Il soupira. S'il n'avait pas pris le temps d'éplucher son contenu, c'était à cause d'Annette qui exerçait sur lui une fascination quasi obsessionnelle.

Ses pensées se fixèrent sur Annette. Etait-il possible qu'elle aussi ait été impliquée dans cette histoire ?

D'après Claudine, cela s'était passé en 1977. Trente ans plus tôt. Ce qui excluait Annette d'office puisqu'elle n'avait que dix ans à l'époque.

Deux gros chocs dans la même journée, et tout ça à cause de Marius Remmington, pensa Jack, résolu à tirer cette affaire au clair. Et à révéler à Annette l'existence des faux qui étaient en possession de Claudine et leur provenance. Elle devait savoir que son mari était un escroc. Et qu'il la trompait.

Nonobstant les recommandations de Claudine, Jack allait raconter à Annette la scène à laquelle il avait assisté à la Réserve. C'était une adulte, bon sang. Il fallait qu'elle sache, qu'elle soit confrontée à la réalité.

Jack se leva et alla chercher son manuscrit dans le tiroir de son bureau. Après l'avoir attaché avec des élastiques, il le rangea dans son petit sac de voyage, puis rassembla toutes les affaires dont il aurait besoin, en plus de son ordinateur portable et de son téléphone.

Demain, il rentrerait à Londres mener l'enquête pour faire éclater la vérité sur toute cette histoire.

40

Le jeudi matin, de retour à Primrose Hill, Jack vida entièrement la malle Louis Vuitton dont il étala soigneusement le contenu sur le lit, avant de commencer à trier les photos et les papiers.

Les calepins et les journaux intimes contenaient une foule d'informations confirmant que son père avait effectivement été l'ami intime de Marius Remmington. Il était question de voyages à Paris, à la galerie Pegasus, et de toiles de Braque, Pissarro, Sisley, Cézanne et Matisse.

Néanmoins, il ne trouva aucun indice qui incriminât son père ou Remmington, pas la moindre allusion à la vente, l'achat, l'échange ou la livraison de tableaux par l'intermédiaire de la galerie Pegasus. Nulle part il n'était fait allusion à des faux ou des faussaires.

Pourtant, la galerie Pegasus avait joué un rôle dans la vie de son père, un grand amateur d'art apparemment. A en juger par ses notes, il aimait la peinture et fréquentait assidûment la bohème.

Jack se laissa choir dans un fauteuil. Il ferma les yeux. Il avait besoin de réfléchir. Il semblait logique que son père n'ait pas laissé de trace de pratiques frauduleuses. Il était trop intelligent pour ça.

Quelle était la nature des relations entre son père et Remmington ? Etaient-ils simplement amis : deux compères qui aimaient faire la bringue et courir les filles ensemble ? Les carnets, foisonnant d'informations, ne contenaient pas un mot qui eût pu laisser supposer que son père et Remmington se livraient ensemble à un commerce illicite.

Ainsi, son père se trouvait en quelque sorte blanchi.

Contrairement à Remmington, dont Claudine avait précisé qu'il était l'un des propriétaires de la galerie Pegasus. Elle avait dit que Pierre, l'ami de Vincent, avait tout planté là, de même que l'Anglais, c'est-à-dire Marius. Plus tard, Jack découvrit que la galerie avait fermé en 1979.

Que cherchait-il au juste ? Des informations qui lui auraient permis de confondre Marius Remmington ? Manque de chance, la malle ne contenait rien de tel. Et pourtant, il ne pouvait s'empêcher de penser que les faux réalisés il y a trente ans avaient un rapport avec les faux retrouvés récemment à Knowle Court. Si on lui avait demandé pourquoi, il aurait été incapable de répondre. Mais il avait l'intime conviction que Marius Remmington était impliqué dans cette histoire.

Jack se leva, fit quelques tractions et étirements puis alla s'asseoir derrière son bureau et appela Annette. Son portable était éteint. Jetant un coup d'œil à sa montre, il vit qu'il était tout juste dix heures. Il appela son bureau et fut soulagé quand Esther décrocha le téléphone.

— Bonjour, Esther, c'est Jack Chalmers.

— Bonjour, Jack, dit-elle d'une voix terne.

— Puis-je parler à Annette ?

— Malheureusement, elle n'est pas là et ne viendra pas au bureau aujourd'hui. Voulez-vous que je lui laisse un message ?

— Euh… non, pas vraiment. Je voulais lui poser quelques questions pour l'article du *New York Times*.

— Envoyez-les moi par courriel, et je tâcherai d'y répondre, suggéra Esther.

— J'aimerais mieux qu'elle y réponde elle-même.

Jack fit une courte pause.

— Vous pensez que je peux la joindre chez elle ?

— Elle n'y est pas. Elle a des rendez-vous à l'extérieur. Mais je lui dirai que vous avez cherché à la joindre quand je la verrai.

— Merci, Esther. Puis-je vous laisser un autre message pour elle ?

— Bien sûr.

— Dites-lui qu'il faut que je lui parle des tableaux découverts à Knowle Court. C'est urgent.

— Entendu.

— Au revoir, murmura-t-il.

Après avoir raccroché, Jack resta un moment songeur. Il n'avait pas eu Annette au téléphone depuis lundi. Il lui avait laissé quantité de messages sur son portable, ainsi que sur le répondeur de sa ligne privée au bureau. Esther était au courant, du moins en ce qui concernait les coups de fil au bureau, et pourtant elle n'y avait pas fait allusion. Il fallait qu'il se rende à l'évidence. Annette avait érigé un mur entre eux, à cause du retour prévu de Marius, qui était peut-être déjà à Londres. Annette avait peur de son mari. L'idée que Marius découvre leur liaison la terrifiait, se dit-il en se remémorant les propos qu'elle lui avait tenus récemment. *Il faut qu'on se calme… il faut que nous rompions… je ne peux pas continuer à te voir.* Et ainsi de suite. Après quoi, elle lui avait dit que Marius n'hésiterait pas à briser sa carrière. Et celle de Jack. Comment ? En répandant des rumeurs désobligeantes sur eux ? En détruisant la carrière d'Annette ? Avait-il un moyen de faire pression sur elle ? De la faire chanter ? En tout cas, il n'avait aucun moyen de le faire chanter lui, car il était blanc comme neige. Etait-il possible que Remmington puisse faire des révélations accablantes sur son père ? Et quand bien même ? Son père était mort depuis des années. C'est vrai qu'il était un journaliste connu à l'époque, mais qui se souvenait de lui aujourd'hui ? Non, décidément, rien de tout cela ne tenait debout. Jack avait besoin de se confier à quelqu'un. Mais à qui ? Qui connaissait suffisamment bien les protagonistes de cette sombre histoire pour émettre un jugement valable ?

Margaret Mellor ? Impossible. Ils ne se connaissaient pas suffisamment, même si elle lui faisait l'effet de quelqu'un de bien. Sans compter qu'elle était aussi journaliste et qu'il ne pouvait pas lui parler de la vie privée d'Annette. Laurie ? C'était une possibilité. A condition de prendre des gants. Malcolm Stevens ? Oui, Malcolm était sans doute la personne la plus à même de recueillir ses confidences. Il allait l'appeler et l'inviter à déjeuner.

Les deux hommes se retrouvèrent le lendemain chez Wilton dans Jemyn Street. Malcolm avait suggéré le lieu et Jack avait accepté volontiers car c'était un de ses restaurants préférés. Chaque fois qu'il lisait le slogan de la maison – RÉPUTÉE DEPUIS 1742 POUR SES HUÎTRES, SON POISSON ET SON GIBIER – ses papilles se mettaient à le titiller.

Malcolm l'attendait. Dès qu'il le vit, Jack eut la même impression que le soir où ils avaient dîné tous ensemble chez Ivy. Ce type était franc comme l'or.

Jack refusa quand il lui proposa un verre de vin, préférant de l'eau pétillante.

— Je travaille sur l'article du *New York Times Magazine* et il faut que j'aie les idées claires.

— Je comprends. Moi-même je bois rarement à l'heure du déjeuner. En tout cas, je suis ravi que vous m'ayez contacté Jack. C'est curieux... j'avais aussi l'intention de vous appeler.

— Les grands esprits se rencontrent. Comment va Laurie ?

— Très bien. Toujours occupée par les préparatifs du mariage, répondit Malcolm avec un sourire indulgent. Vous connaissez les femmes.

Jack hocha la tête et, sans transition, se jeta à l'eau.

— Et comment va Annette ? Je ne lui ai pas parlé depuis des jours.

— Bien, pour autant que je sache. Et il me semble qu'elle a beaucoup apprécié votre article du *Sunday Times*.

— Oui, elle me l'a dit. Il paraît qu'elle a été assaillie d'offres d'achat pour *La Petite Danseuse* de Degas. (Jack prit une gorgée d'eau, puis enchaîna :) Vous vous connaissez depuis longtemps, n'est-ce pas ?

— Une quinzaine d'années environ. Bien avant que je rachète la galerie Remmington, il y a déjà dix ans. C'est incroyable quand j'y pense. Mon père m'a prêté l'argent, pensant qu'il n'en reverrait jamais la couleur. Il avait tort.

— J'ai cru comprendre que la galerie a acquis un renom qu'elle n'avait pas du temps de Marius.

Malcolm eut un grand sourire.

— C'est vrai, même s'il n'aime pas se l'entendre dire. De vous à moi, je crois qu'il n'est pas mécontent de s'en être débarrassé. Ainsi, il est libre de faire un tas de choses.

— J'imagine, dit Jack sur un ton sarcastique.

Malcolm lui lança un regard appuyé, puis éclata de rire :

— Vous ne l'aimez pas beaucoup, n'est-ce pas ?

— Je ne le connais pas vraiment, répondit Jack avec diplomatie.

— Il lui arrive d'être un peu vantard, ce qui n'est pas du goût de tout le monde. Mais sur le fond, il est correct.

— Vous êtes un de ses protégés, m'a-t-on dit.

— Je l'ai été, il y a des années ; Annette prétend que je suis son chouchou. Personnellement, je n'en suis pas certain. En réalité, avec Marius, on ne sait jamais sur quel pied danser. C'est quelqu'un qui cache ses sentiments – il cache bien son jeu.

Surpris par la franchise de Malcolm, Jack ne sut s'il devait interpréter ses paroles comme un message.

Décidant de tâter le terrain, il enchaîna :

— Je sais que des rumeurs ont couru sur Annette et moi, Malcolm. Pensez-vous qu'elles soient remontées jusqu'aux oreilles de Marius ?

— Oui.

Surpris une fois encore par sa franchise, Jack demanda :

— Qu'est-ce qui vous fait dire ça ? Vous en a-t-il parlé ?

— Non, je ne l'ai pas vu. Il était à Barcelone et n'est rentré que mardi soir. Nous ne nous sommes pas parlé depuis.

— Dans ce cas, comment savez-vous qu'il a eu vent des rumeurs ?

— Marius a des oreilles partout, des gens qui... le tiennent informé. Sans parler de la meute de jeunes loups qui travaillent pour lui et qui adorent colporter des ragots. Espérant ainsi lui soutirer des faveurs.

Malcolm jeta un coup d'œil au menu, puis proposa :

— Nous pourrions peut-être commander ?

Jack choisit des huîtres de Colchester, suivies d'une sole grillée avec des pommes de terre sautées.

Malcolm rit.

— Je prendrai la même chose, déclara-t-il. J'ai des goûts casaniers question cuisine.

Lorsque le garçon se fut éloigné, Malcolm décida de jouer franc jeu avec Jack.

— Je sais que vous hésitez à me faire confiance. Vous le pouvez. Je suis de tout cœur avec Annette et je l'ai toujours été. Parlez sans crainte. Il me semble que vous en avez gros sur la patate.

— En effet. Comment avez-vous deviné ?

— Le soir où nous avons dîné tous ensemble, bien que vous vous soyez comportés avec la plus grande discrétion, j'ai senti qu'il y avait quelque chose entre vous. Laurie aussi. Et elle a beaucoup d'intuition.

— Je l'avais remarqué. Il est vrai que j'éprouve le besoin de me confier. Je sais que je peux compter sur vous, Malcolm. Sans quoi, je ne vous aurais pas proposé que nous déjeunions ensemble.

— Vous avez eu raison. Je pense que vous avez besoin d'un allié…

— Alors comme ça, vous avez deviné qu'il y avait quelque chose entre nous, Malcolm ?

— Oui. Pour être tout à fait franc, j'en suis ravi. Il est grand temps qu'Annette ait sa part de bonheur. Dieu sait si elle en a besoin.

— Il n'y a pas eu un autre homme avant moi ?

— Pas à ma connaissance.

— Ecoutez, j'ai une révélation à vous faire, mais il est impératif que vous la gardiez pour vous.

— Il me semble que notre conversation s'est engagée à cette condition.

— En effet. Ce que je vais vous dire pourrait attirer de gros ennuis à une personne d'un certain âge à qui je tiens beaucoup.

— Je comprends. Je vous en prie, parlez.

Au même instant, le serveur revint avec les huîtres. Dès qu'ils furent servis, Jack reprit son récit, à voix basse.

— Je sais de source sûre que notre ami entretenait des liens avec une galerie d'art parisienne à l'époque où il possédait celle dont vous êtes désormais propriétaire. La galerie nommée Pegasus se livrait au trafic de faux tableaux. Des faux si habilement réalisés que personne n'a jamais douté de leur authenticité. Marius avait des parts dans cette galerie, jusqu'à ce que ça sente le roussi et qu'ils décident de fermer en 1979.

Malcolm était tellement stupéfait qu'il en resta bouche bée.

— Je n'arrive pas à croire qu'il ait fait une chose pareille. C'est de l'escroquerie pure et simple. Ils auraient pu tous finir en prison. Mais je vous crois si vous dites que votre source est fiable. La loi est très stricte en France, concernant les œuvres de faussaires, vous savez.

— Bien sûr. Puis-je brièvement changer de sujet ? Pensez-vous qu'il accordera le divorce à Annette ?

— Non.

Un léger sourire joua sur les lèvres de Jack.

— Il a une maîtresse.

— Ça ne m'étonne pas, répondit Malcolm avec un regard entendu. La plupart des hommes en ont.

— Annette pourrait exiger le divorce. En dénonçant cette femme.

— Comment le pourrait-elle si elle ne sait même pas de qui il s'agit ? déclara Malcolm avec un haussement de sourcils.

— Je le lui dirai. Imaginez-vous que, par le plus grand des hasards, j'ai découvert qui était la femme. Je les ai vus ensemble à la Réserve, à Beaulieu, mardi dernier. Je les ai pris la main dans le sac, en quelque sorte.

— Non ! Comment est-ce arrivé ?

Malcolm semblait abasourdi.

Jack lui raconta la scène, puis ajouta :

— Il faut que je voie Annette, Malcolm. Il faut que je lui dise tout ce que je viens de vous dire. Le problème, c'est que je n'arrive pas à la joindre. Elle ne répond pas à mes messages.

— Je pense qu'elle a peur. Vraiment peur. Parfois j'ai l'impression qu'il la terrorise.

— Je sais, je l'ai remarqué moi aussi. Je dois approfondir mes recherches, mais quand je serai prêt, accepterez-vous d'établir le lien avec elle ?

— Naturellement, dit Malcolm. (Il attendit que le serveur ait ôté les assiettes, avant d'ajouter :) Marius est un homme très influent. Il peut être sournois et même dangereux. Etes-vous certain de vouloir le défier ?

— Absolument ! s'exclama Jack, plus déterminé que jamais.

41

Annette n'avait d'autre choix désormais que de se tenir à distance de Jack. Si elle cessait tout contact avec lui, il serait en sécurité. Il suffisait d'un seul faux pas pour que sa vie soit brisée. Marius y veillerait.

On était samedi matin et elle se dirigeait vers Chesham Place. Comme chaque fin de semaine, elle allait déjeuner avec Laurie et n'était pas mécontente de s'échapper pendant quelques heures de l'appartement. Depuis son retour quelques jours plus tôt, Marius était d'une humeur de chien. Irritable, odieux, acerbe, il était tellement invivable qu'elle se demandait s'il n'était pas malade. Non. Il était fort comme un bœuf, en pleine forme. Pas plus tard que le mois dernier, il avait fait un bilan de santé qui s'était révélé excellent.

Non, ce n'était pas la maladie qui le rongeait, mais la colère. Il n'était pas content d'être de retour à la maison. Alors qu'en temps normal, quand il revenait de voyage, il était d'excellente humeur et se montrait tendre et attentionné. Cette fois, non seulement il était imbuvable, mais il ne cessait de chanter les louanges de Barcelone. Il passait son temps à appeler l'Espagne et à parler en espagnol. Pour quelle raison ? Les affaires ? Une autre femme ? Quelle qu'en soit la raison, elle n'en avait cure et préférait ne pas y penser.

Annette se sentit soudain envahie par une immense lassitude. Ces derniers jours, elle était épuisée. Elle dormait à peine, passant le plus clair de ses nuits à penser à Jack. Elle se languissait de lui. Elle l'aimait passionnément et avait le cœur brisé à l'idée qu'ils ne pourraient jamais être réunis. Pourtant, elle était prête à renoncer à lui pour qu'il soit en sécurité. C'était son devoir de le protéger.

Chassant sa fatigue, elle s'obligea à sourire lorsqu'elle entra dans le hall de l'immeuble de Laurie. Au lieu d'utiliser sa clé, elle sonna. Une habitude qu'elle avait prise depuis que Laurie était fiancée. Elle ne voulait pas empiéter sur l'intimité de sa sœur et de Malcolm.

Ce fut Angie, l'auxiliaire de vie de Laurie, qui lui ouvrit la porte. Elle l'accueillit avec un grand sourire.

— Laurie est dans le bureau, lui dit-elle avant de se diriger vers la cuisine.

La cœur d'Annette se réchauffa à la vue de sa sœur, qui irradiait littéralement de bonheur. Elles s'embrassèrent.

— Je suis tellement contente que tu aies pu te libérer pour venir déjeuner, dit Laurie. Tu as dû passer une semaine de folie avec tout le battage autour de la statue de Degas. J'imagine que tu es ravie.

— Bien sûr, reconnut Annette. Nous avons du travail par-dessus la tête, mais la vente suscite un tel enthousiasme que c'est contagieux.

— Je ferai tout mon possible pour t'aider.

Annette lui sourit avec indulgence.

— Tu es déjà suffisamment occupée ! Comment se porte le bébé ?

— Très bien. Je vais chaque semaine chez le médecin pour faire le point. Malcolm est un ange, Annette. J'ai vraiment beaucoup de chance.

— Je crois, en effet, que tu as tiré le bon numéro. Il sera un mari épatant.

— A propos de mari, comment va Marius ?

— Mal. Il est odieux.

— Tu penses qu'il a eu vent des rumeurs qui circulent sur toi et Jack ? demanda Laurie, soudain alarmée.

— Je n'en sais rien et ça m'est égal.

— Est-ce qu'il a aimé l'article de Jack ?

— Tu ne vas pas me croire, mais il n'y a pas fait une seule fois allusion. De même qu'il n'a pas cherché à savoir comment ces deux articles et tous ceux qui ont été publiés dans la foulée par d'autres journaux avaient été accueillis par le public. En fait, il n'a pas l'air de s'en soucier le moins du monde. Remarque, ça ne me dérange pas, j'ai horreur qu'il fourre son nez dans mes affaires.

Laurie demeura un instant pensive.

— Tu ne seras peut-être pas d'accord avec moi, reprit-elle, mais je crois que Marius est jaloux. Pas de Jack, mais de ton succès. D'abord le Rembrandt, et maintenant ce formidable engouement suscité par la découverte de *La Petite Danseuse* de Degas. On ne parle que de ça dans la presse, le battage médiatique est impressionnant. Je crois qu'il se sent... floué. Tu lui as volé la vedette en quelque sorte. C'est toi la star désormais, pas lui.

Préoccupée comme elle l'était par Jack et leur liaison, Annette n'avait pas vraiment pris le temps de réfléchir à grand-chose d'autre. Tout au long de la semaine, elle s'était acquittée de ses tâches avec un professionnalisme quasi automatique sans se préoccuper des possibles retentissements du battage médiatique. Il lui sembla que Laurie venait de mettre le doigt sur un point important.

— Tu as sans doute raison, ma chérie. Eh bien, où puis-je t'emmener déjeuner pour célébrer ma nouvelle... célébrité ?

— J'ai demandé à Angie de nous préparer un petit quelque chose. Ça t'ennuie de rester ici ? Elle a acheté toutes sortes de gâteries chez Harrods ce matin. Saumon fumé, poulet rôti, huîtres, mousse au chocolat, salade de betteraves et glace à la fraise.

Annette regarda sa sœur, stupéfaite, et éclata de rire pour la première fois depuis une éternité.

— Par quoi veux-tu commencer ? C'est un menu spécial pour femme enceinte !

— Allons, Annette, je sais que tu raffoles autant que moi de toutes ces bonnes choses. J'ai commandé des portions pour deux.

— Je te taquine. En fait je préfère déjeuner ici.

Tout en mangeant, les deux sœurs parlèrent des préparatifs du mariage qui serait célébré en juillet. Annette et Laurie convinrent qu'il fallait envoyer les faire-part sans tarder. Laurie lui promit que Malcolm et elle choisiraient une date pendant le week-end. Comme elles parlaient du traiteur, du menu, des fleurs et de la liste des invités, Laurie lança de façon inattendue :

— J'aimerais tant qu'Alison puisse assister à mon mariage. C'est dommage que nous ne sachions pas où elle est.

— C'est vrai, mais je ne vois vraiment pas comment nous pourrions la retrouver. Elle ne nous écrit plus depuis des années.

— Les rares cartes postales qu'elle nous a envoyées avaient été postées en France. Francophile convaincue, il se pourrait bien qu'elle ait choisi de s'établir là-bas.

Annette hocha la tête et sourit au souvenir de leur chère cousine. C'était Alison qui leur avait trouvé les surnoms de Marie-Antoinette et Joséphine et qui leur avait écrit les chansons intitulées « Les reines de l'arc-en-ciel ».

Comme si elle avait lu dans ses pensées, Laurie fredonna : « Mon nom est Joséphine et je suis reine de France, voulez-vous entrer dans la danse ? »

Soudain, elle s'arrêta et s'exclama :

— Oh, tu pleures ! Je te demande pardon, je ne voulais pas remuer des souvenirs douloureux.

— Non, ce sont de bons souvenirs au contraire, répondit Annette en essuyant ses larmes. Je pensais à Alison… qui nous a sauvé la vie.

— C'est vrai, reconnut Laurie. D'abord en te délivrant de *lui*. Ensuite en nous emmenant jouer dans les champs et prendre le thé à l'extérieur. Enfin, en nous arrachant à Craggs End et en nous accompagnant jusqu'à Londres où vivait maman. Elle a eu le courage de tenir tête à notre grand-père. Comme si notre présence à Ilkley avait changé quoi que ce soit pour lui.

— Il se fichait de nous. Après toutes ces années, j'en suis venue à la conclusion que c'était tout simplement un homme usé, qui n'avait plus la force de lutter.

— Il n'a jamais levé le petit doigt pour te protéger de Gregory, fit remarquer Laurie.

— Non, mais Alison si, et elle l'a payé très cher.

Il y eut un court silence, puis Laurie murmura :

— Je pense souvent au docteur Stephanie Lomax. Sans elle, tu n'aurais jamais réussi à dépasser le traumatisme du viol et de la maltraitance.

— Sûrement. Nous avons également beaucoup parlé de la violence que j'ai subie étant adulte. J'ai fini par surmonter mes angoisses. Il m'a fallu des années cependant. Parce que la maltraitance laisse des traces profondes.

Annette se remit à pleurer. Elle sortit un mouchoir de sa poche pour essuyer ses larmes.

— Je suis navrée, Laurie. Le jour est mal choisi pour évoquer le passé. Je croyais que nous étions censées préparer ton mariage. Parlons d'autre chose, tu veux ? Soyons gaies.

Laurie acquiesça en silence, puis prit une bouchée de saumon fumé en s'efforçant de refouler les souvenirs douloureux du passé. Elle savait qu'elle n'arriverait jamais complètement à s'en débarrasser. Jamais elle n'oublierait ce qu'Annette avait enduré quand elles étaient petites et qu'elle cherchait à la protéger. Tout comme elle n'oublierait jamais les cris d'Annette quand Timothy Findas la frappait et que sa mère, toujours entre deux vins, le laissait faire.

Plus tard, lorsqu'elle regagna Eaton Square, Annette trouva un mot de Marius lui annonçant qu'il était parti voir un client dans le Gloucestershire et ne rentrerait pas dîner. Et sans doute pas coucher.

Elle accueillit la nouvelle avec soulagement. Elle se déshabilla, passa un peignoir et s'allongea. Cependant, malgré sa fatigue, le sommeil la fuyait. Elle ne cessait de penser à Jack. Elle l'aimait et le désirait. Mais c'était un amour impossible. Les larmes jaillirent à nouveau. Elle avait le cœur brisé. Elle pleura longtemps et cela l'aida à se détendre. Elle finit par sombrer dans un sommeil profond et sans rêves.

De l'autre côté de Londres, Jack Chalmers rendait visite à sa tante qui vivait dans un appartement confortable de Belsize Park. Helen North, ravie de voir son neveu, l'invita à prendre le thé.

— C'est gentil à toi de me donner tous ces objets ayant appartenu à ta mère, Jack. En particulier son nécessaire de toilette. Elle adorait ses brosses à cheveux en argent et le miroir.

— Je suis content d'avoir bien choisi, tante Helen. Je sais qu'elle y tenait beaucoup. Il reste encore une foule de choses à Hampstead. Si tu as le temps, nous irons y jeter un coup d'œil demain.

— Tu es un amour, dit Helen. Tu es sûr de ne pas avoir envie de garder l'argenterie et la porcelaine ? Et Kyle ?

— Non, tante Helen. Ça ne nous dit rien. Tu pourras choisir ce qui te plaît et je te l'apporterai. Kyle m'a prêté sa voiture pendant son absence. Au besoin nous ferons plusieurs voyages.

— Je crois que tu as mieux à faire un dimanche qu'à trimballer ta tante à droite et à gauche, protesta Helen.

— Non, non, ça me fait plaisir. Nous avons mis la maison en vente et aimerions la vider le plus vite possible.

— Dans ce cas, marché conclu.

— Parfait. Je passerai te prendre vers 10 heures. Ça te va ?

— Très bien.

Elle lui présenta une assiette sur laquelle était disposé un assortiment de petits sandwiches.

— Tu as faim ?

— Pas vraiment, merci.

Il but une gorgée de thé, puis reposant sa tasse, reprit :

— Tante Helen, il y a quelque chose que j'aimerais te demander... concernant le passé.

— Si je peux te répondre, Jack, je le ferai volontiers. De quoi s'agit-il ?

— De mon père. Mon père biologique s'entend, Nigel Clayton.

Helen fronça les sourcils.

— Que pourrais-je te dire au sujet de Nigel que tu ne saches déjà ?

Elle semblait surprise.

— Beaucoup de choses, je crois. Tu sais que je ne l'ai pour ainsi dire pas connu, et, si maman parlait de lui, c'était pour le décrier. Quant à ce cher Peter, il ne critiquait jamais personne et préférait s'abstenir de parler de Nigel avec moi lorsque j'ai commencé à grandir et à lui poser des questions.

— Que veux-tu savoir au juste ? Et pourquoi maintenant ?

— Parce que je suis en train d'écrire sur un événement survenu dans les années 1970, et que je pense qu'il pourrait avoir été ami avec l'un des hommes dont il est question dans mon article, improvisa-t-il.

— Ah, je vois. Dans ce cas, vas-y.

— Mon article traite de peinture, tante Helen, et je crois savoir que mon père était lié à un certain Marius Remmington. Est-ce exact ?

Helen resta un moment silencieuse.

— Ils étaient plus que ça, Jack, dit-elle enfin. Ils étaient comme cul et chemise. Et il fut même un temps où ils étaient pour ainsi dire inséparables. C'était il y a une trentaine d'années, en 1977. Avant que Marius n'ouvre la galerie Remmington dans Cork Street. Il était alors propriétaire d'une autre galerie beaucoup plus petite appelée la Glade Gallery, me semble-t-il.

— Penses-tu que mon père et lui aient été associés ? Dans la vente d'œuvres d'art ?

— Je n'en sais rien… mais je ne crois pas. Pourquoi ?

— Je me posais juste la question. Marius était-il marié à l'époque ?

— Oh, non. Il était célibataire. Et il s'en donnait à cœur joie. Ton père aussi. Enfin, Nigel aimait… flirter. Ça n'allait jamais plus loin, mais ta mère a fini par en avoir assez. En fait, elle n'aimait pas Marius. Elle trouvait qu'il avait une mauvaise influence sur ton père.

— Tu dis ça comme si tu n'en étais pas convaincue, déclara Jack en scrutant sa tante du regard.

— Je pense que ton père ne trompait pas ta mère, tout au moins pas au début. Ils avaient vingt-huit ans tous les deux lors de leur mariage, et ils étaient très amoureux. Puis tu es arrivé deux ans plus tard. Nigel était un type bien, comme je te l'ai dit.

— Et Marius ? Que sais-tu de lui ?

— C'était un bel homme. Très séduisant, en particulier avec sa chevelure argentée qui faisait ressortir la jeunesse de ses traits. Il batifolait tant et plus, mais il était célibataire à l'époque. Après quoi, il s'est amouraché d'une jeune artiste. Je ne me souviens plus de son nom, si ce n'est qu'il était bizarre. Elle était très belle et c'était du sérieux entre eux. Il me semble que c'est vers cette époque que les liens entre ton père et lui se sont distendus.

— Ils se sont disputés ?

Helen réfléchit un moment :

— Non, je ne crois pas qu'il y ait eu de vraie dispute entre eux. Mais Marius était très amoureux de la fille. Ça a duré plusieurs années et il lui consacrait beaucoup de temps. En fait, je pense que ton père s'est retrouvé… mis à l'écart.

— Je vois. Marius et lui étaient toujours amis quand Nigel a été tué ?

Helen se redressa avec un haut-le-corps.

— Tué ? Que veux-tu dire par là ?

— Mon père est bien mort alors qu'il était en mission à l'étranger, en sautant sur une mine.

— C'est ta mère qui t'a dit ça ?

Helen plissa les yeux et secoua la tête, l'air complètement abasourdie.

— Mon père était correspondant de guerre, n'est-ce pas ?

— Non.

— Il n'était pas journaliste ?

— Si, et quand il a débuté dans le métier – il avait une vingtaine d'années – il a été brièvement correspondant de guerre. Ensuite il a épousé ta mère, qui l'a persuadé d'arrêter. Elle avait peur qu'il se fasse tuer, tu comprends. Après cela, il n'a plus bougé de Londres et s'est très vite taillé une réputation en tant qu'éditorialiste. Il était excellent et ses articles lui ont valu de nombreuses récompenses. Il est devenu célèbre.

Jack se renversa sur son siège, stupéfait. Pourquoi la réalité ne collait-elle jamais avec les apparences ? Il laissa échapper un long soupir.

— Pourquoi est-ce que maman a inventé cette histoire d'un homme qui courait toujours au-devant du danger ?

— Je n'en sais rien, Jack. Je ne comprends pas pourquoi elle t'a raconté tous ces boniments, ni pourquoi elle te l'a présenté sous un jour aussi négatif.

Elle marqua une pause avant d'ajouter :

— Peut-être parce qu'elle s'était sentie abandonnée. Il y a environ vingt-cinq ans, quand Marius a rompu avec son artiste, ton père et lui sont redevenus les meilleurs amis du monde. C'est vers cette époque que ta mère a commencé à se détacher de ton père, si j'ai bonne mémoire. Peut-être qu'après sa mort, quand tu as été en âge de poser des questions, elle a voulu magnifier son image. D'où cette histoire d'un correspondant de guerre mort en mission pour que tu aies l'impression que c'était un héros.

— Je n'arrive pas à croire qu'elle ait pu me mentir à ce point. Pendant des années et des années. Le critiquant toujours. Comme si elle voulait que je le haïsse, lança Jack, soudain en colère.

Helen North secoua la tête. Aussi ébranlée que son neveu, elle se leva et, s'asseyant à côté de lui sur le canapé, elle lui prit la main.

— Je n'ai pas d'explication. Et je comprends que tu sois choqué de découvrir qu'elle t'a menti. Mais je te dis les choses telles qu'elles se sont réellement passées.

— Je sais, tante Helen. Simplement, je suis bouleversé. Alors, comment est mort mon père ?

— Il est tombé dans l'escalier et s'est fracassé le crâne.

— Où est-ce arrivé ?

— Dans sa maison, à Notting Hill. Tu ne t'en souviens sans doute pas, mais tu as vécu là-bas étant petit.

— Non, je ne m'en souviens pas. Que s'est-il passé exactement ? Il était mort quand on l'a retrouvé ?

— En fait, c'est ta mère et moi qui l'avons retrouvé, Jack.

— Oh, non ! Quelle horreur ! Vous avez dû avoir un choc terrible.

— Oui, laisse-moi t'expliquer. Ta mère et ton père s'étaient séparés. Comme il aimait la maison et qu'elle la détestait, elle la lui a volontiers cédée. Elle est partie s'installer dans un appartement pas loin de chez moi. Toujours est-il qu'un beau soir, elle a décidé de retourner là-bas pour récupérer des affaires. Comme elle avait la clé, nous sommes entrées. Et nous l'avons trouvé au pied de l'escalier. Dans une mare de sang.

Jack frissonna.

— Et vous avez appelé une ambulance ?

— Oui...

Helen se tut, se mordit la lèvre.

— Il était déjà mort quand vous êtes arrivées ? Ou est-ce qu'il est mort à l'hôpital ?

— Il est mort dans l'ambulance, murmura Helen, pétrifiée.

Elle se rappelait la scène comme si c'était hier. Elle se souvenait également d'un détail dont elle n'était pas certaine qu'elle devait le confier à Jack. C'était arrivé il y a si longtemps.

Jack, que son flair ne trompait jamais, reprit :

— Il y a quelque chose que tu ne veux pas me dire, tante Helen ? Tu sais pourtant que tu peux tout me dire. Après tout, nous sommes parents. A part Kyle, tu es la seule famille qui me reste.

— Je sais... Je repensais à cette nuit-là. Ça m'est revenu avec une telle force que j'en suis toute retournée.

Se tournant vers lui, elle prononça lentement et d'une voix quasi inaudible :

— J'ai vu quelque chose quand nous sommes entrées dans la maison…

— Quoi donc ? demanda-t-il d'une voix tendue, les yeux rivés sur elle.

— Quelqu'un, Jack, et j'ai immédiatement pensé que cette personne venait de quitter la maison de Nigel…

Elle s'interrompit et inspira profondément.

— Je me souviens très bien d'avoir pensé ça.

— Qui était-ce ? insista Jack.

— Marius Remmington, répondit-elle enfin. Il montait dans un taxi garé à quelques mètres de la maison. On était au mois d'avril, un soir de pleine lune. J'ai reconnu sa silhouette, notamment sa crinière argentée.

— Et maman, qu'a-t-elle dit ?

— Elle ne l'a pas vu. Elle cherchait la clé dans son sac. Je me tenais derrière elle, sur le seuil, et j'ai tourné la tête. C'est alors que je l'ai vu, un peu plus bas dans la rue. Ça ne m'est revenu que plus tard, lorsque je me suis posé des questions.

— Pourquoi ?

— Parce qu'à l'hôpital, le médecin a dit qu'il ne savait pas si ton père était mort parce qu'il avait fait une chute ou parce qu'il avait reçu un coup sur la tête. Ou quelque chose de ce genre.

— Quelqu'un l'aurait frappé à la tête ?

— Peut-être. Il n'y a aucun moyen d'en être sûr, et je ne sais pas si j'ai eu raison de t'en parler. Je ne veux pas que tu croies que je cherche à accuser Marius Remmington de quoi que ce soit. Je pense simplement que je l'ai vu ce soir-là dans la rue, mais je ne peux pas le jurer.

— Pourquoi Marius Remmington aurait-il voulu tuer mon père ?

— Aucune idée. Ils étaient très amis, répondit Helen qui regrettait de n'avoir pas tenu sa langue.

— Peut-être que Marius est arrivé, qu'il a trouvé Nigel mort et est reparti, supputa Jack.

— En laissant son meilleur ami moribond ? Sans appeler une ambulance ?

— Non, c'est vrai. Ou alors il aurait fallu qu'il soit complètement insensible. Nigel est peut-être tombé après le départ de Marius.

— Il y a tant de zones d'ombre... n'est-ce pas, Jack ?

— Oui. Est-ce qu'il y a eu une enquête ?

— Oui, on a conclu à la mort accidentelle.

— Autrement dit, le coup sur la tête n'a jamais été prouvé.

— Non. Jamais officiellement en tout cas.

Jack se leva et s'approcha de la fenêtre, en proie à des émotions contradictoires. Pour finir, il se tourna vers sa tante.

— Tu m'as dit beaucoup plus de choses que je ne pensais en entendre aujourd'hui, tante Helen, et j'en suis très content. C'est toujours bon de connaître la vérité, ou tout au moins une part de la vérité.

Helen lui lança un regard pénétrant.

— J'espère que tu ne vas pas te servir de mes révélations pour incriminer Marius. Je ne suis pas absolument sûre que c'est lui que j'ai vu ce soir-là.

— Mais non, voyons. Il est toujours en vie et je n'ai pas envie qu'il me traîne en justice pour diffamation. Bon il est temps que je te laisse. Je passerai te prendre demain à 10 heures.

— Merci, Jack, c'est très gentil.

Une fois dans l'ascenseur, Jack pensa à Marius Remmington. Malcolm l'avait prévenu que c'était un homme dangereux. Etait-ce un assassin ?

42

— Malcolm Stevens est à la réception, Annette, annonça Esther en passant la tête dans l'embrasure. Il insiste pour vous voir de toute urgence.

— Oh, mon Dieu ! J'espère que ce n'est pas à cause de Laurie. Faites-le entrer, Esther.

— Que se passe-t-il ? demanda Annette, dès que Malcolm entra dans son bureau.

A sa mine défaite, elle devina que quelque chose de grave était arrivé.

— Laurie va bien, la rassura-t-il lorsqu'ils se furent salués. C'est au sujet de Marius.

— Marius ? (Elle le regarda sans comprendre.) Mais encore ?

— Il a été hospitalisé d'urgence à St Thomas, Annette. Un taxi attend dehors. Allons-y.

Saisissant son sac à main, Annette le suivit dans le hall. Elle mit Esther au courant et lui demanda d'annuler tous ses rendez-vous de la journée.

Une fois dans le taxi, elle interrogea Malcolm :

— Que lui est-il arrivé ? C'est un accident ?

— Je n'en sais trop rien. Nous devrions en savoir plus une fois sur place. Il y a environ vingt minutes, une femme du nom d'Elizabeth Grayson m'a appelé pour me dire qu'elle avait un petit déjeuner d'affaires prévu avec Marius à l'hôtel Dorchester et qu'il s'était effondré dans le lobby. Ils ont aussitôt appelé une ambulance. Marius lui a donné mon numéro pour qu'elle m'appelle.

— Elle n'a rien précisé d'autre ? Pourquoi il s'est effondré ?

— Non. Simplement, Marius a insisté pour qu'elle m'appelle. Les gens du SAMU n'ont pas voulu qu'elle l'accompagne à l'hôpital. Je n'en sais pas plus. Ne t'affole pas, ajouta-t-il en lui tapotant le bras. Tout va bien se passer.

— Il a fait un bilan de santé tout récemment, Malcolm, poursuivit Annette. Il était en parfaite santé. Cette Elizabeth Grayson doit être une nouvelle cliente. Je n'en ai jamais entendu parler.

— Moi non plus.

— Je ne comprends pas pourquoi Marius lui a demandé de t'appeler et pas moi.

Malcolm se tint coi. Annette se tourna vers lui et murmura :

— En fait, j'ignore où il a passé le week-end. Je sais simplement qu'il est allé dans le Gloucestershire pour voir un client.

— Il ne t'a pas téléphoné ?

— Non, il m'a simplement laissé un mot que j'ai trouvé en rentrant de déjeuner avec Laurie. Pour me prévenir qu'il ne rentrerait peut-être pas coucher. Cela ne m'a pas alertée. Avec lui, on ne sait jamais vraiment sur quel pied danser. Il est tellement… fantasque, évasif. Dans ces cas-là, je préfère ne pas poser de questions. Je l'ai fait une fois et il est entré dans une colère noire. Ça m'a servi de leçon.

— Marius me donne parfois l'impression d'être un vieux loup solitaire.

— C'est vrai, concéda Annette tout en se demandant ce qui n'allait pas avec Marius. Tu penses qu'il a pu avoir une attaque ? Un infarctus ?

— Mieux vaut ne pas faire de suppositions et attendre l'avis des médecins.

A l'hôpital, Malcolm expliqua à la réceptionniste qui ils étaient et qui ils venaient voir. Quelques minutes plus tard, un homme blond, de grande taille, s'approcha d'eux.

— Je suis le Dr Ellwood.

Les deux hommes se serrèrent la main, puis Malcolm ajouta :

— Voici Mme Remmington. Son époux a eu un malaise ce matin, dans le hall de l'hôtel Dorchester et a été transporté ici en ambulance.

Le médecin sourit gentiment à Annette et lui serra la main.

— Je sais. Votre époux a été admis en service de cardiologie, madame Remmington. Je vous y conduis.

— Vous voulez dire qu'il a eu un infarctus, docteur ? demanda Annette tandis qu'ils se dirigeaient tous les trois vers l'ascenseur.

— Pas exactement. Mes confrères de cardiologie vont vous expliquer tout ça en détail.

Quelques secondes plus tard, l'ascenseur les déposait au service de cardiologie. Après les avoir présentés au Dr Martin Chambers, le Dr Ellwood s'éloigna.

— Qu'est-il arrivé à mon mari ? demanda une fois de plus Annette, soudain anxieuse.

— Il souffre d'une dissection aortique, une affection grave et qui peut mettre sa vie en danger, madame Remmington, expliqua le Dr Chambers. C'est une hémorragie qui survient à l'intérieur de la paroi aortique, l'une des principales valves cardiaques.

— Quelle en est la cause ? s'enquit Annette.

— Il y a plusieurs facteurs. Le plus souvent, la dissection est due à une rupture de la paroi interne de l'aorte. Celle-ci survient généralement au niveau de la poitrine, mais peut également survenir au niveau de l'abdomen.

Annette hocha la tête.

— Si j'ai bien compris, mon mari souffre d'une rupture de la principale valve cardiaque, c'est bien ça ?

— Oui, M. Remmington présente une dissection aortique diagonale de vingt centimètres, ce qui est très sérieux.

— Comment allez-vous le traiter ? enchaîna Malcolm.

— En premier lieu, il convient d'éviter les complications et donc d'hospitaliser le patient. La dissection aortique de type A nécessite une intervention chirurgicale pour réparer la paroi endommagée, mais celle de type B se traite par médication. Et c'est ce que nous faisons, madame Remmington. Nous le traitons par médication.

— Ce qui veut dire qu'il souffre d'une dissection de type B ?

— Exactement.

— A quoi est-ce dû ? intervint Malcolm.

— Une tension artérielle trop élevée, je pense. M. Remmington m'a informé que son médecin lui avait prescrit des médicaments il y a un certain temps déjà, mais qu'il avait négligé de les prendre. Au cours de la dernière heure sa tension artérielle n'a fait que monter et descendre comme un yo-yo. Il faut donc commencer par la stabiliser.

— Est-ce qu'il souffre ? demanda Annette.

— Plus maintenant. Au moment de la crise en revanche, il a ressenti de violentes douleurs dans la poitrine et sous les omoplates. Nous lui avons administré un sédatif puissant en plus d'un médicament pour stabiliser sa tension.

— Est-ce qu'il serait possible de le voir ? demanda Annette, le suppliant du regard.

— Il est en unité de soins intensifs, mais vous pouvez le voir quelques instants. Venez.

Annette et Malcolm suivirent le médecin jusqu'au service de réanimation. Annette eut un choc en voyant Marius. Il était livide. Il avait l'air de dormir et semblait très malade.

Elle se tourna vers le médecin :

— Vous pensez qu'il va mourir ?

— Nous allons tout faire pour que cela n'arrive pas, madame Remmington. Nous ne sommes pas du genre à baisser les bras.

— Quand pourrons-nous revenir ? s'enquit Malcolm. Cet après-midi ou ce soir ?

— Vers 18 heures. Il a besoin de se reposer et de dormir pour l'instant. Rassurez-vous, il est entre de bonnes mains.

Annette remercia le Dr Chambers et Malcolm fit de même.

— Qu'en penses-tu, Malcolm ? Tu crois qu'il va s'en sortir ?

— Oui. Il est solide comme le roc. Tu savais qu'il avait de la tension ?

— Non, il ne m'en a jamais parlé. Si je l'avais su, je l'aurais obligé à prendre ses médicaments.

Comme ils sortaient de l'hôpital pour regagner le taxi, Malcolm reprit :

— Annette. J'ai quelque chose à te dire. Pourrions-nous aller prendre un café quelque part ?

— Qu'y a-t-il ? Quelque chose ne va pas ?

— Quelque chose ne va pas depuis très longtemps, mais je te laisse le soin d'en juger quand je t'aurai tout raconté.

— Tu as l'air soucieux, Malcolm. Est-ce à cause de Laurie ? De Laurie et toi ? Un problème avec la galerie ?

— Non, non, rien à voir avec tout ça.

— Cela me concerne ? lança-t-elle en lui décochant un regard appuyé.

— Cela ne te concerne... pas directement pour être exact. C'est au sujet de Marius.

— Ses problèmes de santé ?

— Non, non.

— C'est à cause de cette femme, Elizabeth Grayson ?

Malcolm la regarda du coin de l'œil.

Pas plus que lui, cette histoire de petit déjeuner d'affaires ne l'avait convaincue. Elle se posait manifestement des questions.

— Non, il ne s'agit pas d'elle. Tout au moins pas dans l'immédiat.

— Je suis sur des charbons ardents, Malcolm. Je t'en prie, explique-toi.

— Il s'agit d'un certain nombre de choses que Jack a découvertes. Absolument par hasard, je tiens à souligner.

— Et ce n'est pas à l'honneur de Marius, c'est ce que tu essayes de me dire ?

— En partie, oui.

— Je fais confiance à Jack, Malcolm. Je sais que c'est un homme intègre et qui ne chercherait jamais à me nuire à moi ni à quiconque intentionnellement. Bien, où pourrions-nous discuter tranquillement ? Pas chez moi, tu t'en doutes, à cause d'Elaine. Et je préfère ne pas aller chez Laurie. Au bureau, il y a Esther, et chez toi il y a Maeve.

Elle fit la grimace et ajouta :

— Je sais que tu veux que nous parlions dans la plus stricte intimité, que personne n'entende ce que tu as à dire. A part moi. Et Jack. Tu veux que je t'accompagne chez Jack ?

— Si ça ne t'ennuie pas, oui. Je précise que l'idée est de moi et que nous avions l'intention de t'en parler aujourd'hui, avant que Marius n'ait son malaise.

Il donna l'adresse de Jack au taxi en songeant qu'Annette était décidément très perspicace.

Annette gardait les yeux tournés vers la fenêtre. Elle avait l'esprit en ébullition. Tout cela n'augurait rien de bon. Jack avait découvert des choses par accident. Qu'avait-il découvert à son sujet ?

Malcolm avait appelé Jack sur son portable qui les attendait quand ils se présentèrent à son appartement de Primrose Hill.

Il les salua avec sa gentillesse habituelle, mais Annette remarqua qu'il avait les traits tirés et les yeux cernés.

— J'ai appris que Marius avait été hospitalisé, dit-il immédiatement. Que lui est-il arrivé ?

— Il souffre d'une dissection aortique, répondit Annette. C'est une déchirure de la principale valve cardiaque.

— Oh, non ! s'exclama Jack. Ça a l'air grave.

346

— C'est très sérieux, en effet. (Sans transition elle enchaîna :) Tu as découvert quelque chose au sujet de Marius qui me concerne, apparemment. De quoi s'agit-il, Jack ? Je veux tout savoir. Absolument tout.

— C'est une découverte tout à fait fortuite, insista Jack. J'espère que tu me crois ?

— Bien sûr.

Elle s'assit et Malcolm l'imita.

Jack resta debout tandis qu'il expliquait :

— La semaine dernière, quand j'étais en France, je suis allé dîner chez Claudine Villiers dans sa nouvelle villa, au-dessus de Beaulieu. Je n'avais encore jamais vu sa collection de tableaux qui était remisée dans un garde-meubles pendant toute la durée des travaux. Elle l'a héritée de son compagnon à la mort de celui-ci. Or, il se trouve que cette fabuleuse collection, qui comporte deux Cézanne, un Degas, un Vlaminck, plusieurs Braque, est entièrement fausse.

S'asseyant enfin, il lui raconta toute l'histoire du début à la fin sans omettre un détail. Lorsqu'il eut terminé, Annette se contenta de hocher la tête, l'air profondément triste.

— Sais-tu si Marius détenait des parts dans la galerie Pegasus, Annette ? intervint Malcolm.

— Il me semble que oui. Je me rappelle vaguement l'avoir entendu prononcer ce nom à une ou deux reprises.

— Jack a découvert autre chose, Annette, qu'il hésite à te révéler, mais qu'il faut que tu saches. Car ce n'est qu'en connaissant la vérité que tu pourras remettre de l'ordre dans ta vie et aller de l'avant.

— Tu as raison. Cela me concerne, Jack ?

— Non, non, pas toi. Mardi matin, je suis allé prendre mon petit déjeuner à la Réserve. Au moment où je traversais le bar pour sortir sur la terrasse, j'ai entendu une sonnerie de portable. J'ai regardé sur ma droite, du côté du jardin, et j'ai aperçu Marius intimement enlacé avec une femme rousse.

Il s'interrompit et la regarda, ne sachant comment elle allait le prendre.

— Tu peux tout me dire, Jack. Ne t'inquiète pas, je ne vais pas flancher.

— C'est tout. Je me suis esquivé discrètement. Mais j'ai tout de même réussi à savoir que la femme s'appelait Elizabeth Lang et qu'ils avaient quitté l'hôtel sitôt après le petit déjeuner.

— Je vois. Ce nom de Lang me dit quelque chose. J'ai fait des recherches sur Clarissa Normandy l'autre jour ; en fait, son nom de jeune fille était Lang et elle était originaire du Gloucestershire. Une coïncidence étrange, non ?

— Le portier de la Réserve m'a confié qu'Elizabeth Lang était artiste-peintre. Attendez une minute.

Se levant d'un bond, Jack s'approcha du téléphone et appela sa tante.

— Allô, tante Helen ? Ecoute, j'ai une question pour toi. L'amie peintre de Marius dont tu m'as parlé samedi dernier, ce n'était pas Clarissa Normandy, par hasard ?

— Si, c'est ça, répondit sa tante. Comment as-tu fait pour retrouver son nom ? demanda-t-elle, visiblement ravie qu'il ait pris la peine de l'appeler.

— Il y a eu un déclic dans ma tête. Tu ne sais pas si elle avait une sœur, par hasard ?

— Je crois bien que si. Elle était beaucoup plus jeune qu'elle et je me souviens que Marius s'était plaint une fois d'avoir eu à jouer les baby-sitters un week-end. Il était également remonté contre sa tante, une certaine Glenda Joules. Je m'en souviens maintenant, il nous a raconté tout ça à l'occasion d'un dîner que ta mère avait donné la semaine suivante. Bon sang, Jack, tu m'as rafraîchi la mémoire. Je me souviens que les deux sœurs avaient des cheveux roux flamboyants.

— Merci, tante Helen, je dois raccrocher. Je te rappelle plus tard.

Lorsqu'il eut mis fin à la communication, Jack répéta les informations que lui avait transmises Helen.

— Elizabeth Lang est rousse. Et voilà, la boucle est presque bouclée. Imaginez-vous que Glenda Joules est sa tante. Glenda Joules de Knowle Court.

— J'ai toujours pensé qu'il y avait quelque chose de louche chez cette femme, dit Annette. Je suis sûre qu'elle en sait beaucoup plus qu'elle ne veut bien l'admettre.

Jack vint se rasseoir.

— Si Marius vendait des faux dans les années 1970, il se peut qu'il continue d'en vendre aujourd'hui. L'idée m'est venue que Clarissa avait peut-être travaillé pour lui à l'époque

– et plus tard, quand elle était fiancée à sir Alec. Et qui sait si Elizabeth Lang n'a pas pris la relève ?

— Tout cela semble tomber sous le sens, acquiesça Malcolm. Mais pourquoi continuer aujourd'hui, alors qu'il a fait fortune ?

— S'il a vendu des faux, que ce soit avant ou maintenant, il a commis un délit, murmura Annette. Et il risque la prison.

— Seulement si quelqu'un le dénonce. Or, qui serait prêt à le dénoncer ? demanda Jack en les regardant tour à tour.

— Pas nous, répondit Malcolm.

— Il y a autre chose qu'il faut que tu saches, Annette. J'ai appris par Claudine que mon père était un ami de Marius à l'époque. Dans les années 1970. C'était un journaliste célèbre – mon père biologique, je veux dire. Nigel Clayton...

— Oh ! s'exclama Annette. Ton père s'appelait Nigel Clayton ?

Elle semblait abasourdie.

— Oui, pourquoi ?

Il lui lança un regard pénétrant. Sa réaction, le ton aigu de sa voix, sa soudaine pâleur, l'avaient surpris. Elle se mettait maintenant à trembler si fort qu'elle devait s'agripper aux accoudoirs de son fauteuil.

— Annette ? Annette, ça ne va pas ? Que se passe-t-il ? demanda Jack en s'élançant vers elle.

— Ton père... c'est l'homme qui m'a emmenée à la Réserve. C'était lui mon escapade romantique...

Jack resta bouche bée.

Annette ferma les yeux, incapable de soutenir son regard. *Jack est le fils de Nigel Clayton.* Le seul autre homme qu'elle ait jamais aimé. Ou pensait avoir aimé il y avait très longtemps, quand elle avait dix-huit ans.

Comme le temps passait vite !

Cette nuit terrible lui revenait à présent dans toute son horreur. Elle était là-bas, dans la chambre de la maison de Notting Hill avec Nigel, en train de se quereller violemment avec lui tandis qu'il essayait de l'entraîner de force vers le lit.

« Nigel, laisse-moi partir. Je ne veux pas passer la nuit ici ! » s'écria-t-elle en essayant de le repousser. Mais il resserra son étreinte, refermant ses mains comme deux étaux sur son bras. Elle prit peur en voyant son visage déformé par la colère. Elle savait qu'il avait bu avant qu'elle vienne le rejoindre ; or, l'alcool le ren-

dait cruel, et parfois même violent. S'agrippant au bras d'un fauteuil, elle réussit à se dégager et lui décocha un coup de pied dans le tibia. Il lâcha prise en poussant un cri de douleur. Elle en profita pour se sauver, mais il parvint à la rattraper sur le palier en lui criant qu'elle n'était qu'une ingrate et la gifla à la volée.

Tremblante de peur et de douleur, elle essaya de le frapper au bras, mais son poing fendit l'air et manqua son but. Affolée, elle le repoussa de toutes ses forces et réussit à se libérer.

Comme elle s'approchait de l'escalier, il se jeta sur elle. C'est alors qu'il perdit l'équilibre, dégringola et chuta de tout son poids sur le carrelage de marbre de l'entrée.

Elle se mit à hurler dans la maison silencieuse et dévala l'escalier à toutes jambes jusqu'à l'endroit où il gisait, inerte. Il y avait du sang près de sa tête et dans ses cheveux châtain clair. S'agenouillant, elle lui prit la main et tâta son pouls. Il était très faible, à peine perceptible.

Elle resta un long moment sans bouger, les yeux pleins de larmes, désemparée. Elle était certaine qu'il allait mourir. Soudain prise de panique, elle songea qu'on l'accuserait de l'avoir tué. Elle en était sûre. Elle trembla de tous ses membres et sanglota...

Elle ouvrit les yeux et regarda Jack.

Malcolm alla chercher un verre de cognac à la cuisine et le lui apporta. Elle continuait de trembler et semblait sur le point de perdre connaissance. Malgré cela, elle refusa le verre qu'il lui tendait.

— Oh, mon Dieu, dit-elle tandis que les larmes inondaient ses joues. Je l'ai tué. Je ne l'ai pas fait exprès. Nous nous sommes querellés et il est tombé dans l'escalier. C'était un accident. Oh, Jack...

Sans dire un mot, Jack se leva puis l'obligea à se mettre debout et la prit dans ses bras.

— Non, tu ne l'as pas tué, Annette. Je crois que j'ai compris ce qui s'est passé. Tu n'y es pour rien. Crois-moi, mon amour. Ce n'est pas toi qui l'as tué.

Elle fondit en larmes. Il attendit qu'elle se soit calmée pour l'installer sur le canapé où il s'assit près d'elle et tenta de la consoler.

— Je ne sais pas si c'est votre cas, Jack, mais moi je ne serais pas contre une tasse de café, lâcha Malcolm.

Quant il revint de la cuisine, Annette s'était arrêtée de pleurer.

— Tu en as parlé à Marius, n'est-ce pas ? C'est comme ça qu'il t'a tenue pendant toutes ces années. Tu pensais avoir tué Nigel et tu le lui as dit, parce que tu n'avais personne à qui te confier. Il était le seul à pouvoir te protéger. Ce qu'il a fait, il faut au moins le lui reconnaître. Mais d'une certaine façon, il t'a fait chanter, Annette.

— Nous nous sommes querellés et Nigel m'a frappée... je ne l'ai pas supporté, car j'ai été violée dans mon enfance. Je me suis débattue, il a glissé et il est tombé dans l'escalier.

— Et que s'est-il passé ensuite ? demanda Jack doucement.

— J'ai couru au rez-de-chaussée pour tâter son pouls. J'étais terrorisée. Je voulais appeler une ambulance, mais j'ai appelé Marius à la place. Il m'a dit de quitter la maison et qu'il s'occuperait du SAMU.

— Et le lendemain, il t'a annoncé la mort de Nigel, c'est ça ?

Annette hocha la tête.

— Eh bien, laisse-moi te raconter ce que j'ai appris ce week-end par ma tante Helen. Imagine-toi que ma mère et elle sont allées à Notting Hill ce même soir pour récupérer des affaires. Ce sont elles qui ont trouvé Nigel et qui ont appelé l'ambulance. Mais ma tante m'a confié autre chose aussi. Pendant que ma mère cherchait sa clé pour ouvrir la porte d'entrée, elle a jeté un coup d'œil dans la rue et a aperçu Marius en train de monter dans un taxi. Elle l'a reconnu à ses cheveux argentés et à sa silhouette.

— Qu'est-ce que tu racontes ? lança Annette, enfin calmée.

— Lorsque tu es partie, Marius est arrivé. Mais il n'a pas appelé le SAMU. Il est plus que probable qu'il ait frappé mon père à la tête pour le tuer. D'après ma tante, les médecins ont évoqué un traumatisme crânien provoqué par un objet contondant comme cause possible du décès.

— Il n'y a pas eu d'enquête ? s'enquit Malcolm.

— D'après ma tante, les enquêteurs ont conclu à une mort accidentelle.

— Pourtant, Marius m'a toujours laissée croire que j'avais tué Nigel, dit Annette visiblement choquée.

Livide, elle se renversa contre le dossier du canapé et ferma les yeux.

— Ma tante peut témoigner, murmura Jack en prenant sa main dans la sienne.

— Qu'allons-nous faire ? demanda Malcolm l'air préoccupé.

— Rien, dit Jack. Marius est à l'hôpital, entre la vie et la mort. Nous sommes pieds et poings liés.

Tous trois burent leur café en silence. Cette fois, la boucle est presque bouclée songea Jack. Comme Annette était en état de répondre, il l'interrogea :

— As-tu entendu parler d'une jeune femme du nom de Hilda Crump à cette époque ?

Annette resta un instant silencieuse. Puis s'éclaircissant la voix :

— Je suis Hilda Crump. C'est mon vrai nom, Jack.

Jack et Malcolm échangèrent un regard, sans proférer la moindre parole. Ils étaient abasourdis. Malcolm prit une gorgée de café tandis que Jack se levait pour arpenter la pièce.

Il n'arrivait pas à croire que cette femme raffinée et élégante assise sur le canapé fût Hilda Crump, que sa mère traitait de traînée, de moins que rien, de clocharde. D'un autre côté, il ne pouvait plus accorder foi aux propos de sa mère maintenant qu'il savait par sa tante qu'elle lui avait menti.

— Cette fois, je comprends mieux, finit-il par lâcher, se tournant vers Annette.

— Que veux-tu dire ? murmura Annette d'une voix à peine audible.

— Ma mère répétait sans cesse que si son mariage avait échoué, c'était à cause de Hilda Crump. C'est la vérité ?

Annette réfléchit un moment, une expression douloureuse sur ses traits tendus, comme si elle revivait la scène.

— Le soir où il est mort, il avait bu et était devenu agressif... Nous nous sommes bagarrés. Et tu connais la suite.

— En effet, acquiesça Jack, le regard perdu dans le vide comme s'il voyait quelque chose que lui seul pouvait voir. Dans un sens, c'était le cas.

Il imaginait Annette cherchant refuge auprès de Marius, un Marius déjà amoureux d'elle, et fou de jalousie... et peut-être prêt à se débarrasser de son rival ? L'espace d'un instant, Jack se dit qu'il se laissait emporter par son imagination et poussait un peu trop loin les suppositions. Puis il changea d'avis, songeant que les gens étaient capables de faire n'importe quoi par amour – y compris de tuer.

— Pourquoi as-tu changé de nom ? demanda soudain Malcolm.

— Parce que je ne l'aimais pas. J'avais toujours eu envie de m'appeler Marie-Antoinette... Mais Marius trouvait que c'était beaucoup trop long et difficile à prononcer, si bien que j'ai choisi Annette... Watson. Laurie et moi avons adopté le nom de jeune fille de notre mère, précisa-t-elle avec un haussement d'épaules. C'est aussi simple que ça.

Tous trois en vinrent ensuite à la conclusion qu'il n'y avait pas grand-chose à faire tant que Marius ne serait pas rétabli. Ce fut Annette qui se leva la première en déclarant qu'elle voulait rentrer chez elle et se reposer avant de retourner à l'hôpital plus tard.

Jack proposa de la raccompagner, mais elle refusa.

— Le taxi de Malcolm nous attend en bas. Je vais rentrer avec lui. Merci tout de même, Jack.

De retour chez elle, elle prévint la femme de chambre que Marius était à l'hôpital et se retira dans sa chambre. Elle appela ensuite Esther pour la mettre également au courant, puis se déshabilla et se glissa sous la douche. Tandis que l'eau ruisselait sur son corps, elle pleura toutes les larmes de son corps, laissant libre cours à son chagrin et sa colère.

Elle ne comprenait pas comment Marius avait pu lui laisser croire pendant toutes ces années qu'elle avait tué Nigel Clayton. Il s'était comporté de façon cruelle, impardonnable.

Elle l'avait considéré comme son sauveur, alors qu'il avait fait d'elle sa prisonnière et avait toujours décidé de tout à sa place. Et ce n'est qu'au prix d'un formidable effort de volonté qu'elle avait réussi à s'affranchir, en partie, de son joug. Et voilà que, d'un seul coup, et après vingt-deux ans, elle réalisait qu'elle était libre. Parce qu'elle savait la vérité. Marius n'avait plus d'emprise sur elle.

Plus tard ce soir-là, Annette se rendit à l'hôpital St Thomas en compagnie de Malcolm et Laurie. Ils montèrent directement au service de cardiologie où ils furent reçus par le Dr Chambers. A en juger par l'expression de son visage, elle comprit que quelque chose n'allait pas.

— Comment va mon mari ?

— Moins bien que je ne l'espérais, madame Remmington.

Il y eut une courte pause, puis il continua :

— Sa tension artérielle n'a fait que grimper et chuter toute la journée. Enfin, je crois que nous avons réussi à la stabiliser.

— Est-il possible de le voir ?

— Oui. Mais il n'a pas toute sa tête.

Le médecin autorisa Laurie à les suivre dans son fauteuil roulant ; elle resta toutefois sur le seuil quand Annette et Malcolm entrèrent dans la chambre. Marius était immobile et d'une pâleur extrême. Il ouvrit les yeux, sans avoir l'air de les reconnaître.

Annette se pencha vers lui, murmura quelques mots, mais il demeura muet. Malcolm l'imita, sans provoquer davantage de réaction. C'était comme s'ils n'avaient pas été là.

Lorsqu'ils quittèrent l'unité de soins intensifs, aucun d'eux ne se faisait d'illusions quant au pronostic.

Quelques heures plus tard, Marius succombait. On était le premier mai.

43

Cette nuit-là, et de nombreuses nuits après cela, Annette dormit chez Laurie à Chesham Place. Elle ne supportait pas de rester seule dans son appartement d'Eaton Square. Elle y avait trop de souvenirs, et sentait peser la présence de Marius.

Un soir tard, alors qu'Annette et Laurie ressassaient les événements passés, Annette éprouva un regain de colère.

— Je ne comprends pas comment il a pu être assez cruel pour me laisser croire que Nigel était mort par ma faute. Il est impardonnable, s'écria-t-elle.

— C'est tout à fait mon avis. Mais tu dois essayer de tourner la page, Annette. Il faut oublier le passé... recoller les morceaux et reconstruire ta vie. Tu dois regarder vers l'avenir.

— Je ne crois pas que je pourrai un jour tirer un trait sur le passé. Il y a en moi tant de peine, de chagrin et de colère. Je me sens tellement démolie.

— Il le faut pourtant, insista Laurie. Tu es une battante, Annette. Je sais ce que tu as vécu enfant ; pourtant tu as trouvé le courage de continuer à vivre.

Annette se redressa dans son fauteuil, l'air déterminé, et déclara d'une voix plus forte et ferme :

— Si j'ai survécu à la maltraitance et au viol, à la pauvreté et au dénuement, et à tous les deuils accumulés au fil des ans, j'y arriverai de nouveau. Je peux mettre le passé derrière moi. Et oublier ma rancœur ! Oublier ma colère. Pour cela, il me suffit de le vouloir.

Pour la première fois depuis des semaines, elle sourit.

— Je vais repartir de zéro. Parce que je suis une battante... et que je l'ai déjà prouvé. Si j'ai pu survivre à tout ce que j'ai enduré étant enfant, je peux survivre à n'importe quoi.

— Absolument ! acquiesça Laurie, soulagée de voir que sa sœur reprenait espoir.

— Je vais renaître. Je vais prendre un nouveau départ.

Et c'est ce qu'elle fit.

Les mois suivants furent difficiles, mais Annette tint bon et parvint à gérer de front le travail et le flot d'émotions qui la submergeait. La colère, le désespoir, le chagrin, l'angoisse l'envahissaient tour à tour. Malgré cela, elle réussit à braver la tempête et à s'en sortir, avec quelques égratignures certes, debout néanmoins, et prête à tenir tête au monde entier.

Elle avait pris conscience qu'il y avait un certain nombre de personnes dans sa vie qui comptaient et dont elle ne pouvait pas se passer, comme sa sœur et ses amis. Laurie, Malcolm et Jack étaient ses piliers du cœur. Esther aussi. Sans oublier Carlton Fraser et Marguerite, la tante de Jack, Helen, et son frère Kyle. Ils étaient sa famille désormais... la famille que Laurie et elle n'avaient jamais eue. Et elle les aimait de tout son cœur.

Malcolm et Jack l'avaient aidée à découvrir la vérité concernant Marius. Agnes Dunne, son assistante, était leur unique source d'information. Mais elle avait accepté volontiers de coopérer sachant qu'elle avait besoin de les mettre de son côté. Il devint vite évident qu'elle était parfaitement au courant des entourloupes de Marius et craignait d'être accusée de complicité si l'affaire des fausses toiles venait à être éventée. Or, le trafic de faux s'était considérablement ralenti au cours des dernières années, les sources de Marius – des peintres de talent – s'étant progressivement taries.

Agnes les présenta à un couple qui vivait près de Cirencester, dans le Gloucestershire, dans deux immenses granges. Madeleine Tellier, la propriétaire, était mariée à un peintre nommé Raymond Tellier, originaire de Grasse, dans le sud de la France. Il avait été le pourvoyeur de Marius pendant des années, de même que Clarissa Normandy et, quoique brièvement, sa sœur Elizabeth Lang.

A en croire Madeleine Tellier, les toiles de son mari avaient été achetées par des musées ainsi que des collectionneurs privés. C'est dire si c'était un excellent faussaire.

Quant à Clarissa, elle était spécialisée dans la contrefaçon des Cézanne et Manet, alors qu'Elizabeth excellait dans les copies de Matisse, Braque et Modigliani. Mais Elizabeth avait cessé de peindre et Clarissa, comme tous le savaient, était morte.

Quand Annette avait demandé à rencontrer Raymond Tellier, son épouse les avait emmenés dans une des granges reconverties en habitation. Dès qu'ils le virent, ils comprirent que plus jamais il ne tiendrait un pinceau. Il avait eu une attaque huit ans plus tôt qui l'avait laissé presque entièrement paralysé. Ce jour-là, Annette demanda à voir les tableaux falsifiés, mais Madeleine lui affirma qu'il n'y en avait plus. Tous avaient été vendus, d'après elle. Ce que confirma Agnes Dunne. Il ne leur restait plus qu'à espérer que les gens qui avaient acheté un Cézanne, un Manet ou un Picasso à Marius ne découvriraient pas brusquement qu'ils avaient payé des millions pour des imitations. Quant à Christopher Delaware, Annette l'avait obligé à détruire les faux qui étaient en sa possession en le menaçant de ne plus être son agent s'il refusait. James Pollard avait abondé dans son sens. Si bien qu'elle était allée à Knowle Court avec Malcolm et, armée d'un cutter, avait lacéré une à une les fausses toiles jusqu'à les réduire en charpie.

Le même jour, elle avait également questionné Mme Joules, qui avait reconnu être la tante des deux filles Lang, tout en niant être au courant d'une quelconque activité criminelle. Annette, qui ne la croyait pas, lui apprit que ses nièces avaient peint des faux pour le compte de Marius Remmington.

Glenda Joules commença par protester.

— Allons, madame Joules, vous mentez, s'écria Annette d'une voix cassante. Si vous ne me dites pas tout ce que vous savez, je vais me retourner contre Elizabeth Lang. Je connais son adresse à Barcelone ainsi que d'autres éléments de sa vie, grâce aux excellents détectives que j'emploie dans le cadre de mon activité professionnelle. Je sais également qu'elle était la maîtresse de mon époux, tout comme Clarissa Normandy avant elle, lorsque lui et moi n'étions pas encore mariés.

Comprenant qu'il ne servait plus à rien de nier, Glenda Joules avoua :

— C'est vrai qu'elles ont peint des tableaux pour lui. Mais c'était il y a très longtemps. Et je n'ai rien à voir dans cette histoire. Je n'ai jamais eu la moindre influence sur elles. D'ailleurs, j'étais furieuse.

— Parlez-moi de Clarissa Normandy.

— Elle était très belle et talentueuse. Je ne supportais pas qu'elle gâche son talent en peignant des faux pour Marius. Peine perdue. Elle refusait de m'écouter. Elle était amoureuse et totalement sous sa coupe.

— Qui était son mari ? demanda Annette.

— Elle n'a jamais été mariée.

— D'où vient ce nom de Normandy ?

— C'était un nom qu'elle s'était choisi parce qu'il lui plaisait davantage que Lang.

— C'est elle qui a peint le Cézanne recouvert de suie ? Celui que je viens de détruire ? demanda Annette.

— Oui. Et quand sir Alec a découvert que c'était un faux, il l'a couvert de suie. Il voulait le rendre invendable. Après cela, leurs relations ont commencé à se détériorer et il a rompu leurs fiançailles.

Glenda Joules ajouta, l'air peiné :

— Clarissa s'est suicidée à cause de ça. Elle n'a pas supporté que sir Alec la laisse tomber, comme l'avait fait Marius quelques années plus tôt. En tout cas, c'est mon impression.

Annette soupira :

— Elle a peint d'autres Cézanne pour Marius qu'il a ensuite vendus à sir Alec ?

— Oui. Elle était maligne, je vous l'ai dit.

— Pourquoi sir Alec n'a-t-il rien fait ? Il aurait pu accuser Marius Remmington, le poursuivre en justice pour récupérer son argent ?

— Je n'en sais rien. Sir Alec était un excentrique, un homme bizarre, déjà à cette époque. Il était renfermé sur lui-même, même quand Clarissa était encore en vie. Mais je pense surtout qu'il croyait que les nouveaux Cézanne étaient des vrais. Marius savait se montrer très convaincant, comme vous le savez.

— Etiez-vous au courant de l'existence de la cachette du prêtre ? reprit Annette en braquant sur elle un regard pénétrant. Bien sûr ! Après toutes ces années passées à Knowle Court.

— Non, je vous jure que non, madame Remmington. Je savais que sir Alec avait décroché certaines toiles des murs de la galerie et les avait cachées quelque part, rien de plus.

— Vous dites que sir Alec se comportait déjà de façon étrange avant la mort de Clarissa. Son état a-t-il réellement empiré ensuite, ou est-ce encore une invention ?

— C'est la vérité. Il a réellement empiré. Il est devenu extrêmement taciturne, même un peu fou. Je pense que le suicide de Clarissa l'avait réellement affecté. J'ai veillé sur lui du mieux que j'ai pu.

Annette opina du chef. Elle avait la certitude que Glenda Joules disait la vérité.

— Je pense que notre conversation devrait rester confidentielle, madame Joules, ajouta-t-elle, baissant le ton. Je ne dirai pas à M. Delaware que Marius Remmington faisait le trafic d'œuvres de faussaires. La provenance des faux restera un mystère. De même que je ne lui dirai pas que vos nièces peignaient des faux pour le compte de Marius. Qu'en pensez-vous ?

La gouvernante eut l'air soulagée.

— Merci, madame Remmington ! Je vous en suis très reconnaissante. Je n'ai pas envie de quitter Knowle Court où j'ai passé presque toute ma vie. Et puis j'aime beaucoup le jeune M. Delaware. Mais qu'allez-vous lui dire concernant le Cézanne recouvert de suie ? Ne va-t-il pas chercher à connaître la teneur de notre conversation ?

— Il saura la vérité concernant le Cézanne. Je lui dirai que c'est Clarissa qui l'a vendu à sir Alec, lequel, en découvrant qu'il s'agissait d'un faux, a voulu le détruire. Je ne lui toucherai pas un mot des autres faux. Quelle importance désormais ? Sir Alec est mort, de même que Clarissa. Et comme vous le savez certainement, M. Remmington est décédé récemment à l'hôpital. En fait, il n'y a aucune preuve comme quoi il aurait vendu des tableaux à sir Alec. Et aucun de ces tableaux ne possède de certificat de provenance, de sorte qu'ils ne peuvent pas être vendus. En ce qui me concerne, cette affaire est close. Souvenez-vous, madame Joules, si vous tenez votre langue, vous êtes blanchie. Non pas que vous ayez quoi que ce soit à vous reprocher, mis à part le fait que vous n'avez pas dit ce que vous saviez à M. Delaware.

— J'ai parfaitement compris, madame Remmington, et je vous remercie. Cette conversation restera entre nous, je vous le promets.

Avec un hochement de tête, Annette quitta la cuisine pour retourner dans la bibliothèque où l'attendaient Christopher, Jim Pollard et Malcolm. Elle leur répéta les propos de Mme Joules à propos du faux Cézanne, de la colère de sir Alec qui avait détérioré la toile pour qu'elle ne puisse pas être revendue, puis décidé de rompre ses fiançailles avec Clarissa. Cependant, elle s'abstint de préciser que Clarissa était la nièce de Mme Joules.

Ils gobèrent son histoire sans poser de questions. Pour une fois, Christopher Delaware se trouva mis à quia.

Comme ils reprenaient le chemin de la capitale, Annette s'écria soudain :

— Je n'arrive pas à croire que Marius ait pu faire le trafic d'œuvres de faussaires, Malcolm. Lui qui prétendait vénérer les peintres et la peinture. Quel hypocrite !

Malcolm resta un instant silencieux derrière le volant.

— Et moi qui croyais bien connaître Marius, dit-il enfin. Voilà que je découvre que je ne savais rien de lui. Lui qui m'a tant appris sur l'art, Annette. Il était brillant, passionné, incroyablement érudit. Et pourtant c'était un escroc.

— C'est vrai, acquiesça Annette. Entre autres choses.

Ce soir-là, dans son appartement d'Eaton Square, Annette réfléchit longtemps sur Marius et ses activités criminelles. Elle n'arrivait tout simplement pas à s'expliquer comment il en était arrivé là.

Car il aimait l'art autant qu'elle. Et pourtant il s'était abaissé à trahir les peintres qu'il admirait en faisant fabriquer des imitations de leurs œuvres. Pourquoi ?

Pour l'argent ? Sans doute, car elle ne voyait pas d'autre raison. Amasser plein d'argent pour pouvoir entretenir une, ou plusieurs, maîtresses. Car Elizabeth Lang n'était sûrement pas la seule. Il y en avait certainement eu d'autres avant elle.

Annette prit soudain conscience que Marius s'était trahi lui-même, et qu'il l'avait trahie elle aussi. Il n'avait aucun scrupule, aucune morale. C'était un hypocrite, comme elle l'avait dit à Malcolm. Et un escroc. Il avait volé le génie de tous ces grands maîtres, les avait traités avec le plus profond dédain.

A cette pensée, elle fut parcourue d'un frisson glacé. Elle venait subitement de comprendre pourquoi elle n'arrivait pas à le pleurer – elle avait perdu tout respect pour lui. En éclatant au grand jour, la vérité avait réduit en miettes l'image qu'elle avait de lui.

Elle ne ressentait plus que du mépris envers cet homme. Et il en serait toujours ainsi désormais.

Les semaines suivantes, Annette et Malcolm les passèrent à essayer de mettre de l'ordre dans les affaires de Marius. A son grand soulagement, Annette découvrit que Marius n'avait pas fait que des affaires frauduleuses, et que Remmington Art Ltd n'était pas en déficit, même s'il n'y avait pas grand-chose sur son compte en banque. De même qu'il n'y avait aucun document relatif à des œuvres de faussaires. D'un autre côté, cela allait de soi, car Marius n'était pas du genre à laisser traîner des papiers compromettants.

Agnes Dunne s'efforça de lui faciliter la tâche. Au demeurant, cette femme au service de Marius depuis plus de trente ans n'était pas vraiment au courant des activités de son patron. Fidèle à lui-même, Marius l'avait tenue dans l'ignorance, ne lui confiant que des tâches sans conséquence. Si Agnes savait que des faux avaient été vendus par le passé, elle n'avait pas idée à quelle échelle. De même qu'elle ignorait l'existence de la galerie Pegasus à Paris.

C'était une bonne chose qu'Agnes ait été si peu informée, ainsi elle ne risquait pas de vendre la mèche. Seules quelques personnes étaient au courant des activités douteuses de Marius, et ces personnes n'avaient aucun intérêt à ce que cela s'ébruite. Même Carlton Fraser, qui était un ami intime et un collègue d'Annette, ignorait la vérité et la culpabilité de Marius.

— Mieux vaut garder tout ceci sous le boisseau, lui conseilla Malcolm un après-midi, alors qu'ils quittaient le bureau d'Annette. Il ne manquerait plus qu'un petit malin aille dénoncer Marius Remmington à la brigade des Arts et Antiquités de Scotland Yard. De toute façon, hormis les quelques toiles en possession de Christopher Delaware, nous ignorons s'il y en a d'autres en circulation. D'après Madeleine Tellier, il y en a un certain nombre, mais elle ne dira rien, pour ne pas trahir son mari. Quant aux autres protagonistes, ils sont tous morts.

— Oui, Dieu merci, murmura Annette. Au fait, je n'ai jamais retrouvé le moindre manuscrit sur Picasso et Agnes non plus. S'il n'est ni dans l'appartement ni dans son bureau, où peut-il être d'après toi, Malcolm ?

— Peut-être n'a-t-il jamais existé. Peut-être s'agissait-il d'une excuse que Marius avait inventée pour pouvoir aller et venir à sa guise entre Barcelone, la Provence, où Picasso a passé une grande partie de sa vie, et Dieu sait où d'autre. Clamer qu'il écrivait une biographie de Picasso était la meilleure des couvertures, non ? Et un bon moyen pour rejoindre... Elizabeth Lang.

— Ou son associé espagnol, Rafael Lopez, dont je viens de découvrir l'existence grâce à l'agence de filature avec laquelle je travaille. Kroll Associates. Marius et Rafael faisaient des affaires ensemble depuis des années, apparemment. Je ne l'ai jamais su et je n'ai jamais rencontré Rafael Lopez. Il est basé à Madrid en temps normal, mais j'ai découvert qu'il avait une succursale à Barcelone.

— Tu as l'intention d'aller le voir ?

Annette secoua la tête.

— Non. J'aime mieux ne pas savoir ce que ces deux-là traficotaient ensemble depuis toutes ces années.

Malcolm acquiesça et plus jamais le nom de Lopez ne fut prononcé.

A la mi-juin, Annette avait réussi à régler la succession de Marius. La célébration du mariage, l'événement le plus joyeux de ces derniers mois pour eux tous, eut lieu peu après.

Laurie et Malcolm se marièrent dans le Suffolk, chez Andrew et Alicia Stevens, les parents de Malcolm. Laverly Court était un gracieux manoir georgien doté d'un superbe jardin avec un plan d'eau ornemental. La cérémonie fut célébrée au sein de la vieille et majestueuse demeure par le vicaire local.

En ce samedi de juillet, on avait disposé un peu partout des vases pleins de roses et d'autres fleurs odorantes qui embaumaient toute la maison.

Annette garderait un souvenir impérissable de cette journée radieuse. Malcolm et sa sœur étaient véritablement deux âmes sœurs, et jamais Laurie n'avait été aussi belle et resplendissante dans sa robe de satin crème, avec sa chevelure rousse surmontée d'une couronne de fleurs d'oranger. Malcolm était l'élégance même en cravate gris perle et frac au revers duquel était piquée une rose blanche.

Malcolm avait demandé à Jack d'être son témoin et ce fut Annette qui escorta la mariée jusqu'à son promis. Ensemble elles traversèrent le grand salon jusqu'à la cheminée devant laquelle se tenait le révérend Sturges en compagnie du marié et de son témoin. Annette sentit son cœur se serrer quand elle présenta la main de sa sœur à Malcolm. Il la prit dans la sienne et la tint fermement en lui souriant avec amour.

Tous leurs amis étaient présents. Le frère de Jack, Kyle, et son assistance Carole, avec qui il venait de se fiancer. La tante Helen de Jack, Carlton et Marguerite, ainsi que Ted Underwood, l'autre grand restaurateur d'art. La secrétaire d'Annette, Esther, et l'assistante de Laurie, Angie, étaient également de la partie, sans oublier Mme Groome, l'aide ménagère de Laurie, Margaret Mellor, la rédactrice en chef du magazine *ART*, Christopher Delaware, James Pollard et quantité d'autres personnalités du monde des arts.

Ce jour-là, Annette comprit que le mariage de Laurie avec cet homme honorable et affectueux était la réalisation de son vœu le plus cher. Sa petite sœur était désormais et pour toujours à l'abri du besoin.

A leur retour de lune de miel en Italie, les jeunes mariés s'installèrent dans le bel appartement de Malcolm à Cadogan Square pour attendre la venue du bébé. Ils savaient déjà que c'était une fille et tout le monde attendait l'heureux événement avec impatience.

Jusqu'à la délivrance, qui eut lieu début novembre, Annette et Malcolm étaient sur des charbons ardents. Le bébé, accouché par césarienne, était en parfaite santé. Laurie était folle de bonheur.

— Nous allons l'appeler Joséphine, dit-elle à Annette quelques jours après l'accouchement. En fait, son vrai nom est Joséphine Annette Alicia Stevens. Alicia en l'honneur de la maman de Malcolm.

Annette était tellement émue qu'elle fut incapable d'ouvrir la bouche, se contentant de serrer sa sœur dans ses bras, le cœur débordant de joie et de gratitude.

Le jour du baptême, fin novembre, elle se rattrapa. Dans les salons de l'hôtel Dorchester à Mayfair, elle prit le bébé dans ses bras et fit le tour des invités pour leur présenter sa jolie petite nièce. Elle était aussi fière que s'il s'était agi de sa propre fille.

— Regardez cette petite touffe de cheveux roux, dit-elle à Carlton et Marguerite. Et ces yeux, les mêmes exactement que ceux de Laurie, ajouta-t-elle à l'intention de Kyle. Mais elle a hérité de la bouche et du grand front de Malcolm, murmura-t-elle à la mère de ce dernier.

Jack l'observait depuis l'autre côté de la pièce, heureux de la voir aussi radieuse. Elle était enfin redevenue elle-même, maintenant qu'elle avait décidé de tirer un trait sur les derniers mois difficiles. Elle était resplendissante dans son tailleur de soie bleue, avec son rang de perles fines qui luisaient doucement sur sa peau satinée. S'approchant d'elle, il lui passa un bras autour des épaules :

— Tout le monde se réjouit de te voir aussi heureuse. Et moi en particulier.

— C'est vrai que je le suis, reconnut-elle, tandis qu'ils traversaient lentement le salon en direction de Laurie et Malcolm.

Après qu'elle eut rendu le bébé à son heureux papa, Jack l'entraîna un peu à l'écart de la foule. Il prit deux flûtes de Dom Pérignon sur le plateau d'un serveur et lui en tendit une. Puis choquant son verre avec le sien, déclara :

— Tu commences à reprendre goût à la vie, n'est-ce pas ?

— Oui, murmura-t-elle en buvant une gorgée de champagne. Même si parfois, malgré moi, mon cœur se serre quand je repense à toutes ces années. Je ne comprends pas pourquoi il a été si cruel avec moi, pourquoi il m'a menti pour me garder prisonnière.

— N'y pense plus, tout est fini à présent, dit Jack en plongeant ses yeux dans les siens.

Voyant qu'elle était au bord des larmes, il murmura doucement :

— Pas de ça aujourd'hui.

La saisissant par le bras, il la fit pivoter légèrement sur elle-même.

— Regarde, là-bas, ta petite nièce qui vient d'arriver sur cette planète. Elle n'a pas de passé, elle n'a qu'un avenir.

— C'est vrai. Elle a toute sa vie devant elle.

— Et toi aussi, Annette. Une vie merveilleuse, une vie comme tu n'aurais jamais cru qu'elle pouvait exister.

Epilogue

Londres, décembre 2007

Debout devant le miroir en pied de son dressing, Annette Remmington inspectait, hésitante, la tenue qu'elle s'était choisie.

Un fourreau de velours noir décolleté en V à manches longues. Trop sévère. Trop sombre. Non, décida-t-elle soudain. C'était exactement la robe qui convenait pour ce soir. Stricte mais chic. Pour aller avec, elle choisit une paire de pendants d'oreilles en perles et diamants.

Elle ne portait pas d'autres bijoux, hormis une montre Cartier ancienne. Elle avait depuis longtemps ôté son alliance et l'avait jetée dans une bouche d'égout de Bond Street, un jour, dans un moment de colère. Reculant, elle s'inspecta à nouveau de la tête aux pieds, satisfaite de ses bas noirs transparents et de ses escarpins de soie noire à talons aiguilles.

« Ça fera l'affaire », marmonna-t-elle en passant dans le salon. Elle habitait toujours son appartement d'Eaton Square, qu'elle avait entièrement redécoré pour en ôter toute trace de Marius. Cette maison était la sienne désormais, et reflétait son goût pour la couleur et les tableaux.

Elle jeta un coup d'œil autour d'elle. Le salon était apaisant, avec son mélange de tons beige et blanc auxquels se mêlaient le rose et le vert du tapis de la Manufacture royale de la Savonnerie et des coussins du canapé. Les tableaux ressortaient à la perfection sur les murs tendus de soie crème. Les abat-jour de soie rose qui coiffaient les lampes en porcelaine et le feu qui crépitait dans la cheminée répandaient une lumière chaleureuse.

Debout devant la cheminée, Annette s'émerveilla – le grand jour était enfin arrivé. En mai, elle avait demandé à Sotheby's de remettre à plus tard la vente aux enchères des toiles impressionnistes et de *La Petite Danseuse* de la collection Delaware. La société, consciente de ses nombreux problèmes, avait accepté qu'elle ait lieu au mois de décembre. On était aujourd'hui le quatre du mois et le monde entier l'attendait avec impatience. Annette priait le ciel pour que tout aille bien, car elle jouait sa réputation et ne pouvait pas se permettre d'échouer.

La sonnette de la porte d'entrée lui indiqua que c'était l'heure du départ. Elle s'empressa d'aller ouvrir, un sourire aux lèvres. Jack se tenait sur le seuil, plus beau et souriant que jamais.

— Tu es superbe ! lui dit-il en effleurant sa joue d'un baiser.

Ils passèrent au salon et il remarqua aussitôt le bouquet de roses sur la table basse qu'il lui avait fait porter.

— Merci, Jack, elles sont ravissantes.

— J'espère qu'elles te porteront chance, même si je suis sûr que tu n'en as pas vraiment besoin.

— Tais-toi, je suis superstitieuse !

Il sourit et se dirigea vers le bar roulant sur lequel était posée une bouteille de vin.

— Pour moi ?

— Oui. Je ne veux rien boire avant la vente.

— Pas même une gorgée ? s'enquit-il. J'aimerais trinquer.

— Juste une alors.

Ils trinquèrent.

— Que cette vente soit la plus grande de tous les temps, dit-il en souriant. Jusqu'à la prochaine.

Posant son verre, Annette s'approcha du secrétaire, prit un vieil écrin en cuir dans un tiroir, puis rejoignit Jack devant la cheminée.

— Je suis prête à la porter maintenant, Jack. Si tu le souhaites toujours.

Lui prenant l'écrin des mains, il regarda la bague de fiançailles en diamant et secoua la tête.

— Non, je ne veux pas.

Interloquée, elle le regarda sans comprendre.

— Ah bon, dit-elle tandis que son sourire s'effaçait.

Jack posa le vieil écrin sur la table, plongea une main dans sa poche et en ressortit un tout neuf en cuir rouge. Il l'ouvrit.

— Je préférerais que tu mettes celle-ci, Annette, murmura-t-il. Le mariage de ma mère n'a pas duré. Peut-être que sa bague ne nous portera pas chance. A cause de son histoire. S'il te plaît, accepte-la. Et dis-moi que tu veux bien être ma femme.

Annette hocha la tête, ravalant ses larmes. Trop émue pour pouvoir parler, elle se contenta de tendre sa main gauche à Jack pour qu'il lui passe la bague au doigt.

— J'ai choisi la couleur exprès pour toi, mon amour.

Elle regarda sa main et découvrit une aigue-marine sertie de diamants.

— Oh, Jack. Elle est magnifique !

— Elle est de la même couleur que tes yeux, dit-il en l'embrassant. Et maintenant, range l'autre bague et garde-la pour plus tard, pour une petite fille qui viendra peut-être un jour au monde et qui voudra garder la bague de sa grand-mère.

— Oh, Jack, mon amour, souffla-t-elle, la gorge serrée par l'émotion.

La prenant par le bras, il l'entraîna vers la porte, prit le châle de velours posé sur un fauteuil et l'en enveloppa, puis lui tendit son sac à main.

— C'est un grand soir pour toi. Tu es prête ?

— Oui.

— Impatiente ?

— Oui.

— Anxieuse ?

— Non.

— Je suis fier de toi, ma chérie.

Elle se retourna vers lui, pensant : Oui, je suis sa chérie. Pour toujours.

Note de l'auteur

Le portrait de femme de Rembrandt décrit dans ce roman n'existe pas. Je l'ai inventé à des fins purement littéraires. Dans cette histoire, Annette Remmington, sur ordre du propriétaire, confie la toile à la maison Sotheby's de Londres pour qu'elle la mette aux enchères. Celle-ci atteint le prix de 20 millions de livres.

Cette somme n'est en rien exagérée et correspond aux enchères remportées pour les œuvres de grands maîtres entre les années 2000 et 2010. A titre d'exemple, voici quelques prix d'enchères parmi les plus récents.

En décembre 2009, un tableau de Rembrandt du même type a été vendu 33,2 millions de dollars par Christie's à Londres. En février 2010 Sotheby's à Londres a adjugé une sculpture de Giacometti pour le prix faramineux de 104,3 millions de dollars. Quelques mois plus tard, en mai 2010, Christie's à New York a fait d'un Picasso l'une des toiles les plus chères au monde, en l'adjugeant 106,5 millions de dollars. Peu après cette vente extraordinaire, en juin de la même année, un Manet a été adjugé 33 millions de dollars par Sotheby's à Londres.

La plupart des experts s'accordent pour dire que les grands maîtres des XVIIe, XVIIIe, XIXe et XXe siècles sont les valeurs les plus sûres en matière d'art, nonobstant les aléas de l'économie mondiale. Cependant, il va sans dire que pour atteindre des prix aussi astronomiques, ces œuvres doivent être celles des plus grands artistes.

Composé par Nord Compo Multimédia
7, rue de Fives, 59650 Villeneuve-d'Ascq